ANNE-MARIE VILLEFRANCHE

Der Liebesapfel

Buch

Als Marc Beauvais' Geliebte, die hinreißende Arlette Lamartine, beschließt, die sich abkühlende Beziehung von sich aus zu beenden, versetzt das Marcs Selbstgefühl einen empfindlichen Dämpfer. Gewöhnt, die Zügel in der Hand zu halten, stürmt er aufgebracht in die Wohnung seiner schönen Ex-Frau, um sich bei ihr für die Schmach schadlos zu halten. Merkwürdigerweise empfängt sie ihn nackt, nur mit einem Morgenmantel bekleidet – und gibt sich ihm, wie immer, willig und voller Leidenschaft hin. Zwar ist für Marc die bedingungslose Hingabe jeder Frau normal, doch der Stachel über die Niederlage bei Arlette sitzt tief. Ihre gemeinsamen erotischen Abenteuer waren schließlich immer von äußerster Raffinesse. Allerdings nicht nur mit Arlette. Marc schwelgt in Erinnerungen, taumelt von einer Affäre zur nächsten – und sucht die perfekte körperliche und seelische Vereinigung …

Autorin

Anne-Marie Villefranche kam um die Jahrhundertwende als Tochter wohlhabender Eltern in Paris zur Welt und erlebte als junge Frau das blühende Gesellschaftsleben von Paris in den zwanziger Jahren. 1928 heiratete sie den englischen Diplomaten Richard Warwick und unternahm als Dame der Gesellschaft ausgedehnte Reisen. 1980 starb sie in hohem Alter. Erst nach ihrem Tode stieß man auf ihre intimen Geschichten, von denen nicht einmal ihr Mann gewusst hatte, und denen offensichtlich eigene erotische Abenteuer und Erlebnisse aus ihrem Freundes- und Bekanntenkreis zu Grunde liegen. »Der Liebesapfel« ist ein erst vor kurzem entdecktes Manuskript.

Von Anne-Marie Villefranche ist bereits erschienen

Die Purpurrose. Roman (41082)
Die Venusblüte/Die Zaubermuschel
(2 Romane in einem Band, 13180)
Die Zaubermuschel. Roman (42486)

ANNE-MARIE VILLEFRANCHE

Der Liebesapfel

Roman

Deutsch von
Inez Meyer

BLANVALET

Umwelthinweis:
Alle bedruckten Materialien dieses Taschenbuches sind chlorfrei und umweltschonend.
Das Papier enthält Recycling-Anteile.

Blanvalet Taschenbücher erscheinen im Goldmann Verlag, einem Unternehmen der Verlagsgruppe Bertelsmann.

Originalausgabe Februar 2001

This book was negotiated through
Literary Agency Thomas Schlück, Garbsen
Umschlaggestaltung: Design Team München
Umschlagfoto: Zefa/Masterfile
Satz: DTP Service Apel, Hannover
Druck: Elsnerdruck, Berlin
Verlagsnummer: 34354
Redaktion: Andrea Maria Längst
MD · Herstellung: Heidrun Nawrot
Made in Germany
ISBN 3-442-35354-8
www.blanvalet-verlag.de

1 3 5 7 9 10 8 6 4 2

1

Solange die Liebe dauert

Schon von Beginn einer leidenschaftlichen Liebesbeziehung an gelingt es einer Frau, einen bestimmten Gesichtsausdruck ihres Liebhabers einzuschätzen, ganz gleich wo sie sich befinden oder welche Tageszeit es ist. Es ist ein Ausdruck, der seine Gedanken verrät – sie weiß, dass er gleich die Arme nach ihr ausstrecken, sie umarmen und küssen wird. Seine fordernden Hände werden zu ihren Brüsten wandern und an ihrer Kleidung nesteln. Sie weiß, dass sie bald, sehr bald schon, mit den Beinen in der Luft auf dem Rücken liegen wird, wenn man es denn so ausdrücken möchte.

So setzt sich das fort, Tag für Tag, Abend für Abend. Sie treffen sich, diese Liebenden, besuchen gemeinsam ihre Lieblingsplätze, sie reden in vertraulichem Gemurmel. An sonnigen Tagen spazieren sie Hand in Hand in den Gärten der Tuileries oder entlang dem Ufer der Seine. Sie sitzen an kleinen runden Tischen vor Cafés und trinken Eistee, und in schummrigen Bars nippen sie an einem Pernod oder einem Cognac. In den eleganten Boutiquen der Rue Cambon oder in den großen Warenhäusern kaufen sie sich gegenseitig Geschenke – einen Seidenschlips für ihn und ein Spitzenhöschen für sie.

Dieser bestimmte Gesichtsausdruck wird in einer Häufigkeit auftreten, die für die geliebte Frau schmeichelhaft ist. Wenn sie ihn wahrnimmt, legt sie ihre Hand auf seinen Arm und lächelt ihn an. Es ist ein Lächeln, das ihn einlädt, sie an den nächstbesten Ort zu führen, wo sie einander entkleiden können. Das mag seine oder ihre Wohnung sein, welche auch immer am nächsten liegt und am einfachsten zu erreichen ist.

Einmal angekommen – *o là là* –, fallen die Jacke, der Rock, die Hosen, das Kleid, die Strümpfe, die Höschen, alles eben, zu Boden. Leidenschaftliches Gemurmel verwandelt sich in Stöhnen und zusammenhanglose Worte, während die Lippen und Hände der Liebenden die weiche Haut ihrer nackten Körper ertasten – weiche Haut und harte Muskeln. Ihre Beine sind geöffnet, sein Bauch berührt ihren, ihre erhitzten Körper vereinen sich in jener heißen Begierde, die sich schon bald in wilde Zuckungen der Ekstase und Erfüllung verwandelt.

Es gibt jedoch ein wenig schmeichelhaftes Sprichwort, dass die Liebe nämlich nur so lange hält, wie sie eben hält. Man mag dies bedauern und verteufeln, und das Wissen mag einem zusetzen – doch der Zeitpunkt kommt, vielleicht erst nach Monaten, vielleicht aber schon nach wenigen Wochen, wo eine Frau einen anderen Ausdruck in den Augen ihres Geliebten wahrnimmt. Unnötig zu erwähnen, dass die Wonnen ihres Körpers ihm immer noch zu jeder Tages- oder Nachtstunde zugänglich sind. Aber – und welch ein armseliges kleines Wörtchen das doch ist – strich er früher mit der Glut der Begierde in den Augen ihre Bluse oder ihren Rock zwischen ihre Schenkel hoch, kann sie jetzt in seinem Blick fast so etwas wie Zurückweisung erahnen.

Er wird sie immer noch küssen, sie hastig ihrer Kleider entledigen und sich auf sie legen – denn das ist es, was Männer tun. Doch sein Herz gehört nicht länger ihr allein, und die Art und Weise, wie sie sich lieben, hat nicht mehr die Unbeschwertheit jener früheren Tage. Selbst wenn er die dunkelroten Knospen ihrer Brüste und die zarten Innenseiten ihrer Schenkel küsst, geht ihm doch etwas anderes durch den Sinn – der verabscheuungswürdige Zug der Berechnung. Die Frau, auf dem Rücken liegend, weiß nun, dass ihre Liebesbeziehung sich dem Ende nähert.

Genauso verhielt es sich zwischen Arlette Lamartine und Marc Beauvais. Am Anfang glühten sie vor Zuneigung zueinander, selbst in der Öffentlichkeit konnten sie kaum die Hände voneinander lassen. Nach vier Monaten jedoch hatte sich die Sache abgekühlt. Arlette war eine Frau mit eigenem Willen – sie war unabhängig und wollte nicht das Opfer eines Mannes sein –, ob sie ihn nun liebte oder nicht.

Noch bevor Marc den Mut aufbrachte, ihr zu sagen, dass er sie nicht mehr so liebte wie zuvor, ergriff sie die Initiative und erklärte ihm, dass ihre Liebesaffäre beendet sei.

Es gab weder Tränen noch Geschrei – sie machte keine Szene. Sie sprach ruhig und erklärte ihm offen ihre Absichten. Den Zeitpunkt, den sie mit fast katzenhafter Bosheit zur Mitteilung ihrer Entscheidung wählte, war, als sie und Marc zusammen im Bett lagen. Es war ein sonniger Mainachmittag, und sie befanden sich in Arlettes Wohnung. Sie waren nackt, sie lag in seinen Armen, ihre Beine ineinander verschlungen.

Um es genau zu sagen, machte sie ihre Ankündigung genau zwei Minuten nachdem Marc von ihrem erhitzten und befriedigten Körper heruntergerollt war.

Die bodenlangen Tagesgardinen waren vor die hohen Fenster gezogen und tauchten Arlettes Schlafzimmer in romantisches Zwielicht. Marc und sie lagen auf ihrem in Weiß und Gold gehaltenen Bett, sie auf dem Rücken, immer noch vor Zufriedenheit glühend, er neben ihr. Seine Hand ruhte besitzergreifend auf ihrem Bauch. Ihre Mitteilung verwirrte ihn so sehr, dass er um eine Antwort verlegen war.

Marc Beauvais war fast dreißig Jahre alt, ein kräftig gebauter Mann mit beeindruckend breiten Schultern. Sein dunkelbraunes Haar war gelockt – und dicht genug, dass eine Frau ihre Finger hindurchfahren lassen wollte, wenn sie es denn wünschte. Meist trug er schmal geschnittene Hosen, die den Eindruck vermittelten, dass sich unter seiner teuren Kleidung muskulöse Beine verbargen.

Lange bevor Arlette und er ein Liebespaar geworden waren, hatte sie sich über seine männlichen Qualitäten bereits Gedanken gemacht – wenngleich auch nur aus reiner Routine. Aus der Farbe und Dichte seines Haars schloss sie, dass dunkelbraune Locken seine Brust bedecken würden. Vielleicht bedeckten sie auch, sich nach unten hin verengend, seinen Bauch. Wenn man das Ratespiel noch weiter treiben wollte, sagte sich Arlette, dass Marc vermutlich noch dichtere Haare zwischen seinen muskulösen Schenkeln besaß.

Sollten sie und er sich jemals irgendwo alleine begegnen, hatte sie weiter erwogen, würde sie seine Hosen öffnen und das dunkelbraune Haarknäuel, das sie dort vorzufinden hoffte, etwas genauer untersuchen. Während sie schon dabei war, würde sie das lange, rosa und von Locken umrahmte Objekt näher betrachten.

Die Natur der Männer berücksichtigend, wäre es seltsam und ausgesprochen unnatürlich, wenn nicht ähnliche Vorstellungen über Arlette dann und wann Marcs Gedanken gekreuzt hätten, wenn sie sich auf gesellschaftlicher Ebene irgendwo begegneten. Wie es häufig so ist, werden Wünsche, wenn sie nur hartnäckig genug herbeigesehnt werden, tatsächlich wahr. Es kam der Tag, als sie und er zu Geliebten wurden und alles über ihre Schamhaare und Intimzonen erkunden konnten, was es zu erkunden gab.

Doch jetzt – *voilà!* – war nach nur vier Monaten das verliebte Verzücken in Marcs Herz verblasst. Ganz anders Arlette – ihre Gefühle angesichts Marcs Erkalten waren so komplex, dass sie sie sich noch nicht einmal selbst erklären konnte. Sie wollte unter allen Umständen ihre Selbstachtung und ihren Stolz bewahren. Aus diesem Grund kam sie dem unweigerlichen Gang der Dinge zuvor und sprach als Erste aus, dass ihre Liebe erkaltet war.

Für Marc, der gerade erst tief befriedigt von ihrem Bauch geglitten war und nackt auf Arlettes Bett lag, beschwor ihre

Ankündigung eine vollkommen neue Situation herauf – eine Situation, bei deren Handhabung er keinerlei Erfahrung besaß. Noch nie zuvor hatte eine Frau ihm den Laufpass gegeben – in der Vergangenheit war immer er es gewesen, der zwar sein Bedauern zum Ausdruck gebracht, sich dann aber schnell aus dem Staub gemacht hatte, als die Tränen zu fließen begannen.

Obwohl er gerne die Affäre mit Arlette beendet hätte, war er doch über ihre Worte irritiert. Sein männlicher Stolz war verletzt – es war ein seit langem feststehendes männliches Ritual, dass er – und nicht sie – das Ende einer Liebesbeziehung verkündete. Wenn man jedoch die Vorteile in Betracht zog, so gab es weder wütende Tränenausbrüche noch böse Beschuldigungen. Arlette hatte das Ende der Liebe mit Fassung und Würde verkündet – so weit eine nackte, auf dem Rücken liegende Frau mit gespreizten Beinen überhaupt würdevoll erscheinen konnte.

»Dann stimmst du also mit mir überein, dass es so am besten ist?«, fragte sie.

»Wenn du es so empfindest, kann ich nichts mehr dazu sagen«, erwiderte Marc und versuchte so, die gesamte Verantwortung auf ihre schmalen Schultern zu laden.

»Wir empfinden doch beide so«, entgegnete sie. »Du weißt es ebenso gut wie ich. *C'est la vie* – diese Tatsache musst du akzeptieren.«

Marc zuckte mit den Schultern – offenbar die einzige ihm mögliche Antwort.

»Du solltest dich eigentlich nicht zurückgestoßen fühlen«, fuhr sie fort. »Wenn du mir gegenüber ehrlich sein könntest, würdest du zugeben, dass du über deine neue Freiheit erleichtert bist.«

»Wie kannst du so etwas nur denken, *chérie*?«, konterte er lächelnd, denn Arlette benahm sich in der Tat sehr zivilisiert – für eine Frau jedenfalls. Alles würde gut werden. Darin irrte er natürlich, aber Männer können nie begreifen, was im Herzen einer Frau vor sich geht. Sie sehen ihr Lächeln und belügen sich selbst über dessen Bedeutung.

»Männer sagen im Bett nie die Wahrheit«, meinte Arlette schulterzuckend. »Glücklicherweise ist das nicht von Bedeutung.«

Sie schloss ihre Beine, rollte zur Seite, schubste Marc auf den Rücken, lehnte sich über ihn und gab ihm einen schwesterlichen Kuss. Dieser Kuss mochte ihm noch wie der einer Schwester vorgekommen sein, nicht jedoch ihre Hand, die sich über sein erschlafftes und leicht klebriges Geschlechtsteil legte.

»Jetzt, wo wir nicht mehr Geliebte sind, können wir Freunde werden«, meinte sie gefasst. Dann glitt sie langsam seinen Körper hinab, bis ihre Brüste sich gegen seinen Bauch pressten.

»Ich bin dein dir treu ergebener Freund, Arlette«, sagte er. »Das war ich immer schon – das weißt du.«

»Geliebte sind niemals Freunde«, sagte sie. »Unbändige Leidenschaft und Freundschaft vertragen sich nicht.«

»Dann werde ich eben jetzt dein Freund sein, wenn du das willst«, sagte er. »Du kannst dich in jeder Hinsicht auf mich verlassen.«

In Wahrheit verwirrten ihn ihre Worte, doch war es einfacher, ihr zunächst zuzustimmen, bis er herausfand, was sie tatsächlich mit dem Wort Freundschaft meinte, was für ihn keinerlei Sinn zu ergeben schien. Nichtsdestotrotz breitete sich die Verwirrung, die sie in seinen Gedanken ausgelöst hatte, nicht auf seinen Körper aus, der gänzlich anderen Anreizen erlegen war. Als Arlette ihre nackten Brüste über sein Geschlecht rieb, richtete es sich hart auf und presste sich an sie. Marc lag regungslos da und seufzte verzückt.

»Werden wir uns denn jemals wieder sehen?«, murmelte er.

»Darauf kannst du jede Wette abschließen«, erwiderte sie.

Wenig später nahm er sie bei den Schultern und versuchte, sie auf den Rücken zu drehen.

»*Je t'adore*, Arlette«, murmelte er. »Wir können unsere vergangene Liebe nicht leugnen – leg dich zurück.« So sehr er auch bettelte, widerstand sie seinem Versuch, sie auf den Rücken zu legen und auf sie zu gleiten.

»*Chérie*, denk an all das, was wir einander bedeutet haben«, bettelte er.

»Ich bewundere dich wie eh und je«, erwiderte sie ruhig. »Aber du musst begreifen, dass sich die Dinge nun geändert haben. Jetzt, wo wir uns von den Ketten der Liebe befreit haben, müssen wir herausfinden, wie wir einander gute Freunde sein können.«

Ihre Worte erschienen ihm sinnlos. Vermutlich konnte sich Arlette auch keinen Reim darauf machen, doch wollte sie ihn so lange wie möglich in Unruhe halten – vielleicht für den Rest seines Lebens. Er versuchte nicht länger sie umzudrehen und sich auf sie zu legen, sondern fügte sich ihrem Willen. Bebend lag er unter ihr, während sie ihre nackten Brüste über sein pulsierendes Geschlecht schob.

»Ist es das, was Freunde füreinander tun?«, keuchte er.

»Warum nicht? Das scheint mir etwas sehr Freundliches zu sein.«

Keuchend wand er sich unter ihr – dann spürte sie den warmen Erguss seiner Leidenschaft zwischen ihren Brüsten.

Seit jenem Nachmittag hatte sich alles geändert. Zu seiner Überraschung empfand Marc es als eine Wendung zum Guten. Er musste nicht länger so tun, als ob er bis über beide Ohren in Arlette verliebt war, auch musste er nicht jeden Tag mit ihr zusammen sein. Er konnte sie treffen und sie ausführen, wann immer es ihm passte. Nicht ein einziges Mal schlug sie ihm ein Treffen ab – und zu seinem Erstaunen und Entzücken schlug sie ihm auch sonst nichts ab.

Es ist daher nicht verwunderlich, dass Marc diese neue Freundschaft zwischen ihm und ihr als etwas betrachtete, das die Vorzüge, ihr Liebhaber zu sein, ohne die damit zusammenhängenden Nachteile beinhaltete.

Außerdem war es angenehm, dass er andere Frauen begehren und sich mit ihnen verabreden konnte. Ein gut aussehender und finanziell abgesicherter Mann wie Marc musste sich diesbezüglich nicht sonderlich anstrengen. Schöne junge Frauen fühlten sich zu ihm hingezogen. Und Frauen ganz allgemein, ob nun schön oder nicht, fanden ihn attraktiv. Ungeachtet ihres Alters verzauberte er sie alle, ohne sich dabei viel Mühe zu geben. Das weibliche Interesse an seiner Person betrachtete er als etwas, was ihm selbstredend zustand.

Hätte er jemals wirklich über Arlette nachgedacht, wäre ihm möglicherweise aufgefallen, dass es in ihrem gemeinsamen Bekanntenkreis nur wenige Geheimnisse gab – sein Interesse an anderen Frauen würde schon bald in aller Munde sein. Die Neuigkeit, dass er mit dieser oder jener Frau gesehen worden war, würde man ohne Verzögerung an Arlette weitergeben.

Hätte er so weit gedacht, hätte er sich möglicherweise eine Frage gestellt, zu der es keine eindeutige Antwort gab. Wenn Arlette von seinen Abenteuern in anderen Betten wusste, warum verhielt sie sich ihm gegenüber dann immer noch so liebenswürdig? Doch Marc war derart philosophischen Fragen gegenüber wenig empfänglich und machte sich ungern Gedanken über die Beweggründe anderer Leute. Er nahm die Annehmlichkeiten des Lebens entgegen, wie sie sich ihm boten.

Ungefähr einen Monat, nachdem seine Liebesaffäre mit Arlette sich in diese ungewöhnliche Freundschaft entwickelt hatte, führte er sie eines Donnerstagabends zum Essen aus. Sie besuchten ein kleines Restaurant in der Nähe des Boulevard St Germain, das sie beide gerne mochten. In diesem

Restaurant hatten sie häufig gegessen, als sie noch Geliebte waren und bevor sie Freunde wurden.

Es hatte Tage gegeben, als das Begehren zwischen ihnen so heftig gewesen war, dass sie kaum die Hände voneinander lassen konnten. An manchen Abenden hatten Marc und Arlette Seite an Seite auf der langen Bank des Restaurants mit dem Rücken zur Wand gesessen, wobei das weiße Tischtuch die Bewegungen ihrer Hände versteckt hatte.

In jenen Tagen – und das war erst wenige Wochen her, obwohl es wie eine Ewigkeit schien – hatte der wissende Ober ihnen den Rücken zugedreht, nachdem er abgeräumt, einen frischen Aschenbecher hingestellt und noch eine Flasche guten Weines entkorkt hatte. Marc und Arlette hatten sich in die Augen gesehen und endlos über nichts und wieder nichts gesprochen, wie es Verliebte zu tun pflegen. Von der Tischdecke verdeckt, hatte sich Marcs Hand auf Arlettes Schenkel niedergelassen.

Er spürte die warme Haut unter dem Stoff ihres Kleides und schwor ewige Treue – und ihre Hand streichelte seine Schenkel entlang, bis ihre Finger die Wölbung in seinen Hosen nachzeichnen konnte.

Doch das war jetzt Vergangenheit. An diesem Donnerstagabend aßen sie Coq au vin, tranken einen guten Beaujolais und sprachen über alles Mögliche, nicht jedoch von der Liebe. Ihr Gespräch verlief ausgesprochen freundlich. Arlette trug ein kleines Schwarzes, das ein wenig nach Chanel aussah und ihr so auf den Leib geschneidert war, dass ihre Brüste elegant nachgezeichnet wurden. Nachdem das Geschirr abgeräumt war, bestellte Marc Cognac an Stelle von Wein.

»In Erinnerung an alte Zeiten«, sagte er leicht sentimental und nippte an seinem Glas.

Unter dem Tisch suchte seine Hand ihr Knie.

»Ganz wie du meinst«, erwiderte sie und prostete ihm zu.

»Ich fand jedoch schon immer die Zukunft viel interessanter als die Vergangenheit.«

»Für mich ist die Gegenwart viel interessanter als Vergangenheit oder Zukunft«, gestand Marc mit einem Grinsen, das sie nur zu gut kannte.

Während er sprach, glitt seine Hand wie gewohnt unter den Saum ihres Kleides und zwischen ihre Beine, bis er die warme Haut oberhalb ihrer Strümpfe berührte.

»Erinnerungen, Erinnerungen«, bemerkte sie in freundlichem Tonfall.

Marcs Finger arbeiteten sich den gewohnten Liebespfad nach oben und fanden ihr spitzenbesetztes Höschen.

Als sie ihren Cognac ausgetrunken hatten, verließen sie eilig das Restaurant – ganz wie in alten Zeiten. Arlette bestand darauf, dass ihre Wohnung am nächsten war – sie konnten sie in zehn Minuten zu Fuss erreichen.

»Ich habe aber das unwiderstehliche Bedürfnis, dich wie früher immer im Taxi zu küssen«, meinte Marc.

Aus Erfahrung wusste sie, was er mit dem Wort Kuss meinte. Das hatte sie schon oft mit ihm erlebt. Sie beide auf dem dunklen Rücksitz eines Taxis, in dem der Fahrer sich bewusst langsam durch den Verkehr schlängelte und ein ansehnliches Trinkgeld dafür erwartete, dass er diskret über ihre Aktivitäten auf dem Rücksitz hinwegsah. Sie mit geöffneten Knien, Marc mit einem Arm um ihre Taille und mit dem anderen unter ihrer Kleidung.

»Du musst deine Leidenschaft so lange zügeln, bis wir in meiner Wohnung sind«, meinte sie und lächelte nachsichtig.

Sie gingen den Boulevard St.Germain in Richtung Westen. Marc hatte seinen Arm um ihre Taille gelegt. Es war erst kurz nach zehn, und viele Menschen, meistens Paare, schlenderten die Straße entlang. In den Cafés herrschte Hochbetrieb, kaum ein freier Tisch war zu sehen, weder im Inneren noch draußen. Frauen mit sehr tiefem Ausschnitt und extrem engen

Röcken standen paarweise unter Straßenlaternen und warteten auf Männer, die auf der Suche nach einem schnellen Vergnügen waren.

Marc und Arlette erreichten das Haus, in dem sie wohnte. Auf dem Weg nach oben berührte sie leicht seinen Hosenschlitz.

»Wie ich sehe, bist du immer noch enthusiastisch«, bemerkte sie. »Ich habe mich schon gefragt, ob der nächtliche Spaziergang dich möglicherweise beruhigt hat.«

»Niemals«, erwiderte Marc bestimmt. Seine Hand lag flach auf ihrem Hintern und schob sie die Treppe hoch, während er ihn fest drückte.

»Für einen Freund verhältst du dich recht fordernd«, bemerkte sie.

Marc kicherte.

»Ich kann mich an Zeiten erinnern, als ich dich um zwei Uhr früh nach Hause gebracht habe und wir uns so sehr begehrten, dass wir dein Appartement gar nicht abwarten konnten. Wir haben es hier im Treppenhaus getrieben – das ist es, was ich als fordernd bezeichnen würde.«

»Du hast mich vergewaltigt«, bemerkte Arlette liebevoll. »Du hast mich gegen die Wand gepresst und bist in mich eingedrungen, während mein Rock mir bis zur Taille hochrutschte und mein Höschen zwischen den Knien hing. Ich musste so laut schreien, dass die Nachbarn sich am nächsten Tag beschwert haben.«

Über die alten Zeiten plaudernd, erreichten sie das zweite Stockwerk und Arlettes Appartement. Während sie nach dem Schlüssel suchte, streichelte Marc ihren Hintern, dann presste er sich gegen ihren Rücken und nahm ihre Brüste in die Hände.

»Du benimmst dich eher wie ein Geliebter denn wie ein Freund«, bemerkte Arlette milde.

Wäre es nach Marc gegangen, wären sie sofort in ihr Schlafzimmer gegangen. Doch Arlette wollte ihn aus der Ruhe bringen und spielte die Rolle der aufmerksamen Gastgeberin und nicht die der Geliebten. Im Wohnzimmer drängte sie ihn, sich auf das taubenblaue Sofa zu setzen, während sie eine Flasche und Gläser brachte und jedem noch einen Cognac einschenkte.

»Auf unsere Freundschaft«, sagte Marc – es war als eine Art Toast gemeint, doch in seiner Stimme schwang Ironie mit. Arlette setzte sich neben ihn auf das Sofa. Ihre Knie hielt sie geschlossen. Auf unerklärliche Weise war der Saum ihres Kleides über ihr Knie gerutscht und erlaubte den Blick auf ihre Seidenstrümpfe, die sich um ihre Schenken schmiegten. Marc blickte kurz nach unten, seine Augen leuchteten, dann wandte er den Blick ab. Damit glaubte er zu demonstrieren, dass er ihre Freundschaft würdigte.

Arlette gab vor, weder ihre eigene Blöße noch seine Höflichkeiten zu bemerken, und begann von einer interessanten Begebenheit zu erzählen, von der sie gehört hatte. Ein Freund hatte ihr gesagt, er habe Marc mit einer gewissen hellblonden Frau gesehen.

»Jemand hat mir erzählt, dass er dich mit Jaqueline Peyron gesehen hat«, meinte Arlette mit trügerischer Leichtigkeit. »Bist du an ihr interessiert, *chéri*?«

»Ich habe sie ein paar Mal getroffen«, erwiderte Marc prompt. »Aber ich bin mir nicht sicher, ob ich an ihr interessiert bin oder nicht. Oder welcher Art dieses Interesse sein könnte – falls ich an ihr interessiert sein sollte.«

Arlettes zartes, dennoch provokatives Parfüm war ihm nicht entgangen, ebenso wenig wie der Stoff ihres Kleides die elegante Rundung ihrer Brüste betonte. Er konnte seinen Blick nicht länger von dem Stück nackten Schenkels zurückhalten, das sie ihm zeigte.

»Aber natürlich weißt du, ob du an ihr interessiert bist«, sagte sie. »Wann hast du sie denn das letzte Mal gesehen?«

Unmerklich rutschte sie auf dem Sofa näher zu ihm heran, bis ihr Schenkel den seinen berührte.

»Vorgestern«, erwiderte er. »Ich hatte sie zum Mittagessen eingeladen.«

»Mittagessen? Danach hast du sicher einen langen Nachmittag mit ihr im Bett verbracht.«

»Nein, das habe ich nicht«, entgegnete er und schüttelte den Kopf. »Obwohl Jaqueline das wohl von mir erwartet hat. Nach dem Essen gingen wir eine halbe Stunde lang im Jardin du Luxembourg spazieren – und danach habe ich sie alleine in ein Taxi gesetzt.«

Arlette starrte ihn einen Augenblick lang an. Sie schien darüber nachzudenken, ob er sie anlog.

»Und was hast du dann getan?«, fragte sie mit einem viel sagenden Lächeln.

»Nichts Besonderes.«

»Ist dir warm?« wechselte sie das Thema. »Dein Gesicht ist ganz rot, *chéri.*«

Wechselte sie tatsächlich das Thema? Ihre Finger wanderten zu seinem Schoß und legten sich über die Wölbung – sie war ganz weich. Sie ließ ihre Fingerspitzen die ganze Länge auf- und abtasten und fühlte, wie er sich rührte.

»Du kannst mir glauben, Jaqueline ist alleine mit dem Taxi weggefahren, und ich habe noch eine Stunde lang in einer Bar gesessen.«

»Das hört sich sehr melancholisch an«, sagte sie mitfühlend. »Und es sieht dir so gar nicht ähnlich, Marc.«

»Ich weiß«, stimmte er ihr seufzend zu. »Es entspricht einfach nicht meinem Stil. Das hier schon viel eher.« Er griff unter ihren Rock und streichelte ihre Schenkel.

»Das ist sehr kameradschaftlich, wenn du das tust. Uns ineinander zu verlieben war ein Fehler. Wir können uns glücklich schätzen, rechtzeitig erkannt zu haben, dass wir nicht zueinander passen.«

»Wie wahr, *chérie*«, erwiderte Marc, während seine Finger sich unter den Spitzenrand ihres Höschens schoben, um ihre weiche Haut zu streicheln. »Wenn wir so weitergemacht hätten, hätte es in einer Katastrophe geendet. Ich bin sehr glücklich, dass wir nun Freunde sein können.«

»Als Freunde können wir miteinander ehrlich sein«, sagte sie. »Bist du dabei, dich in Jaqueline zu verlieben?«

Marc zuckte zweifelnd die Schultern und streichelte sie auf ganz und gar freundschaftliche Weise zwischen den Beinen.

»Bin ich dabei, mich in sie zu verlieben?«, wiederholte er. »Du fragst mich sicher deswegen, weil ich sie nicht gleich bei der ersten Gelegenheit ins Bett gezerrt habe. Aber wer kann schon sagen, wer in wen verliebt ist? Die Frage an sich ist schon zu kompliziert. Lass uns über etwas Einfacheres sprechen – beispielsweise darüber, ob ich bereits mit ihr geschlafen habe.«

»Hast du denn?«, fragte Arlette leicht überrascht. So wie sie Marc kannte, war sie selbstverständlich davon ausgegangen, dass er Jaqueline bei jeder sich bietenden Gelegenheit ins Bett gezerrt hatte.

»Ich bin ebenso überrascht wie du«, fuhr er fort. »Ich überrasche mich selbst. Aber Tatsache ist, obwohl ich sie während der letzten ein oder zwei Wochen mehrmals gesehen habe, habe ich ihr immer noch nicht das Höschen ausgezogen. Ich finde keinerlei Erklärung dafür – ich bin vollkommen ratlos.«

»Ging es dir vielleicht nicht gut?«

»Ich bin gesund wie eh und je. Glaubst du, dass ich mein Interesse an schönen Frauen verliere?«

»Du? Undenkbar«, versicherte sie ihm. »Sicherlich gibt es einen anderen Grund für diese lange Zurückhaltung – obwohl ich mir nicht vorstellen kann, welcher es sein könnte.«

»Im November werde ich dreißig.« Seine Hand streichelte sie behutsam unter ihrem dünnen Höschen. »Es wäre einfach niederschmetternd festzustellen, dass mein Interesse an Frauen nachlässt.«

»Niemals, niemals, niemals«, bemerkte Arlette mit Nachdruck. »Du ziehst Frauen an wie das Licht die Motten.«

»Du bist wirklich sehr mitfühlend«, murmelte er. »Vielleicht bist du etwas zu großzügig. Findest du mich denn immer noch anziehend, *chérie*?«

»Aber sehr sogar«, bestätigte sie.

»Ist das wahr, oder möchtest du mir nur schmeicheln?«

»Es ist die Wahrheit, *chéri*, ich schwöre es.«

»Nun, das können wir ja leicht herausfinden«, sagte er, während seine Fingerspitzen ihre warmen Lippen unter ihrem Kleid streichelten.

»Ich könnte dir etwas über Jaqueline erzählen, das du vielleicht nicht weißt«, meinte Arlette mit einem viel sagenden Lächeln.

Doch noch während sie sprach, öffneten sich ihre Beine auf dem Sofa, um seiner Hand das Spielen zu erleichtern. Ihr kleines Schwarzes war vom Nacken bis zur Taille durchgeknöpft. Mit der einen Hand streichelte Marc sie zwischen den Schenkeln, während seine andere die Knöpfe von oben nach unten öffnete.

»Als Freunde können wir miteinander ehrlich sein, wie du schon sagtest«, sagte er, nachdem er alle Knöpfe geöffnet hatte.

Das Kleid öffnete sich und gestattete ihm einen Blick auf Arlettes langen Rücken, der bis auf den dünnen Halter ihres Büstenhalters nackt war – und selbst der bestand lediglich aus einem schmalen Band schwarzen Satins.

»Sei so ehrlich mit mir, wie du möchtest«, murmelte sie.

Als der letzte Knopf geöffnet war und das Kleid lose herunterhing, konnte Marc den Bund ihres Höschens sehen. Es war schwarz und aus so feiner Seide, dass es nahezu durchsichtig war.

»Ich wollte dir etwas Wichtiges sagen, Marc, doch du hast mich abgelenkt«, bemerkte sie unsicher. »Es handelt sich um etwas, das du vielleicht über Jaqueline Peyron noch nicht weißt.«

»Ich weiß überhaupt nichts über sie«, stimmte er ihr zu und streichelte ihren nackten Rücken. »Ich weiß nur, dass sie jung und schön ist. Wie aber kann Ehrlichkeit ablenken – ganz im Gegenteil, mir scheint sie eher befreiend.«

Er klang sehr ehrlich, obwohl Arlette wusste, dass er das kaum jemals war. Sie seufzte leise auf, als er das Vorderteil ihres geöffneten Kleides nach vorne zog und es auf ihre schlanke Taille herunterfiel.

Ihre Brüste waren spitz und elegant – und wie jedes Mal war Marc über die Blässe ihrer Haut und die kontrastierenden roten Knospen erstaunt. Er legte eine Hand über jede Brust und fühlte ihre Wärme. Sie griff ihm zwischen die Beine und zog den Reißverschluss auf, dann griff sie hinein und half seinem erregten Phallus mit festem Handgriff heraus.

»Steh einen Augenblick auf«, bat er sie.

Sie zögerte kurz, ehe sie ihm nachgab. Als sie sich aufrichtete, fiel ihr Kleid zu Boden, und sie stand in ihrem durchsichtigen schwarzen Höschen und Seidenstrümpfen vor seinen bewundernden Augen. Marc erhob sich ebenfalls und zog sie zu sich heran, während er ihre Brüste und die runden Backen ihres Hinterns berührte. Sie zitterte unter seinen Berührungen, und ihre Hand wanderte erneut zwischen seine Schenkel, um ihn warm zu umfassen.

Sie spürte den heißen Kopf seines Schaftes an ihrem Bauch und umschloss ihn mit beiden Händen, während Marc seine Daumen über ihre festen kleinen Knospen gleiten ließ. Dann ließ sie von ihm ab, legte die Hände an die Taille und ließ ihr Höschen die Beine heruntergleiten.

Marc setzte sich wieder auf das Sofa, und seine Hand wanderte zwischen ihre Schenkel. Ihre Locken waren weich und hellbraun, die Lippen darunter warm und weich. Sie wandte sich ihm zu und setzte sich rittlings auf seinen Schoß. Er streckte sich ihr entgegen, um sie zu küssen, während ihre Finger sich um sein Geschlecht legten.

»Macht dich das glücklich, Marc?«, fragte sie, während ihre Hand sich zart zwischen ihren Körpern auf und abbewegte.

»Das ist etwas sehr Freundschaftliches, was du da machst«, stimmte er ihr zu.

Seine Finger pressten sich gegen die Lippen zwischen ihren Beinen. Sie war noch erregter als er – seine Finger glitten ungehindert in das warme Nass –, und kaum eine Minute später spürte er, wie sie vor Wonne zerfloss. Keuchend drängte sie sich an ihn, als die Welle der Lust von zwischen ihren Beinen zu ihren Brüsten und wieder zurück rollte.

Sich an seine Schultern klammernd, zitterte und jammerte sie, während er sie mit seinen Fingerspitzen der vollkommenen Erfüllung zuführte. Schließlich ließ sie sich bebend gegen seine Brust fallen. Einen Augenblick lang war sie still, dann blickte sie ihn mit einem merkwürdigen Gesichtsausdruck an.

»Wie ist dir das gelungen?«, fragte sie leicht verwirrt. »Ich dachte, du wärst der Erste.«

»Es besteht überhaupt kein Zweifel daran, dass du mich immer noch sehr attraktiv findest«, bemerkte er selbstzufrieden.

»Immer und zu jeder Zeit«, erwiderte sie und lächelte breit.

Marc ergriff mit beiden Händen ihre Taille und hob sie von seinem Schoß, bevor er sie der Länge nach auf das taubengraue Sofa legte. Er zog sich die Jacke und den Schlips aus, spreizte ihre Beine weit auseinander und kniete sich dazwischen. Immer noch halb angezogen, beugte er sich über ihren nackten Bauch und drang immer weiter in sie ein, bis er sie vollkommen penetriert hatte.

»Nach einer Freundin wie dir habe ich wohl mein ganzes Leben lang Ausschau gehalten«, murmelte er, während er ihre Brüste drückte und sie hart ritt.

Mit halb geschlossenen Augen bäumte Arlette ihm ihre Hüften entgegen, um seinen harten Stößen entgegenzukommen.

»Das kannst du laut sagen – ich bin die treue Freundin, von der du immer geträumt hast«, seufzte sie und ließ ihre Hände unter sein Hemd gleiten. Ihre Fingernägel krallten sich in die fleischigen Backen seines Hinterns.

Marc hatte keine Ahnung, was sie damit meinte. Es war ihm auch gleichgültig. Als er ihre scharfen Fingernägel in seinem Hinterteil fühlte, stöhnte er keuchend auf und drang noch härter und schneller in das feuchte Warm zwischen ihren Schenkeln.

»Ob ich von dir träume?«, keuchte er. »Begehre ich dich im Schlaf, Arlette?«

»Ich werde niemals zulassen, dass du mich vergisst, Marc«, keuchte sie.

Ihr Rücken bog sich vom Sofa, und Wellen der Ekstase überfluteten sie zum zweiten Mal. Marc schrie auf und bewegte sich hastig auf ihrem erhitzten Bauch, während seine Lust sich wie ein Springbrunnen in ihr ergoss.

2

Liebe am frühen Morgen

Die gute Freundin, die Arlette erzählt hatte, dass ihr Liebhaber Marc Beauvais sich für eine andere Frau, Jaqueline Peyron, interessierte und sich mit ihr in Restaurants und an anderen Orten traf, war Marcs Frau Sylvie.

Marc und Sylvie lebten nicht mehr zusammen, waren jedoch noch nicht geschieden. Die Situation war kompliziert und unbefriedigend. Nach zwei Jahren scheinbar glücklicher Ehe mit der schönen Sylvie hatte Marc den Schluss gezogen, dass die Häuslichkeit ihn zu sehr einengte. Er war der Meinung, er brauche die Freiheit, um seiner drängenden Natur freien Lauf lassen zu können. Und so wurde, trotz Sylvies zögernder Einwilligung, eine Trennung vereinbart.

Als sie alles zwischen sich geregelt hatten, blieb Sylvie in dem schönen, großen Appartement, in dem sie gemeinsam gelebt hatten, während Marc in ein kleineres, nicht weniger komfortables Junggesellenappartement auf der anderen Seite des Flusses zog. All dies wurde so vernünftig wie möglich arrangiert – Marc bezahlte alle Rechnungen und traf Sylvie dann und wann in der Gesellschaft gemeinsamer Freunde.

Doch ob vernünftig oder nicht, Sylvie behielt dank ihres gemeinsamen Freundeskreises einen guten Überblick über Marcs Aktivitäten. Es gab immer irgendjemanden, der sie darüber auf dem Laufenden hielt, mit welcher Frau er gerade gesehen worden war. Da sie ihn gut kannte, überraschte es Sylvie wenig, dass Marcs Eroberungen offenbar niemals außerhalb ihres weiten Freundeskreises stattfanden.

»Wenn er so weitermacht«, hatte Sylvie mehr als einmal gesagt, »wird er mit allen Ehefrauen und Töchtern meines Bekanntenkreises im Bett gewesen sein. Was er tut, hat schon fast etwas Inzestuöses.«

Und Marc fand es offenbar ebenso vernünftig und zivilisiert, wenn er nichts Besseres zu tun hatte, unangekündigt in Sylvies Appartement aufzukreuzen – und sie dazu zu überreden, mit ihm ins Bett zu gehen.

»Nein, ich will nicht«, sagte sie jedes Mal. »Ich lasse mich von dir für deine gelegentlichen Vergnügungen nicht wie ein Straßenmädchen behandeln – du hast mich verlassen, erinnerst du dich? Du hast kein Recht, mich darum zu bitten.«

Vielleicht glaubte sie ihren eigenen Worten, vielleicht auch nicht. Es war ohnehin unwichtig – denn zu dieser Zeit würde Marcs Hand bereits unter ihr Kleid gekrochen und in ihrem Höschen verschwunden sein, um dort die Quelle ihrer intimsten Vergnügungen in der Hand zu halten. Es waren nur wenige Schritte bis zu dem weißrosa Schlafzimmer im Louis-XV-Stil – obwohl in einem Moment wie diesem wohl kaum einer die Eleganz der Einrichtung würdigen würde – und nur wenige Schritte im Zimmer bis zu dem Bett und wiederum nur ein Augenblick der Bemühungen, um sie auf den Rücken zu drücken.

Marc war es dabei vollkommen gleichgültig, ob seine Besuche passend waren oder nicht. Manchmal war Sylvie angezogen und wollte die Wohnung verlassen – er jedoch zuckte mit den Schultern und meinte lediglich, wen immer sie auch treffen wolle, es ihm sicher nichts ausmachen würde, zwanzig Minuten zu warten.

»Nein, nein, ich will nicht«, würde Sylvie, auf dem Bett liegend, protestieren.

Ihr Protest war nicht ernst gemeint, und keine weiteren Worte drangen aus ihrem Mund, weil Marc in der Zwischenzeit seine Lippen auf ihre presste und sie küsste – seine Zunge vibrierte gegen ihre. Bei diesen Gelegenheiten machte er sich nie die Mühe, sie auszuziehen – er strich lediglich ihren Rock bis zur Taille hoch und entledigte sie ihres Höschens. Hätte er Sylvie nackt im Bett geliebt, hätte er sich möglicherweise zu sehr an ihre eheliche Häuslichkeit erinnert gefühlt. Er sah sich nicht länger als Ehemann – falls er das jemals getan hatte. Er war ein freier Geist, ein einsamer Wolf. Frauen existierten zu seinem spontanen Vergnügen – und das galt auch für Sylvie.

Eines Nachmittags im Winter war er genau in dem Augenblick ohne Ankündigung hereingeschneit, als Sylvies Hand sich auf den Türgriff gelegt hatte und sie gehen wollte. Es war ein kalter Tag, und sie trug den schwarzen Pelzmantel, den er ihr im ersten Jahr ihrer Ehe zum Geburtstag geschenkt hatte.

»Ich habe jetzt keine Zeit, um mit dir zu reden, Marc«, sagte sie bestimmt. »In einer Viertelstunde muss ich beim Friseur sein.«

Die Worte hätte sie sich sparen können, denn sie nützten sowieso nichts. Marc drängte sie zurück in die Wohnung, die Hände innerhalb des offenen Mantels auf ihren Hüften.

»Aber ich vergöttere dich, *chérie*«, sagte er. »Du bist so wunderschön, dass es mir fast das Herz bricht, dich zu sehen.«

Schneller als sie glaubte, war sie im Schlafzimmer. Wie sehr sie sich auch beschweren mochte, innerhalb nur weniger Sekunden hatte Marc sie auf das Ehebett gelegt, ihr das Höschen ausgezogen und seine Hände zwischen ihre Schenkel gleiten lassen. Dann hörte sie zu protestieren auf und begann zu stöhnen und zu zittern, als er sie mit so geübter Zärtlichkeit und Umsicht streichelte, dass nichts anderes mehr von Wichtigkeit zu sein schien – noch nicht einmal der wartende Friseur.

»Ich vergöttere dich, Sylvie«, murmelte er erneut und betrachtete sie mit leuchtenden Augen. In ihrem schwarzen

Pelzmantel auf dem Rücken liegend, bot sie einen durchaus entsprechenden Anblick – ihre glatten weißen Schenkel kontrastierten mit dem seidigen schwarzen Pelz des langen Mantels.

Ihr eigener kleiner Pelz war nicht so dunkel wie der andere, kleidete jedoch ihre Perle ausgesprochen gut. Wie zur Bestätigung seiner maßlosen Bewunderung legte sich Marc auf sie und glitt mit seinem zügellosen Steifen in sie hinein. Innerhalb weniger Minuten ritt er sie auf ihrem schwarzen Pelzmantel zu einem ekstatischen Höhepunkt.

Sylvie Beauvais und Arlette waren bereits seit Jahren befreundet – sie kannten sich schon vor der kurzen Ehe mit Marc. Unter diesen Umständen war es zu erwarten gewesen, dass Marc nach der Trennung seine erotische Aufmerksamkeit Arlette zuwenden und ihr Liebhaber werden würde.

Dies jedoch beeinträchtigte die Freundschaft zwischen Sylvie und Arlette nicht. Marc war ein freier Mann, wie man zu sagen pflegt, auch wenn er rechtlich gesehen noch verheiratet war. Sylvie und Arlette trafen sich und redeten, wie es Freunde zu tun pflegen, über alles und über nichts – doch nur sehr selten über Marc. Da sie ihn beide sehr gut kannten, schien er sich als Gesprächsthema wenig zu eignen.

Eines Morgens gegen elf trafen sich Sylvie und Arlette im Café Deux Magots auf dem Boulevard St.Germain, das für beide günstig gelegen war. Unter der Markise der offenen Terrasse fanden sie einen Tisch und bestellten schwarzen Kaffee. Die Männer an den anderen Tischen warfen den beiden eleganten jungen Frauen bewundernde Blicke zu. Sylvie trug ein smaragdgrünes Kleid aus Crêpe-de-Chine mit langen, engen Ärmeln – dazu einen passenden krempenlosen Hut, der hervorragend mit ihrem kastanienbraunen Haar harmonierte.

Arlette trug einen hochgeschlossenen weißen Seidenpullover, der sich eng an ihre Brüste schmiegte und die männliche

Aufmerksamkeit auf sich zog. Dazu trug sie einen grau- und schwarzkarierten Rock, der die Länge und Schlankheit ihrer Schenkel und ihren perfekten Hintern betonte. Eine Jacke in demselben eleganten Karomuster hing über ihrer Stuhllehne.

Links von Arlettes und Sylvies Tisch saß ein Philosoph mit rotem Bart von der nahe gelegenen Universität. Er trug ein graues Jackett und rauchte Pfeife – doch plötzlich verlor er den Faden seines ungemein wichtigen Diskurses mit einem jüngeren Freund und starrte Arlette wortlos an. Er stellte sich vor, wie sie mit ihm zusammen in seinem unordentlichen Schlafzimmer war und er ihre Bluse aufknöpfte. Er entblößte ihre Brüste, um an ihnen zu saugen – und später, wenn er fertig sein würde, würde er dieser unbekannten Frau die tatsächliche intellektuelle Wichtigkeit dessen erklären, was er gerade mit ihr getan hatte.

Hinter Arlette und Sylvie saß ein Autor historischer Romanzen mit einem Glas Weißwein vor sich. Er hatte bereits zahlreiche Literaturpreise gewonnen. Er war ebenfalls von der Schönheit der zwei sich unterhaltenden Frauen derart eingenommen, dass er in seiner Hose das gewohnte Gefühl einer Versteifung spürte. In Gedanken wähnte er sich als König Louis XIV., der zur Entspannung in Versailles weilte.

Dieser unverschämte Romantiker stellte sich vor, wie er in einem rotgoldenen Plüschstuhl in seinem luxuriösen, mit Spiegeln behangenen Schloss saß. Er sah sich mit einer schulterlangen weißen Perücke – seine Kniebundhosen hatte er heruntergezogen und seine Füße standen weit auseinander auf dem glänzenden Parkett.

Die zwei Schönheiten aus dem Café knieten bewundernd vor ihm, beide waren zu seinem Vergnügen vollkommen nackt. Die Frau mit dem kastanienbraunen Haar hielt sein Zepter in der Hand, während die Schwarzhaarige ihre eigenen Brüste in die langgliedrigen Hände nahm, als ob sie sie ihm zur Begutachtung darbieten würde. *Mesdames, der Son-*

nenkönig höchstpersönlich wird sich die Ehre geben, euch beide zu besitzen, eine nach der anderen, verkündete er in Gedanken. *Welche von euch beiden soll das Privileg erhalten, zuerst meinen Schoß zu besteigen?* Ungeachtet der Hauptrollen, die Sylvie und Arlette in diesem männlichen Liebes- und Leidenschaftsdrama spielten, unterhielten sie sich ausnahmsweise über Marc – der unfürsorgliche, rücksichtslose, attraktive Ex-Mann der einen und schon bald Ex-Liebhaber der anderen.

»Er wurde mit Jaqueline Peyron gesehen – das haben mir mittlerweile zwei verschiedene Freunde bestätigt«, sagte Sylvie.

Vielleicht hätte man eine Spur von Bosheit in ihrer Stimme entdecken können. Obwohl Arlette und sie sich seit vielen Jahren kannten und mochten, ist es doch immer wieder eine gewisse Befriedigung, der ältesten und liebsten Freundin ein paar schlechte Nachrichten zu übermitteln. Sylvie war unverrückbar der Überzeugung, dass, wenn Marc sich so leicht von der Frau verabschieden konnte, mit der er verheiratet gewesen war, er auch Arlette verlassen würde, wenn die Zeit dazu reif war. Und dann diejenige, die nach Arlette kommen würde – Jaqueline vermutlich. Und dann diejenige nach ihr.

»Jaqueline Peyron«, meinte Arlette nachdenklich. »Ich kenne sie, allerdings nicht sehr gut. Sie ist die Blondine mit den viel zu großen Brüsten und diesem halbseidenen Liebhaber.«

»Genau das ist sie«, bestätigte Sylvie.

»Ich hatte den Eindruck, dass sie nicht sonderlich intelligent ist.«

»Mit ihren Brüsten ist es vollkommen gleichgültig, wie dumm sie ist«, meinte Sylvie abfällig. »Männer!«, fügte sie schnaubend hinzu.

Sie betrachtete Arlettes Brüste, dann wanderte ihr Blick zu

ihren eigenen Brüsten unter dem eleganten grünen Kleid – ihre waren etwas kleiner und eher birnenförmig.

»Für solche Leute ist Quantität wichtiger als stilvolle Qualität«, stimmte Arlette ihr zu.

»Männer sind einfach unmöglich«, bilanzierte Sylvie.

Nach ihrem Treffen mit Sylvie war Arlette vollkommen klar, dass ihre Liebesaffäre mit Marc am Ende angekommen war. Sie hatte nicht die Absicht, sich von irgendeinem Mann betrügen und es ihm durchgehen zu lassen. Wenn Marc blondes Haar und Brüste von den Ausmaßen einer Wassermelone schätzte, so sollte er das tun. Doch würde er einen Preis dafür zahlen müssen.

Schon am selben Nachmittag hatte sie ihm gesagt, dass sie nicht länger Geliebte waren. Sie könnten Freunde bleiben, wie sie sich ausdrückte, und dies war Teil ihres Racheplans. Als sie sich eine Woche später mit Sylvie wieder im Deux Magots traf, erzählte sie ihr, Marc habe nicht gewusst, ob er sich in Jaqueline verliebt habe oder nicht. Sylvie musste lachen. Als Arlette dann weiter erzählte, Marc habe behauptet, noch nicht mit Jaqueline geschlafen zu haben, lachte Sylvie erneut und meinte, er sei eben immer ein Lügner gewesen.

An diese Unterhaltung erinnerte sich Sylvie unter anderen und sehr ungewöhnlichen Umständen. Eines Morgens wachte sie auf, als die Sonnenstrahlen ihr Schlafzimmer durchfluteten. Sie lag da und dachte darüber nach, was Arlette gesagt hatte. Konnte es wirklich wahr sein, dass Marc Jaqueline noch nicht hatte überzeugen können, mit ihm ins Bett zu gehen? Und es stimmte, Jaqueline hatte diesen zwielichtigen Freund, den niemand außer ihr mochte. Doch wann hatte jemals ein Freund oder ein Verlobter oder ein Ehemann Marc von seinen Eroberungen abgeschreckt?

Warum liege ich hier alleine im Bett?, dachte Sylvie. *Warum empfinde ich den Gedanken an Marcs Gegenwart so verlockend, nach all den unverzeihlichen Dingen, die er mir ange-*

tan hat? Er ist ein Ungeheuer, dass er mich so behandelt hat – warum also begehre ich ihn noch? Zu ihrer Frage wollte ihr keine akzeptable Antwort einfallen, und sie spreizte die Beine – dann berührte sie die weichen, hervorstehenden Lippen dazwischen.

Seit einiger Zeit schon hatte sie jemanden sich in der Wohnung bewegen gehört und dachte, es sei ihre Bedienstete Bernadette, die jeden Morgen gegen acht hereinkam. Die Tür des Schlafzimmers ging auf. Zu Sylvies großem Erstaunen trat Marc ins Zimmer. Breit lächelnd trug er ein silbernes Tablett. Als Marc sich auf ihre Seite des Bettes setzte und ihr das Tablett reichte, atmete Sylvie den Kaffeeduft ein.

»Guten Morgen, *chérie*«, grüßte er charmant und fröhlich.

Auf dem Tablett stand eine große Tasse Milchkaffee und ein Teller mit zwei frischen Croissants.

»Was machst du denn hier?«, wollte Sylvie wissen. »Wo ist Bernadette?«

»Ich habe sie für dich einkaufen geschickt.«

Sylvie richtete sich auf, sodass sie ihren Rücken gegen das große viereckige Kissen betten konnte, die Laken jedoch um ihren Körper gewickelt. Lediglich ihre nackten Schultern waren zu sehen.

»Guten Morgen«, sagte sie in nicht gerade einladendem Tonfall.

Sie griff nach der Kaffeetasse und trank einen großen Schluck. Er war köstlich. Mit der anderen Hand nahm sie eines der Croissants und biss ein Ende ab.

»Hast du gut geschlafen?«, erkundigte sich Marc freundlich.

»Nein«, erwiderte sie knapp und biss nochmals von ihrem Croissant ab.

Langsam bahnte sich Marcs Hand einen Weg unter die warme Bettdecke. Sie glaubte, er wolle ihre Brüste anfassen, ließ das halbe Croissant auf das Tablett zurückfallen und benutzte beide Hände, um sich vor seinen Anzüglichkeiten zu schützen.

»*O là là*«, flüsterte Marc, überrascht darüber, Sylvie nackt im Bett vorzufinden.

Daraufhin bemühte er sich nicht länger, ihre Brüste zu berühren – seine Hand glitt über ihre nackte Seite und Hüfte, bis sie auf der Innenseite ihres linken Schenkels ruhte. Ihre Beine waren gespreizt gewesen, und jetzt, wo er seine Hand bereits dazwischen hatte und sie streichelte, war es zu spät, sie zu schließen.

Die Position seiner Hand, genau auf halbem Wege zwischen ihrem Knie und dem kleinen Pelz, erschien Sylvie zweideutig. Sie spürte, wie seine warme Hand ein paar Zentimeter ihren nackten Schenkel auf- und abstreichelte. Er unternahm keinen Versuch, weiter nach oben zu gelangen und ihr seidenes Haar zu berühren – noch wanderte seine Hand weiter nach unten.

»Zwischen Männern und Frauen gibt es bestimmte Dinge, die sich auch unausgesprochen ganz von selbst verstehen«, sagte er und lächelte sie an. »Ganz besonders dann, wenn sie einmal miteinander verheiratet waren. Aber ich bin mir sicher, meine liebe Sylvie, dass du dir dessen bewusst bist.«

»Was du tust, ist wirklich verabscheuungswürdig«, konterte sie. »Und das weißt du nur zu gut. Du behandelst mich auf wirklich schamlose Art und Weise, Marc. Dein Benehmen ist beleidigend und störend.«

»Beruhige dich, *chérie*«, erwiderte er. Seine Hand bewegte sich auf der zarten Haut ihrer Schenkelinnenseiten.

Die umsichtige Platzierung seiner Hand genau zwischen ihrem runden Knie und ihrem Schamhaar versprach einiges. Doch gleichzeitig, gerade weil sie nicht weiter nach oben zwischen ihre Schenkel wanderte, schien dieses Versprechen leer zu sein.

»Warum bist du hierher gekommen?«, fragte sie. »Wenn

du mit mir über unsere Unterhaltsabmachung sprechen möchtest, dann ist jetzt nicht die richtige Zeit dafür.«

»Unsere Vereinbarungen empfinde ich als vollkommen befriedigend«, erwiderte er.

»Was ist denn dann so wichtig, dass du mich so früh am Morgen aufsuchen musst? Du bist doch wohl nicht hierher gekommen, um mir einen guten Morgen zu wünschen.«

Marc neigte den Kopf zur Seite und betrachtete sie fragend. Die Hand noch immer unter der Bettdecke, fuhr er mit seinen zweideutigen Bewegungen fort.

»Ich habe dich heute Morgen noch gar nicht geküsst«, meinte er.

»Ich bin auch nicht in der Laune, geküsst zu werden«, gab Sylvie zurück. »Und ganz sicher nicht von dir. Warum also bist du hierher gekommen?«

»Musst du das wirklich fragen?« Marc zuckte mit den Schultern. »Ich dachte, ich schaue einfach einmal vorbei, mehr nicht. Nach unserem Telefonat gestern Abend habe ich mich gefragt, ob du in irgendwelchen Schwierigkeiten steckst.«

»Was für ein Unsinn«, sagte sie. »Warum musst du immer so unaufrichtig sein? Ich habe dich nur angerufen, um zu sehen, wie es dir geht – das habe ich dir doch gesagt.«

»Aber natürlich«, murmelte er.

Doch obwohl er so entspannt schien, war sich Sylvie sicher, dass er sie begehrte. Das jedenfalls war sonst immer der Grund dafür, dass er bei ihr vorbeikam. Der Beweis dafür war seine Hand auf ihrem nackten Schenkel – ob er sie nun weiter nach oben schob oder nicht, der Fall war klar. Ein Mann legte nicht seine Hand auf den nackten Schenkel einer Frau, wenn er keine interessanten und intimeren Handlungen im Sinn hatte.

Abgesehen davon war sein Jackett aufgeknöpft und seine Hose offen. Bis zu diesem Augenblick war Sylvie mit ihren eigenen Gedanken zu beschäftigt und von dem angenehmen Gefühl seiner Berührung zu gefangen gewesen, zu bemerken, wie er seine Kleidung so anmaßend arrangiert hatte. Als er das Schlafzimmer mit dem Frühstückstablett betreten hatte, dessen war sie sich sicher, war er noch anständig angezogen gewesen. Und das war kaum fünf Minuten her.

Doch jetzt standen seine Hosen weit offen. Sein männlicher Stolz streckte seinen kecken Kopf auf eine Art und Weise in Richtung Zimmerdecke, die man nur als dreist bezeichnen konnte. Wie Sylvie aus Erfahrung wusste, war Marcs arroganter Besitz von durchschnittlicher Länge, ungefähr fünfzehn Zentimeter, vielleicht auch etwas mehr. Im Verhältnis zu seiner Länge war er vielleicht etwas dick, was jedoch nicht von Übel war. Sein Geschlecht erweckte den Eindruck von Kraft und Ausdauer.

»Warum hast du deine Hose geöffnet?«, fragte sie.

»Damit du sehen kannst, welche Wirkung du auf mich hast«, erwiderte er.

»Jede Frau, der du jemals begegnest, hat diese Wirkung auf dich. Weshalb also sollte ich mich geschmeichelt fühlen?«

Endlich schob sich seine Hand an Sylvies Schenkel nach oben. Sie war unentschlossen, ihre Beine leicht geöffnet, während seine Finger ihre weiche Öffnung erkundeten.

»Ordentlich gestutzt, wie gewohnt«, bemerkte Marc.

Er legte seine Hand auf ihren Bauch, just über ihrem ordentlichen Haarbüschel, und rieb ihn kreisend und zärtlich.

»Daraus wird nichts«, seufzte sie und schloss für einen Augenblick die Augen.

Seine kräftigen und geschulten Finger lagen auf den warmen Lippen zwischen ihren Beinen, schickten sich jedoch noch nicht an, in sie einzudringen.

»Du glaubst, du kannst mit allen Menschen machen, was du willst«, beschuldigte sie ihn.

Während der zwei Jahre ihres Zusammenseins hatte sie ein

wenig seines Naturells begriffen. Alles verstehen heißt alles verzeihen, wie man so sagt. Ihrer Meinung nach konnte so etwas jedoch nur ein Dummkopf behaupten.

»Als ich dich gestern anrief, warst du da alleine?«, fragte ihn Sylvie herausfordernd. Es war eine Frage, deren Antwort sie sicher zu wissen glaubte.

Marc betrachtete sie nachdenklich und schwieg.

»Am Telefon schienst du sehr zufrieden zu sein«, fuhr Sylvie fort. »War Jaqueline Peyron bei dir? Nicht, dass es mich etwas anginge, was du tust – es ist mir vollkommen gleichgültig.«

»Warum fragst du mich das?«, erkundigte sich Marc. In genau diesem Moment streichelte sein langer Mittelfinger ihre weichen Lippen und öffnete ihre Schatzkammer.

»Du weißt genau, wovon ich spreche«, keuchte sie. »Du warst mit ihr im Bett, als ich dich anrief. Gib es doch zu.«

»War ich das?«, bemerkte er leichthin, während sein Finger sich langsam in ihr bewegte. »Warum sollte ich das Telefon abnehmen, wenn ich gerade mit Jaqueline im Bett war?«

»Woher soll ich wissen, was sich in deinem verqueren Kopf abspielt?«, erwiderte sie. »Vermutlich ziehst du ein perverses Gefühl der Macht daraus, mit einer Frau zu reden, während du mit einer anderen im Bett bist. So hast du das Gefühl, uns beide zu manipulieren.«

»Eine interessante These, allerdings keineswegs zutreffend«, erwiderte er mit einem Lächeln, das Sylvie verstörte.

»Weiß denn Jaquelines Freund, dass du mit ihr schläfst?«, erkundigte sie sich in scharfem Tonfall.

»Wenn du das gerne wissen möchtest, musst du ihn selbst fragen.« Marc lächelte jetzt sehr breit. »Ich weiß nicht, was er weiß.«

»Und es ist dir auch gleichgültig, ob er es weiß oder nicht«, murmelte Sylvie.

Sie versuchte verächtlich zu klingen, was ihr jedoch nicht gelang. Ihre Stimme zitterte ebenso wie ihr Körper, der kurz vor dem sexuellen Höhepunkt stand.

»Da hast du Recht, mein kleiner Schatz. Was Jaquelines Freund weiß, geht mich nichts an«, betonte Marc mit einem Selbstbewusstsein, das an Eitelkeit grenzte.

»Und sie war da«, keuchte Sylvie. »Sie war in deinem Bett, du hast auf ihr gelegen, während wir telefoniert haben.«

»Und dann habe ich sie sofort noch einmal genommen, nachdem ich den Hörer abgelegt habe? Willst du das als Nächstes sagen, *chérie*? Stellst du sie dir, auf meinem Bett liegend, vor, so nass und erhitzt und offen, dass ich ihr unmöglich widerstehen konnte? Ist es das, was du denkst?«

»Du bist ein Tier«, stöhnte Sylvie.

»Das habe ich für dich getan, *chérie* – du kannst nicht verhindern, was mit dir gerade geschieht, nicht wahr?«, bemerkte er selbstzufrieden.

Er hatte ihren Zustand fachmännisch eingeschätzt. Sylvie stöhnte und erbebte, und Marc sah grinsend auf sie herab, während er das Laken zur Seite schob, um ihren nackten Körper zu betrachten. Dann kniete er sich auf den Bettrand und legte sie auf den Rücken, sodass ihr Kopf von ihm weg zeigte. Ihr Körper bäumte sich in ekstatischem Zucken auf, als er ihre nackten Beine über seine Schulter legte.

Dann versenkte er seine Zunge in ihr. Mit weit gespreizten Schenkeln und einer heißen Zunge, die in ihr spielte, gab sich Sylvie kreischend dem rhythmischen Beben hin.

Es dauerte eine Weile, ehe sie sich wieder ganz beruhigt hatte. Als Marc von ihr abgelassen hatte, lag sie auf dem Bett und hatte ihre Beine um ihn gelegt. Sein Lächeln war überheblich, während seine Hände auf ihren Schenkeln ruhten.

»Ich fand deine *joujou* schon immer besonders hübsch.« Seine Finger streichelten leicht über ihre Lippen, die nach der soeben erlebten Lust weich und nass waren. »Vielleicht sollte ich mich aber fragen, warum ich dich heute Morgen nackt im Bett vorfinde.«

»Gestern Abend war es sehr heiß. Deshalb habe ich mein Nachthemd abgestreift.«

»Es war überhaupt nicht sonderlich heiß gestern Nacht. Könnte es sein, dass ein Mann bei dir war?«

»Das würdest du gerne wissen«, neckte sie ihn.

»Wer könnte es gewesen sein, der dir das Nachthemd ausgezogen hat?«

Er wollte sie nicht ernst nehmen, doch er befürchtete fast, dass sie nicht scherzte.

»Wer würde mir einfallen, der so verliebt in dich wäre, dass er auf Händen und Knien zu dir gekrochen wäre, um das Privileg zu genießen, deine Brüste zu küssen?«, dachte Marc laut nach. »War es vielleicht Lionel, oder Julien, oder Pierre?«

»Das wirst du niemals erfahren«, erwiderte sie.

»Dann lassen wir das, es ist ohnehin nicht wichtig. In diesem Augenblick bin ich es, der bei dir ist – der Mann, den du liebst.«

»Was also hast du mit mir vor?«, erkundigte sie sich. »Nicht viel, würde ich raten. Sicherlich hat Jaqueline dich gestern Nacht deiner Kräfte beraubt, und jetzt bist du ganz harmlos. Oder hast du ein Stündchen geschlafen und wieder Kräfte gesammelt?«

»Da kennst du mich doch besser«, erwiderte er mit gespieltem Seufzen.

»Tatsächlich?«, fragte sie absichtlich skeptisch.

Marc stand auf, ließ seine Hosen bis zu den Knöcheln herabfallen und offenbarte seine muskulösen Schenkel und Waden. Sylvie konnte ungehindert seine dunkelbraunen Locken bewundern – und den daraus herausragenden Steifen. Er schien seinen Kopf in ihre Richtung zu neigen und ihre Blöße zu bewundern.

»Nein, nein, nein«, sagte sie so empört wie möglich, während sie versuchte, die Beine zu kreuzen. »Ich lasse mich nicht benutzen.«

Sie dachte an eine Szene, über die sie sich ärgerte. Sie stellte sich ein Zimmer vor, das sie noch niemals gesehen hatte, ein Zimmer mit einem Bett, auf dem Marc nackt lag. Er war von Kissen gestützt, seine Beine ausgestreckt. Eine Frau kniete zwischen seinen gespreizten Beinen. Auch sie war nackt – sie hatte hellblondes Haar und riesige Brüste, die über ihm pendelten, als sie sich hinabbeugte, um ihr Gesicht zwischen Marcs Schenkeln zu vergraben. Es war Jaqueline Peyron, und sie hatte Marcs harten Schaft im Mund.

Ach was, er ist eben ein treuloses und widerliches Tier – er würde jede Frau nehmen, die sich ihm bietet. Ich bin kein bisschen eifersüchtig, redete Sylvie sich ein, obwohl sie wusste, dass das nicht der Fall war.

»Dich benutzen?«, hakte Marc nach. »Aber nicht doch, mein Liebes. So etwas würde ich niemals tun. Ich bete dich an und werde es immer tun.«

Er streifte seine Hosen über die Knöchel und zog das Jackett aus. Er trug immer noch Hemd und Schlips, Schuhe und Socken. Dann trat er auf das Bett zu, lehnte sich gegen das helle Holz des Kopfteils und zog Sylvie mit einem Arm zu sich heran.

»Du glaubst also, dass ich direkt von Jaqueline zu dir komme«, bemerkte er ruhig. »Das ärgert dich, was ich verstehen kann. Aber du irrst dich. Ich war gestern Nacht nicht mit ihr zusammen. Vielleicht fällt es dir schwer, es zu glauben, aber ich habe mich mit Jaqueline noch niemals geliebt. Niemals, nicht ein einziges Mal.«

»Ach was!«, rief Sylvie ungläubig.

»Fühle doch, das wird dich überzeugen«, schlug er vor.

Trotz besseren Wissens – das jedenfalls sagte Sylvie sich – tastete sie sich zu seinem hart geschwollenen Phallus vor und nahm ihn in die Hand. Marc stöhnte, und seine ausgestreckten Beine zitterten.

»Deine Berührung macht mich verrückt … das hat sie immer getan«, murmelte er leise.

Das Gefühl dieses so vertrauten Gegenstands in ihrer Hand löste eine Unzahl von Erinnerungen in Sylvie aus. Sie drückte ihn fest.

»Wenn ich dir doch nur Glauben schenken könnte«, seufzte sie und beobachtete das unaufhörliche Pulsieren in Marcs Körper.

»Manchmal glaube ich, du verstehst mich besser als ich selbst«, erwiderte er.

Die Erinnerungen an frühere Zeiten waren so übermächtig, dass Sylvie sich ihnen nicht länger verweigerte. Sie befreite sich aus Marcs Umarmung, kniete sich über seine Schenkel, während er sich gegen das Kopfteil zurücklehnte. Sie tastete zwischen ihren Schenkeln, um sich zu öffnen, dann sank sie auf Marc herunter. Er stöhnte, und sein Körper erbebte, als sein Rohr in ihrer feuchten Wärme versank.

Nun, wo sie von seinem Stolz Besitz ergriffen hatte, bewegte sie sich auf und ab, die Hände auf seinen Schultern.

»Du kommst immer zu mir zurück, Marc«, sagte sie. »Warum tust du das, wo du doch jetzt all die Freiheit hast, die du immer haben wolltest?«

»Aber ich liebe dich doch, *chérie*«, erwiderte er ohne Umschweife, als ob das alles erklären würde. Ein typisch arrogantes männliches Glaubensbekenntnis.

Plötzlich waren seine Arme um ihrer Taille und umfassten sie so fest, dass ihre Brüste gegen die dunkle Behaarung seiner Brust gedrückt wurden und ihr Bauch sich fest gegen den seinen presste. So konnte sie sich nicht länger auf und ab bewegen. Sie starrte Marc verständnislos an, ihre Augen nur wenige Zentimeter von seinem Gesicht.

Gemeinsam rollten sie auf die Seite, schließlich lag er auf

ihr. Sylvie lag quer mit dem Kopf über der Bettkante auf dem Bett und Marc über ihr. Sie umklammerte mit ihren Beinen seine Taille, verschränkte ihre Knöchel und zog ihn dicht zu sich heran. »Oh, oh«, seufzte sie, als sie die tiefe Penetration seines steifen Schaftes in sich fühlte. Er stieß sie hart und fest, während seine Hände flach auf ihren Schultern lagen und sie auf das Bett zurückdrückten.

Ihre Lippen fanden sich zu einem glühenden Kuss, sein muskulöser Bauch stieß im Rhythmus seiner Stöße gegen ihren.

»Liebst du mich denn wirklich, Marc?«, stöhnte sie. »Sag mir die Wahrheit.«

»Je t'aime, Sylvie, je t'aime«, keuchte er. Nachdem er sein Ziel erreicht hatte, hielt er sich nie mehr lange bei ihr auf. Keine fünf Minuten nach der großen Leidenschaft stand er auf und zog sich die Hosen an.

»Bleib doch noch etwas«, bettelte Sylvie.

»Unmöglich, *chérie*«, erwiderte er. »Ich habe ein paar Dinge zu erledigen und muss mich mit einigen Leuten treffen. *Au revoir.*«

Er schlüpfte aus dem Schlafzimmer. Sylvie rannte ihm nackt und barfuss quer durch das Appartement hinterher, bis sie ihn mit dem Türgriff in der Hand an der bereits geöffneten Haustür einholte. Sie presste sich fest gegen seinen Rücken und schlang die Arme um ihn, um ihn am Weggehen zu hindern.

»Sylvie, Sylvie«, seufzte er. Er drehte sich in ihrer Umarmung, um sie anzusehen. Er war ein kräftiger Mann und hätte sich jederzeit von ihr frei machen können, doch wurde er möglicherweise von einem selten verspürten Schuldgefühl zurückgehalten. Doch nein, das wäre eine zu wohlwollende Beschreibung seiner Emotionen. Marc hatte in seinem Leben noch niemals Schuld empfunden, wie das die meisten anderen Menschen von Zeit zu Zeit tun. Vielleicht hatte er ein wenig

Gewissensbisse, ein vages Gefühl, dass er sich Sylvie gegenüber schlecht benommen hatte.

Mit einem Arm um seine Taille hielt sie ihn fest, während sie seine Hosen erneut öffnete.

»Ich weiß, wie sehr du mich vergötterst und mich begehrst«, sagte er lächelnd. »Doch jetzt ist nicht der richtige Zeitpunkt, ich muss wirklich gehen.«

Sylvie beachtete ihn nicht. Sie hielt sein kräftiges Rohr in der Hand und streichelte es, um ihn zu erregen.

»Mit wem auch immer du dich triffst, es wird demjenigen nichts ausmachen, wenn du dich fünf Minuten verspätest«, zitierte sie genau die Worte, die er bei einer früheren Gelegenheit ihr gegenüber benutzt hatte.

Sein ganzer Stolz war unter ihrer Berührung dicker und länger geworden. Er stieß einen langen Seufzer aus, vermischt mit Resignation und einer Spur Ungeduld. Sein glühendes Fleisch pulsierte in Sylvies flinker Hand.

»Ich weiß, dass Jaqueline Peyron gestern Nacht bei dir war«, bemerkte Sylvie. »War der Liebesakt mit ihr möglicherweise eine Enttäuschung? Ist das der Grund, warum du so früh am Morgen hier vorbeigekommen bist?«

»Du irrst dich wegen gestern Nacht«, seufzte Marc.

»Das jedenfalls behauptest du. Doch ich weiß es besser. Die Wahrheit ist die, dass sie dir nicht ausgereicht hat – deshalb bist du jetzt hier, Marc.«

Sein Körper wurde von Beben übermannt. Keuchend spritzte er seine Leidenschaft über Sylvies nackten Bauch. Als seine Knie zu zittern aufgehört hatten, ließ sie von ihm ab und trat einen Schritt zurück.

»Du kannst jetzt zu ihr gehen«, sagte sie. »Aber dieses Mal wird es auch für sie eine Enttäuschung werden.«

3

Ein Haus voller Mädchen

Marc hatte zwar gescherzt, doch hatte auch ein bisschen Ernst mitgeschwungen, als er Sylvie beschuldigt hatte, in der vorangegangenen Nacht einen Mann bei sich gehabt zu haben. Einer der Namen, mit denen er sie als möglichem Liebhaber geneckt hatte, war Pierre. Es erübrigt sich zu erwähnen, dass dank Marcs perversem Charakter er diese Anschuldigung just dann gemacht hatte, nachdem er gerade ihre Beine über seine Schultern gelegt und sie hilflos auf dem Rücken gehabt hatte, während er den Kopf zwischen ihren Schenkeln vergraben und seine Zunge in sie gestoßen hatte.

Als er sich selbst bewiesen hatte, dass sie immer noch sein Spielzeug war und er ihr Herr und Meister, zeigte er sich edelmütig – und gleichzeitig auch verächtlich –, das waren die Schattenseiten seiner männlichen Natur. Er saß auf der Bettkante, hatte die Hände auf Sylvies Schenkel gelegt und lächelte auf sie herab. Es war ein Lächeln, das seine Arroganz zur Gänze offenbarte.

Seit sie sich begegnet waren, war sich Marc bewusst gewesen, dass Sylvie ihn tief und innig liebte. Vielleicht hatte er sie auch einzig aus diesem Grunde gebeten seine Frau zu werden. Er war ebenso davon überzeugt, dass sie ihn immer noch liebte – sogar jetzt noch, obwohl er sie verlassen hatte, ihr untreu gewesen war und sie tief beleidigt hatte. Marc glaubte, Sylvie zu besitzen, ihr Herz, ihre Seele und ihren Körper. Auch glaubte er, sie würde niemals einem anderen Mann gestatten, sie zu berühren.

Dennoch wissen nur die ganz hoffnungslos Vernarrten nicht, dass Liebe auf verschiedene Art und Weise interpretiert werden kann. Marc war schon immer viel zu selbstsüchtig gewesen, um bedingungslos lieben zu können. Zwischen ihm und all den anderen Menschen bestand eine ständige emotionale Distanz. Das war auch der Grund, weswegen ihm eine gewisse Zuneigung zwischen Sylvie und Pierre aufgefallen war.

Es war nicht die Zuneigung zwischen Liebenden, dessen war er sich sicher, es war mehr eine warme Zugewandtheit. In Augenblicken des Zweifels jedoch fragte er sich, ob das tatsächlich so war. Konnte es überhaupt so etwas wie ein warmes Gefühl der Zuneigung zwischen Mann und Frau geben, bei dem nichts Sinnliches mitschwang?

Etwas deutlicher ausgedrückt, wenn Pierre bei der Begrüßung Sylvies Hand und beim Abschied ihre Wange küsste, wanderten seine Gedanken dann nicht zu etwas intimeren Teilen ihres wunderschönen Körpers? Zu den Knospen ihrer Brüste zum Beispiel oder den Innenseiten ihrer Schenkel? Hatte er jemals davon geträumt, seine Zungenspitze in der reizenden Vertiefung von Sylvies Bauchnabel zu versenken?

Wenn Marc es sich gestattete, über seine gescheiterte Ehe betrübt zu sein, konnte er sich sogar noch Schlimmeres vorstellen. Obwohl er wusste, dass Sylvie ihm vollkommen ergeben war, hatte sie wohl jemals die Möglichkeit erwogen, dass Pierre seine Hand in ihren Ausschnitt steckte und ihre Brüste berührte oder aber ihren Rock hochschob, um ihre *belle chose* zu streicheln? Gelegentlich, wenn auch nicht sonderlich häufig, dachte Marc über diese unangenehme Frage nach. Dass er heute Morgen über Sylvies Nacktheit im Bett schockiert gewesen war, hatte die unangenehme Vorstellung erneut ausgelöst.

Wäre es möglich, fragte sich Marc, dass Pierre nackt mit ihr im Bett gewesen war? Hatten Pierres Lippen ihre entblößten Brüste geküsst? War seine Zungenspitze über ihre rosa Knospen gefahren? Hatten seine Finger die Lippen zwischen ihren weichen Schenkeln gespreizt – hatte sie ihre Beine geöffnet und die Knie für Pierre angehoben? Hatte sie gestöhnt und gezittert, als sein steifes Rohr in sie eingedrungen war?

Dies wären für jeden Ehemann unangenehme Fragen gewesen – und selbst bei einem so treulosen Ehemann wie Marc Beauvais war dies der Fall. Dabei machte es keinen Unterschied, dass Pierre sein um ein Jahr jüngerer Cousin war. In mancherlei Hinsicht machte es das sogar noch schlimmer, denn Marc und er waren seit ihrer Kindheit miteinander befreundet. Pierre war nicht nur sein Cousin und Freund, er war auch sein Vertrauter. Er war es, den Marc um Rat bat, wenn er die Wirren seines eigenen Lebens nicht mehr durchblickte.

Anders als Marc musste Pierre für seinen Unterhalt arbeiten. Sein Vater bekleidete einen wichtigen Posten an der Börse, und Pierre arbeitete in untergeordneter Funktion für ihn in der Abteilung Staatsanleihen. Wenn sie sich also treffen wollten, musste es abends sein. Selbstverständlich schlug Marc kein Café oder eine der derzeit populären Bars als Treffpunkt vor, das wäre viel zu gewöhnlich gewesen. Marc war ein freier und unabhängiger Geist, und es entsprach seinem Charakter, alle Grenzen zu übertreten.

Sein Vorschlag war ein gewisses Etablissement in einer kleinen Seitenstraße der Rue St.Denis, in Fußweite des Fontaine des Innocents. Wie allgemein bekannt, ist die Rue St. Denis seit vielen Jahrhunderten ein Rotlichtbezirk. Unschuld konnte man dort nur selten, wenn denn überhaupt, vorfinden.

Nachdem er eingetreten und eine Treppe nach oben gegangen war, fand sich Pierre in einem großen Zimmer mit runden Tischen im Kaffeehausstil wieder. Die Tische standen dicht beieinander. An allen Wänden hingen Spiegel, die sämtliche Männer und Frauen in dem gut besuchten Raum endlos widerspiegelten. In der Nähe der Bar stand ein altes Klavier, an dem ein Mann mit dunklem Anzug und magerem Gesicht »Les Ponts de Paris« spielte.

Im Raum war es heiß und laut. Pierre stand in der Tür und zählte acht *Mädchen* – es gab zwar weniger höfliche Bezeichnungen für sie, doch war dies die allgemein übliche Bezeichnung für die Angestellten des Hauses. Weitere würden oben in den Schlafzimmern sein und sich aufmerksam um die dringenden Bedürfnisse der Kundschaft kümmern. Alle Mädchen waren, abgesehen von ihren Schuhen, nackt. Überflüssig zu erwähnen, dass die Mädchen eine Treppe höher ebenfalls nackt waren.

Wenn man jedoch ganz genau sein wollte, so waren die Mädchen, die Pierre jetzt betrachtete, nicht vollkommen nackt. Zwei von ihnen trugen lange Seidenschals in leuchtenden Pastellfarben um ihre Hälse, deren Enden zwischen ihren Brüsten baumelten. Eine andere hatte einen Schal wie einen Gürtel um die Taille gebunden und ihn über der Hüfte verknotet. Die Enden hingen ihr über den Schenkel, ohne dabei ihre dunkelbraunen Schamhaare zu verstecken.

Marc saß mit einem kurzhaarigen Mädchen an einem Tisch in der Nähe der Bar. Ihr einziges Kleidungsstück bestand aus einer Kette aus türkisblauen Glasperlen. Sie hatte ein keckes Gesicht und ein Paar runde Brüste, wie Pierre auffiel. Der Rest ihres Körpers wurde vom Tisch verdeckt, sodass er sich keine Meinung darüber bilden konnte. Ein Mädchen mit einer dicken, vergoldeten Kette um der Taille lehnte mit dem Hintern gegen die Bar, ihren nackten Bauch streckte sie provokativ hervor. Ein herzförmiges Amulett hing an der Kette und zeigte auf ihren dunkelbraunen Busch. Es versteckte ihn nicht, sondern lenkte im Gegenteil die Aufmerksamkeit darauf.

Die meisten Tische waren besetzt. Es war gerade erst acht

Uhr, und der Raum war voller Männer in ordentlichen Anzügen und nackten Mädchen. Dieses Gewerbe gehörte zu jenen, die niemals Umsatzeinbußen zu beklagen hatten. Als Pierre langsam den Raum durchquerte auf dem Weg zu Marc, der mit einer Flasche Champagner am Tisch saß, sah er sich all die Mädchen der Reihe nach an – sachlich begutachtete er ihre Vorzüge. Wie zu erwarten, waren alle Typen vertreten – Pierre sah schwarzhaarige, brünette und blonde, große und schlanke und kleine plumpe Mädchen. Es gab hoch gewachsene, angeberische Mädchen, die beim Lachen die Zähne zeigten, und es gab Mädchen, die ihren Blick scheu gesenkt hielten und dennoch die Aufmerksamkeit ihrer männlichen Begleiter auf ihre Brüste und ihren Busch lenken konnten. Es gab Mädchen mit knabenhaften Brüsten zum Streicheln und Mädchen mit schweren Brüsten zum Anfassen, Mädchen mit dichtem, üppigem Schamhaar zwischen den Beinen und Mädchen mit lediglich einem zarten Flaum. Kurz gesagt, die Geschäftsleitung bot für jeden Geschmack etwas.

»*Bon soir*, Pierre«, sagte Marc leutselig. »Diese junge Dame hier heißt Kiki.«

»*Bon soir*, Mademoiselle Kiki, *bon soir*, Marc«, erwiderte Pierre, zog sich einen Stuhl heran und gesellte sich zu ihnen.

Ein Kellner eilte herbei und erkundigte sich nach Pierres Wünschen.

»Bringen Sie uns noch eine Flasche Champagner«, erwiderte er.

»Welches Mädchen möchten Sie?«, erkundigte sich Kiki geschäftsmäßig bei Pierre, als sie ihr Glas leerte und es Marc entgegenschob, damit er es erneut füllte.

Pierre lächelte und zuckte mit den Schultern.

»Dort drüben am Klavier, das ist meine Freundin Yvonne«, sagte Kiki. »Sie ist sehr gut, wenn sie auf dem Rücken liegt. Alle Männer fragen nach ihr, die wenigen jedenfalls, die nicht nach mir fragen.«

Yvonne stand neben dem Klavier und hatte einen Ellbogen auf das Instrument gelegt. Sie unterhielt sich mit dem melancholisch aussehenden Klavierspieler, der eine Pause eingelegt hatte und von seinem schalen Bier trank. Sie war eine kräftig gebaute Frau mit dichten, dunklen Augenbrauen und einer tiefen Stirn, großen runden Brüsten und breiten Hüften. Ihr Hintern war ausladend, wie Pierre bemerkte. Sie hatte sehr dichtes, dunkles Schamhaar zwischen den Beinen und trug am linken Handgelenk zwei silberne Armreifen.

»Später vielleicht«, wandte sich Pierre so höflich wie möglich an Kiki. »Wie geht es dir, Marc? Am Telefon klangst du ein wenig verstört. Ich habe mich schon gefragt, ob es dir vielleicht nicht gut geht.«

»Frauen«, meinte Marc und zuckte mutlos mit den Schultern.

»Ach so, natürlich. Eine ganz bestimmte Frau?« Pierres Frage war nicht ganz ernsthaft, da er Marc gut kannte. »Man behauptet, du hättest Arlette gegen Jaqueline Peyron ausgetauscht. Kann das wahr sein?«

»Nein, ganz so ist es nicht«, gestand Marc. »Nichts ist jemals ganz einfach, was du von allen Menschen sicher am besten verstehen kannst. Doch ich muss zugeben, dass Arlette nicht sonderlich zufrieden mit mir ist – und zwar wegen Jaqueline. Dennoch sind wir doch immer noch die besten Freunde.«

»Seid ihr das?« Pierre zog überrascht die Augenbrauen hoch. »Ich hatte Arlette nie als eine Person eingeschätzt, die besonders leicht verzeihen kann. Wenn sie glaubt, dass da etwas mit einer anderen Frau läuft, wird sie dir in den Hintern treten.«

»Wir sind immer noch befreundet«, bemerkte Marc mit einer Spur zu viel Nachdruck. »Wir treffen uns, wir reden, und wir gehen zusammen ins Bett.«

»Dann scheint es so, dass sie zwar ihre Vermutungen anstellt, sich aber nicht sicher ist. Willst du mir das damit sagen?«, erkundigte sich Pierre stirnrunzelnd. »Wenn du das damit sagen willst, bist du tatsächlich in einer äußerst delikaten Situation, *mon ami.*«

Kiki hörte den beiden Männern zu, doch sie wusste nicht genug, um sich an dem Gespräch zu beteiligen. Sie hatte ohnehin nicht das geringste Interesse an den Schwierigkeiten und den Herzensleiden ihrer Klienten, sondern war einzig daran interessiert, ihnen das zu geben, wofür sie sie wiederum bezahlen würden.

»Genug jetzt von Arlette. Hast du Sylvie vor kurzem gesehen?«, erkundigte sich Marc unnötig abrupt.

»Seit ein paar Tagen nicht, warum fragst du?« Wieder zog Pierre die Augenbrauen hoch.

Marc zuckte mit den Schultern und schien nicht gewillt, seine düsteren Vermutungen zu äußern.

»Sicherlich hast du sie in der Zwischenzeit gesehen«, fuhr Pierre fort und bemühte sich, locker zu klingen. Er kannte Marcs kleinen Trick, seine verlassene Frau unerwartet zu besuchen und sie flachzulegen.

»Manchmal glaube ich, es war ein Fehler, sie zu verlassen«, fuhr Marc, seine Frage ignorierend, fort. »Dann wieder denke ich, es war genau das Richtige. Für mein Wohlbefinden und meine geistige Gesundheit jedenfalls.«

»Ach ja«, schimpfte Pierre. »Deine geistige Gesundheit. Die ist ja unschätzbar wertvoll, und du solltest gut auf sie aufpassen.«

»Mit einer Frau verheiratet zu sein bedeutet an Händen und Füßen gefesselt zu sein«, verkündete Marc. »Es ist ein emotionales Gefängnis, und mein natürliches Temperament ist zu fordernd, um das ertragen zu können.«

»Hast du dir schon einmal überlegt, nach Algerien umzusiedeln und Moslem zu werden? Dann könntest du dir vier Frauen nehmen«, bemerkte Pierre, ohne eine Miene zu verziehen. »Das könnte sich als eine Form der emotionalen Emanzipation erweisen – und der Entdeckung ebenfalls.«

Der Kellner ließ den Korken des Champagners knallen, den er für Pierre gebracht hatte, und schenkte ihm ein. Er ließ noch ein weiteres Glas auf dem Tisch stehen, bevor er sich abwandte. Marc zog es vor, Pierres merkwürdigen Vorschlag nicht zu beachten. Allein die Erwähnung von Sylvies Namen hatte seine düstersten Befürchtungen über ihre Untreue ihm gegenüber erneut an die Oberfläche gebracht. Zwar stimmte es, dass gerade in diesem Augenblick seine Hand zwischen Kikis Beinen ihren kleinen Busch streichelte, doch die Frage, die ihn quälte, war die, ob Sylvie es Pierre gestattet hatte, dasselbe bei ihr zu tun.

»Glaubst du, sie hat einen Liebhaber?«, fragte er düster.

»Wer, Sylvie?« Pierre schien diese Frage zu überraschen. »Wie kommst du denn darauf? Hat sie dir gegenüber etwas erwähnt?«

»Natürlich nicht. Es ist nur so ein Gefühl, das ich habe. Ein Verdacht. Vielleicht auch eine Vorahnung. Glaubst du an Vorahnungen?«

»Du klingst ziemlich verunsichert. Hängt das vielleicht mit Jaqueline zusammen?«

»Das ist mal wieder typisch«, beschwerte sich Marc. »Alle glauben, ich sei Jaquelines Liebhaber, weil ich sie einige Male zum Essen ausgeführt habe.«

»Zum Essen, aber natürlich«, spöttelte Pierre.

»Tatsache ist, dass ich nie mehr getan habe, als sie auf die Wange zu küssen.«

»Ihre Wange, und sonst nichts«, wiederholte Pierre skeptisch.

»Ich schwöre dir, es ist die Wahrheit. Weshalb sollte ich dich belügen?«

»Dann bin ich allerdings tatsächlich erstaunt«, erwiderte Pierre. »Du wirst mir schon erklären müssen, weshalb du dich so uncharakteristisch tugendhaft verhältst. Kannst du mir das in wenigen Worten klar machen?

Sicherlich bist du dir über deine Gefühle ihr gegenüber im Klaren. Was ich fragen will, willst du sie denn wirklich haben? Willst du Jaqueline auf dem Rücken liegend und bar jeder Kleidung haben? Oder hat sich deine geistige Gesundheit schließlich doch verflüchtigt, und du suchst eine eigenartige und sinnlos platonische Freundschaft mit ihr? Du könntest im Theater mit ihr Händchen halten und ihre Wange keusch küssen, wenn ihr euch Gute Nacht sagt. Erzähle mir von deinen Absichten – sind sie ehrenhaft unanständig oder sind sie das langweilige Gegenteil?«

»Das ist leicht zu beantworten«, erwiderte Marc. »Ich will Jaqueline, auf dem Rücken liegend, haben, mit den Beinen in der Luft.«

»Dann muss ich wohl den Schluss ziehen, dass sie sich geweigert hat, mit dir ins Bett zu gehen. Wie peinlich das ausgerechnet für dich sein muss. Hat sie dir den Grund gesagt, als sie die Beine nicht spreizen wollte? Könnte es sein, dass sie ihren zwielichtigen Liebhaber tatsächlich liebt?«

»Natürlich hat sie sich mir nicht verweigert. Ich könnte sie jederzeit haben«, entgegnete Marc mit Nachdruck.

»Was ist es denn dann?«

»Das Problem ist nicht recht auszumachen – und was immer es ist, es liegt bei mir«, meinte Marc zerknirscht. »Ich begehre sie, und sie begehrt mich – aber ich habe mich einfach nicht dazu überwinden können, es in die logische Tat umzusetzen.«

»Warum nicht?«, fragte Pierre, von dem ungewöhnlichen Mangel an Selbstvertrauen seines Cousins fasziniert. »Kann es sich um eine Gewissenskrise handeln?«

Mademoiselle Kiki hatte jede nur mögliche männliche Klage gegen die Welt schon viele Male gehört, und die Unterhaltung langweilte sie. Sie machte ihrer Freundin Yvonne ein

Zeichen, dass sie sich zu ihnen gesellen sollte. Yvonne verließ das Klavier und setzte sich auf den freien Stuhl neben Pierre. Kiki stellte alle einander vor, während Pierre dem Neuankömmling Champagner einschenkte.

Sie nippte daran und bat um eine Zigarette. Augenblicklich war Marc mit seinem vergoldeten Zigarettenetui zur Stelle. Nach zwei Zügen legte Yvonne die Zigarette auf dem Aschenbecher ab und vergaß sie. Sie ließ ihre Hand auf Pierres Schenkel fallen und drückte ihn.

»Ihr redet jetzt schon seit Stunden«, bemerkte sie. »Seid ihr deswegen hierher gekommen, oder wollt ihr nicht doch etwas Interessantes erleben?«

»Mein Cousin und ich haben nur die neuesten Familienangelegenheiten besprochen«, bemerkte Pierre leicht boshaft. »Offenbar bedrückt ihn sein Gewissen – von dem ich noch nicht einmal wusste, dass er ein solches besitzt.«

Yvonne zuckte mit den Schultern.

»Wie ich sehe, bist du ausgesprochen gut gebaut«, wandte sie sich an Pierre. Das heimliche Streicheln ihrer Finger in seinem Schoß hatte ihn steif werden lassen.

Marc schauderte, als er sie das sagen hörte. Der Gedanke, dass Sylvie Pierres gut gebautes Teil ebenfalls gestreichelt und vielleicht sogar ihre Beine gespreizt hatte, um ihn in sich eindringen zu lassen, ließ seine Stimmung augenblicklich sinken.

»Aber du hast Recht, wir sind nicht zum Reden hierher gekommen«, stimmte ihr Pierre zu. »Wir sind gekommen, um dich zu sehen, Yvonne. Dich und deine charmante kleine Freundin Kiki.«

Yvonne belohnte seine galante Höflichkeit mit einem breiten Lächeln.

»Wusste ich's doch«, meinte sie. »Ihr seid hierher gekommen, um euch meinen Schatz anzusehen.«

Sie schob ihren Stuhl vom Tisch zurück und hob ein Knie,

bis ihr Fuß auf dem Sitz ruhte. Dann spreizte sie ihre kräftigen Schenkel, um ihm Einsicht dazwischen zu gewähren. Das Dickicht ihrer Haare teilte sich und entblößte zwei längliche volle Lippen, die Pierre bequem und geräumig erschienen. Ihre Hand ruhte auf ihrem angewinkelten Knie, und ihre silbernen Armreifen glitten ihren Unterarm hoch.

»Fühl doch mal«, bot sie an.

Aus Höflichkeit – und mehr war es nicht, sagte sich Pierre – lächelte er sie an, senkte seinen Zeigefinger in das Champagnerglas und ließ ihn dann leicht über die fleischigen Lippen zwischen ihren Beinen gleiten. Marc lachte, und Kiki klatschte in die Hände.

»Champagner für all meine Lippen«, meinte Yvonne. »Das gefällt mir. Wie ich sehe, bist du ein richtiger Gentleman.«

Mehrere Männer an den angrenzenden Tischen reckten ihre Hälse, um ebenfalls einen Blick auf Yvonnes Schatz zu erhaschen, während ihr Knie noch angewinkelt war. Um die Wahrheit zu sagen, unterschied er sich nicht sonderlich von jenen Schätzen, die sich zwischen den Beinen der anderen Mädchen verbargen, die herumsaßen und auf ihre Kosten tranken. Aber welcher Mann würde nicht alles unternehmen, um seinen Blick auf das begehrteste Kleinod einer Frau lenken zu können?

Die Aufregung, die sich durch Yvonnes Schatz gebildet hatte, erregte die Aufmerksamkeit von Madame Valentine, der freundlichen Geschäftsführerin des Etablissements. Sie war die einzige Frau im Zimmer, die nicht nackt war. Sie trug ein knielanges Abendkleid aus schwarzem Satin, das einen tiefen Ausschnitt besaß und zwei riesige, hängende Brüste zeigte. Eine zweireihige Perlenkette war um ihren Hals geschlungen. Ihr kurzes dunkles Haar war gescheitelt und wie das eines Mannes mit duftender Pomade geglättet.

Mit wippendem Gang kam sie auf Marcs Tisch zu und erfasste die Szenerie mit routiniertem Blick: Die Champagnerflaschen auf dem Tisch, die teuren Anzüge der beiden Männer und Marcs goldener Zigarettenanzünder, als er eine Zigarette zwischen Kikis Schmolllippen anzündete.

»Bon soir, Messieurs«, grüßte sie fröhlich. »Es freut mich, dass Sie sich amüsieren. Ist das Ihr erster Besuch in meinem Hause?«

»So ist es, Madame«, erwiderte Pierre.

»Ich war schon einmal hier«, ergänzte Marc. »Doch ist das schon ein Weilchen her.«

Madame warf einen Blick auf Pierres Hand, die auf dem dunklen Busch zwischen Yvonnes gespreizten Schenkeln lag.

»Sie kennen sich wirklich sehr gut aus«, wandte sie sich an ihn. »Sie halten ihre Finger just am richtigen Platz, nicht wahr?«

»Mademoiselle Yvonne ist sehr entgegenkommend«, erwiderte Pierre.

»Wie ich beobachtet habe, haben Sie aus Spaß ein wenig Champagner über ihre *joujou* gekippt. Wenn Sie sie mit nach oben nehmen, wird sie sich etwas anderes einfallen lassen, was Sie dorthin spritzen könnten.«

Marc kicherte.

»Nun geh schon, Pierre«, drängte er ihn. »Ich leere noch die Flasche, bevor ich Kiki für dasselbe Spielchen mit nach oben nehme.«

Er fügte noch hinzu, er würde sich um die Rechnung kümmern, da Pierre schließlich sein Gast sei. Das freute Madame zu hören, denn sie hatte eine Schwäche für großzügige Männer.

»Komm schon«, drängte ihn Yvonne. »Einen Vorgeschmack hattest du – jetzt ist es Zeit für die richtige Sache.«

Pierre stand auf und folgte ihr zwischen den Tischen hindurch eine weitere Treppe nach oben. Wie immer ging Yvonne voran, sodass er ihre großen runden Backen nicht verpassen würde, als sie die Treppe hochstieg. Ein schöner großer Hintern, dachte er, zumindest für diejenigen, denen so etwas gefällt. Ich für meinen Teil ziehe die schlanken und eleganten Körperformen der heutigen Mode vor, und nicht die fleischigen Typen, die zu meines Großvaters Zeiten modern gewesen sind.

In dieser Hinsicht allerdings belog er sich selbst. Die Modemagazine mochten ihm einreden, dass es *très chic* sei, schlanke und knabenhafte Frauen zu bewundern. Die Art von Frauen also, die er zum Essen und zum Tanz einlud und dann mit ihnen ins Bett ging. Das waren Frauen, die Diät hielten und Gymnastik trieben, um jene schlanke und grazile Figur zu erhalten, von der sie glaubten, sie mache sie für Männer begehrenswert. Doch nun war Pierre hier und folgte einer Frau mit sehr großen Brüsten und einem üppigen Hinterteil die Treppe nach oben in ein Schlafzimmer.

Yvonnes üppige Backen bewegten sich hin und her, während sie ihn den langen Flur mit geschlossenen Türen auf beiden Seiten entlangführte. Hinter mancher Tür waren Lustschreie und Keuchen zu hören, hinter anderen war es still – und doch wurde hinter all diesen geschlossenen Türen diese oder jene Spielart derselben Sache praktiziert. Mädchen lagen auf den Rücken, nackte Männer lagen auf ihnen, andere Mädchen ritten die auf dem Bett liegenden Männer. Es würde Paare geben, die sich seitlich liebten oder sogar die Neunundsechzig praktizierten. Bei der Vorstellung musste Pierre lächeln.

Gegen Ende des Flures kamen sie an eine Tür, die leicht angelehnt war und zeigte, dass der Raum nicht besetzt war. Es war ein sehr gewöhnliches Zimmer, ordentlich und sauber, aber unpersönlich. Vor dem Fenster mit Blick auf den gepflasterten Hof hing eine Gardine. Außerdem gab es einen Frisiertisch aus dunklem Holz mit einem Spiegel. Ein breites Bett stand mit dem Kopf gegen die Wand. Yvonne schloss die

Tür und trat dicht an Pierre heran. Mit der einen Hand berührte sie seine Schulter, während die andere seine Hose öffnete.

In Wahrheit wollte er eigentlich gar nicht viel mit Yvonne anfangen. Jetzt, wo er nicht mehr in dem brodelnden unteren Raum saß und jede seiner Bewegungen beobachtet wurde, konnte er Yvonnes große nackte Brüste mit ihren rotbraunen Knospen und die dunkelbraunen Locken zwischen ihren kräftigen Schenkeln neugierig anstarren. Er fragte sich, warum Marc ihn ausgerechnet hier hatte treffen wollen und warum er für das Mädchen bezahlte. Es schien Pierre, als ob Marc dafür ein verstecktes Motiv habe. Als ob er in eine Falle gelockt worden sei, doch zu welchem Zweck?

Yvonne folgte seinem Blick und grinste auf ihre feuchten Schamhaare, die er mit Champagner aus der Flasche besprenkelt hatte.

»All's bon«, sagte sie und fing an, ihn auszuziehen. Ihre Hände glitten unter sein Hemd über seine Brust und seinen Bauch, dann zwischen seine Beine. *»Très bon«,* wiederholte sie.

Schon bald saßen sie nebeneinander auf dem Bett, er ebenso nackt wie sie oder vielleicht sogar noch nackter, denn sie trug immerhin ihre silbernen Armreifen, während er nichts mehr anhatte, noch nicht einmal eine Armbanduhr.

»Du bist kräftig«, schmeichelte sie ihm. »Du hast einen langen dicken.«

»Du musst es ja wissen«, erwiderte er. »Du hast schon eine Menge gesehen.«

»Ja«, erwiderte sie und grinste ihn an. »Und ich weiß von all den Dingen, die Männer damit gerne anstellen.«

Das Problem im Moment jedoch war, dass er trotz seiner Erregung eigentlich nicht viel mit ihr anzufangen wusste.

»Und da du über alles Bescheid weißt, werde ich dir alles überlassen«, sagte er. »Ich gebe mich ganz in deine Hände.«

»Ich habe es bereits in meinen Händen«, erinnerte sie ihn. »Leg dich zurück.«

Er legte sich halb auf das Bett, stützte den Rücken gegen das Kopfteil ab und zog die Knie an. Yvonnes Finger bewegten sich schnell auf und ab.

Das Resultat war so ermutigend, dass sie sich über ihn beugte und den leicht bläulichen Kopf zwischen ihre Lippen nahm. Pierre hätte gern den Wunsch gehabt, sie auf den Rücken zu rollen und auf ihren plumpen Bauch zu gleiten. Vielleicht konnte sie seine Gedanken lesen, schließlich war dies für sie keine unbekannte Situation. Sie wusste, wo der Schuh drückte, und ließ sein pulsierendes Rohr aus ihren Lippen gleiten.

»Bist du müde, *chéri*?«, erkundigte sie sich. »Ich kenne dein Problem: Du hast es so oft mit deiner Freundin getrieben, dass du jetzt keinen Dampf mehr in der Hose hast. Männern wie dir bin ich schon häufig begegnet. Ihr treibt es fünf oder sechs Mal am Tag, und das eine Woche lang, und dann wundert ihr euch, dass ihr ein kleines Problem habt. Liege ich richtig?«

Pierre nickte und lächelte. Er wusste, dass sie das lediglich deswegen sagte, um ihn so viril wie einen Riesen darzustellen.

»Ihr Männer«, fuhr sie fort. »Ihr macht uns arme kleine Mädchen mit euren großen dicken Dingern vollkommen fertig, ihr habt keinerlei Mitleid mit dem Mädchen unter euch, wenn ihr erst einmal zu hämmern anfangt.«

Sie bestieg seine angewinkelten Schenkel und sah zwischen ihre nackten Körper, um ihn mit ihren Fingern so zu lenken, dass der Kopf seines männlichen Stolzes gerade eben die dicken Lippen zwischen ihren Beinen berührte.

»Oh ja«, stöhnte er, plötzlich interessiert.

Ihre andere Hand griff zwischen ihre Beine, und sie öffnete die Lippen, damit er den kleinen rosa Knopf sehen konnte.

»Mir ist es vollkommen gleichgültig, wie müde du bist, ich

werde dich dazu bringen«, sagte sie zu ihm. »Sicherlich hast du deine Freundin heute Nachmittag bereits mehrmals auf den Rücken gelegt, bevor du auch nur daran gedacht hast, mit deinem Freund hierher zu kommen.«

Sie rieb den nackten Kopf seines pulsierenden Schaftes langsam an ihrem rosa Knopf.

»Ça va, chéri«, sagte sie und blickte grinsend auf seinen Steifen, der in ihrer Hand pulsierte.

Er nahm ihre großen schwingenden Brüste in die Hände und ließ sie hoch und runter hüpfen, während sie sich immer schneller gegen ihn rieb. Sie lachte kehlig und betrachtete seinen Steifen, dann rieb sie ihn noch schneller an ihrem Körper, bis er stöhnte und ein kleiner warmer Erguss zu sehen war. Sofort senkte sie sich ab, damit er in sie eindringen konnte. Er starrte sie mit irrem Blick an, während sie auf ihm ritt, um ihn zur Ekstase zu führen.

»Oh ja, oh ja«, keuchte er.

Sein Mangel an Interesse hatte sich jetzt vollkommen verflüchtigt, er hielt die Augen inzwischen geschlossen, hinter denen sich eine vollkommen andere Szene abspielte. Er war jetzt nicht mehr in dem Haus in der Nähe der Rue St.Denis, er war mit Sylvie Beauvais an der Rive Gauche in ihrem in Rosa und Weiß dekorierten Schlafzimmer. Sie lag auf dem Rücken auf ihrem Bett, ihr seidenes Spitzennachthemd war bis zum Hals hochgerutscht und ihre Schenkel gespreizt, während Pierre auf ihrem Bauch lag und in das feuchte Warm stieß.

»Je t'adore, Pierre«, stöhnte Sylvie in seiner Vorstellung, während ihr erhitzter Körper sich unter ihm aufbäumte und dem Höhepunkt entgegenstrebte.

»Je t'adore, Sylvie«, keuchte er, während er leidenschaftlich in sie stieß.

Während Pierre sich auf diese Weise mit Yvonne und ihren silbernen Armreifen und dem großen Hintern selbst betrog, gab sich Sylvies unberechenbarer Ehemann zwei Türen desselben Flurs weiter einer anderen Art von Selbsttäuschung hin. Er hatte den Champagner ausgetrunken und war die Treppe mit Kiki hinaufgegangen. Jetzt saß er auf dem Bettrand, das Jackett ausgezogen und seine Hosen heruntergelassen.

Die kurzhaarige Kiki kniete auf dem Teppich zwischen seinen Füßen. Marc nahm ihre großen schwingenden Brüste in die Hand, während sein Schwanz sich versteifte und Kiki ihn noch zusätzlich massierte, um seine Erregung zu steigern.

»Gefällt dir das?«, erkundigte sie sich und ließ ihre Fingernägel an seinem langen, zuckenden Schwanz hinabgleiten.

Marc war ein wenig betrunken und in der Stimmung, ihr seine geheimsten Gedanken anzuvertrauen, während sie mit ihm spielte.

»Mit dir kann ich ehrlich sein, weil zwischen uns keine Gefühle bestehen«, sagte er. »Ich bin ein Sklave der fünfzehn Zentimeter, die du in der Hand hältst. Dieser grausame Tyrann dominiert mein gesamtes Leben auf eine Art und Weise, die du nicht für möglich halten würdest.«

»Viele Männer machen sich lächerlich, nur um es in eine Frau zu bekommen. Aber das ist ja nichts Neues«, meinte Kiki mitfühlend.

»Ich bin aber nicht wie diese anderen Männer mit ihren armseligen kleinen Geschichten«, widersprach Marc. »Ich bin eine höchst ungewöhnliche Person. Zum Beispiel, jedes Mal wenn ich mich verliebe und glaube glücklich zu sein, führt mich dieses Monster zwischen meinen Beinen in ein anderes Bett zu einer anderen Frau – und jede Hoffnung auf Zufriedenheit ist ruiniert. Manche Männer sind Sklaven des Alkohols, sie trinken eine Flasche nach der anderen, bis sie bewusstlos umfallen. Verglichen mit meinem Schicksal jedoch sind sie regelrechte Glückspilze.«

Kiki zuckte mit den Schultern und schwieg. Sie hatte bereits zahllosen Männern zugehört, die mit ihren männlichen Fähigkeiten prahlten. Keinem hatte sie jemals Glauben geschenkt. Um Marc weiter zu ermutigen, senkte sie ihren Kopf und berührte mit der Zungenspitze die geschwollene Spitze seines so genannten Monsters.

»Ah, Kiki«, seufzte er anerkennend. Als sie dies hörte, öffnete sie ihren Mund weit, um den ganzen Kopf aufzunehmen und daran zu saugen.

»Ich respektiere dich, Kiki, weil du so viel vom Leben und von den Männern verstehst«, fuhr Marc fort. »Für Lügen gibt es in deinem Leben keinen Platz, deine Gedanken und deine Gefühle sind nackt, in derselben Art und Weise, wie du auch deine Tage nackt verbringst. Für dich gibt es keine Gefühlsduselei von wegen *je t'adore* und kein Gerede über die Liebe, die immer währt. Nichts von diesem Unsinn, in den wir anderen uns immer wieder verstricken. Du hast es auf die wesentlichen Dinge reduziert, ein Mann und eine Frau, die ihre Bäuche aneinander reiben. Weit gespreizte Beine, ein harter Stoß und dann ganz schnell die Ekstase.«

»Du klingst wie ein Philosoph«, bemerkte sie und ließ ihn aus ihrem feuchten Mund gleiten. Das hatte sie nicht anerkennend gemeint, was Marc jedoch entging.

Von seinen eigenen Worten beschwingt, stand er auf und trat hinter sie. Er drückte sie nach vorn, bis ihre Ellenbogen auf dem Bett ruhten und ihre Brüste sich dagegen drückten. Er ging hinter ihr auf die Knie und presste sich gegen die fleischigen Backen ihres Hinterns.

»Alors«, sagte Kiki, zufrieden darüber, dass er sich schließlich zur Aktivität hatte hinreißen lassen, wie unerwartet seine Herangehensweise auch sein mochte.

»Ich wünschte, ich wäre wie du«, sagte Marc mit bebender Stimme. »Ich möchte mich von all der Scheinheiligkeit und all den Komplikationen befreien, die wir als Zivilisation bezeichnen.«

Seine Hand griff unter ihren Bauch und zwischen ihre Beine, um dort den braunen Busch zu streicheln. Als er sie geöffnet hatte, drang er in sie ein, seine kurzen festen Stöße ließen ihren Körper auf dem Bett ein paar Zentimeter vor und zurückgleiten.

»Hör mir zu, *ma chère*«, seufzte er. »Du heißt Jaqueline, und du bist blond und schön. Du bewunderst und du begehrst mich. Bereits seit Wochen hast du mich darum angefleht, dir die Kleider vom Leib zu reißen und genau dies zu tun. Jetzt bin ich in dir, dein dringlichster Wunsch ist in Erfüllung gegangen, Jaqueline …«

»Was immer du auch sagst, *chéri*«, keuchte Kiki. »Du kannst mit mir machen, was du möchtest.«

Marc keuchte von der Heftigkeit seiner Bewegungen, während sein Bauch gegen die weichen Backen ihres Hinterns stieß.

»Dies ist nur ein Anfang für uns, Jaqueline«, stöhnte er. »Du gehörst mir, und ich kann mit dir machen, was ich will. Ich werde es wieder und wieder und wieder mit dir treiben.«

»Tu, was du möchtest«, versicherte ihm Kiki und blickte über ihre Schulter in sein erhitztes Gesicht, während er in sie stieß. »Besuche mich jeden Tag, *chéri*. Zweimal am Tag, wenn du das möchtest …«

4

Die Bedeutung der Liebe

Eines Tages kurz nach dem Mittagessen ging Marc, tief in Gedanken versunken, die Avenue de l'Opéra entlang und setzte sich an einen Tisch vor dem Café de la Paix. Es war ein schöner Sommertag, und Marc trug einen eleganten silbergrauen Sommeranzug und einen grauen Hut, den er keck etwas seitlich auf den Kopf gesetzt hatte. Doch im Gegensatz zu seiner äußerlich unbekümmerten Erscheinung war er bis ins tiefste Innere verwirrt. Er war sich nicht mehr sicher, was in seinem Leben vorging. Auf der Caféterrasse bestellte er sich ein Glas Cognac und grübelte darüber nach, was schief gelaufen war.

Eine Sache jedenfalls war ihm klar: So unglaublich es auch erscheinen mochte, er wurde von den Frauen, die er kannte und bewunderte, ausgenutzt. Die Vorstellung war nicht nur unglaublich oder unwahrscheinlich, sie war schlichtweg undenkbar. Der Verkehr auf dem Boulevard des Capuchines rauschte auf der anderen Seite des Bürgersteigs vorbei, doch Marc bemerkte ihn nicht. Frauen kamen dicht an seinem Tisch vorbei, viele von ihnen schön und jung, doch er war so in seine düsteren Gedanken versunken, dass nichts ihn ablenken konnte.

Kaum bemerkte er die Frau mit den glänzenden Haaren am Nebentisch, obwohl sie ihn angelächelt hatte. Sie war eine gut gekleidete und sehr gepflegte Dame um die vierzig, eine verheiratete Frau offenbar, die ihrer täglichen Routine überdrüssig war und nun ein kleines Abenteuer suchte, während ihr Mann im Büro saß und das Geld verdiente.

Eine andere Variante wäre, dass der Ehemann ebenso unzufrieden mit seinen häuslichen Vergnügungen war und nun selbst mit einer Mätresse in ein Abenteuer verwickelt war. Für Geschäftsleute, Rechtsanwälte, Ärzte und dergleichen war es nicht ungewöhnlich, mehrmals in der Woche ein oder zwei Stunden mit einer jüngeren Frau zu verbringen, mit der sie sich angefreundet hatten. Ein ruhiges Schlafzimmer, Küsse und nackte Brüste zum Küssen und Streicheln, das Vergnügen, Seidenstrümpfe an Frauenbeinen herunterzurollen ... das atemberaubende Glücksgefühl, ihr das Höschen auszuziehen ... der wunderbare Moment, wenn sie nackt vor ihnen lag und die Beine spreizte ...

Das waren jene ersprießlichen Nachmittage, die einen Geschäftsmann selbst in mittleren Jahren noch davon überzeugen konnten, dass er immer noch jung und vital war, dass er kräftig und bestimmend sein konnte. Wenn ein Mann eine junge Frau zu seinem Vergnügen aushielt, mussten natürlich die Rechnungen bezahlt werden, die Miete, modische Kleidung, teure Geschenke – doch was machte das schon? *C'est la vie.*

An einem anderen Tag und in einer anderen Stimmung hätte es Marc amüsiert, die Bekanntschaft der Dame am Nebentisch zu machen. Ein charmantes Lächeln und ein paar Komplimente, bevor er ihren Kaffee und ihre Getränke bezahlte und sie mit in sein Appartement nahm, um ihre Träume wahr werden zu lassen.

Verheiratete Damen ihres Alters und ihrer sozialen Stellung zeigten sich jüngeren, attraktiven Männern gegenüber mit guten Manieren, die sich für ihre Brüste und dafür interessierten, ihnen die Kleidung abzustreifen, als ausnehmend liebenswürdig.

Doch an diesem Tag hatte Marc keinen Sinn für die Vergnügungsmöglichkeiten, die sich ihm boten. Elegante Höschen abzustreifen und einen warmen Bauch zu küssen war momentan das Letzte, woran er dachte. Er versuchte, mit der unwahrscheinlichen Vorstellung fertig zu werden, dass die Frauen aus seinem Bekanntenkreis ihn benutzten. Seiner Logik zufolge widersprach das jeglicher natürlicher Ordnung. Es war allgemein bekannt, dass schöne Frauen durch göttliche Fügung auf diese Erde gekommen waren, um dem Wohlergehen der Männer zu dienen. An einer derart weit verbreiteten Meinung zu rütteln war gerade so, als ob eine Regierung die Erdanziehungskraft per Gesetz verbieten würde – in der Zukunft würde dann jedes Objekt, das man fallen ließ, in die Luft fliegen und nicht auf den Boden.

Und doch: Wie wenig plausibel es auch erscheinen mochte, dass Marc sich von Frauen ausnutzen ließ, so mangelte es ihm nicht an Beweisen. Schweren Herzens hatte er die Umkehrung des Naturgesetzes auf den Nachmittag im Bett mit Arlette Lamartine zurückgeführt. Es war in dem Augenblick geschehen, als sie ihm sagte, dass sie und er sich von den Ketten der Liebe befreien müssten und zu guten Freunden werden sollten. Ihre Worte hatten damals für ihn keinerlei Sinn gegeben. Doch wenn er jetzt zurückblickte, war er sich sicher, dass dies der Anfang von allem war.

Er hatte kurz über ihre Worte nachgedacht und ihren Sinn zu begreifen versucht. Doch kein Mann, der mit einer wunderschönen nackten Frau im Bett liegt, würde sich über einen derartigen Blödsinn wie echte Freundschaft Gedanken machen. Genauer gesagt hatte er ihren Hals geküsst und versucht, sie auf den Rücken zu drehen, sodass er zum zweiten Mal an jenem Nachmittag auf sie gleiten konnte. Doch sie hatte sich ihm verweigert. Schließlich war es Marc gewesen, der auf dem Rücken lag, und nicht Arlette. Sie hatte sich über ihn gebeugt, und ihre eleganten nackten Brüste an seinem stolz erhobenen Rohr gerieben.

Wenn diese Abwandlung der normalen Gesetzmäßigkeit der Dinge hier geendet hätte, hätte Marc lediglich mit den

Schultern gezuckt und darüber gelacht. Doch Sylvie, seine ihn bewundernde Ehefrau, hatte ebenfalls Anzeichen dafür gezeigt, dass sie die herkömmlichen Gepflogenheiten auf den Kopf zu stellen gedachte. An jenem Morgen hatte er sie besucht und wollte sie auf den Rücken legen, so jedenfalls hätte es sein sollen. Doch als er danach gehen wollte, war sie ihm splitternackt bis zur Tür gefolgt, hatte einen Arm um ihn gelegt, seine Hosen aufgerissen und sein Weggehen hinausgezögert. Dann hatte sie ihn beschuldigt, sich am vorhergehenden Abend mit Jaqueline Peyron geliebt zu haben. Um ehrlich zu sein, war sie in dieser Sache äußerst beharrlich gewesen. Und die ganze Zeit über hatte sie seinen Schaft gestreichelt, um ihn erneut zu erregen. Marc hatte eingewandt, dass er sich zu seiner Verabredung verspäten würde. Das war seine gewohnte Art, unangenehmen Szenen mit Frauen aus dem Weg zu gehen. Sylvie hatte seine Entschuldigungen ignoriert und ihn weiter gestreichelt, während er wie ein Idiot vor der Haustür gestanden hatte.

Fünf Minuten lang hatte sie ihre Anschuldigungen bezüglich Jaqueline wiederholt. Was immer er auch gesagt hatte, sie hatte die nackte Wahrheit nicht wahrhaben wollen – dass nämlich gar nichts mit Jaqueline gewesen war. Doch selbst dort, in dieser lächerlichen Situation, in der er mit dem Rücken an der Wand gegen die Tür gepresst stand, während sein pulsierendes Rohr in Sylvies geschickter Hand ruhte, hatte er darüber nachgegrübelt, warum er niemals von Jaquelines Zuneigung ihm gegenüber Gebrauch gemacht hatte. Warum beispielsweise hatte er nicht ein einziges Mal mit seinen Händen ihre wunderbaren Brüste berührt? Deren Form hatte er unter ihrer Kleidung häufig bewundert, und ihr Anblick hatte ihn jedes Mal stark erregt.

Warum hatte er niemals Jaquelines Höschen heruntergezogen und nachgesehen, ob die Locken zwischen ihren Beinen genauso hellblond waren wie ihre Kopfhaare?

Dann jedoch hatte die Ekstase ihn geschüttelt, seine Knie hatten gezittert, während er leidenschaftlich über Sylvies nackten Bauch ejakulierte. Als sie ihn schließlich hatte gehen lassen, war er die Treppe hinuntergetaumelt und hatte an der Wand Halt gesucht. Mit der anderen Hand hatte er seine Hosen gehalten und sie zu schließen versucht, bevor ihn jemand in diesem Zustand sah. In seinem Rücken hatte er Sylvies Lachen gehört, die nackt in der geöffneten Tür des Appartements stand.

Sylvie betete ihn an, dessen war er sich sicher, und dennoch schien sie sich in diesem Augenblick über ihn lustig zu machen. Es fiel ihm schwer zu glauben, dass sie ihn auch nur einen Augenblick lang nicht bewundern würde. Und doch hatte sie über ihn gelacht, daran konnte kein Zweifel bestehen. »*Au revoir*, Marc«, hatte sie ihm hinterhergerufen. Er hatte nicht zurückgeblickt, sondern versucht ihre Belustigung zu ignorieren. Dennoch beunruhigte es ihn.

Seitdem hatte es noch einen weiteren Vorfall gegeben, und zwar einen, der ihm noch mehr zusetzte. Diesmal war es mit Arlette und nicht mit Sylvie. Er hatte Arlette in einen beliebten Nachtclub in der Nähe der Champs-Elysées geführt. Sie liebte es zu tanzen und trug zu diesem Anlass ein neues Abendkleid.

Es war aus dünnem schwarzem Samt mit silbernen Spitzen, ärmellos, der Rücken war frei, und vorne war es tief ausgeschnitten. Von Arlettes wunderschönem Körper war so viel zu sehen, dass man jedem die Annahme verzeihen würde, dass sie überhaupt nichts auf dem Leib trug.

Ihr langer Rücken war nackt, von den Schultern bis kurz über den Ansatz ihrer Backen. Unmöglich konnte sie darunter einen Büstenhalter tragen, dachte Marc, als sie Bauch an Bauch über die Tanzfläche schwebten. Unter ihrem Samtkleid konnte sie allenfalls ein paar seidene Strümpfe und – so jedenfalls folgerte er – ein winziges Höschen tragen. Marc ging davon aus, dass es ein sehr kleines Höschen sein musste, sonst hätte sich der Saum in dem Rückenausschnitt gezeigt. Die Tanzfläche war so voll, dass man lediglich langsam, Wange an Wange und Bauch an Bauch, tanzen konnte. Es muss nicht weiter erwähnt werden, dass in Marcs Hosen eine große Ausbeulung sichtbar wurde. Das traf vermutlich jedoch auf fast jeden Mann auf der Tanzfläche zu, schließlich war das Sinn und Zweck eines Nachtclubs. Im Halbdunkel ließ Marc seine Hand an Arlettes weichem, nacktem Rücken hinuntergleiten, bis sich seine Finger unter das Kleid schoben, nur ein wenig und nicht allzu offensichtlich, um seine Neugier über ihre Unterwäsche befriedigen zu können.

Zu seiner Verblüffung und Freude entdeckten seine langsam tastenden Finger in dem Tal zwischen ihren warmen Backen überhaupt gar nichts, noch nicht einmal das kleinste aller Höschen. »Ah, Arlette, *chérie*«, murmelte er leise. *»Je t'adore.«* Sein steifes Rohr presste sich gegen den Hosenstoff, während die Vorstellung ihn verrückt machte, dass Arlette unter ihrem Kleid außer den Strümpfen ganz nackt war. *Das hat sie meinetwegen getan, wie konnte ich nur jemals vergessen, wie sehr ich sie liebe, ich selbst bin mir mein eigener Feind.*

Nachdem sie nach dem Tanz wieder zu ihrem Tisch zurückgekehrt waren, konnte Marc den Gedanken an Arlettes nackten Körper unter ihrem Kleid nicht aus seinem Kopf verdrängen. Unter dem Tischtuch legte er eine Hand auf ihr Knie, um unter den Saum ihre dunkle *joujou* zu befühlen, doch sie hielt seine Hand vor neuen Erkundungen zurück. Er streichelte ihren nackten Rücken, und es war ihm ein Vergnügen, ihre satinweiche Haut zu fühlen. Wenn er Gelegenheit gehabt hätte, hätte er seine Hand in ihr Kleid gleiten lassen und ihre Backen gestreichelt, doch sie saß sehr fest auf ihnen.

Dieses anregende Bild der weichen Haut unter schwarzem Samt beunruhigte ihn so, dass Marc weder die Musik noch den Wein genießen konnte. Er wollte gehen, er wollte Arlette in ihr Appartement führen und ihr die Kleider vom Leib reißen. Kleidung? Welche Kleidung, fragte er sich und lächelte vor sich hin. Lediglich ihr Kleid und ein paar seidene Strümpfe, mehr hat sie ja nicht an. Binnen kürzester Zeit ist sie nackt.

»Wollen wir gehen, *chérie*?«, schlug er vor und drückte durch das Kleid hindurch ihr Knie. Sie lächelte ihn bewundernd an und drückte einen flüchtigen Kuss auf seine Wange und sein Ohr.

»Ein Weilchen noch«, sagte sie. Eine Viertelstunde später wiederholte er die Frage, und sie gab ihm die gleiche Antwort. Schließlich war es bereits nach ein Uhr, ehe sie ihren nackten Arm um seinen Hals schlang und in sein Ohr murmelte, er möge sie nach Hause begleiten.

Zu dieser Zeit loderte Marc bereits vor Begierde. Er zahlte die Rechnung, gab dem Kellner ein Trinkgeld und drängte Arlette in die warme Sommernacht hinaus. Das steife geschwollene Rohr in seiner Hose verlieh seinen Bewegungen etwas Ungeschicktes. Sie hatten Glück, fanden sofort ein Taxi und machten sich auf den Weg zur Place de la Concorde, die selbst um halb zwei in der Frühe noch voller Verkehr war. Der Fahrer kreuzte die Seine über die Concorde-Brücke und bog dann in den Boulevard St. Germain ein.

Auf dem Rücksitz des Taxis hatte Marc den Arm um Arlettes Taille geschlungen und versuchte, unter dem schwarzen Samt ihre *joujou* zu streicheln. Sie kicherte und hielt ihn am Handgelenk zurück. »Nicht so schnell«, flüsterte sie. »Alles zu seiner Zeit, *mon chèri*.« Sie saß ihm halb zugewandt, eine Hand in seinem Schoß. Ihre Finger streichelten ihn durch das dünne Material seiner Hosen hindurch, und seine Stange hüpfte und wand sich unter ihrer Berührung, wie zart diese auch sein mochte. Marcs Nerven waren zum Zerreissen gespannt, sein Atem keuchte. »Arlette, was machst du nur mit mir?«, seufzte er.

Wenig später fuhr das Taxi an dem Haus vor, dessen Adresse Marc dem Fahrer gegeben hatte. Wenn die Reise auch nur noch einen halben Kilometer länger gedauert hätte, hätte sich Marcs Leidenschaft in seine Unterhose ergossen. So jedoch stieg er vorsichtig aus dem Taxi und beugte sich leicht vor, um den Druck zu erleichtern, und hoffte, dem Fahrer würde seine unangenehme Lage nicht auffallen. Arlette ging vor, zuerst den Weg entlang, dann die Treppe hinauf. Sie wohnte im ersten Stock.

»Kannst du dich an die Nacht erinnern, als du mich spät nach Hause gebracht hast und nicht warten konntest, bis wir in meinem Appartement waren?«, fragte sie. »Die Nacht, in der du mich auf der Treppe geliebt hast?«

»Das werde ich niemals vergessen«, meinte Marc höflich. »Du standest mit dem Rücken zur Wand und hieltest dir den Rock hoch, während ich dein Höschen herunterzog.«

Sie erreichten die Haustür, und Arlette suchte in ihrem Abendtäschchen nach dem Schlüssel. Doch plötzlich änderte sie ihre Meinung, drehte sich um und lehnte sich mit dem Rücken gegen ihre Eingangstür.

»Damals waren wir glücklich«, bemerkte sie. »Küss mich, Marc.«

Das tat er nur zu bereitwillig, seine Hände ruhten auf ihren Schultern und drückten sie gegen die Wand. Seine Entdeckung auf der Tanzfläche, nämlich dass Arlette unter ihrem zarten Abendkleid nichts anhatte, brannte ihm immer noch im Gedächtnis. Als der Kuss sich ausdehnte, ließ er eine Hand auf ihre Hüfte gleiten, rutschte dann weiter nach unten zum Saum ihres Kleides. Sie erbebte und spreizte ihre Beine ein wenig, damit seine Hand zwischen ihre Schenkel gleiten konnte.

»Wie du schon gemerkt hast«, flüsterte sie, »habe ich heute kein Höschen an, das du ausziehen könntest.«

Er fühlte ihre Hand an seiner Hose, wo sein erregter Stolz ungeduldig pulsierte.

»Arlette, gib mir den Schlüssel, und lass uns reingehen«, murmelte er heiser. »Ich bin vollkommen entflammt.«

»Tu mir einen Augenblick lang einen Gefallen«, sagte sie. »Erinnere mich ein wenig an unsere früheren Zeiten – und liebe mich hier an Ort und Stelle.«

Sie hatte seinen steifen Schaft aus der offenen Hose gezogen und ihren Rock bis zur Taille hochgeschoben. Er legte seine Hände auf ihre Hüften, während er sich an ihrem nackten warmen Bauch rieb. Seine Knie begannen zu zittern, und Arlette stöhnte.

»Du hast mich immer nur meines Körpers wegen begehrt«, sagte sie.

»Du hast einen wunderschönen Körper«, murmelte er. »Du würdest mich hassen, wenn ich dich seinetwegen nicht begehren würde.«

Er nahm ihre nackten Backen in die Hände und presste den Kopf seines erigierten Rohrs an die von lockigen Haaren umsäumten Lippen, die sie ihm darbot. Augenblicklich war er in ihr, sein Bauch presste sich fest an sie. Ihre *joujou* umfasste ihn wie eine warme und schmeichelnde Hand.

»*Je t'aime*, Arlette«, seufzte er. So wie sie ihn eben im Taxi gestreichelt hatte brauchte er kaum noch weitere Anreize, um zum Höhepunkt zu gelangen. Er umklammerte ihren Hintern fest, während er mit heftigen Stößen in sie hämmerte – und innerhalb weniger Sekunden erbebte sein Körper in zuckender Ekstase.

»Arlette ...«, keuchte er, als er den Höhepunkt erreichte. »Oh, Arlette ...«

»Ja, Marc«, keuchte sie, als ihr Körper sich um seine ergießende Leidenschaft klammerte. »Oh ja, ja.«

Aber, aber, aber – noch bevor Marc sein Vergnügen ganz auskosten konnte, trat sie ein wenig zurück, und er glitt aus ihr heraus. Sie ließ ihr Kleid fallen, wandte sich wieder der Tür zu und durchsuchte erneut ihr Abendtäschchen.

»Es war ein wunderbarer Abend, Marc«, sagte sie mit dem Schlüssel in der Hand. »Hab recht herzlichen Dank. Ruf mich doch morgen an, aber bitte nicht vor Mittag.«

Marc blieb vor Schreck der Mund offen stehen, während seine nunmehr erschlaffte Männlichkeit aus seiner Hose hing. Arlette drehte den Schlüssel im Schloss und drückte die Tür auf.

»Gute Nacht, Marc«, murmelte sie über ihre Schulter hinweg.

Die Tür schloss sich vor seinem Gesicht, und sie war weg.

Und nun saß er hier an einem Tisch vor dem Café de la Paix in seinem eleganten silbergrauen Anzug und war überrascht und verwirrt über die merkwürdigen Dinge, in die er unfreiwillig verwickelt war. Schließlich gelangte er zu der Schlussfolgerung, dass all diese grotesken und verqueren Abenteuer Jaquelines wegen passierten.

Als Arlette gehört hatte, dass er mit Jaqueline zusammen war, hatte ihr seltsames Verhalten begonnen. Und als Sylvie von Jaqueline erfahren hatte, hatte sie sich ebenfalls so merkwürdig benommen. Das wirklich Ironische an dieser Situation war, dass er noch nicht ein einziges Mal mit Jaqueline im Bett gewesen war. Genauer gesagt, er hatte noch nicht einmal ihre außergewöhnlich schönen Brüste berührt. Natürlich hatte er das tun wollen, aber aus irgendeinem ihm unerklärlichen Grund hatte er sie niemals berührt.

»Ich bin ein Idiot, Brüste wie die von Jaqueline links liegen zu lassen«, murmelte Marc zu sich selbst. »Jetzt ist Handeln gefragt und keine Selbstanklagen.«

Ohne der schönen Frau, die sich um seine Aufmerksamkeit bemüht hatte, auch nur einen einzigen Blick zuzuwerfen, verließ er das Café de la Paix. Er ging direkt zu seinem Junggesellenappartement in der Rue des Petits Champs, die zwischen der Bibliothèque Nationale und den Gärten des Palais

Royal gelegen war. Alte Bücher auf der einen und alte Mätressen auf der anderen Seite, wenn man so will. Von dort aus rief er Jaqueline an und sagte ihr, er wolle sie unbedingt sehen.

»Wann?«

»Jetzt«, erwiderte er. »Ich vergöttere dich, Jaqueline, und ich kann nicht einen Augenblick länger warten. Ich muss dich sofort sehen. Nimm dir ein Taxi und komm her.«

»Aber ich kann nicht, Nicolas wird in einer Stunde wieder zurück sein. Wenn es dir recht ist, können wir uns morgen zum Mittagessen treffen.«

»Das ist mir zu spät, es muss jetzt sofort sein. Und an einem privaten Ort, nicht in einem Restaurant.«

»Du bist unvernünftig, Marc.«

»Natürlich bin ich das. Komm jetzt, ich bitte dich darum.«

Trotzdem dauerte es noch eine Dreiviertelstunde, bis sie bei ihm erschien. In ihrem knielangen rosa Sommermantel aus Seide, den sie offen über einem weißen Kleid mit quadratischem Ausschnitt trug, sah sie hinreißend aus. Sowie sie in der Wohnung war, schlang Marc seine Arme um sie und presste sie an sich, wobei er ihre großen Brüste gegen seine Brust drückte.

»*Oh là là*«, bemerkte sie ein wenig außer Atem und betrachtete ihn genauer. »Es handelt sich also tatsächlich um einen Notfall, *chéri*?«

Damit lag sie richtig, denn während er auf sie gewartet hatte, hatte er sich seiner Kleidung entledigt. Nun stand er da, der Inbegriff dekadenten Charmes in einem weinroten Bademantel, den er über den schwarzen, seidenen Pyjamahosen trug. Die Pyjamajacke hatte er nicht angezogen, sodass sein dunkel gelocktes Brusthaar zu sehen war.

»Ich befinde mich in einer Lebenskrise«, erklärte er.

Dies war nicht der Augenblick, um zu zögern oder Kompromisse einzugehen. Mit der anderen Hand auf Jaquelines wohlgerundetem Hintern drängte er sie in sein Schlafzimmer und zog ihr den hübschen rosa Mantel aus. Er warf ihn über einen Stuhl, während seine Finger bereits mit bemerkenswerter Schnelligkeit die Knöpfe am Rücken ihres Kleides öffneten. Wenig später folgte das Kleid dem Mantel auf den Stuhl. Er setzte Jaqueline auf die Bettkante und warf sich vor ihr auf die Knie.

Es war eine merkwürdige Art und Weise, einen Besucher zu begrüßen – aber immerhin trug Jaqueline noch ihr kleines Glockenhütchen, ihre Seidenstrümpfe sowie ihre elfenbeinweißen, mit viel Spitze verzierten Höschen. Sie lächelte, als Marc die schmalen Schulterbänder ihres Büstenhalters herunterzog und ihre nackten Brüste bewunderte. Jaquelines Brüste waren in der Tat bemerkenswert. Sie waren schwer und groß und makellos rund, ihre Knospen hatten eine ansprechende dunkelrosa Farbe. Marcs Finger zitterten, als er sie berührte. Er umkreiste zärtlich ihre Knospen und ließ sie vor Lust erbeben.

»Ich muss dir das jetzt sagen, Jaqueline«, wandte er sich an sie. »Es ist wichtig. Ich glaube, dass ich mich in dich verliebt habe.«

»Meinst du das im Ernst?«, murmelte sie. »Ich bin mir aber nicht sicher, ob ich wirklich möchte, dass du dich in mich verliebst.«

Marc presste seine Lippen gegen ihre Brüste, wechselte von der einen zur anderen und leckte und küsste sie. Dank dieser Beschäftigung war er eine Weile lang ruhig. Als er den Kopf hob und Jaqueline ansah, lag ein merkwürdiger Ausdruck auf seinem Gesicht. Er erinnerte sich an das Mädchen, das er im ersten Stock des Etablissements in der Rue Blondel genommen hatte, als er mit seinem Cousin Pierre dort gewesen war.

Kiki hatte eine türkisblaue Perlenkette um den Hals getragen. Er versuchte, sich an ein paar der unsinnigen Dinge zu erinnern, die er ihr gesagt hatte, doch war er damals angetrunken gewesen, und seine Erinnerungen waren leicht verschwommen.

»Ich habe eine lange Zeit gebraucht, um mir bewusst zu werden, dass es in meinem Leben für Lügen und Betrug keinen Platz gibt. Ich möchte, dass all meine Gedanken und Gefühle unverhüllt zu Tage liegen.«

»Was für eine seltsame Bemerkung«, kommentierte Jaqueline und fragte sich, was er damit wohl meinen könnte. Sie zog ihr kleines Hütchen aus und schüttelte ihr hellblondes Haar.

Sie wand sich aus ihrem Strumpfhalter und ließ ihn herunterfallen, danach folgte ihr Höschen. Marc kümmerte sich sowohl um Strumpfhalter als auch Höschen, als sie um ihre Knöchel lagen. Sie stützte sich auf ihre Arme zurück, und Marc sah, dass der lockige Pelz an ihrer *belle chose* nicht von derselben hellblonden Haarfarbe war.

Er legte eine Hand auf jedes ihrer Knie und spreizte ihre Beine, um sich ihr Schamhaar genauer zu betrachten. Die Farbe war auf keinen Fall dieselbe, dachte er reuevoll, sie war dunkler. Sie war beinahe schon Hellbraun und nicht Blond. Seine Hand wanderte zwischen ihre Schenkel und befühlte die Haut. Sein Morgenrock war aufgefallen, der lange Schlitz seiner seidenen Pyjamahosen stand offen und zeigte seine dunklen Locken – und die Ausbeulung an einem Bein hatte imposante Ausmaße angenommen.

»Was immer du auch sagen magst, deine Gefühle und Gedanken sind ebenso wenig unverhüllt wie dein Körper«, bemerkte Jaqueline, die noch immer über seine Worte und deren mögliche Bedeutung nachdachte. »Man kann eine gewisse Form erkennen, das ist wohl wahr – doch sie vollkommen offen zu legen wäre eine andere Sache.«

»Dann ziehe ich mich vollkommen nackt für dich aus«, verkündete Marc mit großer Geste, öffnete seine Pyjamahosen und streifte sie die Schenkel herunter, sodass sein steifes Glied zu sehen war.

Während Jaqueline es musterte und seine Möglichkeiten einschätzte, öffnete er zärtlich mit dem Daumen ihre *joujou* und rückte auf den Knien näher. Der Kopf seiner erigierten Stange berührte die weichen Lippen zwischen ihren Beinen. Sie gab einen unterdrückten Schrei von sich in der Erwartung, dass er sie mit einem heftigen Stoß penetrieren würde. Doch er tat nichts dergleichen – er blieb, wo er war, auf den Knien, der Kopf berührte gerade eben ihren geheimen Knopf.

Seine Zurückhaltung war auf einen Gedanken zurückzuführen, der ihn daran hinderte, in Jaqueline einzudringen und seine brodelnde Leidenschaft zu erleichtern. Es war die Fortsetzung seiner Gedanken im Café de la Paix. *Während ich Jaqueline besitze, wird Jaqueline mich besitzen*, dachte er verblüfft. Dies war eine Schlussfolgerung, die ihm gleichermaßen ungewohnt wie auch unwillkommen war. *Aber das ist ja absurd*, dachte er, als er sich weiter zurückhielt, in sie einzudringen. *Ein Mann ist ein Mann, und eine Frau ist eine Frau – doch jetzt scheint die Welt auf den Kopf gestellt. Nachdem Jaqueline mich besessen hat, wird sie anfangen, mich auszubeuten – genauso wie es Sylvie und Arlette mittlerweile praktizieren.*

Was konnte man jetzt tun? Sein zügelloser Freund pulsierte und drängte darauf, sich auf Jaqueline zu stürzen. Es war unmöglich, sich jetzt zurückzuziehen. Er atmete tief durch, und plötzlich kam ihm eine Erleuchtung. Als er mit Kiki zusammen gewesen war, war es ganz eindeutig gewesen, wer wen besessen hatte. Sie war da, damit er sich ihrer bediente – und er bediente sich ihrer auf ausgesprochen befriedigende Weise.

»Ich möchte dich auf Händen und Knien, Jaqueline«, sagte er zu ihr. »Auf dem Bett, deine Hände flach auf dem Laken und deine Knie gut gespreizt.«

»Aber warum?«, erkundigte sie sich überrascht.

»Du bist blond und wunderschön«, erwiderte Marc und

wiederholte damit die Worte, die er Kiki gegenüber geäußert hatte. »Du bewunderst mich, und du möchtest, dass ich das jetzt mache. Ich werde in dich eindringen – und damit deinem tiefsten Wunsch entsprechen, Jaqueline.«

»Du kannst mich doch viel besser bewundern, wenn ich auf dem Rücken liege«, wandte sie ein.

»Das mag schon sein«, erwiderte Marc ernst, während seine Hände ihre großartigen Brüste streichelten. »Doch erste Eindrücke sind die einzigen, auf die es wirklich ankommt. Sie bestimmen alles, was danach geschieht. Während dieser entscheidenden ersten Augenblicke unserer Liebe ist es wichtig, alles zu vermeiden, was in irgendeiner Weise gewöhnlich wirken könnte.«

»Ich verstehe«, erwiderte Jaqueline zweifelnd.

Sie machte keinerlei Anstalten, sich auf das Bett zu begeben.

»Nein, das tust du nicht«, erwiderte er. »Wie könntest du auch, *chérie*? Wir kennen uns ja noch gar nicht richtig. Aber du bist ebenso intelligent wie schön und wirst schnell verstehen, wovon ich spreche.«

»Ich begreife nicht ganz, worauf du hinauswillst«, erwiderte Jaqueline schmollend. »Du musst es mir erklären.«

Die Berührung seiner Finger war leicht, erfahren und drängend. Sie wurde von wunderbar angenehmen Gefühlen überschwemmt. Sie begehrte ihn, und sie würde ihn bekommen – diesmal würde es keinen flüchtigen Kuss und ein *au revoir* im allerletzten Augenblick geben. Sie lächelte ihn an, es war ihr charmantes Lächeln, mit leicht geöffneten Lippen und großen runden Augen. Dieses Lächeln hatte sie häufig geübt, und kein Mann hatte ihm jemals lange widerstehen können – Marc würde trotz seines dümmlichen Geschwätzes hierin keine Ausnahme bilden, dessen war sie sich ganz sicher.

»Wenn sich gewöhnliche Leute lieben, ist es oft sehr banal«, fuhr Marc fort. »Es geschieht so häufig und hat so wenig

Bedeutung. Der Mann und die Frau ziehen sich aus, die Frau legt sich auf den Rücken, mit den Beinen in der Luft. Der Mann legt sich auf ihren Bauch, dringt in sie ein, und dann ist es nur ein Vor und Zurück, ein *fric-à-fric*. Zwei Minuten später ist alles vorbei, vorüber, erledigt. Sie ziehen sich wieder an, und das war es dann.«

Jaqueline starrte ihn an. Noch nie zuvor hatte sie nackt vor einem Mann gestanden, der behauptet hatte, dass das, was nun kommen würde, langweilig sei. Sie glaubte Marc nicht – und sie glaubte auch nicht, dass er selbst an seine Worte glaubte. Ein Grund für ihr Misstrauen war die Tatsache, dass sein steifer Schaft ein ganz eindeutiges Interesse entwickelt hatte und mit dem Kopf auf ihren Nabel zeigte. Sie hatte ihre eigenen Gründe, weswegen sie Marc als Liebhaber haben wollte. Es war wichtig für ihre Zukunft, und sie würde sich nicht von dieser lächerlichen Zurschaustellung seiner Exzentrizität oder gar absichtlicher Perversion ablenken lassen.

Sie lächelte ihn also an, stieg auf das Bett und kniete sich so hin, wie er es von ihr gefordert hatte. Sie trug immer noch ihre Seidenstrümpfe und die rosa Strumpfhalter, sonst nichts – und genauso wollte Marc sie haben. Es war Teil seines Wunsches, sie zu dominieren und sie seinem Willen gefügig zu machen. Ihre schweren Brüste pendelten unter ihr, ihr perfekter Hintern ähnelte dem Mond. Marc schluckte, stellte sich neben das Bett und ließ seine Hände ihren Rücken hoch- und runtergleiten. »Wie der zarteste Satin«, murmelte er zu sich selbst.

Ihre Knie waren gespreizt, die Schenkel weit geöffnet. Er konnte sehen, wo die hellbraunen Locken ihre *belle chose* bedeckten und am dichtesten wuchsen. *Sie hätte ihre Locken ebenso blond wie ihr Haar färben können*, dachte er. *Immerhin das hätte sie tun können. Sie muss erzogen und geformt werden.*

Er ließ seinen Morgenmantel und seinen schwarzen Seidenpyjama fallen und stieg hinter ihr auf das Bett. Sein durchtrainierter Bauch drückte sich gegen ihre nackten Backen, als er sich über ihren Rücken beugte, sie mit den Armen umschlang und ihre Brüste liebkoste. Im nächsten Augenblick drang er fest in das warme Nass ein.

Endlich besitze ich sie, dachte er glücklich. *Ich benutze ihren wunderschönen Körper, sie ist meine Sklavin, und sie ist auf ihren Knien, und es ist nicht sie, die mich besitzt, diese Frage ist gelöst.*

»Findest du das hier denn banal, Marc?«, murmelte Jaqueline und wiederholte seine Worte. »Findest du, es hat keinerlei Bedeutung, was wir hier machen? Sag es mir, *chéri*, sei ehrlich mit mir.«

»*Je t'adore*, Jaqueline«, stöhnte er, während er heftig in sie stieß. »Ich bin dabei, mich in dich zu verlieben, ich wusste es sofort, als du ins Zimmer getreten bist. Es ist die Tatsache, dass wir uns lieben, die meinem Tun echte Bedeutung verleiht.«

»Ja, schon, aber liebe ich dich denn?«, erkundigte sie sich scherzend.

»Das wirst du schon noch«, murmelte er, während er in kräftigem Rhythmus immer wieder in sie eindrang. »Das versichere ich dir.«

Sie missachtete seine männliche Eitelkeit und reagierte mit kleinen Stößen ihres Hinterns, um seinen Bewegungen zu begegnen. Die feste Umklammerung und das Reiben ihrer feuchten *joujou* an seinem erregten Phallus ließen ihn schnell kommen – er rang nach Luft und drückte sich zitternd gegen ihren Hintern, als er in sie spritzte.

»Ich bin so glücklich, dass ich dich nicht enttäusche«, bemerkte sie. »Immerhin ist es nicht nur einfach eine banale Sache, bei der ich flach auf meinem Rücken liege und du auf meinem Bauch und dann einfach nur das Rein und Raus, nur ein *fric-à-fric*, und danach ist alles vorbei und vergessen.«

Marc hatte sich vollkommen in seiner Ekstase verloren und maß ihren Worten keinerlei Bedeutung bei. Selbst wenn er es getan hätte, hätte er vermutlich nicht gemerkt, dass sie sich mit seinen eigenen Worten über ihn lustig machte. Er war es ebenso wenig gewohnt, dass eine Frau ihn verspottete, wie er es gewohnt war, von einer Frau benutzt zu werden. Wie auch immer, Jaquelines Spöttelei sollte nicht lange währen – ihr Bauch zitterte in ekstatischer Verzückung.

»Fester«, bettelte sie. »Fester, *chéri.*«

5

Champagner im Bett

Pierres Wohnung befand sich auf der Ecke der Rue Chardin, in der Nähe der Gärten des Trocadero und auf der dem Eiffelturm gegenüberliegenden Seite der Seine. Von seinem Schlafzimmer aus hatte er einen schönen Ausblick auf dieses massive Symbol Pariser Männlichkeit. Ob Monsieur Eiffel bereits 1880 die Bedeutung seiner eisernen Erektion begriffen hatte, war eine Frage, die Pierre sich niemals gestellt hatte.

Unzählige Male war Pierre aus dem Bett gestiegen, hatte sich in seinem seidenen Pyjama ans Fenster gestellt, in den Himmel gesehen und die mächtige Konstruktion bewundert, die in schamloser Arroganz emporragte. Nachdem er die Nacht allein träumend verbracht hatte, wachte er normalerweise in einer gewissen Erregung auf. Sein lieber Freund zwischen den Schenkeln zeigte durch die Öffnung des Pyjamas nach oben, als wolle er die größere Konstruktion gegenüber herausfordern.

An den glücklichen Tagen, wenn jemand die ganze Nacht bei ihm blieb, wachte Pierre natürlich ohne Pyjama auf. An diesen Tagen stand er nackt am Schlafzimmerfenster. Nach einer Nacht hitziger Leidenschaft und Befriedigung konnte er dem robusten Symbol auf der anderen Seite des Flusses keine Herausforderung bieten. Denn dann hing sein Stolz locker und lose herab. Allerdings nicht für lange – er erinnerte sich an die wunderschöne rothaarige Lisette, die aus dem Bett geglitten war und ihren nackten, vom Bett noch warmen Körper vor dem Fenster gegen seinen Rücken gepresst hatte.

Als sie merkte, dass er Gustav Eiffels Meisterstück betrachtete, lachte sie. Sie schlang ihre Arme um ihn und umfasste sein schlaffes Glied, während sie es streichelte und lockte. *Es ist eine Frage zwischen David und Goliath,* murmelte sie ihm neckend ins Ohr. *Deine fünfzehn Zentimeter gegen seine dreihundert Meter, mon cher ami.* Danach blieb ihm nichts anderes, als die gute Lisette wieder zum Bett zu führen und ihr zu demonstrieren, dass fünfzehn Zentimeter, in der richtigen Art und Weise genutzt, mehr als ausreichend für sie waren.

Am Samstagnachmittag um fünf Uhr war es jedoch nicht das Schlafzimmer, sondern das Wohnzimmer, in dem Pierre und die Frau seines Cousins Marc, die wunderschöne, doch verlassene Sylvie, eine ernsthafte Unterhaltung führten. Sie war vor einer Viertelstunde angekommen und hatte sein Angebot von Kaffee, Tee mit Zitrone, Mineralwasser, gekühltem Weißwein, Vermouth oder Cognac abgelehnt.

»Gar nichts«, hatte sie standhaft behauptet, während ihre Hand seinen Arm tätschelte. »Überhaupt gar nichts, ich muss dir etwas sagen.«

Sylvie klang aufgeregt, nachdem ihr Kuss zur Begrüßung seine Wange nur flüchtig gestreift hatte. Seinem Versuch, sie in seine Arme zu ziehen und gegen seinen Körper zu drücken, hatte sie sich mit einer schlangenhaften Bewegung ihrer Hüften widersetzt. Wenngleich dies alles reichlich bedeutungsschwanger klang, zuckte Pierre lediglich mit den Schultern und wartete darauf, dass sie ihm die große Nachricht überbrachte. Er dachte daran, dass Marc möglicherweise Sylvie von ihrem Abenteuer in dem Haus in der Rue St. Denis erzählt hatte. Vielleicht war sie ja hier, um ihm ihre Abneigung kundzutun.

Je öfter er an jenes Rendezvous dachte, umso sicherer war er sich, dass Marc seine ganz eigenen Gründe gehabt haben musste, ihn dorthin zu bitten. Über Jaqueline Peyron jedenfalls hatte er dort nicht reden wollen, das war nur zu offensichtlich gewesen. Außerdem hätten sie in jeder x-beliebigen anderen Bar über sie sprechen können. Wahrscheinlicher war es, dass Marc ihn in Sylvies Ansehen hatte schmälern wollen. Der Anklang von Eifersucht in Marcs Stimme war Pierre nicht entgangen, obwohl er die ganze Zeit Mademoiselle Kikis nackte Brüste angestarrt hatte.

»Hast du Sylvie in der letzten Zeit gesehen?«, hatte Marc wissen wollen und anschließend etwas geknickt bemerkt: »Manchmal glaube ich, es war ein Fehler, sie zu verlassen.« Pierre hatte diesen Ausdruck von Reue nicht ganz ernst nehmen können, denn Marcs Hand hatte genau in diesem Augenblick zwischen Kikis Schenkeln gelegen. Doch kannte er seinen Cousin gut genug, um zu wissen, was ihm auf der Seele brannte – Marc fragte sich, ob Sylvie es Pierre gestattet hatte, seine Hand unter ihren Rock zu schieben und ihre *belle chose* zu berühren.

Das alles war nun schon einige Tage her. An diesem frühen Sommerabend, als Pierre und Sylvie freundschaftlich nebeneinander auf dem grauen Sofa in seinem Wohnzimmer saßen, schwebte Marc unsichtbar über ihnen und verhinderte so, dass sie einander berührten – das jedenfalls war Pierres leicht schuldbewusste Vermutung.

Sylvie sah in ihrem blassrosa Sommeranzug aus Crêpe-de-Chine sehr chic aus. Sie gestattete Pierre, beide ihrer Hände zu halten, was er wiederum positiv deutete und was ihn ermutigte, sich vorzubeugen und ihr einen zärtlichen Kuss auf ihre rotgeschminkten Lippen zu geben. Doch kaum hatte er ihre Lippen berührt, schob sie ihn abwehrend zurück.

»Ich habe Marc gesehen«, sagte sie ein klein wenig außer Atem, noch bevor er sie nach dem Grund für ihre Ablehnung fragen konnte. »Du wirst es nicht glauben, und ich glaube es ganz sicher nicht, aber er bestreitet, jemals mit dieser Frau geschlafen zu haben.«

»Dieser Frau? Meinst du Jaqueline Peyron?«, erkundigte sich Pierre vorsichtig. Die Neuigkeiten mochten für Sylvie sehr wichtig sein, für ihn jedoch hatten sie keinerlei Bedeutung.

»Wen könnte ich denn sonst meinen?«, erkundigte sich Sylvie leicht indigniert.

»Das weiß ich nicht. Möglicherweise Arlette.«

»Natürlich geht er immer noch mit Arlette ins Bett«, erwiderte Sylvie leicht ungeduldig angesichts seiner Begriffsstutzigkeit. »Jedenfalls hat er das getan, und sie hat es mir danach immer erzählt. Aber das ist alles aus und vorbei – sie hat ihn hinausgeworfen, nachdem er mit Jaqueline angebändelt hat.«

»Aber nach dem, was du mir gerade erzählt hast, tut Marc gar nichts mit Jaqueline«, erwiderte Pierre. Damit beging er den häufig von Männern gemachten Fehler, in einer Diskussion mit einer Frau auf langweilige Art und Weise logisch zu sein.

»Selbstverständlich treibt er es mit ihr«, widersprach Sylvie hitzig. »Was ich nicht verstehe ist, warum er mich deshalb anlügt. Was meinst du dazu? Als ob es mir etwas ausmachen würde, mit wem er ins Bett geht! Was will er damit erreichen, wenn er mich anlügt – die ganze Welt weiß, dass sie seit Wochen ein Liebespaar sind.«

Pierre antwortete nicht sofort, sondern dachte über ihre Worte und darüber nach, dass sie sich mit Marc getroffen hatte. Er runzelte die Stirn, denn das bedeutete vermutlich, dass Marc sich wieder einmal Zugang zu ihrer Wohnung verschafft hatte – sicherlich hatte er sie auf dem Bett auf den Rücken gelegt und ihr das Höschen ausgezogen. Das jedenfalls war seine hastige Art und Weise, seit ihrer Trennung mit ihr umzugehen. Marc brüstete sich sogar, dass Sylvie jetzt noch viel mehr unter seiner Knute stand als während ihres Zusammenlebens. Und dass sie jederzeit bereit sei, mit ihm ins Bett zu steigen.

»Du fragst mich, warum Marc lügt.« Pierre zuckte mit den Schultern. »Was kann ich schon dazu sagen? Weshalb lügen Menschen?«

»Du musst nicht gleich philosophisch werden. Meine Frage ist, warum er mich ausgerechnet über diese Frau zu belügen versucht«, entgegnete Sylvie. Für Pierre war diese Fragestellung alles andere als interessant. Seine Gedanken waren ganz woanders. Trotz der unsichtbaren Gegenwart von Marc wollte er mit Sylvie schlafen und nicht über ihren verwirrenden Ehemann sprechen. Er wollte ihre schönen Kleider ausziehen und ihren Bauch küssen. Er wollte sie auf dem langen Sofa ausstrecken und ihre Beine spreizen. Wenn er schließlich auf ihr liegen würde, wäre das der Moment seines stillen Triumphs – *sieh mich an, Marc, Sylvies Beine sind für mich gespreizt, und ich besitze sie. Was sagst du dazu, mein Lieber?*

Das jedoch entsprach nicht der derzeitigen Stimmung. Als Pierre seine Hand in Sylvies Jacke steckte, um ihre Brüste zu liebkosen, hielt sie ihn am Handgelenk zurück.

»Ich möchte eine Antwort«, beharrte sie.

»Marc hat mir mehr oder weniger das Gleiche gesagt«, bemerkte er seufzend. »Er hat mir gesagt, er hätte sie lediglich auf die Wange geküsst.«

»Und natürlich hast du ihm jedes Wort geglaubt«, entgegnete Sylvie kühl und skeptisch.

»Ich habe mich gefragt, weswegen er mich so anlügen sollte«, erwiderte Pierre. »Welches Ziel sollte er damit verfolgen? Wir kennen uns bereits unser ganzes Leben lang, und wir haben immer offen miteinander gesprochen. Wir haben nie Geheimnisse um unsere Frauen gemacht. Diese merkwürdige Bemerkung über Jaqueline schien mir so untypisch zu sein, dass sogar ich mich gefragt habe, ob es tatsächlich möglich sein konnte.«

»Unmöglich«, entgegnete Sylvie abfällig. »Es ist nicht wahr, es kann nicht wahr sein. Es entspricht nicht Marcs Natur, sich in irgendeiner Weise von etwas fern zu halten, was einen Rock und Seidenstrümpfe trägt. Marc ist ein wildes Tier, ausschließlich Instinkt und keinerlei Vernunft. Er ist ein untreues Monster mit immer nur einem Gedanken im Kopf.«

»Dem kann ich nicht widersprechen«, erwiderte Pierre. Sylvie hatte sein Handgelenk losgelassen, und er liebkoste ihre eleganten Brüste durch das dünne Crêpe-de-Chine. Sie war viel zu sehr in Gedanken, um sein Tun zu bemerken.

»Er hat sie lediglich auf die Wange geküsst, nicht wahr?« Sie lachte bitter auf. »Was für ein Lügner! Die Wahrheit ist, dass er sie schon so oft gehabt hat, dass er bereits das Interesse an ihr verloren hat und nun bereit ist, sich der nächsten Frau zuzuwenden. Das ist es, was seine Lüge zu vertuschen versucht.«

»Das wäre möglich«, stimmte Pierre zu. Es bereitete ihm ein gewisses Vergnügen, seinen Cousin derart bloßgestellt zu sehen. Er legte seine Hand auf Sylvies Knie und ließ sie unter ihrem Rock die Schenkel emporgleiten. Diesmal protestierte sie nicht, noch setzte sie ihm irgendeinen Widerstand entgegen. Er war sehr steif geworden.

»Aber«, sagte er, um Sylvie weiterhin abzulenken, während er mit ihr spielte, »ich verstehe nicht, weswegen er uns ihretwegen etwas vorzumachen versuchen sollte.«

»Seine anderen Frauen hat er auch niemals vor mir geheim gehalten«, entgegnete Sylvie. »Was ist also der Unterschied mit dieser hier? Kannst du mir das verraten?«

»Ich kenne sie kaum«, erwiderte Pierre vorsichtig. »Natürlich bin ich ihr bereits begegnet, aber das ist schon eine Weile her, und ich kann mich nicht mehr sehr gut an sie erinnern.«

Seine forschende Hand klärte ihn darüber auf, dass Sylvie weit geschnittene Seidenhöschen trug. Seine Hand war bereits darunter, und seine Fingerspitzen glitten über die ordentlich gestutzten Locken.

»Du brauchst dich, was sie betrifft, nicht taktvoll auszudrücken«, erwiderte Sylvie kühl. »Ich kenne keinen Mann, der blondes Haar und Brüste wie Wassermelonen nicht beachten könnte.«

Pierre ließ seine Fingerspitzen durch Sylvies Locken fahren und vernahm ein kaum hörbares Seufzen. Vielleicht war es möglich, ihre Gedanken von Marc und seiner neuen Freundin wenigstens so lange abzulenken, um sie auszuziehen. Er war überzeugt davon, dass sie sich viel zufriedener und erleichterter fühlen würde, nachdem er sie geliebt hatte. Sich auf ihren Bauch zu legen war eine Sache des Mitgefühls, ob sie das nun begriff oder nicht. Und Pierre war mittlerweile derart erregt, dass er den natürlichen Lauf der Dinge beschleunigen musste.

»Ach ja, jetzt erinnere ich mich«, flüsterte er, während seine Finger sich zwischen Sylvies glatten Schenkeln zu schaffen machten.

Es war mehr als sechs Monate her, seit Marc Sylvie verlassen hatte. Und es war fünf Monate her, seit sie seinem Cousin Pierre zum ersten Mal erlaubt hatte, sie auszuziehen und ihren wunderschönen Körper vom Scheitel bis zur Sohle zu küssen – ohne auch nur einen Zentimeter auszulassen. Es war ohne Absicht geschehen, dieses erste Mal – sie hatte geweint, und Pierre hatte sie in den Armen gehalten und seine Wange gegen ihre nasse Wange gedrückt, während er ihren Rücken gestreichelt hatte, um sie zu beruhigen.

Sie klammerte sich an ihn. Ihr vom Schmerz gezeichnetes Gesicht war heiß, ebenso ihre Hände, ihr ganzer Körper schien durch die dünne Kleidung hindurch Hitze auszustrahlen. Eins führte zum anderen, wie es in Momenten überwältigender Emotionen oft der Fall ist. Es dauerte nicht lange, bis sie halb ausgezogen auf dem Bett lagen, einander streichelten und Sylvie ihre Tränen vergaß. Von jenem Tage an bestand eine eigenartige und nur gelegentlich aufflammende Liebesaffäre zwischen ihnen, die weder der eine noch der andere sonderlich ernst nahm.

Pierre gefiel es, Sylvie zu lieben, doch er wusste, dass ihr Herz ihm niemals gehören würde. Sie wiederum genoss seine Bewunderung und seine bereitwilligen Versicherungen, dass sie eine äußerst begehrenswerte Frau sei – ganz gleich, wie schlecht ihr lächerlicher Ehemann sie auch behandelte und anderen Frauen hinterher rannte.

»Brüste wie die von Jaqueline bleiben einem im Gedächtnis haften«, bemerkte Sylvie scharf. »Warum nur haben Männer einen derart schlechten Geschmack? Beantworte mir das doch einmal, wenn du kannst.«

»Der einzige Mann, für den ich sprechen kann, bin ich selbst«, erwiderte Pierre. »Und mein Geschmack ist ganz auf deiner Seite – ich finde dich unendlich attraktiver als jede andere Frau, die ich kenne.«

»Das sagst du nur, weil du mir mein Höschen ausziehen willst«, murmelte sie, während ihre Hand in seinen Hosen seinen steifen Schaft suchte und ihn umklammerte. »Das hier ist der Ursprung deiner Gefühle, Pierre, sie entspringen hier unten zwischen deinen Beinen.«

Sie hatte sich auf dem Sofa zurückgelegt, während Pierre mit beiden Händen unter ihren Rock gewandert war, um die Innenseiten ihrer Schenkel und ihre *joujou* zu streicheln. Bei seiner Berührung stöhnte und erbebte sie, doch ihr melancholischer Gesichtsausdruck veränderte sich nicht.

»Warum denn so *triste*?«, fragte Pierre sie sanft.

Sie hatte ihre hochhackigen Schuhe ausgezogen, ihre langen, wohl geformten Beine waren nun in durchsichtigen Strümpfen zu sehen, von den schlanken Fesseln und Füßen über die glatten, nackten Schenkel, bis hin zu ihren Strumpfhaltern und den spitzenverzierten Höschen.

»Findest du mich schön, Pierre?«, fragte sie, während er die haselnussbraunen Locken ihrer *joujou* streichelte. »Bewunderst du mich wirklich und ehrlich, oder ist es nur eine flüchtige Leidenschaft, die du für mich empfindest?«

»Ich vergöttere dich, Sylvie«, murmelte er. »Ich verstehe dein Unglück und dein Leiden. Ich werde alles tun, um dich zu trösten.«

»Glaubst du, dass du mich hiermit trösten kannst?«, fragte sie, während sie seinen erregten Mannesstolz streichelte, den sie aus der Hose hervorgeholt hatte.

»Ich kann es versuchen«, erwiderte er.

»Du hast Recht, ich sollte nicht traurig sein und mich ständig fragen, ob Marc zurückkommen wird«, verkündete sie. »Denn das ist das Spiel, das er mit mir spielen möchte. Er verbreitet diese Lügen, um mich weiterhin rätseln zu lassen.«

Sie wand ihren Bauch unter Pierres Hand. »Marc betrügt niemand anderen als sich selbst.«

»Darin hast du absolut Recht«, erwiderte Pierre. »Mit seinem merkwürdigen Verhalten betrügt er sich lediglich selbst.«

Während er sprach, hob er Sylvie mit einer Hand unter dem Rücken von dem perlgrauen Sofa, die andere Hand zwischen ihren Schenkeln. Sie legte ihre Arme um seinen Hals, um ihm behilflich zu sein, während er sie in voller Länge auf dem üppigen Aubusson-Teppich ausstreckte.

»Ich habe keine Geheimnisse vor dir, *chéri*«, sagte sie, während er ihr Höschen abstreifte. »Du kannst alles von mir haben.«

Sonnenschein und Regenschauer, murmelte Pierre. Es ist wie ein Spaziergang an einem Frühlingstag im Bois de Boulogne, in einem Augenblick ist Sylvie voller Trauer darüber, dass Marc sie verlassen hatte – im nächsten Augenblick möchte sie ihn vergessen und wieder zu leben beginnen, indem sie mich bittet sie zu lieben. Sie ist einfach hinreißend.

Seine Hände ruhten leicht auf ihren Schenkeln, während er ihren Körper bewunderte. Ihr Kleid war bis zur Taille hochgerutscht, sodass er die glatte weiche Haut ihres Bauchnabels bis zum Beginn ihrer Strümpfe sehen konnte. Es war warmes Fleisch und ein kleines Dreieck haselnussbrauner Locken. Während er dieses Bild erotischer Schönheit betrachtete, frohlockte Pierre innerlich. *Hast du das gehört, Marc? Hast du gehört, was Sylvie gesagt hat, dass ich sie ganz und gar besitzen kann? Dann schau mir jetzt zu, mein lieber Cousin, und du kannst sehen, wie ich die schöne Sylvie behandle. Ich habe ihr Höschen heruntergezogen, und jetzt streichle ich sie. Gleich werde ich mich auf sie legen und in sie eindringen und ihr die größte Wonne ihres Lebens verschaffen ... Sylvie ist viel zu gut für dich, mein armer Marc. Du bist lediglich für das Spiel mit schlaffbrüstigen Mädchen im Haus auf der Rue St. Denis geeignet.*

Sylvie hatte seinen aufgerichteten Penis fest im Griff und zog ihn über sich.

»Wir können nicht anders«, sagte sie ganz ernst. »Bist du dir darüber im Klaren, Pierre? Ich bin mit Marc verheiratet und werde es auch in Zukunft sein, doch dein Begehren für mich und meines für dich sind so stark, dass wir uns bei jedem Treffen in die Arme fallen und uns lieben.«

Sie betrachtete ihn mit einem liebevollen Lächeln, als er sich zu ihr hinabbeugte und ihren nackten Bauch unmittelbar über dem Dreieck haselnussbrauner Locken küsste. Sie lächelte immer noch, als sie ihre Hand auf seinen Hinterkopf legte und sein Haar streichelte, während er fortfuhr, ihren weichen Bauch zu küssen. Einer der Gründe, weswegen sie Pierre mochte, war der, dass seine Bewunderung für ihren wunderschönen Körper ihr so sehr schmeichelte – denselben Körper, den Marc lediglich mit beiläufiger Geringschätzung bedachte.

»*Chéri*«, murmelte sie.

Er zog seine Hosen bis zu den Knien herunter und legte sich auf sie, während Sylvie die Beine spreizte und den unverblümten Kopf seines aufrechten Gliedes zwischen ihren Lippen spürte. Dann drang er in sie ein.

»Oh, Pierre«, flüsterte sie.

Es war erst an diesem Morgen gewesen, als Marc in ihrer Wohnung aufgetaucht war, während die Haushaltshilfe auf dem Markt war. Natürlich hatte er immer noch die Schlüssel aus jener Zeit, als er dort gelebt hatte. Er stand bereits in der Wohnung und grinste Sylvie in der Küche an, noch bevor sie reagieren konnte. Sie trug einen dünnen grauen Pullover und einen grün karierten Rock, ihr Haar war mit einer Schleife zusammengebunden. Sie saß am Küchentisch und verzehrte ein Stück Brot mit Honig.

»Bonjour, chérie«, grüßte sie Marc, beugte sich herunter und küsste sie auf den Kopf.

»Geh weg und lass mich in Ruhe«, erwiderte sie ruhig. »Ich habe dir nichts zu sagen, Marc.«

»Aber ich habe etwas, was ich dir sagen möchte«, entgegnete er, während seine Hand unter ihrem eng anliegenden Pullover eine ihrer Brüste streichelte.

»Ich möchte nichts hören«, erwiderte sie und zuckte verächtlich mit den Schultern.

Marc setzte sich auf die Tischkante, sah sie an, schüttelte sich mit einem scheuen Grinsen das Jackett ab und öffnete seine Hosen. Vielleicht hatte er ja an Sylvie gedacht, während er die Treppen hochgestiegen und den Schlüssel ins Schloss gesteckt hatte – denn als er sein Hemd zur Seite zog, sah sie, dass sein ganzer Stolz bereits steif zur Verfügung stand.

Sylvie runzelte die Stirn und ließ ihn wissen, dass sie keinerlei Interesse an seiner Offenbarung hatte. Genauer gesagt, verachtete sie ihn dafür, dass er es ihr so offen zeigte. Er täte besser daran, es für Jaqueline aufzubewahren. »Warum erwähnst du sie?«, wollte Marc wissen.

»Du hast keinen Grund, empört zu sein«, erwiderte Sylvie.

»Ich weiß, du kannst nicht anders, dein Charakter ist durch und durch verdorben.«

»Was willst du damit sagen?«, wollte er wissen, denn ihre Gelassenheit beunruhigte ihn.

Er hielt seinen Schaft zwischen Zeigefinger und Daumen.

»Steck ihn weg«, meinte Sylvie. »Es kann nicht mehr viele Frauen unter fünfzig in Paris geben, die ihn noch nicht gesehen haben.«

Marc rollte mit den Augen.

»Es gibt aber eine ganz besondere Frau, der ich ihn immer zeigen möchte«, erwiderte er. »Sie hat mich einmal geliebt.«

»Diese ganz besondere Frau möchte ihn aber nicht sehen«, konterte sie, erhob sich vom Stuhl und stellte sich außerhalb seiner Reichweite.

Marc nahm die Hände von seinem Schaft, glitt von der Tischkante herunter und legte beide Arme um ihre Taille. Dann drehte er sich um, und schon saß sie auf der Tischkante, während er vor ihr stand.

»Lass mich in Ruhe«, sagte sie. Dann griff sie nach seinem erregten Geschlecht, als ob sie ihn damit daran hindern wollte, ihr noch näher zu kommen. Marc grinste und schob ihr den Rock die Schenkel hoch. Dann zog er ihre Höschen über die Knie nach unten und ließ sie auf den Boden fallen.

»Du kannst damit noch so viel winken«, sagte sie angewidert, »ich aber möchte damit nichts zu tun haben.«

»Ich wollte dir niemals wehtun, Sylvie«, bemerkte Marc wehmütig. Seine Augen waren halb geschlossen, als er mit beiden Händen unter ihren Pullover glitt und ihre Brüste liebkoste.

»Ach, tatsächlich? Was hast du dir denn dabei gedacht, als du mich verlassen hast und all den anderen Frauen hinterhergerannt bist? Hast du etwa geglaubt, du könntest dir nach Belieben Freundinnen halten und dabei gleichzeitig mich begehren?«

»Ich war wohl etwas verrückt, glaube ich«, sagte er und zuckte mit den Schultern. »Aber solche Dinge passieren eben gelegentlich. Diese kleinen Abenteuer sollte man nicht allzu ernst nehmen. Du bist die einzige Frau, die ich jemals wirklich von Herzen geliebt habe.«

»Und was ist mit Jaqueline Peyron?«, wollte sie wissen. »Willst du damit sagen, dass du sie bereits satt hast?«

Er drängte sich zwischen ihre Knie, drückte sie auseinander und stand jetzt direkt vor ihr. Sein Bauch berührte fast den ihren. Er schob sie etwas auf dem Tisch zurück, damit sie fest darauf sitzen konnte. Aus einem für Sylvies Empfinden vollkommen nichtigen Grund – falls sie denn überhaupt darüber nachgedacht haben sollte – hielt sie immer noch sein steifes Glied. Doch nun war es nicht mehr, um ihn wegzustoßen, denn ihre Hand glitt in dem engen Zwischenraum zwischen ihren Körpern daran auf und ab.

»In Jaqueline habe ich mich geirrt«, sagte Marc.

»Geirrt? Was soll das denn bedeuten? Dass du nicht weißt, ob du sie begehrst oder nicht?«, hakte Sylvie unnachgiebig nach. Dabei ließ sie ihre Hand heftig auf- und abgleiten, wodurch sein straffer Bauch lustvoll erbebte.

»Du bist wunderschön, Sylvie«, stöhnte er.

Die Szene hatte sich nicht so gestaltet, wie Marc das beabsichtigt hatte, als er die Wohnung betreten und Sylvie allein in der Küche vorgefunden hatte. Wenn alles nach Plan verlaufen wäre, läge sie jetzt auf dem Rücken auf ihrem Bett und er läge auf ihr. Er würde ihr seinen Willen aufzwingen. Doch das war nicht geschehen. Tatsache war, er konnte nicht umhin zu bemerken, dass Sylvie ihn schamlos neckte.

Er versuchte, die Situation zu retten, bevor sie ihn noch einmal so demütigte, wie sie es das letzte Mal an der Haustür getan hatte. Er zog seine Hände unter ihrem Pullover zurück und tastete sich zwischen ihre Schenkel. Dann drang er mit dem Mittelfinger in sie ein. Sie war feucht und willig, ebenso willig wie er.

»Ah, du begehrst mich also, da kannst du mir nichts vormachen«, sagte er.

Sie sah ihn mit einem verträumten Lächeln an, ihre braunen Augen leuchteten.

»Wenn ich wirklich die einzige Frau bin, die du liebst, warum rennst du dann anderen Frauen hinterher?«

Falls er diese Frage hätte beantworten können, so fiel ihm die Antwort wenigstens in diesem Augenblick nicht ein. Um sie zum Schweigen zu bringen, küsste er sie und drängte seine Zunge in ihren Mund. Sie zog den Kopf zurück, um den Kuss zu beenden, und musterte ihn neugierig.

»Du besitzt keinerlei Verantwortungsgefühl denen gegenüber, die dich lieben«, sagte sie ernst. »Du schuldest mir dieselbe Liebe und Treue, die ich dir gegeben habe, doch hast du mich bitter enttäuscht.«

Angesichts ihrer sporadischen Affären mit seinem Cousin Pierre mochte ihre Anschuldigung vielleicht etwas leichtfertig klingen. Doch wenn Sylvie einen Augenblick darüber nachgedacht hätte, hätte sie dem nicht zugestimmt. Die Sache zwischen Pierre und ihr war zufällig geschehen, nicht mit voller Absicht. Zumindest war das erste Mal zufällig gewesen, und wenn Marc sie nicht verlassen hätte, hätte es dieses erste Mal nie gegeben. Es war alles Marcs Schuld.

»Ich wollte dir nie wehtun«, seufzte Marc, als er seinen männlichen Stolz aus ihrer Hand zog und ihn zwischen die feuchten Lippen zwischen ihren Beinen drängte.

Sie hatte ihre Hände auf seine Schultern gelegt und umarmte ihn fest.

»Du glaubst also wirklich, dass du mir hiermit einen Gefallen tust, nicht wahr?«, murmelte sie. »Du kennst mich überhaupt nicht, Marc. Nicht ein bisschen.«

»Ich weiß jedenfalls, dass ich dich vergöttere«, sagte er und stieß heftig zu. »Und ich weiß, dass du mich anhimmelst. Alles andere ist nebensächlich.«

Die altbekannten Gefühle der Wollust breiteten sich in Marcs Bauch aus, in Gedanken war er sich seines Triumphes sicher. Welche Beschuldigungen auch immer Sylvie ihm gegenüber äußerte, Tatsache war, dass sie sich ihm sofort hingab, wenn er sie berührte und Anstalten machte, sie zu lieben. Sie gehörte ihm, und er konnte mit ihr tun und lassen, was er wollte. So sollte es auch sein – er war der Mann, und sie war die Frau. Ihre Rollen waren von der Natur festgelegt, der Mann oben und die Frau unten.

Er stöhnte, als ihn die aufstrebende Welle der Lust durchzuckte. In diesem Augenblick stießen Sylvies Hände ihn weg, und ihr Hintern rutschte auf der Tischplatte so weit nach hinten, dass Marc aus ihr herausglitt, seine Lust zwischen ihren Rock und auf ihre Haut spritzte.

»Nein, Sylvie«, jammerte er. »Warum nur, warum?«

Das war am Vormittag gewesen. Jetzt, einen halben Tag später, lag Sylvie nackt auf Pierres Bett. Nach ihrer ersten kurzen Vereinigung auf dem Teppich im Wohnzimmer, halb angezogen und ungestüm, hatte er sie in die Arme genommen und ins Schlafzimmer getragen. Gewohnt zärtlich hatte er sie entkleidet, sich danach seiner eigenen Kleidung entledigt, sich neben sie gelegt und sie mit viel Zärtlichkeit geküsst und umarmt.

Die Erinnerung an die lächerliche Begegnung auf ihrem Küchentisch am Vormittag war noch nicht ganz verblasst. Als Pierre sie bestieg und seinen steifen Schaft in sie drängte, versuchte sie, ihre Gefühle mit denen zu vergleichen, die sie am Morgen in der Küche für Marc empfunden hatte. Es schien ihr eine merkwürdige Fragestellung zu sein, doch sie konnte nicht anders, als zu vergleichen, welcher der beiden Cousins sich dicker und stärker und befriedigender in ihr anfühlte. Zwischen den beiden gut gebauten, erfahrenen Liebhabern konnte sie sich unmöglich entscheiden.

Sie lag bequem auf Pierres Bett und seufzte zufrieden, als

er sich erneut interessiert zeigte. Sie winkelte die Knie an und umschlang ihn mit ihren Beinen, ihre Füße trommelten gegen seinen Hintern, als der sich auf und ab bewegte. Sie war ihm gegenüber vollkommen offen, sich seiner Liebe und seines Interesses sicher, als er sie zwischen seinen Stößen immer wieder seiner Bewunderung versicherte.

Sylvie war sehr zufrieden, auf Pierres Bett zu liegen und sich von ihm verwöhnen zu lassen. Der Tag war sehr aufregend gewesen – am Vormittag hatte Marc ihren Körper wunderbar missbraucht und war dann für seine Arroganz angemessen bestraft worden. Sie hatte ihn mit blassem Gesicht und dem Gefühl des Versagens fortgeschickt, und er hatte gedroht, sie niemals wieder zu besuchen. Obwohl er den Mund so voll genommen hatte, wussten sie doch beide, dass er in ein, zwei Tagen, wenn sein männlicher Stolz wieder hergestellt und sein Verlangen, sie zu dominieren, wieder groß genug war, sie erneut besuchen würde.

Nachdem Marc gegangen war, hatte Sylvie ihr lila Höschen vom Küchenboden aufgehoben, wo er es in seiner Hast, in sie einzudringen, hatte fallen lassen. Sie ging ins Schlafzimmer, um sich umzuziehen. Sie öffnete ihren grün karierten Rock und ließ ihn die Beine entlang auf den Boden fallen. Er hatte einen dunklen Fleck, wo Marc seine Leidenschaft zwischen ihren Rock und ihren glatten Bauch ergossen hatte.

Sie streifte sich den dünnen grauen Pullover über den Kopf. Marc hatte ihren Büstenhalter geöffnet, um sie zu streicheln, nun hing er lose von ihre Schultern. Sie zog ihn aus. Dann betrachtete sich Sylvie in dem langen Spiegel, abgesehen von ihren seidenen Strümpfen und den dunkelroten Strumpfhaltern war sie vollkommen nackt.

Ich bin sehr begehrenswert, sagte sie laut zu sich. *Ich bin siebenundzwanzig Jahre alt und jetzt noch straffer und schöner, als ich es mit einundzwanzig war. Selbst wenn Marc sich mit anderen Frauen vergnügt, ist die Wahrheit doch die, dass er nicht länger als ein paar Tage von mir fern bleiben kann – er kommt wieder und wieder zu mir zurück, um mich zu lieben, denn er kann meinem außergewöhnlichen Körper nicht widerstehen. Er will mich auf dem Rücken mit gespreizten Beinen sehen, und ich gestatte es ihm zur Hälfte, um seine Eitelkeit zu verletzen und ihm verständlich zu machen, was er verloren hat. Schlussendlich wird er mich auf Knien bitten, ihm zu vergeben, doch muss er erst noch bitter dafür leiden, bevor davon überhaupt die Rede sein kann.*

Sie setzte sich auf ihr Bett, ihre mit Strümpfen bekleideten Beine gut gespreizt, und bewunderte sich in dem langen Standspiegel. *Wunderschön, wunderschön*, wandte sie sich an das perfekte Gesicht und die eleganten Brüste im Spiegel, betrachtete ihren weichen Bauch und die Schenkel und ließ den Blick auf das haselnussbraune Lockendreieck fallen. Sie nahm ihre Brüste in die Hände und streichelte die dunkelrosa Knospen mit den Fingerspitzen. *Oh,* stöhnte sie.

Sie legte eine Hand zwischen die geöffneten Schenkel und streichelte die länglichen weichen Lippen. Marcs Aufmerksamkeiten hatten sie feucht und offen gemacht. Ihre Finger glitten augenblicklich hinein, und sie lächelte sich in dem langen Spiegel zu, während sie sich beim Spielen beobachtete. Sie benutzte ihre linke Hand, diejenige, die den goldenen Ehering trug. Sie bereitete sich gerne mit genau dieser Hand Vergnügen, um sich auf diese Weise über den armen Marc zu belustigen.

Oh, hauchte sie. *Oh ja …* Und bald warnte sie das angenehme Beben in ihrem Bauch, dass sie bald den Höhepunkt erreichen würde. *Oh*, stöhnte sie, während ihr Finger sich schneller bewegte. *Oh, oh …*

Um halb sechs am Nachmittag war Sylvies aufregender Tag noch nicht vorbei. Pierre hatte sie sehr ausgiebig auf dem Fußboden seines Wohnzimmers geliebt, und jetzt besorgte er es ihr schon wieder auf dem Bett. Wellen der Wollust überfluteten ihren Körper, von zwischen den Schenkeln bis zu ihren harten Knospen. Sie spürte den veränderten Rhythmus seiner Stöße, sie waren jetzt schneller und zielgerichteter. »Ah, *chéri*«, murmelte sie, während sich ihre Hände lustvoll auf seinem nackten Rücken auf und ab bewegten.

»Ich himmle dich an, Sylvie«, keuchte er.

»Ist das wirklich wahr?«, seufzte sie, während ihr Bauch zitterte. »Oder ist es lediglich mein Körper, den du begehrst? Ist das denn alles, was du von mir haben möchtest?«

»Aber ich liebe dich doch«, stöhnte er, während er den Höhepunkt erreichte.

Sylvie spürte die heftigen Zuckungen seines Körpers auf ihr, und es schien ihr fast, als wolle er sie in der weichen Matratze versenken. Sie stöhnte auf, und ihr Rücken bäumte sich ekstatisch auf, ihm entgegen. Später, als sie wieder Seite an Seite ruhig nebeneinander lagen, setzte sie sich auf und streckte sich wie eine zufriedene Katze. Pierre setzte sich halb auf und stützte sich auf den Ellbogen, während seine feuchte Zunge mit ihren rosa Knospen spielte. Sie lächelte breit und legte sich wieder hin, während er mit seiner Zunge ihren warmen Bauch liebkoste. Etwas lag ihm auf der Seele, was er mit ihr besprechen wollte, doch tat er es nur widerwillig.

»Als du mit Marc gesprochen hast«, begann er, »hat er da irgendeine Andeutung gemacht, dass er vermutet, dass du und ich Geliebte sind?«

»Sind wir Geliebte, du und ich?«, fragte sie mit erhobenen Augenbrauen. »Oder bin ich lediglich hier, um deiner Lust zu dienen?«

»Du weißt doch, wie ich es meine.«

»Weiß ich das? Du sagst mir zwar, dass du mich liebst, aber ich bin mir doch niemals sicher«, neckte sie ihn. »Vielleicht tust du es ja. Was Marc betrifft, bin ich mir vollkommen sicher, dass er davon nichts ahnt. Aber weshalb stellst du mir eine derart seltsame Frage?«

»Ich habe das unangenehme Gefühl, dass er dahinter gekommen sein könnte«, sagte Pierre. »Als ich mich mit ihm auf ein Bier getroffen habe, war er irgendwie anders – *je ne sais quoi* –, es schien mir fast, als ob er eifersüchtig auf mich sei.«

Es bestand kein Anlass, dachte Pierre, Sylvie zu erzählen, dass sein Treffen mit Marc in einem gewissen Etablissement stattgefunden hatte, bei dem zwei nackte Mädchen mit ihnen am Tisch gesessen hatten. Pierre hatte sogar etwas Champagner aus der Flasche auf den lockigen Teppich zwischen den Schenkeln eines der Mädchen tropfen lassen. Und obwohl Marc zur gleichen Zeit ein paar nackte Brüste liebkost hatte, hatte er doch den Eindruck entstehen lassen, in der Sache zwischen seiner Frau und seinem Cousin nicht ganz klar zu sehen.

»Da musst du dich irren.« Sylvie lächelte eine Spur boshaft. »Marc weiß, dass ich ihn so sehr liebe, dass ich nie und nimmer einen anderen Mann auch nur ansehen würde.«

Insgeheim war sie erfreut über Pierres Neuigkeiten. Nur zu gerne dachte sie, dass Marc unter Eifersucht litt, weil er glaubte, ein anderer Mann würde ihren schönen Körper genießen. Das war genau die Art von Pein, die sie ihm wünschte – die Pein schlafloser Nächte, schlechter Tage und unbefriedigender Treffen in den Betten anderer Frauen, wenn sein männliches Werkzeug zu durcheinander war, um richtig zu funktionieren.

Sie streckte die Hand aus, um Pierres erschlafftes und klebriges Glied zu streicheln. Es freute sie zu wissen, dass dieses hier jederzeit zur Pflichterfüllung bereit war.

»Lass mich dich wieder aufrichten«, murmelte sie. »Dann werden wir Marc tatsächlich etwas geben, worauf er eifersüchtig sein kann – falls er uns denn jemals auf die Schliche kommt.«

6

Ein Gast auf Abwegen

Alle, die Nicolas Joslin kannten – genauer gesagt, die Freunde von Marc und Sylvie Beauvais, die ihn kannten –, beschrieben ihn als zwielichtig. Natürlich taten sie das lediglich hinter seinem Rücken, ihm persönlich gegenüber waren sie äußerst höflich, möglicherweise deswegen, weil er ein so freigiebiger Gastgeber war. Wenn Nicolas einlud, kamen nur der beste Champagner, der feinste Cognac und die ausgesuchtesten Restaurants in Frage.

Nach dem Grund gefragt, weshalb er eine zwielichtige Person sei, zuckten diese Lästermäuler mit den Schultern und behaupteten, das sei doch jedermann bekannt. Details seiner angeblich krummen Touren wurden niemals laut, es reduzierte sich alles auf fantasievollen Klatsch und Spekulationen.

Das Alter Nicolas' war unbestimmt, er mochte um die vierzig sein. Er hatte ein glattes, wohl genährtes Gesicht, und sein hellbraunes Haar lichtete sich bereits über der Stirn. Er trug teure Kleidung, die seinen plumpen Bauch verstecken sollte, der wiederum zweifelsohne das Resultat seiner Ausschweifungen war.

Allgemein wurde angenommen, er verdiene sein Geld mit dem Besitz und der Vermietung von Immobilien in der Stadt. Ob es sich dabei um elegante Appartementblocks in den besseren Bezirken Paris handelte oder aber um Straßen mit slumartigen Behausungen östlich des Place de la République, wusste niemand zu sagen. Eines jedoch war sicher, was immer auch seine geschäftlichen Aktivitäten sein mochten, Nicolas selbst lebte in großem Stil in der Avenue du Roule in der Nähe des Bois de Boulogne.

Ein weiteres Geheimnis um diesen undurchschaubaren Mann war die Frage, ob er eine Frau besaß – oder ob er überhaupt jemals schon verheiratet gewesen war. Er trug einen schweren goldenen Ring, der einem Ehering ähnelte, doch führte er dazu nichts weiter aus, und Fragen zu dem Thema wurden nicht weiter beachtet. Bekannt jedoch war, dass über die Jahre hinweg verschiedene attraktive junge Frauen kurzfristig mit ihm die Wohnung teilten. Während des letzten Jahres war seine Lebensgefährtin eine gewisse Jaqueline Peyron gewesen, eine auffällige Blondine Anfang zwanzig mit großen Brüsten.

An einem Dienstag, etwa gegen Mittag, stand jener Nicolas vor der Wohnungstür von Sylvie Beauvais und klingelte Sturm. Ihm sagte eine gewisse Förmlichkeit der Kleidung zu, vielleicht weil sie dazu geeignet war, seine Geheimnisse besser zu verbergen. An diesem schönen Morgen trug er einen eleganten grauen Anzug mit einem feuerroten Seidenschlips. Die Zacken eines weißen Seidentaschentuchs lugten aus der Brusttasche hervor. Dazu trug er einen Homburg und einen geraden Spazierstock mit goldenem Knauf.

Die Tür wurde von Sylvies Hausangestellter Bernadette geöffnet. Nicolas starrte sie in ihrem einfachen schwarzen Kleid und der weißen Rüschenschürze an. Sie starrte den unerwarteten Gast ebenfalls an, offenbar von seinem Erscheinungsbild beeindruckt.

»*Bonjour, Monsieur*«, grüßte sie.

»Ich möchte gerne Monsieur Beauvais sprechen«, forderte Nicolas knapp.

»Sie meinen sicher Madame Beauvais«, korrigierte Bernadette.

»Nein, das tue ich nicht. Ich möchte Monsieur Beauvais

sprechen, bitte informieren Sie ihn über meine Ankunft. Mein Name ist Nicolas Joslin.«

»Aber Monsieur Beauvais wohnt hier nicht«, entgegnete Bernadette. »Er ist vor sechs Monaten ausgezogen. Es tut mir Leid, dass sie die falsche Wohnung aufgesucht haben.«

Bernadette war kein Dummkopf. Sie hatte viele Unterhaltungen zwischen Sylvie und ihren Freunden gehört, wenn diese zu Drinks oder zum Kaffee vorbeikamen. Auch hatte sie Sylvies Gesprächen am Telefon zugehört. Als Nicolas Joslin ihr seinen Namen nannte, wusste sie daher genau, wer er war – und konnte ohne weiteres erraten, weswegen er gekommen war. Seit Wochen wurde im Haus bereits darüber geredet, dass Marc Beauvais sich mit einer Frau namens Jaqueline zusammengetan hatte. Die wiederum, so erzählte man sich, war die Mätresse eines wohlhabenden Mannes namens Joslin – ein Mann, den jedermann zu verachten schien.

Und nun stand er hier auf der Türschwelle des Hauses Beauvais und verlangte den Mann zu sprechen, der ihm die Zuneigung seiner Freundin abspenstig gemacht hatte. Es war kaum wahrscheinlich, dass er hierher gekommen war, um ihm zu gratulieren. Offenbar wusste er nicht, dass Monsieur und Madame Beauvais nicht mehr zusammenwohnten. Er hatte Marcs alte Adresse aus dem Telefonbuch herausgesucht und war nun vorbeigekommen, um Ärger zu machen. Bernadette ergötzte sich an der Vorstellung. Sie liebte die Melodramen in den schäbigen Theatern und im Kino. Sie verbrachte einen Großteil ihrer Freizeit dort und tupfte sich die Augen mit dem Taschentuch ab, während sie die Geschichten zurückgewiesener Liebender in sich aufsog, die vor Gram und gebrochenem Herzen gestorben waren. Verheiratete Frauen, die sich in die Seine warfen und ertranken, nachdem ihre Ehemänner mit jüngeren Mädchen davongelaufen waren. Und wütende Ehemänner, die die Liebhaber ihrer Frauen mit einem Pistolenschuss niederstreckten.

So ein Drama auf Leben und Tod sollte sich nun schon bald direkt vor Bernadettes Augen abspielen. Vor Erstaunen rang sie nach Luft und wünschte sich, Monsieur Marc wäre anwesend, um dem aufgebrachten Beschützer seiner neuen Liebe gegenüberzutreten. Ohne Zweifel strahlte Joslin etwas Wütendes aus, seine Augen glühten verbissen unter der gebogenen Krempe des eleganten Hutes. Möglicherweise trug er eine Pistole in seiner Tasche. Bernadette betrachtete die Jackentaschen seines kleidsamen grauen Anzugs, konnte jedoch keine Ausbuchtung entdecken. Die Waffe konnte aber auch im Hosenbund stecken, dachte sie, so wie die Gangster im Kino sie versteckten.

Nicolas betrachte die Hausangestellte aufmerksam und fragte sich, ob sie die Wahrheit über Marc Beauvais sagte. Oder hatte man sie angewiesen zu lügen, um ihn zu beschützen?

»Bitte informieren Sie Madame Beauvais, dass ich hier bin und sie gerne sprechen würde«, sagte er. »Es gibt einiges, was wir miteinander zu besprechen hätten.«

»Ich bedaure, aber auch das ist nicht möglich, Monsieur«, erwiderte Bernadette. »Madame ist ausgegangen.«

Nicolas war im Umgang mit Bediensteten erfahren. Er nahm seine Brieftasche aus der Brusttasche – sie war aus elegantem Straußenleder und mit goldenen Kanten versehen – und zog einen frisch gedruckten Geldschein hervor.

»Sind sie sich auch ganz sicher, dass sie wirklich nicht da ist?«, erkundigte er sich. »Oder könnten Sie sich irren, was meinen Sie?«

Bernadette starrte sehnsuchtsvoll auf den Geldschein, griff jedoch nicht danach.

»Ich wünschte, ich könnte Ihnen etwas anderes erzählen«, sagte sie. »Doch sie ist vor etwa einer Stunde gegangen und wird wohl noch einige Zeit wegbleiben.«

»Wie schade«, meinte Nicolas. »Nun gut, wenn Beauvais hier nicht mehr lebt, wo ist er hingezogen?«

Bernadette antwortete, ohne zu zögern. Die Aufregung, sich mitten in einem echten Drama zu befinden, überlagerte das Gefühl der Loyalität gegenüber ihren Arbeitgebern. Sie wollte, dass dieses tragische Drama sich auf seinen logischen Ausgang hin bewegte, und dieser musste einfach eine gewalttätige Auseinandersetzung zwischen zwei Männern sein, die sich wegen einer Frau in die Haare gerieten. Nachdem sie sich lauthals beschimpft hatten, würden sie einander in Marcs Wohnzimmer mit den Fäusten bearbeiten, so jedenfalls stellte Bernadette es sich vor. Sie würden sich gegenseitig ins Gesicht schlagen, die Möbel zertrümmern, und Bluttropfen würden auf dem Teppich zu sehen sein.

Sie kannte Marcs neue Wohnung zwar nicht, doch nahm sie an, dass diese konventionell eingerichtet sein würde. Teure Möbel würden dort herumstehen, Glas zum Zerschmettern, Fensterscheiben zum Einschlagen, Türen, die aus den Angeln gerissen werden konnten, Stühle, um sich damit gegenseitig den Schädel einzuschlagen.

In diesem Augenblick meldete sich ihre Vernunft wieder, und Bernadette entschied, dass sie nicht für einen Mord, auch nicht für eine Verletzung, verantwortlich sein wollte. Um auch ganz sicher zu gehen, würde sie Monsieur Marc anrufen und ihm sagen, dass Joslin nach ihm Ausschau hielt.

»Monsieur Beauvais lebt jetzt irgendwo entlang des Flusses«, sagte sie. »Irgendwo in der Nähe des Palais Royal, so glaube ich zumindest.«

»Haben Sie die genaue Adresse?«

Bernadette schüttelte den Kopf.

»Es gibt keinen Grund, weswegen ich sie kennen sollte«, erwiderte sie und wich so der Frage aus, statt direkt zu lügen.

»Vielleicht ist sie ja irgendwo zusammen mit der Telefonnummer notiert worden«, schlug Nicolas vor. »Sicherlich wird Madame Beauvais ihre Gründe dafür haben, sie zu kennen.«

»Kommen Sie herein«, sagte Bernadette. »Ich werde danach suchen, doch ist es sehr unwahrscheinlich, dass Madame ihn jemals würde anrufen wollen.«

»Sie sind ein gutes Kind«, sagte Nicolas. »Wie heißen Sie?« Er reichte ihr den Geldschein.

»Ich heiße Bernadette«, erwiderte sie lächelnd.

Sie hatte das Leuchten seiner Augen beim Betrachten ihrer Brüste gesehen und zog nun den Saum ihres schwarzen Kleides hoch und steckte sich das Geld in den Strumpf unterhalb des rosa Rüschenhalters. Nicolas beobachtete Sie mit Interesse und presste den goldenen Knauf seines Stockes gegen die Lippen. Er betrat die Wohnung. Bernadette nahm ihm Hut und Stock ab und führte ihn in Sylvies elegantes Wohnzimmer. Er sah sich um, als ob er die gesamte Einrichtung abschätzen würde. Dann trat er ans Fenster und blickte auf die Straße hinaus. Er hatte die Hände tief in den Taschen vergraben, während er darauf wartete, dass Bernadette die gesuchte Adresse fand.

Nach kurzer Zeit kam sie zurück und schüttelte den Kopf. Er stand mit dem Rücken zum Fenster und blickte sie an.

»Ich kann sie nicht finden«, sagte sie ernst. »Sie steht nicht in Madames Buch mit den Telefonnummern.«

Das entsprach natürlich nicht der Wahrheit, doch Bernadette wollte Nicolas nicht dabei behilflich sein, dem Mann Schaden zuzufügen, der immer noch ihr Gehalt zahlte.

»Wie schade«, erwiderte er. »Dennoch besten Dank, Sie waren sehr entgegenkommend, Bernadette.«

Er zog einen weiteren Geldschein aus seiner gut gefüllten Brieftasche. Sein Gesicht war die ganze Zeit über sehr ernst, sodass Bernadette sich fragte, ob er wohl jemals wieder im Stande sein würde zu lächeln. Sie hätte ihn gerne lächeln gesehen. In Wahrheit entsprach Nicolas Joslin genau Bernadettes Bild eines attraktiven Mannes. Außerdem gehörte er zu jenen Männern, denen eine Bedienstete nur selten begegnete. In ihren Augen bestanden seine Vorzüge darin, dass er nicht mehr allzu jung, kräftig gebaut und gut angezogen war, dass er Geld zum Ausgeben besaß – und dass er ein Mann mit festem Willen war.

»Kann ich noch irgendetwas für Sie tun, Monsieur?«, erkundigte sie sich und hielt die farbige Banknote in ihrer Hand.

»Stecken Sie das Geld weg, während ich darüber nachdenke«, erwiderte er.

Sie grinste, denn sie konnte nur zu gut seine Gedanken erraten, und hier ergab sich eine Gelegenheit, die sie nicht verpassen wollte. Sie hob ihren Rock höher als nötig an, um das zweite Geldgeschenk gleich neben dem ersten oben in ihren schwarzen Strumpf zu stecken. Nicolas beobachtete dieses amüsante kleine Manöver aufmerksam. Tatsächlich fand er feste nackte Schenkel und große runde Brüste einfach unwiderstehlich. In seinen Augen waren Bernadettes Melonen ungefähr so groß wie die von Jaqueline, hatten also für seinen Geschmack genau die richtige Größe. Es war Jaquelines prachtvolles Paar gewesen, weswegen er sich anfangs zu ihr hingezogen gefühlt hatte. Nachdem er sie ein paar Wochen lang gestreichelt und mit ihnen und natürlich auch mit anderen angenehmen Teilen von ihr gespielt hatte, hatte er sie eingeladen, zu ihm in sein luxuriöses Appartement zu ziehen. Und nun hatte er hier durch Zufall noch ein Paar gefunden, das ähnlich beeindruckend war wie das von Jaqueline.

Bernadette strich sich den Rock glatt und richtete sich mit einem Lächeln auf. Sofort legte Nicolas beide Hände auf ihre Brüste und drückte sie durch das Kleid hindurch.

»Monsieur, ich weiß nicht, was Sie wollen«, sagte sie. »Doch ich muss Sie bitten zu verstehen, dass ich nicht zu dieser Art von Mädchen gehöre.«

»Nein, natürlich nicht«, pflichtete er ihr bei, während er ihre beiden Schönheiten mit seinen kundigen Händen liebkoste. »Aber Sie schienen mir wohlgesonnen, Bernadette, und ich bin in letzter Zeit von schrecklichen Ängsten heimgesucht worden.«

»Setzen Sie sich einen Augenblick«, schlug sie vor. »Vielleicht wird eine Unterhaltung ihr Gemüt erleichtern.«

Er trat drei Schritte vom Fenster zurück und ließ sich, ohne sie auch nur eine Sekunde loszulassen, auf den nächstliegenden Sessel fallen. Sie saß auf der Sessellehne und beugte sich über ihn, wodurch sie ihm das Streicheln und Drücken ihrer Brüste erleichterte.

»Diese Anspannung, unter der Sie leiden«, fuhr sie ganz unschuldig fort, »darf ich fragen, was der Grund dafür ist? Sind es geschäftliche Sorgen?«

»Nein, nicht doch. Mit meinen Geschäften geht alles blendend«, erwiderte er. »Es ist viel schlimmer als das. Die schreckliche Tatsache ist die, dass ich von einer Frau betrogen wurde, die ich geliebt und der ich vertraut habe – und das ist einfach unerträglich.«

»Ja, das ist sehr betrüblich«, pflichtete ihm Bernadette bei. »Ich selbst habe auch erfahren müssen, welche Grausamkeiten einem ein Liebhaber zufügen kann, ohne dafür einen Grund zu haben. Ich kann Ihre Sorge also gut nachvollziehen. Doch bin ich sehr erstaunt darüber, dass eine Frau mit Verstand sich einem so attraktiven Mann wie Ihnen gegenüber untreu verhalten kann. Sie brauchen etwas Trost.«

Während sie dies sagte, knöpfte sie sein Jackett, dann seine Weste auf. Er stöhnte und öffnete seine Schenkel, als sie ihre Hand in seine Hose gleiten ließ.

»Sie verstehen mich«, seufzte Nicolas.

»Aber ja, ich verstehe Sie sogar sehr gut«, erwiderte sie und streckte ihre Hand unter sein Hemd, um seinen runden Bauch zu streicheln. »Sie tun mir wirklich leid, das ist wirklich wahr. Doch nur weil ich eine so freundliche Natur besitze, gibt Ihnen das noch lange nicht das Recht, mich auf die

Art und Weise zu berühren, wie Sie es vor kurzem noch getan haben.«

»Das war nicht richtig von mir, ich weiß. Und ich muss mich dafür über alle Maßen entschuldigen. Aber es war einfach eine ganz natürliche Reaktion auf Ihr großzügiges Wesen.«

»Das mag schon sein«, erwiderte Bernadette vorwurfsvoll. »Doch die Erfahrung hat mich gelehrt, dass manche Männer glauben, sie können mit ihren Bediensteten alles tun. Ich habe schreckliche Geschichten von Dingen gehört, die Mädchen in meinem Bekanntenkreis zugestoßen sind.«

»Was meinen Sie damit?«, erkundigte sich Nicolas entspannt. Er war äußerst zufrieden, einfach nur dazusitzen und sich den Bauch streicheln zu lassen.

In entsetztem Flüsterton fuhr Bernadette fort: »Nicht sehr weit von hier gibt es ein Haus, wo der Hausherr der Bediensteten seiner Frau ständig hinterherschleicht und sie jedes Mal im Nacken packt, sowie die Frau das Haus verlässt. Er stößt sie über ein Tischende oder über einen Sessel, je nach dem, wo sie gerade sind. Lisette, so heißt das Mädchen, stammt aus der Picardie. Wenn er sie mit dem Gesicht nach unten niedergedrückt und hilflos hat, steckt er seine Hand unter ihren Rock und zieht ihr Höschen bis zu den Knien herunter.«

Nicolas hatte Bernadettes Kleid aufgeknöpft und beide Hände unter ihr loses Leibchen gesteckt. Zufrieden spielte er mit ihren großen, weichen Brüsten.

»Sie behaupten, dass er das jedes Mal macht, wenn seine Frau ausgegangen ist?«, erkundigte er sich mit erhobenen Augenbrauen, weil er ihr nicht wirklich glaubte.

»Jedes Mal«, bestätigte Bernadette, der es offensichtlich überhaupt nichts ausmachte, dass er jetzt mit ihren Brüsten spielte. »Am Morgen, am Nachmittag oder am Abend, sowie Madame das Appartement verlassen hat, macht er sich an

Lisette heran. Wenn er sie beim Bettenmachen morgens vorfindet, legt er sie sofort auf den Rücken. Und das in genau dem Bett, in dem er sich mit seiner Frau liebt, können Sie das begreifen? Er schiebt Lisettes Kleid hoch und streift ihr Höschen binnen Sekunden ab, dann stellt er sich zwischen ihre Beine, drängt sie auseinander und befummelt sie.«

»Lisette hat Ihnen das selbst erzählt?«, fragte Nicolas, der immer noch nicht überzeugt war.

»Das arme Mädchen ist eine Märtyrerin«, meinte Bernadette.

»Nun, wenn dieser Mann sowohl seine Frau als auch die Hausangestellte jeden Tag befriedigt, dann muss er sehr stark und potent sein«, meinte Nicolas nachdenklich. »Ich würde mich gerne mit ihm über seine Diät unterhalten, vielleicht kann man noch etwas daraus lernen.«

»Wie ich sehe, stehen Sie ganz auf der Seite des Monsters, der das Mädchen belästigt«, bemerkte Bernadette leicht entrüstet. »Ihr Männer seid alle gleich. Lisettes Schicksal rührte sie in keiner Weise. Ihre Situation ist mittlerweile so schlimm, dass sie morgens gar nicht erst ihre Höschen anzieht. Sie werden ohnehin bis spätestens mittags wieder heruntergezogen, warum sollte sie sich also damit abmühen?«

»Wie lange geht das schon so?«, erkundigte sich Nicolas.

»Seit dem allerersten Tag, an dem sie dort gearbeitet hat. Das muss jetzt schon fast drei Jahre her sein. Sowie die Frau aus der Wohnung ist, legt er sich auf Lisette und dringt in sie ein.«

»Drei Jahre«, meinte Nicolas nachdenklich. »Und dann jeden Tag. Ich nehme an, dass Ihre Freundin Lisette sowohl die Arbeit als auch ihren Arbeitgeber gerne mag, sonst wäre sie wohl schon seit langem gegangen.«

Bernadette hatte den roten Seidenschlips über seine Schulter gelegt und das Hemd über den fülligen Bauch nach oben geschoben. Sie hielt seinen steifen Schaft in der Hand, er war dick und kräftig. Alles an Nicolas Joslin gefiel ihr.

»Und wie ist es mit Ihnen, Bernadette?«, erkundigte er sich leise. »Ziehen Sie denn morgens nach dem Aufstehen Ihr Höschen an? Oder laufen Sie hier im Appartement den ganzen Tag mit nacktem Hintern herum?«

»Das könnten Sie vielleicht herausfinden«, erwiderte sie. »Wir werden sehen.«

Sie beugte sich noch weiter über ihn, denn sie wusste genau, was er wollte. Er zog ihr Höschen so weit hinunter, wie es die Strumpfhalter erlaubten. Dann drängte er sein Gesicht in ihren offenen Ausschnitt, um an ihren schweren Brüsten zu saugen. Er grunzte zufrieden, als er sie erhitzt küsste, während ihre Hand an seiner Erektion auf- und abglitt.

»Ein bisschen Trost, das ist es, was Sie jetzt brauchen«, murmelte sie. »Dann sind Sie doch zum richtigen Ort gekommen, wie es scheint. Finden Sie nicht?«

»Hmmm ... hmmm ...«, war alles, was er sagen konnte.

Sein dickes Rohr pulsierte in Bernadettes Hand, und sie wusste, dass er nun nicht mehr weit entfernt von dem Trost war, den er sich wünschte. Ausgerechnet in diesem kritischen Augenblick klingelte es an der Tür.

»Wer kann das denn sein?«, rief Bernadette schuldbewusst, sprang vom Sessel und versuchte mit flinken Fingern, die winzigen Knöpfchen ihres Leibchens zu schließen.

»Beachten Sie es doch gar nicht weiter«, schlug Nicolas vor und blickte stolz auf seinen steifen Phallus, der keck aus der geöffneten Hose ragte. »Machen Sie einfach gar nichts, wer immer es auch ist, wird wieder weggehen.«

»Das ist unmöglich«, erwiderte sie. »Die Wohnung ist niemals unbeaufsichtigt. Der gesamte Bekanntenkreis von Madame weiß das. Ich muss die Tür öffnen gehen. Bitte bringen Sie sich wieder in einen anständigen Zustand, Monsieur Joslin, ich bitte Sie.«

Nicolas stand vom Sessel auf und fing an, sich Weste und Hose zuzuknöpfen. Im Flur hörte er Stimmen, und zu seinem Entsetzen schienen sie sich auf das Wohnzimmer zuzubewegen. Hektisch versuchte er, seine Erektion in der Hose zu verstecken und sein Jackett darüber zuzuknöpfen. Die Tür wurde geöffnet und eine Frau um die dreißig mit einem eleganten limonengrünen seidenen Sommerkleid und einem breitkrempigen weißen Strohhut schwebte herein. Ihre dunkelbraunen Augen fixierten Nicolas, als ob sie den Abstand messen wolle, bevor sie ihn ins Visier nahm und abdrückte. In Wirklichkeit jedoch versuchte sie lediglich, sein Aussehen und seine Kleidung einzuschätzen, um zu entscheiden, ob sie ihn als ihresgleichen oder aber als einen Eindringling betrachten sollte. Bernadette kam mit geröteten Wangen hinter dem Neuling herein und presste ihre Hände über der Schürze zusammen.

»Ich bin Claudine Dumont«, wandte sich die Besucherin an Nicolas. Offenbar war ihr Eindruck von ihm einigermaßen positiv ausgefallen.

»Nicolas Joslin, Madame«, erwiderte er, beugte sich über ihre ausgestreckte Hand und küsste sie höflich. »Ich bin zufällig vorbeigekommen und wollte Monsieur Beauvais sprechen, musste jedoch herausfinden, dass er nicht länger hier wohnt.«

»Marc Beauvais ist mein Bruder«, erläuterte Claudine. »Wie man mir gerade mitgeteilt hat, ist Sylvie nicht im Haus. Das ist wirklich sehr ärgerlich, da wir uns locker zum Mittagessen verabredet hatten.«

Sie standen mitten im Wohnzimmer, ihre Gesichter waren vielleicht einen Meter voneinander entfernt. Bernadette stand schweigend in der Nähe der Tür und wartete auf Anweisungen. Claudine sah sich neugierig im Zimmer um. Sie suchte nach einer Erklärung, weswegen sich dieser gut gekleidete Unbekannte in Abwesenheit der Eigentümerin in der Wohnung befand. Weiter interessierte es sie, warum er so aufgeregt war und so angestrengt versuchte, seine Nervosität zu verbergen.

Claudine waren die geröteten Wangen des Mädchens nicht entgangen, als sie sie an der Tür begrüßt hatte. Wenn man eins und eins zusammenzählte – ein aufgeregter Mann und eine aufgeregte Frau, weil sie von einem zufälligen Besuch unterbrochen worden waren –, dann war die Beweislage eindeutig: Sie hatten miteinander geturtelt. Dennoch blieb die Frage ungelöst, weshalb dieser offenbar gut situierte Mann sich mit einer Hausangestellten amüsierte. Das entsprach wahrlich nicht der guten Form. Und wer war er? Claudine hatte den Eindruck, ihn eigentlich kennen zu müssen. Sie hatte es im Gefühl, dass sie ihm irgendwo schon einmal begegnet war.

»Kennen Sie meine Schwägerin?«, erkundigte sie sich und hoffte so den Zusammenhang ihrer Verbindung herauszufinden und wo sie sich vielleicht schon einmal begegnet waren.

»Ich habe noch nicht die Ehre gehabt, Madame Beauvais kennen zu lernen«, erwiderte er. »Mein Besuch galt ihrem Ehemann. Darf ich fragen, ob Sie wissen, wo er heute lebt?«

»Auf der anderen Seite des Flusses«, erwiderte Claudine ausweichend und machte eine ungefähre Handbewegung in Richtung der Seine. »Irgendwo in der Nähe des Louvre, glaube ich. Das stimmt doch, Bernadette?«

»Irgendwo dort in der Gegend, so weit ich weiß«, erwiderte Bernadette ebenso vieldeutig.

»Mein Bruder und ich verstehen uns nicht sonderlich gut, wenn man es denn so ausdrücken möchte, Monsieur Joslin«, fuhr Claudine fort. »Seine neue Wohnung habe ich noch nicht besucht. Genauer gesagt bin ich dorthin noch nicht eingeladen worden.«

»Das tut mir Leid zu hören«, murmelte Nicolas. Er fragte sich, weshalb sie derart interessiert Sylvies Sofa anstarrte.

Claudine war zu dem Schluss gelangt, dass das Sofa der Ort gewesen war, an dem das stattgefunden hatte, was sie mit ihrem Klingeln an der Tür unterbrochen hatte. Es war ein langes und sehr imposantes Louis-XV-Möbelstück, geeignet für einen Palast und für eine Prinzessin. Und ausgerechnet auf diesem Möbelstück hatte die Hausangestellte Bernadette mit gespreizten Beinen und hochgeschobenem Kleid gelegen – so jedenfalls stellte Claudine es sich vor.

Und dieser Nicolas Joslin hatte mit heruntergezogenen Hosen auf der Bediensteten gelegen, dachte Claudine. Hatten Sie das Liebesspiel bereits bis zum Ende durchgespielt, als sie von ihrer Ankunft unterbrochen wurden? Bei der Vorstellung, dass sie vermutlich *in flagranti* auf eine so frustrierende Weise erwischt worden waren, legte sich ein Lächeln auf Claudines Lippen. Sie konnte nicht wissen, dass sie mit ihrer Rekonstruktion des Vorfalls vollkommen falsch lag. Die eigentliche Szene der ersten Berührungen zwischen Nicolas und Bernadette war der Sessel in der Nähe des Fensters gewesen.

Bernadette musste um die dreißig Jahre alt sein, dachte Claudine, genauso alt wie sie selbst. Doch da endete auch schon die Ähnlichkeit – Bernadette war gedrungen und hatte üppige, übergroße Bauernbrüste. Claudine blickte an ihrem eigenen Körper mit unverhohlener Bewunderung herab. Unter der limonengrünen Seide war sie schlank und chic, mit perfekt aufgerichteten Brüsten, schmalen Hüften, einem flachen Bauch, einem hübschen Hintern und langen schlanken Schenkeln.

Jeder höfliche und charmante Mann würde nur zu gerne die Innenseiten von Claudines Schenkeln küssen, sich anschließend dazwischenlegen und sie stilvoll zur Ekstase treiben wollen. Wenn sie sich anzog, stand sie vor dem Spiegel und bewunderte ihre wunderschönen Schenkel. Sie strich mit den Innenflächen ihrer schlanken Hände in eben der Weise darüber, wie es ein Verehrer tun würde. Doch leider, leider, schien es nicht viele geeignete Männer zu geben, die danach strebten, Claudines seidene Strümpfe herunterzurollen und die Innenseiten ihrer Schenkel zu küssen.

Claudine sah nicht etwa gewöhnlich aus. Sie hatte ein längliches, sehr lebhaftes Gesicht, feines braunes Haar und eine perfekte Figur – genau die Art, die man in Modezeitschriften abgebildet sieht. Die Schwierigkeiten lagen nicht an ihrem Gesicht oder ihrem Körper, sondern ganz woanders. Sie war sich darüber selbst nicht bewusst, aber irgendetwas an ihrem Benehmen hielt Männer davon zurück, ihr die teuren Seidenhöschen auszuziehen und einen Kuss auf ihre hübsche *joujou* zu pressen. Möglicherweise lag es daran, dass sie ständig eine gewisse Überlegenheit ausstrahlte.

Der eigentliche Grund ihrer Schwierigkeiten war ihr Bruder Marc. Genauer gesagt war sie sehr unzufrieden und neidisch, denn als ihr Vater gestorben war, hatte er sein Geld Marc vermacht. Nur sehr wenig hatte er ihr vermacht und sie nur mit einem geringen Teil davon bedacht. In einer idealen Welt, so dachte sie jedenfalls, hätte ihr Vater ihr das Geld vererben müssen. Doch wie jeder weiß, funktionieren oft nicht einmal die fundamentalsten Dinge auf der Welt, allen voran die Gerechtigkeit. Wenn Papa das Geld zu gleichen Teilen zwischen Claudine und ihrem Bruder aufgeteilt hätte, wäre das nach ihrem Ermessen vernünftig und gerecht gewesen.

So jedoch lebte Marc auf großem Fuße, ohne dafür viel getan zu haben, während Claudine sehen musste, wie sie zurechtkam. Sie hatte den vielversprechendsten Mann geheiratet, dessen sie habhaft werden konnte: Armand Dumont, ein einflussreicher Rechtsanwalt. Er war um viele Jahre älter als Claudine und sehr verlässlich, doch leider nicht sonderlich anregend. Unter diesen unglücklichen Umständen überdeckte Claudine ihr angekratztes Selbstwertgefühl mit einer Fassade der Überlegenheit.

Sie blickte von dem Sofa wieder zu Nicolas hinüber. Er

hatte eine gewisse Verkommenheit an sich, die – zumindest am richtigen Ort und zur richtigen Zeit – durchaus ihren Reiz hatte. Es war höchst bedauerlich, dass er so wenig guten Geschmack besaß, dass er es mit einer Hausangestellten auf dem Sofa trieb. Doch es mochte möglich sein, ihn eines Besseren zu belehren. Sein Äußeres ließ vermuten, dass er wohlhabend genug war, um einen Versuch zu wagen.

»Nun denn«, wandte sie sich lächelnd an ihn, »unserer beider Erwartungen sind enttäuscht worden, da weder mein Bruder noch seine Frau zugegen sind. Wann erwarten Sie Madame Beauvais zurück, Bernadette?«

»Frühestens gegen fünf, Madame. Sie ist zum Mittagessen mit Madame Lamartine ausgegangen, und danach wollten sie zusammen einkaufen gehen.«

Nicolas hatte sich bereits gefragt, wie er jetzt weiter vorgehen sollte. Es war unmöglich, weiterhin in der Wohnung zu bleiben, wenn Claudine sich verabschiedete. Und obwohl sie behauptet hatte, nicht zu wissen, wo ihr Bruder jetzt lebte, mochte das vielleicht nicht der Wahrheit entsprechen. Wie auch immer, wenn sie wirklich wollte, konnte sie es sicherlich herausfinden.

»Nicht all unsere Erwartungen müssen enttäuscht werden«, bemerkte er mit sehr charmantem Lächeln. »Da Sie nicht mit Madame Beauvais Mittagessen gehen können, darf ich vorschlagen, dass Sie Ihr Mittagessen mit mir zusammen einnehmen?«

»Aber ich kenne Sie doch kaum«, erwiderte sie mit zurückgeworfenem Kopf, als ob die Einladung eines Fremden einem Affront gleichkam. Ihr Lächeln jedoch strafte sie Lügen.

»Dieses Problem können wir schnell aus dem Weg schaffen, indem wir uns während eines guten Essens etwas näher kennen lernen«, versicherte Nicolas.

»Das stimmt natürlich«, lenkte Claudine ein. »Ich nehme

Ihre Einladung an. Wohin würden Sie mich denn gerne ausführen?« Er hätte um ein Haar die Brasserie Lipp vorgeschlagen, die sich ganz in der Nähe befand, doch er nahm an, dass sie diese bereits kannte. Um sie zu beeindrucken, was er wiederum ganz besonders gerne tat, nannte er ihr das teuerste Restaurant, das ihm in den Sinn kam. Claudines dunkelbraune Augen weiteten sich unter der breiten Krempe ihres Hutes, und ihr Lächeln wurde noch liebenswürdiger.

Bernadette grollte, während sie nach Nicolas' Hut und seinem Stock suchte und ihm und Claudine die Tür öffnete. Sein zustimmendes Nicken und seine Berührung von Claudines Arm entgingen ihr nicht. Bernadette hatte Nicolas' Gefühle in Wallung gebracht, und nun war eine andere Frau kurz davor, die Früchte zu ernten – das schmerzte bitterlich.

Zu ihrer großen Überraschung war er kurz nach drei wieder zurück. Die Klingel ertönte, sie öffnete die Tür: Und da stand er, lächelnd und mit rosigen Wangen und seinem Hut in der Hand.

»Madame Beauvais ist noch nicht wieder zurück«, sagte Bernadette. Sie hatte nicht damit gerechnet, ihn schon so bald wieder zu sehen.

Sie war sich sicher gewesen, dass er Madame Dumont nach dem gemeinsamen Mittagessen mit zu sich nach Hause nehmen würde und stellte sich vor, wie er nackt auf Claudine lag und sie nach Kräften begattete, während sein fester Hintern auf- und abwippte.

»Ich möchte hoffen, dass sie noch nicht zurück ist«, sagte er. »Darf ich eintreten?«

Gänzlich verwirrt führte Bernadette Nicolas erneut in das Wohnzimmer. Er seinerseits schien überhaupt nicht verwirrt, sondern drückte sie auf den nächstliegenden Sessel, beugte sich über sie und knöpfte ihr schwarzes Kleid auf. Er versenkte beide Hände in ihrem Leibchen und hob ihre Brüste heraus.

»Ah, ja«, murmelte er, während er das schwere Gewicht mit der Anerkennung eines Kenners betastete.

»Monsieur Joslin, ich habe Ihnen doch schon gesagt, dass ich nicht so bin«, protestierte sie schwach, machte jedoch keinerlei Anstalten, ihn zu bremsen, als er sich in ihren fleischigen Brüsten vergrub.

»Ihnen hat es doch gefallen, als ich vorhin damit gespielt habe«, meinte er wissend. »Und Sie haben mir vergeben, dass ich Sie verlassen habe. Nun bin ich wieder zurück. Ihre Erzählung der täglichen Schändung ihrer Freundin Lisette hat mich derart erregt, dass ich einfach zurückkommen musste, um die Szene mit Ihnen durchzuspielen.«

Er grinste sie frech an. Und das stimmte, Bernadette konnte nicht bestreiten, dass ihr die Berührungen ihrer Brüste gefallen hatten. Sie lehnte sich in den Sessel zurück, und Nicolas sank vor ihr auf dem Teppich auf die Knie. Er presste sein Gesicht in ihr geöffnetes Leibchen und liebkoste sie mit Lippen und Zunge.

»Ich war mir sicher, dass Sie jetzt mit Madame Dumont im Bett liegen würden«, sagte Bernadette. Sie streichelte Nicolas Kopf, während er an ihren Knospen saugte. »Es war nur zu offensichtlich, dass sie Sie begehrte, so wie sie Sie angesehen hat, als sie zusammen gegangen sind.«

»Daran besteht kein Zweifel«, erwiderte Nicolas selbstzufrieden und hielt einen kurzen Augenblick mit der Liebkosung ihrer großen, weichen Brüste inne. »Nachdem wir das Restaurant verlassen hatten, hat sie meine Hand genommen und sie zwischen ihre Schenkel gepresst. Zwischen uns beiden war nichts als ein wenig dünne Seide.«

»Und warum sind Sie dann nicht mit ihr ins Bett gegangen?«, erkundigte sich Bernadette, während sie die Schenkel spreizte.

Noch immer auf dem Teppich kniend und mit dem Gesicht zwischen ihren nackten Brüsten, ließ Nicolas seine Hände zu ihrem Höschen gleiten und versuchte es auszuziehen. Sie zwängte eine Hand zwischen ihren und seinen Körper und riss seine Hosen weit auf. Er lag halb auf ihr, um ihre Brüste zu liebkosen, sodass sie sein steifes Rohr nicht sehen konnte, das stolz emporragte. Doch sie umfasste es mit ihrer Hand und war von seiner Größe und Kraft beeindruckt.

Nicolas hob den Kopf von ihrem Leibchen und lächelte sie an.

»Warum ich jetzt nicht mit Madame Dumont im Bett bin?«, bemerkte er beiläufig. »Die Frage lässt sich leicht beantworten. Madame Dumonts Brüste sind nicht größer als Äpfel. Außerdem hat sie keinen Hintern, an dem man sich festhalten kann.«

Er zog Bernadettes Höschen herunter, über die Knie, streifte es über einen Fuß und ließ die billige weiße Baumwolle um ihre linke Fessel liegen, während er ihre Schenkel auseinander drängte. Ihre Hand führte ihn zu ihrem warmen Nest und war ihm beim Eindringen behilflich. Er erhob sich von den Knien, richtete sich auf und drang tief in sie ein. Sie stöhnte, als sie die Härte seiner Penetration fühlte.

Nicolas keuchte und stieß rhythmisch zu, während seine Hände fest ihre Brüste umklammerten. Er hatte ihr jedoch nicht die ganze Wahrheit darüber gesagt, weshalb er sich jetzt im Wohnzimmer der Beauvais' und nicht im Bett mit Claudine Dumont befand. Melonen zog er Äpfeln vor, so viel entsprach der Wahrheit. Tatsache jedoch war, dass es unpassend gewesen wäre, am Nachmittag Claudine zu verwöhnen.

Am Morgen noch hatte er sich lauthals mit Jaqueline gestritten. Es ging dabei darum, was er über sie und Marc Beauvais erfahren hatte. Am Ende hatte er ihr gesagt, sie solle ihre Sachen packen und bis zu seiner Rückkehr aus der Wohnung ausgezogen sein. Danach hatte er sich auf den Weg gemacht, um mit Marc einen Streit anzuzetteln. Wie allgemein bekannt, ist es für einen Mann unmöglich abzuschätzen, wie lange eine Frau zum Anziehen und Verlassen der Wohnung braucht – ganz abgesehen davon, wie lange sie zum Packen und Ausziehen braucht. Zwei Stunden, einen halben Tag, wer konnte das schon wissen.

Er konnte einfach nicht riskieren Claudine in seine Wohnung mitzunehmen, falls Jaqueline immer noch dort war und gerade ihre Höschen in einem Koffer verstaute. Nicht auszudenken, was passieren würde, wenn er mit Claudine am Arm dort ankäme. Jaqueline würde die Anwesenheit einer anderen Frau als Rechtfertigung ihres eigenen Verhaltens deuten, und der Streit würde von neuem beginnen. Er hätte keinerlei Möglichkeit, ein paar angenehme Stunden mit Claudine zusammen im Bett zu verbringen.

Natürlich konnte er Claudine die Gründe nicht erläutern, weshalb er sie nicht zu sich nach Hause einlud. Er erzählte irgendwas, dass heute ein paar Männer vorbeikommen würden, um die teuren Teppiche zu reinigen. Sie in ihrem Appartement zu besuchen kam ebenfalls nicht in Frage, wie ihm Claudine bedauernd mitteilte. Ihr Mann hatte heute seine Akten mit nach Hause genommen und arbeitete nicht im Büro. Da sie nicht allzu viel Zeit mit ihm hatte verbringen wollen, hatte sie Sylvie aufgesucht – das wiederum jedoch wollte sie Nicolas nicht unbedingt mitteilen.

»Wir müssen uns ein andermal treffen, meine liebe Claudine«, meinte Nicolas, während er ihre Hand küsste und sich am Taxistand von ihr verabschiedete.

Damit war ihm tatsächlich ernst. Er hatte den festen Vorsatz, Madame Dumont ohne ihre Höschen auf den Rücken zu legen, und zwar schon sehr bald. Er war bereit, ihre kleinen Apfelbrüstchen und die Abwesenheit eines richtigen Hinterns in Kauf zu nehmen, einzig um ihre so herablassende Attitüde zu brechen. Er wollte Claudine schreien und weinen hören, und sie sollte sich unter ihm in verzweifelter Leidenschaft winden.

In der Zwischenzeit gab es die knuddelige Bernadette mit den großen weichen Brüsten und dem plumpen Bauch, in den er eindringen konnte.

»Jetzt, Bernadette, jetzt«, keuchte er, während seine kräftigen Stöße noch schneller und drängender wurden. Sie umklammerte fest seine Schultern, als sie seinen Erguss spürte.

In diesen kurzen ekstatischen Augenblicken seiner Befriedigung stellte sich Nicolas Claudine Dumont vor. Morgen oder übermorgen würde er sie auf seinem Bett vollkommen entkleiden – wie überheblich würde sie dann wohl noch sein, wenn sie nach ihrer Leidenschaft nackt und schwitzend und feucht zwischen den Beinen neben ihm ausgestreckt lag?

7

Ratschläge sind selten nützlich

Dass Pierre für seinen Unterhalt arbeiten musste, war insofern von Nachteil, als dass er stundenlang im Büro verbringen musste, statt sich mit seinen Freunden zu amüsieren. Dagegen jedoch stand, dass das von seinem Vater gezahlte Gehalt sehr großzügig bemessen und die Arbeitszeit relativ kurz war. Er konnte bereits um fünf Uhr nachmittags zurück in seinem Appartement sein und seinen dunklen Büroanzug gegen etwas Eleganteres tauschen.

An diesem heißen Sommertag war er in die Rue Chardin zurückgekehrt und gerade aus der Dusche gestiegen. Er besprühte seinen Körper mit teurem Parfum, unter die Achseln und auf die Brust, auf seinen Bauch und zwischen die Schenkel, als er die Türklingel hörte. Er schlüpfte in seinen seidenen Morgenmantel, der mit roten und cremefarbenen Blumen verziert war. Er war ein Geschenk von Sylvie, und er stand ihm sehr gut.

Er ging barfuß zur Tür und sah zu seiner Überraschung Jaqueline Peyron dort stehen und ihn anlächeln. Sie trug ein sehr elegantes Sommerkleid aus hauchfeinem aprikosenfarbenem Chiffon und einen Hut mit einer roten Feder. Es war ein sehr kleiner Hut, der zur einen Seite hin getragen wurde, um ihr blondes Haar nicht zu verstecken. Unter ihrem Arm klemmte eine flache Krokodilledertasche.

»Jaqueline, du bist es«, bemerkte Pierre einfältig.

Es war Monate her, seit er sie zuletzt gesehen hatte. Es musste auf irgendeiner Party gewesen sein, lange bevor sein

Cousin Marc mit ihr angebändelt hatte. Sie hatte Nicolas Joslin verlassen und wohnte nun bei Marc – das jedenfalls hatte Marc behauptet. Pierre kannte sie nur flüchtig und konnte sich nicht vorstellen, weswegen sie ihn aufsuchte.

»Ja, ich bin es tatsächlich«, sagte sie und lächelte ihn charmant an. »Komme ich ungelegen, Pierre? Wie ich sehe, bist du nicht angezogen. Bedeutet das, du hast Besuch?«

»Nein, komm herein, ich bin alleine. Ich war lediglich unter der Dusche.«

Er führte sie ins Wohnzimmer und bot ihr einen Drink an. Sie saß mit der Handtasche auf dem Schoß in einem seiner Sessel. Sie hatte die Beine elegant überkreuzt, das Chiffon umspielte ihre Knie – jedenfalls fast – und lenkte Pierres Aufmerksamkeit auf ihre Beine. Jaquelines Beine waren wohl geformt, schlank an den Fesseln und mit wohl gerundeten Waden. Das dünne Kleidchen ließ ihre Schenkel erahnen. Sie waren lang und ebenfalls wohl gerundet. Er setzte sich ihr gegenüber in einen Stuhl und betrachtete sie. Nicht nur ihre Beine, auch ihre Brüste wurden von dem dünnen Chiffon ihres Kleides umspannt. Sein Blick umkreiste diese außergewöhnlichen Brüste, und er erfreute sich an ihrer weichen Fülle.

»Sicherlich findest du es etwas merkwürdig, dass ich einfach unangemeldet vorbeikomme«, sagte Jaqueline. »Ich bin hier, um dich um Rat wegen Marc zu fragen. Alle Welt behauptet, du kennst ihn besser als irgendjemand sonst.«

»Das mag wohl wahr sein, doch ich bezweifle, dass mich das dazu qualifiziert, Ratschläge über ihn zu erteilen. Was könnte ich dir denn erzählen?«

»Er spricht die ganze Zeit von dir«, fuhr Jaqueline fort. »Wenn du mir nicht helfen kannst, kann es keiner.«

»Er spricht über mich?« Pierres Augenbrauen schossen überrascht in die Höhe. »Doch was hat das damit zu tun? In Herzensangelegenheiten können nur die beiden beteiligten Menschen wirklich wissen, was richtig und was falsch ist.«

»Aber das ist es doch gerade, ich bin mit ihm liiert, kann aber nicht mehr zwischen Wahrheit und Unwahrheit unterscheiden.«

Wäre die Welt gerechter, gäbe es genügend wohlhabende, charmante, virile, intelligente und rücksichtsvolle Männer für die wunderschönen Frauen von Paris, die sie untereinander aufteilen könnten. Leider sieht die Wirklichkeit anders aus, denn offensichtlich gibt es diese Art von Männern nicht allzu häufig. Was mehr verlangt eine Frau als einen Mann, mit dem sie in großzügigem Stil leben kann, der sie bewundert und auf Händen trägt. Wie leicht es doch ist, das Ziel in Worte zu fassen, und wie schwer es zu erreichen! Die üblichen unangenehmen Kompromisse müssen eingegangen werden – ältere Männer mit Geld statt feurige, doch weniger betuchte jüngere Männer, Verlässlichkeit statt Charme, Haut-Couture-Kleidung und bestickte Seidenunterwäsche statt sich zwei Mal in der Nacht zu lieben.

Mit Nicolas Joslin war Jaqueline fast ein Jahr lang relativ zufrieden gewesen. In der Tat hatte er ihr einen äußerst großzügigen Lebensstil erlaubt. Er vergötterte sie – nicht ein einziger Tag verging, an dem er sie nicht nackt auszog und sich auf sie legte. Sein Körper war zwar schwer und seine Liebe und Leidenschaft waren etwas bedächtig, doch gelang es ihm ohne Ausnahme, ihr ein Stöhnen zu entlocken und sie zum Höhepunkt der Ekstase zu bringen. Doch trotz all dieser positiven Eigenschaften fehlte es Nicolas an Charme – deutlicher gesagt: im Grunde seines Wesens war Nicolas langweilig. Als Jaqueline diese ihr unangenehme Wahrheit endlich akzeptiert hatte, begann sie sich nach einer geeigneten Alternative umzusehen. Schließlich entschied sie, ihre Zuneigung auf Marc Beauvais zu verlagern.

Marc besaß ganz offensichtlich alle Voraussetzungen, um eine hübsche junge Frau glücklich zu machen. Er war noch keine dreißig, gut aussehend und gut gekleidet, er war charmant und viril – gelegentlich bis hin zur Erschöpfung. Er lebte von seiner Frau getrennt und war somit ungebunden. So jedenfalls glaubte Jaqueline. Und er verfügte über jede Menge Geld. Trotz alledem gab es ein ernsthaftes Problem, wie sie herausgefunden hatte.

»Marc behauptet, dass er mich vergöttert«, erzählte sie Pierre. »Doch ich weiß einfach nicht, was er von mir erwartet. Klingt das nicht vollkommen absurd?«

»Kein bisschen«, entgegnete Pierre. »Marc ist ein sehr komplizierter Mensch. Er wird schwören, dass er sich Knall auf Fall in dich verliebt hat und nicht einen einzigen Tag ohne dich leben könnte, so viel kann ich dir verraten.«

»Genau das behauptet er auch mir gegenüber«, seufzte Jaqueline. »Doch die Wahrheit ist, dass wir erst ein oder zwei Wochen zusammen sind und ich bereits vollkommen verwirrt bin.«

»Vermutlich glaubt er selbst daran«, bemerkte Pierre wenig hilfreich.

Während er mit Jaqueline sprach, stellte sich Pierre das Vergnügen vor, das ihm das Spiel mit ihren Brüsten bereiten würde. Er spürte eine langsame Regung unter seinem Morgenmantel und wurde dadurch daran erinnert, dass er unter der Seide nichts anhatte. Er schlug die Beine übereinander, um seine aufstrebende Männlichkeit einzusperren und sie zu verbergen. Seine prekäre Situation jedoch würde offensichtlich werden, sobald er aufstand. Sein stolzer Besitz zwischen den Beinen würde den Morgenmantel auf äußerst peinliche Weise vom Körper abstehen lassen.

Was konnte er dagegen unternehmen? Ihm fiel nichts weiter ein, als mit fest übereinander geschlagenen Beinen sitzen zu bleiben und seinen Blick von Jaquelines schweren Brüsten in der Hoffnung abzuwenden, dass seine Männlichkeit schließlich das Interesse verlieren und wieder erschlaffen würde.

»Um ganz ehrlich zu sein, Jaqueline«, sagte er und bemühte sich, ihre üppige Schönheit nicht länger anzustarren. »Marc behauptet immer seiner derzeitigen Geliebten gegenüber, dass er sie anhimmelt – so lange jedenfalls, wie sie sich hinlegt und für ihn die Beine spreizt.«

»O là là«, erwiderte Jaqueline entrüstet. »Man kann auch etwas zu ehrlich sein. Willst du damit sagen, dass unser Verhältnis nichts mehr als ein kurzes Abenteuer ist? Handelt es sich lediglich um einen Monat Flitterwochen, und dann ist alles aus und vorbei? Ich bin zwar nicht unschuldig, doch gefällt es mir gar nicht, was du mir da sagst.«

»So ist nun einmal Marcs Charakter – er ist sein ganzes Leben über sprunghaft gewesen«, erwiderte Pierre. Sein Lächeln sollte sie trösten, verfehlte jedoch sein Ziel. »Wenn du ihn etwas besser kennst und ihr dann immer noch zusammen seid, wirst du anfangen ihn zu verstehen.«

Jaquelines Zweifel an Marc waren sehr düster. Bereits seit mehreren Tagen hatte sie sich gefragt, ob er vielleicht nicht ganz richtig im Kopf war. Es war sein merkwürdiges Verhalten während der Liebe gewesen, das zu diesen Zweifeln geführt hatte. Und nun saß sie hier und fragte seinen Cousin nach dessen Einschätzung von Marcs geistiger Stabilität. Nichts von dem, was Pierre ihr erzählt hatte, hatte sie bisher beruhigen können.

»Entschuldige, wenn ich vielleicht etwas einfältig klinge«, meinte Pierre lächelnd. »Aber ich verstehe immer noch nicht, weshalb du hier bist. Dein Besuch kann doch nicht der Frage gelten, ob Marc dir mehr als ein paar Wochen lang treu sein wird – wie könnte ich wissen, was er tun wird? Nach seinen bisherigen Erfahrungen in Sachen Liebe, und das schließt seine Ehe mit einer der schönsten und attraktivsten Frauen in ganz Paris mit ein, muss die Antwort negativ ausfallen.«

Da sich Jaquelines Gesicht in Falten legte, fuhr er hastig fort. »Andererseits ist es gut möglich, dass er in dir seine wahre Liebe gefunden hat, nach der er immer gesucht hat.

Vielleicht wird er dich bewundern und für den Rest des Lebens auf Händen tragen und nie wieder im Bett einer anderen Frau schlafen.«

»Aber das glaubst du doch nicht«, entgegnete Jaqueline. »Und ich auch nicht.«

»Warum bist du dann hier?«

»Ich muss mit dir so ehrlich sein, wie du es mit mir gewesen bist«, erwiderte sie. »Doch du musst mir versprechen, dass du nichts von dem, was ich dir sage, jemals einem anderen Menschen erzählen wirst, ganz gleich ob Mann oder Frau.«

Vor Aufregung klatschte sie in die Hände, wobei die Krokodillederhandtasche von ihrem Schoß auf den Boden fiel. Sie sprang auf, und ein goldgefasster Lippenstift mit der dazu passenden Puderdose fielen heraus. Sicherlich Geschenke eines Liebhabers, dachte Pierre. Vielleicht hatte Marc sie ihr geschenkt, oder aber sie hatte sie von dem zwielichtigen Nicolas Joslin bekommen. Jeder Mann, der der Liebhaber einer Frau wie Jaqueline werden wollte, musste bereit sein, regelmäßig sehr teure Geschenke zu machen.

Angesichts des Missgeschicks gab Jaqueline einen unwilligen Laut von sich, kümmerte sich jedoch nicht weiter darum. Die in Gold gefassten Schminkutensilien blieben auf dem Teppich liegen. Falls sie erwartete, Pierre würde auf die Knie fallen und sie für sie aufheben, musste er sie enttäuschen. Er traute sich nicht, sich vom Stuhl zu bewegen. Mit einer langsamen, geschmeidigen Bewegung änderte sie ihre Sitzposition und stellte ihre Beine nebeneinander. Trotz seines unpassenden Zustandes war es Pierre unmöglich, seinen Blick weiterhin ausschließlich auf ihr Gesicht zu beschränken.

Ihre wunderschön gerundeten Brüste zeichneten sich deutlich unter dem Sommerkleid ab und luden dazu ein, gestreichelt und gehalten zu werden. Er stellte sich vor, wie Marc mit diesen beiden ausladenden Schönheiten in der Abgeschlossenheit seines Schlafzimmers nachts spielte. Und sicherlich nicht nur dann. Bestimmt rollte Marc Jaqueline unmittelbar nach dem Aufwachen am Morgen sofort auf ihren Rücken. Schließlich musste er nicht aufstehen, sich anziehen und jeden Tag ins Büro gehen.

Vermutlich brachte er Jaqueline dazu, ihr Frühstück ohne Nachthemd und in geöffnetem Morgenmantel einzunehmen, sodass ihre Brüste die ganze Zeit zu sehen waren, während sie ihren *Café au lait* und die Croissants zu sich nahmen. Ohne Zweifel war Marc auch bei ihrer Toilette zugegen und seifte und wusch diese bombastischen Superlative ein. Er würde ihr aus der Wanne helfen und sie mit dem allerweichsten Handtuch behutsam trocken tupfen. Er würde sich hinter sie vor den Badezimmerspiegel stellen, und sie beide würden seine drängenden Hände auf ihren nackten Schönheiten beobachten.

Warum nur interessieren mich Jaquelines Brüste so sehr, fragte sich Pierre. Um wirklich chic zu sein, sind sie viel zu groß. Meine liebste Sylvie besitzt ein perfektes Paar Brüste, sie passen genau in meine Hände. Ganz anders als die von Jaqueline: Ein Mann würde beide Hände benötigen, um nacheinander mit jeder ihrer Brüste zu spielen. Andererseits wäre das sicherlich sehr aufregend, und ich würde es nur zu gern einmal probieren. Denke ich doch schon wieder daran, ich bin vollkommen verhext von ihnen. Warum denke ich nicht an das Vergnügen, die Innenseiten ihrer Schenkel zu streicheln? Und das noch größere Vergnügen, ihre *joujou* zu erkunden. Sicherlich sind ihre Locken dort genauso hellblond wie ihr Kopfhaar.

Diese glühenden Fantasien waren Pierres prekärem Zustand nicht gerade zuträglich, sondern im Gegenteil verschlimmerten ihn noch. Sein pulsierender Kamerad sprang zwischen seinen übereinander geschlagenen Schenkeln hervor. Er wollte ganz lässig erscheinen und ließ seine Hände in den Schoß fallen, um das rebellische Monster daran zu hindern, seinen Morgenmantel nach oben zu spannen und seinen Kopf der Öffentlichkeit zu zeigen. Jaqueline war diese Tatsache nicht entgangen. Sie versuchte, Pierres Notlage zu ignorieren, doch sie lächelte.

»Gibst du mir darauf dein Ehrenwort?«, wiederholte sie.

»Du hast mein Wort. Ich schwöre, niemandem etwas von dem zu erzählen, was du mir jetzt sagen wirst.«

Noch während er sprach, fragte er sich, ob er sein Versprechen würde halten können. Das wiederum hing davon ab, wie brisant die Geheimnisse sein würden, die sie ihm gleich offenbaren würde.

Er wusste nicht warum, doch Jaquelines Stimmung hatte sich verändert. Die Anspannung war gewichen, sie lehnte ihren Kopf gegen die Sessellehne und betrachtete ihn durch halbgeschlossene Augen. Durch ihre ausgestreckte Haltung hatte sich ihr Kleid über die Knie geschoben. Pierre seufzte leise und stellte sich die Wonne vor, ihr Kleid so weit hochzuschieben, um einen Blick auf den Strumpfansatz und den spitzenverzierten Strumpfhalter zu werfen. Und dann noch ein wenig höher, um ihm das nackte Fleisch ihres Schenkels zu zeigen. Ach, wenn doch nur …

»Du hast mein Wort«, wiederholte er.

In Jaquelines Vorstellung barg die Tatsache, dass sie Pierres Appartement aufgesucht hatte, gewisse Möglichkeiten. Sie hatte sehr viel über ihn von Marc gehört – sie hatte ihn getroffen und wusste, dass er gut aussehend und präsentabel war. Er besaß nicht dieselbe finanzielle Unabhängigkeit wie Marc, doch arbeitete er in einem Berufszweig, in dem clevere Männer es zu Reichtum brachten. Es war demnach vollkommen vernünftig, die Möglichkeit zu erwägen, den einen Cousin gegen den anderen zu tauschen. Pierre an Stelle von Marc.

Nicht, dass sie endgültig mit Nicolas Joslin gebrochen hätte, das jedoch war etwas, wovon Marc nichts wusste. Als Nicolas sie aus der Wohnung geworfen hatte, hatte sie einige ihrer Kleidungsstücke mitgenommen, den Großteil jedoch zurückgelassen. Seitdem hatte sie einmal mit ihm am Telefon gesprochen und vorgegeben, einen Termin abzusprechen, wann sie den Rest ihrer Habseligkeiten abholen könne – aber eigentlich um zu sehen, welche Art von Empfang ihr Nicolas bereiten würde. Er hatte wütend geklungen, aber das stand zu erwarten. Unter seiner Wut jedoch hatte Jaqueline die Sehnsucht herauszuhören geglaubt, dass sie zu ihm zurückkehren würde.

Es war alles eine Frage, was ihr am besten zusagen würde. Entweder blieb sie bei Marc, oder sie kehrte zu Nicolas zurück, oder aber sie verlagerte ihre Liebe ein weiteres Mal, diesmal auf Pierre. Bis jetzt war sie von Pierres Benehmen durchaus beeindruckt, selbst seine lächerliche Erregung unter dem Morgenmantel legte sie als für sie schmeichelhaft aus.

»Du darfst mich nicht auslachen«, meinte Jaqueline mit geröteten Wangen. »Als Marc mich das erste Mal geliebt hat, hat er mir befohlen, auf Händen und Knien zu bleiben. Das war wirklich sehr eigenartig. Leidenschaftlich vielleicht, aber nicht romantisch und schon gar nicht zärtlich.«

»Wo war das?«, erkundigte sich Pierre, während er die Regungen seines ungeduldigen Schaftes zu kontrollieren versuchte. Die Vorstellung der nackten Jaqueline auf Händen und Knien, mit schwingenden schweren Brüsten, war fast mehr, als er ertragen konnte.

»Eines Tages hat er mich nachmittags angerufen und mich gebeten, in sein Appartement zu kommen«, sagte sie. »Als ich dort ankam, öffnete er die Tür in schwarzen seidenen Pyjamahosen und einem Morgenmantel. Ganz ähnlich dem, wie du es vor zehn Minuten getan hast. Nur, dass du keine Pyjamahosen anhattest.«

»Ich hatte dich nicht erwartet«, ermahnte sie Pierre freundlich.

Eine Handbewegung Jaquelines brachte ihn zum Schweigen. Sie wollte jetzt nicht mehr unterbrochen werden, wo sie den Mut aufgebracht hatte und ihre Geschichte ohne Ausschmückungen und ohne die lächerlichen Vorfälle zu beschwichtigen, erzählen wollte.

»Er drängte mich in sein Schlafzimmer, riss mir die Kleidung vom Leib und befahl mir, mich mit Händen und Knien auf das Bett zu stellen. Als ich ihn nach dem Grund fragte, hat er die nächsten fünf Minuten lang nur Unsinn geredet.«

»Welche Art von Unsinn?«

»Er meinte, der Liebesakt sei banal. Alle würden es so oft tun, dass es so gewöhnlich geworden sei und keinerlei Bedeutung mehr besitze. Er sagte, es seien lediglich zwei Minuten eines *fric-à-fric*, und danach streift man sich die Kleidung wieder über und verabschiedet sich voneinander.«

»Das sind wahrlich sehr merkwürdige Äußerungen, wenn man mit einer wunderschönen Frau zusammen im Schlafzimmer ist«, stimmte ihr Pierre zu und versuchte angesichts von Marcs absurdem Verhalten nicht in Gelächter auszubrechen. »Hast du getan, was er wollte?«

Jaqueline nickte errötend.

»Ich verstehe. Und danach, als ihr beide euch in einer etwas bequemeren Haltung ausgestreckt hattet, hat Marc seine Theorien etwas weiter ausgeführt?«

»Er hat die Dinge gesagt, die Männer bei diesen Gelegenheiten immer sagen. Er sagte, er würde mich vergöttern. Außerdem meinte er, er habe sich in mich verliebt.«

»Das sagt er immer«, erwiderte Pierre. »Und er meint es wohl auch – zumindest in diesem Augenblick. Es scheint jedoch niemals sehr lange anzuhalten.«

»Das glaube ich nur zu gern«, erwiderte Jaqueline. »Wenn sein Benehmen mir gegenüber irgendwelche Rückschlüsse darüber zulässt, wie er Frauen ganz allgemein behandelt, würde es mich wundern, wenn irgendeine seiner Affären länger als eine Woche gedauert hätte.«

»Wie ich es verstehe, hat er sich im Schlafzimmer weiterhin sehr merkwürdig benommen. Darf ich fragen, Jaqueline, und bitte nimm mir meine Neugier nicht übel, befiehlt er dir jedes Mal, auf die Hände und Knie zu gehen?«

Er fragte sich, weswegen sie ihm von Marcs groteskem Benehmen im Schlafzimmer erzählte. Der Vorwand, seinen Rat zu suchen, war ganz offensichtlich Unsinn. Weswegen also war sie gekommen? Was wollte sie von ihm?

»Manchmal scheint er eigentlich ganz normal.« Sie errötete erneut. »Es sind diese verrückten Dinge, die er sagt. Selbst zu den unpassendsten Gelegenheiten besteht er darauf, mir zu erzählen, dass es in seinem Leben keinen Platz für Lügen oder Täuschungen gibt. Er sagt, er wolle all seine Gedanken und Gefühle unverhüllt und freigelegt haben.«

»Armer Marc«, erwiderte Pierre kopfschüttelnd. »Er scheint völlig verrückt geworden zu sein, doch vielleicht ist es auch einfach nur eine Pose. Er war schon immer ein Freund von extravagantem und ausgefallenem Verhalten. Als wir gemeinsam studierten, hat er einmal vier Mädchen aus einem Freudenhaus im Quartier Latin dafür bezahlt, dass sie ihn in einer Sänfte auf den Quatz-Kunstball getragen haben. Er war äußerst elegant gekleidet mit Smoking und mit Hut – sie aber waren nackt.«

»Von Studenten erwartet man alberne Eskapaden«, entgegnete Jaqueline. »Doch Marc ist jetzt beinahe dreißig Jahre alt und benimmt sich immer noch wie ein Idiot. Gestern beispielsweise wollten wir Freunde von ihm zum Abendessen im Maxim's treffen. Als wir endlich angezogen und zum Gehen bereit waren, waren wir bereits verspätet, weil Marc sich stundenlang mit mir im Bad beschäftigt hat. Schließlich waren wir also zum Gehen bereit. Ich trug mein neues schwarzes Satinabendkleid mit den diamantenen Clips, die mir Marc geschenkt hat ...«

»Oh ja,« murmelte Pierre und lächelte. Schönheiten wie

Jaqueline musste man häufig teuer beschenken, um sie bei Laune zu halten.

»Wir waren an der Tür«, fuhr sie fort. »Als Marc mich wieder zurück ins Wohnzimmer zerrte. Ich sagte ihm, dass wir bereits spät dran seien, doch er wollte nicht hören. Er umklammerte meine Hüften und hob mich vom Boden. Noch bevor ich wusste, was er tun wollte, lag ich mit dem Gesicht nach unten über der Sofalehne.«

»Marc war schon immer ein besonders leidenschaftlicher Liebhaber«, meinte Pierre.

»Das ist etwas, was ich an einem Mann wirklich bewundere«, pflichtete sie ihm bei. »Doch gibt es dafür die richtige Zeit und den richtigen Ort. Um es kurz zu machen, er hielt mich mit einer Hand nach unten, während er mit der anderen mein Kleid über den Hintern schob.«

»Zut alors«, murmelte Pierre und versuchte, sich nichts anmerken zu lassen. »Und das so kurz nach der Episode im Bad!«

Jaqueline starrte ihn an.

»Dich mag das amüsieren«, sagte sie, »mich jedoch nicht. Er hat mein Höschen heruntergerissen und sich zwischen meine Beine gestellt. Dann hat er seine Hosen geöffnet und ist in mich eingedrungen, obwohl ich es nicht wollte. Das muss ich wohl kaum noch weiter ausführen, den Rest kannst du dir denken.«

Jetzt war es Pierre, dessen Gesicht glühte. Und zwar nicht aus Verlegenheit, vielmehr waren es seine ihn überwältigenden Gefühle angesichts der Vorstellung, wie Marc Jaqueline kopfüber über der Sofalehne in Besitz nahm. Das Bild stand ganz klar vor seinen Augen: Marc in einem eleganten Anzug zwischen Jaquelines nackten Schenkeln, wie er immer wieder in ihre *belle chose* stieß. Dann das plötzliche Heben und tiefe Versenken, als er seiner Leidenschaft in ihr freien Lauf ließ …

In seiner Aufregung hob Pierre angesichts der Heldentat

seines Cousins spontan bewundernd die Hände. Sein steifer Schaft richtete sich auf und entkam dem zügelnden Zugriff seiner übergeschlagenen Beine. Er richtete sich zu seiner vollen Länge auf, der Druck war zu stark, als dass der Morgenmantel ihn hätte zurückhalten können. Die mit Blumen bedruckte Seide fiel wie ein Theatervorhang zu Beginn des ersten Aktes zu beiden Seiten hin auf. Jaqueline starrte die fünfzehn Zentimeter steifen Fleisches an, die sich ihr boten.

»In mancherlei Hinsicht ähnelst du deinem Cousin sehr«, bemerkte sie. »Das wusste ich bereits in dem Augenblick, als ich sah, dass du außer dem Morgenmantel nichts anhattest. Ich hätte gleich umdrehen und wieder weggehen sollen, statt einzutreten und mich beleidigen zu lassen. Wie Marc bist du rücksichtslos und fordernd, und die Wünsche der anderen sind dir gleichgültig.«

»Seit dem Tag, an dem ich dich zum ersten Mal gesehen habe, fühle ich mich unglaublich zu dir hingezogen«, murmelte Pierre, immer noch errötend.

Jetzt, wo alles, wie unabsichtlich auch immer, bloßgelegt war, war er nicht länger der Sklave seines Stuhls. Er warf sich vor Jaqueline auf die Knie und presste seine Lippen auf die ihren, um sie leidenschaftlich zu küssen, während er ihre üppigen Brüste durch das dünne Chiffonkleid hindurch liebkoste.

So weit, so gut, dachte Jaqueline. *Immerhin philosophiert dieser hier nicht. Wir werden einmal sehen, ob er die Sache auch weiterhin mit mehr Charme als sein verrückter Cousin angeht.*

Pierre tastete sich unter ihrem Kleid hoch und ließ seine Hände zwischen ihren Strümpfen die Beine bis zu dem Punkt hinaufgleiten, wo sie aufeinander trafen.

»Ist dir je in den Sinn gekommen, dass du das Vertrauen deines Cousins missbrauchst?«, fragte sie ihn, um seine Reaktion zu prüfen.

»Nicht besonders ernsthaft«, erwiderte er.

»Aber angeblich seid ihr doch sehr eng befreundet.«

»Meine liebe Jaqueline, was hat Freundschaft mit der Liebe und dem Verlangen zwischen Mann und Frau zu tun?«

Er ließ seine Hand unter ihrem Kleid bis zu ihrem Höschen gleiten, dann berührte er unter der dünnen geschmeidigen Seide die warme weiche Haut ihres Bauches. Er tastete sich zwischen ihre gespreizten Schenkel, um ihre *joujou* zu berühren, und stieß einen unterdrückten Schrei des Erstaunens aus, denn ihre vollen Lippen waren weich und unbehaart.

»Du rasierst deine Locken?«, erkundigte er sich. »Wie ausgesprochen chic.«

»Marc hat mich dazu veranlasst«, erläuterte sie.

»Aber warum?« Pierres Augenbrauen schossen überrascht in die Höhe.

»Er meinte, meine Locken hätten nicht dasselbe Hellblond wie das meines Kopfhaares, was ihn wiederum enttäuschte. Also habe ich mich rasiert, um ihm zu gefallen.«

»Nur Marc kann so etwas denken«, erwiderte Pierre, während er einen Finger zwischen ihre haarlosen Lippen presste. Jaqueline drängte sich ihm entgegen, als er ihre feuchte Knospe zärtlich mit der Fingerspitze rieb.

»Marc musste immer schon andere Leute kontrollieren«, sagte Pierre. »Seine erste Verlobte war ein wunderschönes dunkelhaariges Mädchen namens Odette Lassalle. Sie war erst siebzehn Jahre alt und bis über beide Ohren in ihn verliebt. Marc gestattete ihr nicht, ihr Höschen zu tragen, wenn sie gemeinsam ausgingen. Ganz gleich, ob er sie in die Oper, ins Kino, zum Ballett oder ins Kabarett ausführte, es war immer dasselbe, Odette trug keine Unterwäsche. Schließlich wurde ihr klar, dass er nach der Hochzeit versuchen würde, ihr ganzes Leben zu kontrollieren. Daraufhin hat sie die Verlobung gelöst.«

Jaqueline schien ihm nicht zuzuhören, sie zitterte und klammerte sich fest an Pierre.

»Ich werde gleich kommen, wenn du mich weiterhin auf diese Art und Weise berührst«, meinte sie mit bebender Stimme. »Ist es das, was du möchtest: Kontrolle? Bist du genau wie Marc?«

»Nein, ich halte es für viel wahrscheinlicher, dass du mich zu kontrollieren versuchst«, erwiderte er und grinste breit.

Er stand auf, streckte seine Hand aus und zog sie auf die Füße. Während er sie ins Schlafzimmer führte, schaute sein steifes Rohr aus seinem Morgenmantel heraus und hob und senkte sich wie der Bug eines Schiffes. Sowie sie im Schlafzimmer waren, hatte er sie binnen Sekunden aus dem Kleid geschält.

Ihr Büstenhalter war aus elfenbeinfarbener Seide und wurde eilig von Pierres begeisterten Händen ausgezogen, um ihre berühmten Brüste zu offenbaren: groß und rund und üppig. Er legte unter jede von ihnen eine offene Handfläche und wog ihre beruhigende Festigkeit. Jaqueline blickte nach unten, während er sie streichelte. Pierre mochte ein guter Ersatz für Marc sein, immer vorausgesetzt, dass er nirgendwo sonst fest gebunden war.

Pierre sank auf die Knie und streifte ihr Höschen ab. Es war rosa, dieses winzig kleine Höschen, und aus einer so feinen Seide, dass es praktisch durchsichtig war. Jetzt konnten seine Augen bestätigen, was seine eilfertigen Finger ihm bereits im Wohnzimmer verraten hatten, dass nämlich Jaqueline zwischen ihren langen Schenkeln rasiert war. In einem Nebel erotischen Vergnügens vollkommen aufgelöst, beugte er sich vor und küsste ihre Lippen. Sie waren fest und warm. Jaqueline stöhnte, als sie seine feuchte Zungenspitze auf ihrer rasierten *joujou* fühlte.

Während Pierre auf so vergnügliche Weise beschäftigt war, erinnerte sie sich an ihren kleinen Hut mit der roten Feder.

Sie streckte beide Hände nach oben – etwas verstohlen, um ihren knienden Bewunderer nicht zu unterbrechen –, setzte den Hut ab und ließ ihn auf den Boden fallen. Jetzt trug sie nur noch ihre Seidenstrümpfe und die verzierten Strumpfhalter.

Pierre umklammerte ihre vollen Backen, während seine Zunge mit ihrer *joujou* spielte. Sie stöhnte und setzte die Füße auf dem Boden weiter auseinander. Schon bald spürte sie seine Finger zwischen ihren Schenkeln, wie er sie öffnete und den kleinen rosa Knopf entblößte. Seine Zungenspitze schnellte darauf zu und neckte ihn, während Jaquelines Knie zitterten.

»Hör auf«, murmelte sie. »Du bist doch nicht dein Cousin Marc.«

Er verstand, was sie meinte, und stand auf, um sie zum Bett zu führen. Sofort legte sie sich auf den Rücken und spreizte die Beine, Pierre legte sich auf sie und glitt in ihre warme, feuchte *joujou*. Er drang leicht ein und penetrierte sie tief.

»Zusammen, *chérie*«, sagte er. »Wir beide zusammen, ich möchte, dass du weißt, dass ich mit dir nicht nur zu meinem eigenen Vergnügen herumspiele.« Pierre drückte ihre schweren Brüste mit beiden Händen, während er immer wieder in sie eindrang.

»Ja, ja, zusammen«, keuchte sie.

»Unser erstes Mal, *chérie*«, stöhnte er, während er sie hart und schnell stieß. Gemeinsam mit ihm brachte er sie zum Höhepunkt. Sie hatte die Augen geschlossen, ihre Hüften bäumten sich auf, ihr Rücken war durchgedrückt, während die Wellen der Lust sie überschwemmten. Pierre hielt sie fest umklammert und stöhnte, als er ein letztes Mal zustieß und seine glühende Leidenschaft sich in ihr ergoss.

Als sie beide wieder zu einer vernünftigen Unterhaltung fähig waren, lagen sie Seite an Seite, berührten einander zärtlich und tauschten kleine Küsse aus. Jaqueline war mit dem Liebesspiel zufrieden, denn Pierre hatte sich selbst während der Augenblicke des Höhepunkts durchweg liebenswert verhalten. Es war ihr ein Vergnügen gewesen, sich von ihm in Besitz nehmen zu lassen. Jetzt jedoch stellte sich die Frage, wie sie die Sinnlichkeit zwischen ihnen in etwas Bedeutungsvolleres verwandeln konnte – und schließlich dahin lenken konnte, dass er sie bat, Marc zu verlassen und bei ihm einzuziehen. Das würde Zeit, Geschick und Verstand erfordern.

Pierre streichelte ihre Brüste zärtlich und betrachtete sie fasziniert. Jaqueline erwartete es nicht anders. Sie war noch niemals einem Mann begegnet, der ihnen hatte widerstehen können. Trotz der angeblich modernen Vorliebe für schlanke Frauen ohne Brüste, Bauch oder Hintern gelang es Jaquelines üppigem Paar ohne Ausnahme, die männlichen Blicke – und Hände – auf sich zu ziehen. Und dort, wo Augen und Hände die Richtung angaben, folgten die Herzen schon bald. Ihre Brüste waren ein nicht aufzuwiegender Vorzug. Sie liebte sie, verwöhnte und pflegte sie hingebungsvoll.

Täglich zweimal entblößte sie im Badezimmer den Oberkörper und tröpfelte kaltes Wasser über ihre großen runden Schönheiten, um deren Festigkeit und Straffheit zu bewahren. Sie kaufte die teuersten Cremes und Lotionen, um sich damit einzureiben. Es waren Produkte, von denen Kosmetiker behaupteten, sie würden das prächtige Aussehen bewahren und jeden Ansatz der Erschlaffung verhindern. Was die Unterwäsche betraf, so konnten nur die elegantesten Büstenhalter Jaquelines fleischige Schätze formen und unterstützen.

»Himmelst du mich an, Pierre?«, fragte sie ihn. »Himmelst du mich von ganzem Herzen an? Oder war es lediglich ein augenblickliches Verlangen für meinen Körper?«

»Aber natürlich himmle ich dich an, Jaqueline«, murmelte er, drehte sich zu ihr und berührte mit den Lippen die dunkelrosa Knospe einer ihrer Brüste.

»Du kannst ruhig ehrlich mit mir sein«, sagte sie. »Ich

weiß, dass ich sehr begehrenswert bin. Die meisten Männer möchten gerne mit mir schlafen.«

»Sie müssten auch verrückt sein, es nicht zu wollen«, murmelte Pierre.

»Dann muss Marc also verrückt sein«, entgegnete sie. »Er fühlt sich sehr von mir angezogen, aber er möchte mit mir nicht so schlafen, wie du es tust. Er möchte meinen Körper brutal beherrschen und ihn für seine perversen Gelüste benutzen.«

»Bestimmt nicht«, entgegnete Pierre, dessen Gedanken abgeschweift waren.

»Wenn du nur wüsstest«, meinte Jaqueline. »Erst heute Morgen … nein, ich will nicht darüber reden.«

Jetzt hatte sie Pierres Aufmerksamkeit geweckt. Er lag halb auf Jaqueline, ein Bein zwischen ihren Schenkeln, und seine Lippen berührten ihre großartigen Brüste.

»Du musst es mir erzählen, *chérie*«, meinte er verständnisvoll und unterbrach seine angenehme Tätigkeit für einen Augenblick. »Ein Geständnis lässt die unglücklichen Erinnerungen aus dem Gedächtnis verschwinden.«

»Glaubst du das wirklich? Ich vertraue dir, Pierre. Ich vertraue dir mehr, als ich jemals irgendjemandem vertraut habe. Ich werde es dir erzählen, aber du musst mir versprechen, nicht zu lachen.«

»Aber natürlich nicht«, versicherte er ihr.

Dann erzählte sie ihm, was an jenem Morgen geschehen war, als Marc und sie hatten aufstehen wollen. Sie hatte sich auf die Bettkante gesetzt, ihre bloßen Füße flach auf dem Boden, und die Arme erhoben, um sich zu strecken. Marc grinste, ging durch das Zimmer und stellte sich dann vor sie. Er ließ seine Hände in ihr Nachthemd gleiten und umfasste ihre Brüste. Das Nachthemd war aus schwarzem Satin und Seide und extra dafür ausgesucht, um die weiche blasse Haut ihrer Brüste und Schenkel zu betonen, die sich darunter in aufregender Weise zeigte.

»Schon wieder, Marc, *chérie*?«, murmelte sie.

Es war keine halbe Stunde her, seit er sie das letzte Mal geliebt hatte, kurz nachdem sie aufgewacht waren. Sie war noch im Halbschlaf gewesen, als er sie auf die Seite gerollt und ihr Nachthemd bis zur Taille hochgeschoben hatte. Dann hatte er sich umgedreht und sein Gesicht erst gegen ihren Bauch gedrückt, dann zwischen ihre Beine. Seine Zunge hatte die weichen, rasierten Lippen berührt. Sein langer, steifer Schaft hatte sich gegen ihren Mund gepresst, sich dort Zugang erzwungen und gegen ihre Zunge gedrängt.

Sie war überrascht, vielleicht sogar ein wenig schockiert, als sie realisierte, dass dies die klassische Position 69 war.

So ungewöhnlich es für eine Frau ihres Schlages auch sein mochte, war dies doch das erste Mal, dass sie diese Art Liebesposition praktizierte.

Jetzt, eine halbe Stunde später, streichelte Marc erneut ihre Brüste, während sein steifer Phallus auf ihren Bauch zeigte. »Oh, Marc«, seufzte sie, während seine Fingerspitzen die festen Knospen ihrer Brüste streichelten. Wieder lächelte er sie an, zog das Nachthemd ganz über ihren Kopf und warf es achtlos auf den Boden. Er beugte sich zu ihr herunter, und seine Zunge glitt feucht ihren Bauch herunter, dann wieder hinauf, um ihre Brüste zu küssen.

Sie hätte sich gerne auf den Rücken gleiten lassen und die Beine gespreizt, damit er in sie eindringen konnte, doch hielt er eine Hand in ihrem Nacken, um sie weiterhin in einer sitzenden Position zu behalten. Sie berührte seine steife Männlichkeit, die aufrecht zwischen seinen muskulösen Schenkeln emporragte. Dann ließ sie die Hände daran fest auf- und abgleiten. Marc kam noch näher. Jetzt stand er über sie gebeugt zwischen ihren gespreizten Knien. Der steife Schaft in ihrer Hand zuckte heftig. Sie war verwundert darüber, wie erregt er bereits war. Eine merkwürdige Vorstellung in seinem Kopf musste dafür verantwortlich sein.

»Es darf keinen Betrug zwischen uns geben, Jaqueline«, sagte Marc. »Du und ich, wir haben die Liebe zu ihren wesentlichen Bestandteilen zurückgeführt – ein Mann und eine Frau, die sich mit ihren Bäuchen aneinander reiben. Darüber sind wir jetzt hinaus …«

Er ließ sein ungestümes Rohr zwischen ihre Brüste gleiten und presste diese dann mit den Händen zusammen. Er stöhnte heftig und stieß zehn Mal zu, dann fühlte sie seine Leidenschaft gegen ihre Kehle fast bis zum Kinn spritzen.

»Oh, mein Gott«, sagte Pierre, nachdem Jaqueline die morgendlichen Vorgänge im Schlafzimmer rekapituliert hatte. »Der arme Marc befindet sich offensichtlich in einer emotionalen Krise.«

»Das ist mir gleichgültig«, erwiderte Jaqueline. »Für mich bedeutet es, dass ich für ihn ein Objekt bin, das er missbrauchen kann. Ich fühle mich erniedrigt, und ich weiß nicht warum.«

»Mein armer Liebling«, meinte Pierre und nahm sie in die Arme.

Es störte ihn, dass Marc sie dadurch verärgert hatte, dass er ihre bemerkenswerten Brüste auf diese Art benutzt hatte. Bevor sie ihm diese Geschichte erzählt hatte, hatte sich Pierre selbst Ähnliches vorgestellt. Die Vorstellung, seinen ganzen Stolz zwischen Jaquelines beeindruckendes Paar Brüste zu versenken und sich dort mit ihr zu lieben, hatten ihn in steife Erwartung versetzt. Jetzt jedoch musste er sich dieses Vergnügen versagen.

Nun gut, sagte er sich und zuckte mit den Schultern. Dann umarmte er Jaqueline und streichelte ihren nackten Hintern. Dieses Vergnügen muss ich mir für ein späteres Mal aufheben. Jetzt jedoch wird sie sich für mich wieder auf den Rücken legen, und das muss mir so lange reichen, bis sich ihre Laune gebessert hat und wir andere Dinge vornehmen können.

8
Reiche Männer sind charmant

Das zufällige Treffen zwischen Nicolas Joslin und der überheblichen Madame Dumont in Sylvies Wohnung hatte in ihm den innigen Wunsch ausgelöst, sie so bald wie möglich mit gespreizten Beinen auf den Rücken zu legen. Es dauerte ein paar Tage, bevor dieses Verlangen Wirklichkeit wurde. Er rief sie an, doch sie war zu beschäftigt, um sich mit ihm zu treffen, wie sie sagte. Er rief erneut an, und ihre Bedienstete informierte ihn, Madame sei außer Haus. Er rief noch einmal an, und dieses Mal lehnte sie nicht sofort ab – sie bat ihn, am nächsten Tag zurückzurufen. Das tat er auch, und sie war bereit, sich mit ihm zum Mittagessen noch am selben Tag, in nur zwei Stunden, im Grand Vefour in der Rue Beaujolais zu treffen.

Nicolas konnte es nicht wissen, doch als das Taxi ihn vor dem Restaurant absetzte, befand er sich nur wenige Gehminuten von Marc Beauvais' Appartement entfernt. Er wusste noch immer nicht, wo Marc lebte, war aber weiter auf der Suche. Unter Marcs Freunden hatte es sich herumgesprochen, ein gewisser wutentbrannter Mann sei hinter ihm her, und eine Mauer des Schweigens hatte sich zu seinem Schutz um ihn gelegt. Doch Nicolas hatte noch nicht aufgegeben.

Er war sich sicher, dass Marcs Schwester seine Adresse kannte. Sie hatte zwar behauptet, sie wisse nicht, wo er lebe, doch mochte sie nicht die Wahrheit gesagt haben. Nicolas wollte sie erneut fragen, vielleicht nicht beim Mittagessen, aber später, wenn sie befriedigt und entspannt in seinem Bett lag. Und wenn er herausbekommen würde, wo Marc zu finden war, was dann? Was wollte er dann tun?

Seine Wut war nicht mehr so groß wie an dem Tag, an dem er Jaqueline aus der Wohnung geworfen hatte, doch war sie noch längst nicht versiegt. Er wollte Marc Beauvais die Meinung sagen, und das, was er zu sagen hatte, würde alles andere als schmeichelhaft sein. Vielleicht würde er Marc auch ins Gesicht schlagen.

Noch etwas anderes nagte an Nicolas. Wenn er Marcs Adresse herausgefunden hatte und ihn herausforderte, war es sehr gut möglich, dass Jaqueline sich dort aufhielt. Wenn sie nun schreiend zur Tür rannte, nachdem er Marc niedergestreckt hatte? Wenn sie nur halbangezogen in Höschen und Büstenhalter war, ihre Brüste fast bloßgelegt, diese wunderbar geformten Brüste, die Nicolas bei jedem Anblick steif werden ließen …

Er knirschte mit den Zähnen bei dem Gedanken daran, dass Jaquelines Aufzug an jenem Tag von den Vorlieben ihres neuen Liebhabers bestimmt sein würde. War Marc Beauvais ein Mann, der sie jeden Tag nach dem Mittagessen ins Schlafzimmer nahm und mit ihr spielte? War er ein Apéritif-Liebhaber, der sich gerne kurz nach fünf Uhr nachmittags als eine Art Vorspiel zum Abendessen aufs Bett legte? Das eigentliche Problem aber war, dass Nicolas sich nicht wirklich entscheiden konnte, ob er Jaqueline wieder sehen wollte oder nicht.

Wie auch immer Jaquelines Aufzug sein mochte, Claudine sah bei ihrem Treffen mit Nicolas sehr kühl und elegant aus. Sie trug eine weiße Jacke und einen weißen Faltenrock mit einer rotgelb gestreiften Seidenbluse, die ihre kleinen, aber perfekt aufgerichteten Brüste betonte. Nicolas küsste ihr die Hand und bemühte sich, charmant zu wirken. Er war nicht von Natur aus charmant, doch wusste er, wann sich die Mühe lohnte.

Sie nahmen ein ausgezeichnetes Essen zu sich und tranken ausgezeichneten Wein, wobei Claudine den Großteil der Unterhaltung gestaltete. In ihrer herablassenden Art ergründete sie Nicolas' Umfeld, seinen Einfluss und seine Eignung zum dauerhaften Liebhaber. Er hatte Geld, so viel war offensichtlich, und das sprach für ihn. Doch war das nicht ihre einzige Erwägung. Viele reiche Männer betrachteten es als gottgegebenes Recht, sich so unmöglich, wie es ihnen beliebte, zu benehmen und ihre Frauen wie bezahlte Besitztümer zu betrachten. Doch der Mann war noch nicht geboren, der sich auf diese Art und Weise gegenüber Claudine Dumont benehmen durfte, das jedenfalls hatte sie sich in den Kopf gesetzt.

Gegen drei Uhr nahm Nicolas sie mit zu seinem Appartement in der Nähe des Bois de Boulogne. Im Taxi verhielt er sich zurückhaltend, versuchte weder sie zu küssen noch seine Hand unter ihren Rock zu schieben, was sie ihm hoch anrechnete. Seine Adresse und sein Appartement beeindruckten sie, doch wäre sie lieber gestorben, als ihn das wissen zu lassen. Dies waren der Bezirk und die Art von Stil, in der sie selbst eigentlich hätte leben sollen, wenn nur Papa nicht fast sein gesamtes Geld Marc vererbt hätte.

Während Nicolas eine Flasche teuren Champagners öffnete, ging Claudine ins Badezimmer, um sich zu erfrischen, wie sie es ausdrückte. Das Appartement verfügte über drei Badezimmer. Diese Tatsache sowie die Kristallspiegel und die vergoldeten Armaturen im Badezimmer überzeugten sie davon, dass Nicolas ein sehr geeigneter Kandidat für eine ständige Liebesaffäre sein würde. Vorausgesetzt natürlich, dass er seinen Platz kannte und anerkennen würde, wie glücklich er sich schätzen durfte, mit einer Frau wie Claudine intim befreundet zu sein.

Vor einem bodenlangen Spiegel im Badezimmer holte sie einen Kamm aus ihrer Handtasche und richtete ihr walnussbraunes Haar. Sie legte etwas Lippenstift in einem eleganten

Rotton auf. Selbstverständlich hatte sie ihr Lieblingsparfüm mit dabei und tupfte sich etwas davon auf die Handgelenke und hinter ihre kleinen Ohren. Dann öffnete sie die Bluse und sprühte ein wenig zwischen ihre aufgerichteten Brüste, und um der Sache noch eine Spitze aufzusetzen, hob sie ihren Faltenrock und tupfte etwas Parfüm auf die Innenseite ihrer Schenkel, dort, wo die weiche nackte Haut sich über ihrem Strumpfhalter zeigte.

Diese Schenkel waren wirklich wunderschön, sagte sie sich – Tatsache war, dass sie ihr schönstes Detail waren. Sie musste sich das wohl zum hunderttausendsten Mal gesagt haben. Auf diese Art und Weise ermutigt, tupfte sie noch etwas Parfüm auf, etwas höher diesmal, unter ihrem seidenen Höschen auf die zarte Haut zwischen ihren Beinen, zu beiden Seiten ihrer *belle chose*. Auch diese war ungewöhnlich schön, wie sie von unzähligen Betrachtungen vor dem Spiegel her wusste. Die kleinen Locken hatten dieselbe haselnussbraune Farbe wie ihr Haar, die langen dünnen Lippen waren blass und rosa.

Was für ein Jammer war es doch, dass fast ausschließlich ihr langweiliger Ehemann Armand von ihrer intimen Schönheit zehrte. Es war bereits lange her, seit er die Innenseiten ihrer Schenkel geküsst hatte, so er es denn jemals getan hatte. Nach acht Jahren langweiliger Ehe mit ihm konnte sie sich nicht mehr so recht erinnern. Armand liebte sie ausschließlich nachts und ausschließlich im Bett. Dabei ging er immer in der gleichen Art und Weise vor. Er wandte sich ihr im Dunkeln zu und schob mit der Hand ihr Nachthemd hoch. Dann streichelte er ihre Brüste für zwei Minuten, legte sich auf sie und drang in sie ein.

Während der ersten Jahre ihrer Ehe hatte er das jede Nacht getan. Nach der Geburt ihres zweiten Kindes war er zwar immer noch regelmäßig, jedoch weniger häufig zu ihr gekommen und hatte sie nur noch jede zweite Nacht auf den Rücken gelegt. Sie tröstete sich mit dem Gedanken, dass Armand sehr verlässlich war, wenngleich auch auf die Art und Weise, wie eine Pendeluhr verlässlich die Zeit anzeigte. Nach dem ausgezeichneten Mittagessen, das sie soeben mit Nicolas genossen hatte, glaubte Claudine vielleicht einen Bewunderer gefunden zu haben, der sich daran ergötzen würde, die Innenseiten ihrer wunderschönen Schenkel zu küssen. Sie strich sich den Rock glatt, fuhr sich ein letztes Mal über die Haare und kehrte in das weitläufige Wohnzimmer zurück.

Nicolas ließ sie neben sich auf einem blassblauen Wildledersofa Platz nehmen, das so lang war, dass fünf Leute darauf hätten sitzen können. Während sie an einem Glas ausgezeichneten Champagners nippte, blickte sie sich im Zimmer um. Sie betrachtete die Möbel und die Bilder und befand alles für ein wenig übertrieben. Das Zimmer war eindeutig teuer eingerichtet, jedoch in keinster Weise geschmackvoll. Dieser Nicolas Joslin musste an die Hand genommen und geführt werden.

Nicolas wiederum hatte ihr gegenüber einen ähnlichen Gedanken – doch meinte er es nicht in übertragenem Sinn. Mit einem hoffnungsvollen Lächeln legte er einen Arm um Claudines Schultern, zog sie zu sich heran und küsste erst ihre Wange, dann den Mund. Sie erwiderte seinen Kuss kurz, woraufhin er gleich dazu überging, ihre kleinen runden Apfelbrüste durch die gestreifte Seidenbluse hindurch zu liebkosen.

»Sie nehmen sich eine ganze Menge heraus«, bemerkte sie mit erhobenen Augenbrauen.

Er zuckte mit den Schultern, ließ sie einen Augenblick los, streifte sich die Jacke ab und weitete den Knoten seines Schlipses. Diese beiläufige Gewohnheit missfiel ihr.

»Aber deswegen sind Sie doch hierher gekommen, nicht wahr, um zu lieben?«, bemerkte er kichernd.

Er nahm ihre Hand, küsste sie und presste sie zwischen

seine Beine. Claudine spürte eine längliche feste Ausbeulung unter seiner Hose. Es war ganz, wie sie befürchtet hatte: Er gehörte zu jenen Männern, die jede Frau zu besitzen glaubten, die sich von ihnen berühren ließ. Seine Absicht schien zu sein, ihr das Höschen herunterzureißen und sein steifes Ding ohne Umschweife in sie hineinzustoßen. Abgesehen von der möglichen Erregung, wenn man ihr das Höschen vom Leib riss, würde sich der Rest doch ganz ähnlich wie mit ihrem Mann gestalten. Armand war ein viel zu ordentlicher Mann, als dass er ihr jemals etwas vom Körper gerissen hätte. Wenn er sie streichelte, schob er das Nachthemd immer sehr vorsichtig nach oben.

Das hier, dachte Claudine, reicht mir nicht.

»Ich bin hierher gekommen, weil ich herausfinden wollte, was für ein Mensch Sie sind«, wandte sie sich mit kühlem Tonfall an Nicolas. »Da war so etwas ... *je ne sais quoi* ... man könnte sagen, so etwas wie eine leichte Faszination. Jetzt kommen mir jedoch Zweifel, möglicherweise habe ich mich in Ihnen geirrt.«

»Was in aller Welt wollen Sie damit sagen?«, erkundigte sich Nicolas verwirrt.

Vom ersten Augenblick an hatte ihn ihre überhebliche Art angezogen. In seiner Beschränktheit hatte er dies für eine Pose gehalten, die sie sofort ablegen würde, sobald er seine Hand unter ihren Rock schob. Zu seinem Entsetzen jedoch hielt sie die Knie aneinandergepresst und starrte auf seine Hand auf ihrer Bluse. Immerhin hatte sie ihre Hand nicht von dort weggezogen, wo er sie auf seine Hose gelegt hatte. Doch das Interesse, das sie dabei zeigte, hätte sie ebenso einer Tüte Tomaten vom Gemüseladen entgegenbringen können.

»Finden Sie mich aufregend, Nicolas?«, fragte sie kühl.

»Unglaublich aufregend«, erwiderte er und drückte ihre Hand auf seine Schwellung, um seine Worte zu unterstreichen.

»Ja, das verstehe ich«, erwiderte sie. »Welcher Körperteil von mir erregt Sie am meisten?«

Nicolas schien die Frage zu verwirren.

»Einfach alles«, erwiderte er der Einfachheit halber.

»Das reicht mir aber nicht, *mon ami*. Da müssen Sie schon etwas mehr ins Detail gehen. Sehen Sie mich an, und sagen Sie mir dann, was Sie am meisten erregt: mein Gesicht, meine Brüste, meine Beine, mein Hintern – Sie dürfen mich berühren, falls es nötig sein sollte.«

»Ihr Gesicht besitzt eine aristokratische Arroganz, die mich sehr erregt«, sagte er, denn er sah all seine Hoffnungen zusammenbrechen, wenn er ihren Körper noch vor ihrem Gesicht preisen würde.

»Natürlich«, sagte sie und nahm das Kompliment entgegen.

Er ließ seine Hand unter ihrem Rock ihre Schenkel bis zu dem warmen nackten Fleisch oberhalb ihrer Strümpfe hinaufgleiten. Und dann noch etwas weiter nach oben bis zu dem Punkt, wo ihre Beine sich berührten. Dort stießen seine Finger auf feine, weiche Seide. Ihre Beine hielt sie nicht länger zusammengepresst, doch waren sie auch nicht gespreizt. So war es ihm möglich, den seidigen Stoff zwischen ihren Beinen zu streicheln.

»Oh, ja«, murmelte er, während er ihre *joujou* durch die Seide hindurch streichelte. »Ihre Schenkel sind tatsächlich ausgesprochen erregend.«

Er hatte eigentlich nicht ihre Schenkel gemeint, sondern vielmehr die weiche, warme Krönung, die zwischen ihnen lag. Doch zu diesem Zeitpunkt hielt er es für angemessener, seine Gefühle lediglich indirekt auszudrücken. Sein männlicher Stolz zuckte unter Claudines Hand heftig in seinen Hosen.

»Meine Schenkel, sagen Sie, nicht meine Brüste?«, hakte sie nach.

Sie presste ihre Beine zusammen, um so seine Hand unter

dem Rand ihres Höschens an weiteren Erkundungen zu hindern.

»*Chérie*, Ihre Brüste sind einfach perfekt«, keuchte er.

»Sie sind perfekt geformt«, stimmte sie ihm zu. In ihrer Stimme schwang mehr als nur ein bisschen Arroganz mit. »Es freut mich, dass Ihnen das auffällt.«

»Perfekt«, wiederholte er und bemühte sich, enthusiastisch zu klingen.

Insgeheim war seine Ansicht über Claudines Brüste eine andere. Als er sie mit der Hand berührt hatte, hatte er sich daran erinnert, wie sehr er Jaquelines große schwere Melonen genossen hatte. Im Vergleich dazu waren Claudines kleine Äpfel so uninteressant wie die eines jungen Mädchens. Die Mode wollte es natürlich so, doch sie fand schließlich in der Nähstube und nicht im Schlafzimmer statt – ein Mann, der eine flachbrüstige Frau ohne Hüften oder Hintern vorzog, wäre besser mit einem Jungen bedient. Das jedenfalls war Nicolas' Meinung …

»Ich finde es hochinteressant, dass Sie zuerst meine Schenkel erwähnen«, meinte sie. »Denn ich stimme Ihnen hierin vollkommen zu. Ich fand schon immer, dass meine Schenkel vermutlich der schönste Körperteil von mir sind.«

Sie blickte Nicolas ruhig in die Augen, während sie sich herunterbeugte und ihren Rock über die Knie zog. Schließlich waren die beiden langen schlanken Schenkel zu sehen, auf die sie so stolz war. Ihre Höschen waren aus orchideenrosa Seide und an beiden Beinen mit Stickereien verziert.

»Doch Worte sind leicht gesagt«, fuhr sie fort. »Sie müssen mir beweisen, dass Sie wirklich meinen, was Sie gesagt haben. Knien Sie sich hin, und küssen Sie meine wunderschönen Schenkel.«

Nicolas glitt, ohne einen Augenblick zu zögern, mit seinem plumpen Körper und der beginnenden, vor Erregung erhitzten Stirnglatze und lediglich in Hemdsärmeln von dem blassblauen Sofa. Claudine lächelte verwegen, als er seine Hände auf ihre Knie legte und sie auseinander drückte. Diese Szene hatte sie bereits seit Jahren einmal ausleben wollen und dazu ausgesprochen wenig Gelegenheit gehabt: Dass ein glühender Verehrer vor ihr kniete und sich danach sehnte, die Innenseiten ihrer Schenkel zu küssen.

»Finden Sie sie wirklich sehr aufregend?«, murmelte sie und tippte mahnend auf seine beginnende Glatze.

»Sie sind wunderschön, wunderschön«, brabbelte er, während er seine Lippen auf das warme nackte Fleisch oberhalb ihrer Strumpfhalter presste.

Er küsste und entzückte sie, erst den einen Schenkel, dann den anderen. Damit jedoch nicht genug, er leckte mit seiner feuchten Zunge abwechselnd jeden Schenkel bis oben hin, vom Strumpfhalter bis zu den pastellfarbenen Höschen. Claudine spreizte ihre Schenkel weit auseinander und stöhnte glücklich – ihr Traum wurde wahr: Ein Mann, der sie auf diese Art und Weise befriedigte, durfte im Gegenzug alles mit ihr machen, wonach ihm der Sinn stand.

Natürlich musste er begreifen, dass er kein Recht dazu hatte, ihren wunderschönen Körper zu genießen. Es war ein Privileg, das sie ihm gestatten würde, wann immer es ihr beliebte. Nicolas keuchte schwer, sein Stöhnen brannte auf ihrer zarten Haut. Die Innenseiten ihrer Schenkel waren nunmehr gänzlich abgeküsst, und er verlagerte sein Interesse etwas weiter nach oben, bis er seine Lippen gegen ihre *belle chose* presste, von der ihn lediglich die dünne Seide trennte.

Während er auf so angenehme Art und Weise beschäftigt war, griff er sich in die Hose. Durch die halb geschlossenen Augen sah Claudine sein dickes, hartes Rohr herausspringen und auf sie zeigen. Sie sah, wie er es voll umfasste und sich seine Hände daran auf und ab bewegten. Er keuchte laut. Sie wusste, dass er gleich ihr Höschen herunterreißen und sein behaartes Monster in sie hineinstoßen wollte.

»Nein, nein, nein«, verwies sie ihn. »Sie vergessen sich – ich bin schließlich keine Hausangestellte, die man auf das nächstbeste Sofa werfen kann.«

Nicolas lief dunkelrot an, denn er wusste genau, worauf sie anspielte. Irgendwie hatte sie von seinem Techtelmechtel mit der Bediensteten Bernadette erfahren. Doch wie war das möglich gewesen? Hatte Bernadette es ihr selbst erzählt? Weswegen aber sollte sie das tun?

»Wie meinen Sie das?«, fragte er, um Zeit zu gewinnen.

»Sie wissen nur zu gut, wie ich es meine. An dem Tag, als wir uns in dem Appartement meiner Schwägerin getroffen haben, hatten Sie deren Bedienstete gerade auf dem Sofa genossen. Das ist alles sehr geschmacklos und passt nicht zu einem Mann von Welt. Sicherlich haben Sie hier in diesem riesigen Appartement auch Hausangestellte. Missbrauchen Sie sie ebenfalls?«

»Guter Gott, nein«, rief Nicolas aus. »Ein Ehepaar sieht hier nach dem Rechten. Sie sind über fünfzig Jahre alt. Und eine Frau kommt jeden Tag, um sauber zu machen. Sie ist jünger, doch breit wie ein Ackergaul gebaut. Was in aller Welt nur halten Sie denn von mir?«

»Sie brauchen gar nicht abzustreiten, dass Sie die Angestellte meiner Schwägerin in deren Wohnzimmer genommen haben«, beschuldigte Claudine ihn. »Das wusste ich, als ich nach dem Eintreten ihre verlegenen Gesichter gesehen habe. Sie erröteten, und Sie zitterten. Abgesehen davon waren Ihre Hosen nicht ordentlich zugeknöpft.«

»Ich weiß gar nicht, was ich sagen soll. Hier muss es sich um ein Missverständnis handeln.«

»So, so, ein Missverständnis«, bemerkte sie sarkastisch. »Das erklärt natürlich alles. Doch warum glauben Sie, dass Sie mich wie eine Hausangestellte behandeln können? Sehe ich etwa wie eine aus? Gehören diese Brüste etwa einer Dienstbotin? Die Schenkel, die Sie geküsst haben, sind das die Schenkel einer Magd? Bitte, sagen Sie es mir, falls Sie Schwierigkeiten haben sollten, zwischen mir und einer Bediensteten zu unterscheiden.«

All dies sagte sie natürlich nur, damit Nicolas seinen Platz kannte, bevor sich die Dinge weiter entwickelten. Die Wirkung auf ihn war angemessen. Claudine lächelte, als sie registrierte, wie seine stolze Männlichkeit an Kraft verloren hatte und nun schlaff aus seiner offenen Hose heraushing.

»Verzeihen Sie mir«, murmelte Nicolas. »Wie kann ich das nur wieder gutmachen?«

»Zunächst einmal könnten sie damit beginnen, mir Ihr Schlafzimmer zu zeigen«, erwiderte sie, blickte ihn an und drückte sein warmes, erschlafftes Glied. »Ob es wohl eine ebensolche Offenbarung wie das Wohnzimmer sein wird?«

Nicolas konnte sein Glück kaum fassen. Er hatte geglaubt, sie würde wegen der Sache mit der Hausangestellten gehen. Er sprang galant auf, zog sie hoch und führte sie an der Hand durch das Appartement zu seinem Schlafzimmer. Natürlich war es das größte seiner fünf Schlafzimmer. Und, um Claudines wenig schmeichelhafte Formulierung zu benutzen, eine Offenbarung. Das ovale Bett war groß genug, dass sechs Personen darauf eine Orgie feiern konnten. Das gesamte Mobiliar, die Stühle, die Spiegel, die Türen, das ganze Zimmer eben, war in Beige und Silber gehalten. Geld, nichts als Geld, dachte sie. Vermutlich ließ er sich seine Zimmer von einem Schaufensterdekorateur herrichten.

»Ganz wie ich erwartet habe«, bemerkte Claudine und sah sich um.

»Es freut mich so sehr, dass es Ihnen gefällt«, erwiderte Nicolas, ihre Bemerkung vollkommen missverstehend.

»Sie dürfen mich entkleiden«, sagte Claudine und warf die Handtasche, die Handschuhe und den Hut auf das farblich passende Sofa am Fuße des Bettes.

Dies war eine Einladung, die kein Mann bei Verstand sich

entgehen lassen würde. Claudine war leicht zu entkleiden. Ihre weiße Jacke, der Rock und die Bluse waren binnen Sekunden abgestreift. Nicolas schob den Saum ihres seidenen Leibchens über den Bauch, und dann noch weiter nach oben, bis sich ihm der weiße Büstenhalter aus Crêpe-de-Chine mit ihren kleinen Brüsten offenbarte. Claudine hob die Arme über den Kopf, und binnen Sekunden war das Leibchen abgestreift.

Nicolas überraschte sie, als er sich hinkniete, um ihre Schuhe und ihre rosa bestickten Strumpfhalter abzustreifen. Dann rollte er ihre Seidenstrümpfe die Beine hinunter. Sie blickte an ihrer Nase entlang auf ihn hinab und wartete, ob er sich als wirklich fantasievolle Person zeigen würde – oder ob er sich als noch ein weiterer männlicher Egoist erweisen würde, dessen Liebeskünste sich darin erschöpften, eine Frau auf den Rücken zu legen und auf sie zu springen.

Nicolas blieb weiter auf den Knien, um ihre bestickten Höschen herunterzuziehen. Er küsste ihren nackten Bauch, er liebkoste ihren Bauchnabel, er streichelte die kleinen festen Backen ihres Hinterns. Sie war sehr zufrieden, ihn derart gut erzogen vorzufinden. Ganz besonders dann, als er seine Lippen erst in die walnussbraunen Haare ihrer *joujou* und dann gegen ihre weichen Lippen presste.

»Ich hoffe, Sie wissen, wie man mich zum Schreien bringt«, sagte sie.

»Das werde ich Ihnen schon bald beweisen«, murmelte er.

»Das werden Sie auch müssen, ehe ich Sie in mich eindringen lasse«, entgegnete sie.

Er stand auf, zog die üppige, mit Silber durchwirkte Tagesdecke von dem ovalen Bett und half ihr hinauf, um sich auf den beigen Satinlaken zu betten. Mit einem Arm stützte sie ihren Kopf, ihre Füße hatte sie übereinander geschlagen, und lächelte. Seine eigene Kleidung hatte er binnen drei Sekunden abgestreift und sie auf dem Boden verteilt. Dann legte er sich schwer atmend neben sie.

Wie Nicolas auffiel, waren ihre kleinen Brüste wohl geformt. Sie waren rund und fest und elegant, und sie waren für eine Frau über dreißig, die zwei kleine Kinder hatte, in einem ausgezeichneten Zustand. Doch trotz alledem waren sie nicht mit Jaquelines üppigen Schönheiten zu vergleichen – diese großen, weichen Brüste, mit denen er so gerne gespielt hatte. Sie aus diesem Grunde jedoch zu ignorieren wäre Claudine gegenüber ein Affront.

Er presste seine Lippen auf die festen rosa Knospen und konzentrierte sich darauf, Wellen der Lust durch ihren Körper zu senden. Gleichzeitig streichelte er ihren Bauch, dann presste er zwei seiner Finger zwischen die warmen Lippen ihrer *joujou*, um ihren Knopf zu finden. Ihre Beine öffneten sich auf dem Satin.

»Ja«, keuchte sie. »Sie verstehen etwas davon, mehr, mehr.«

Seine Fingerspitzen rieben sie zärtlich, und er fühlte, wie ihre Beine zu zittern anfingen. Sie stöhnte kurz vor dem Höhepunkt, und es schien ihm, dass sie für eine Frau mit derart arroganter Haltung ungewöhnlich leicht zu erregen war. Und das war sie auch – derart gekonnt gestreichelt und geführt zu werden war für sie die Ausnahme, und die Vorstellung, derart in Wallung gebracht zu werden, erregte sie mindestens ebenso wie Nicolas' Lippen und seine Finger.

Es war fast zwei Jahre her, seit sie ihre letzte Affäre gehabt hatte. Das war mit einem Mann gewesen, der sie auf angemessene Art und Weise zu bewundern verstand. Er hieß Charles Brun, war Rechtsanwalt wie ihr Ehemann, doch zwanzig Jahre jünger als Armand. Seinen Mangel an gutem Aussehen machte er durch seine Vergnügungssucht und seine unerschöpfliche Energie im Bett mehr als wett. Und nun schien Nicolas zumindest ein bisschen von Charles' allumfassendem Interesse am weiblichen Körper zu teilen. Claudine genoss seine Aufmerksamkeiten.

»Oh ja, ja«, stöhnte sie. »Schneller ...«

Nicolas streichelte sie und liebkoste ihre Brüste, bis ihr Bauch sich ihm entgegenbäumte. Sie stieß einen kurzen Schrei aus, als sie von Wellen der Lust von Kopf bis Fuß geschüttelt wurde. Schließlich seufzte sie lang und beruhigte sich.

»Chérie«, murmelte Nicolas.

Seine Finger hielten sie immer noch geöffnet, sie war jetzt feucht und lag mit gespreizten Beinen und den Armen auf ihrem Rücken. Nur das zitternde Heben und Senken ihrer Brüste erinnerte sie an die ekstatischen Lustgefühle, die sie eben gerade erlebt hatte. Im nächsten Augenblick lag Nicolas auf ihr, sein plumper Bauch presste sich auf ihren flachen Bauch, sein steifes Rohr hielt er in der Hand und lenkte es zu ihr hin. Er drang in sie ein wie in einen perfekten warmen Handschuh.

»Oh«, stöhnte sie leise, als sie ihn in sich fühlte. »Ich bin noch nicht so weit ... Warten Sie ...«

Ihre weiteren Erklärungen dessen, auf was er warten sollte, wurden durch Nicolas schnelle Stöße übertönt. Bereit oder nicht, sie fügte sich ihm, bäumte ihren Rücken unter ihm auf und trommelte mit den Füßen auf das Bett. Jeglicher Anflug der Überheblichkeit war verschwunden. Während ihrer Affäre mit Charles hatte dieser sie an einem Nachmittag vier- oder fünfmal befriedigt. Sie bezweifelte, dass Nicolas etwas Ähnliches erreichen konnte, denn er war um Jahre älter als Charles, und sein Körper war plump, nicht athletisch. Dennoch hatte sie die Absicht, so viel wie möglich an Lust aus ihm herauszuholen – ganz gleich, wie schwach und erschöpft er sich auch fühlen mochte, nachdem sie gegangen war.

Für Nicolas war die Wirkung, auf Claudines schlankem und elegantem Körper zu liegen, viel heftiger, als er es erwartet hatte. Nach Jaquelines Üppigkeit hatte er erwartet, von Claudines Körper wesentlich weniger erregt zu werden. Doch in seiner Obsession mit Körpern hatte er die Erregung des Geistes vollkommen vergessen. Claudines Überheblichkeit zu brechen war mindestens ebenso erregend, wie ihren Körper zu bezwingen. Er stöhnte in männlicher Überlegenheit und zuckte heftig, als er sich ergoss. Dieses Mal schrie sie nicht, sie zitterte und biss in seine Schulter, während Wellen des Bebens sie überfluteten.

Sie lagen eine Weile lang eng umschlungen und beruhigten sich. Als Claudine zufrieden seufzte und ihn von sich stieß, rollte sich Nicolas auf seinen breiten Rücken und legte die Hände unter den Kopf. Claudine stützte sich auf einem Ellbogen ab und betrachtete seinen schweren Körper.

»Nun wissen wir, welches Detail von mir Sie am meisten erregt«, meinte sie, als ob sie ihre Unterhaltung aus dem Wohnzimmer fortführen wolle. »Und wieder einmal stimme ich Ihnen zu. Meine *joujou* ist wirklich sehr schön. Das Aufeinandertreffen der rosa Lippen mit den walnussbraunen Locken ist einfach hinreißend, finden Sie nicht?«

Nicolas war noch niemals einer Frau begegnet, die auf diese Art und Weise über sich selbst sprach. Das Ungewöhnliche daran erstaunte und erregte ihn. Sein erschlafftes Glied bewegte sich leicht in ihrer Hand.

»Einfach hinreißend«, erwiderte er. »Mir fehlen die Worte. Habe ich Sie befriedigt? Erfülle ich Ihre Erwartungen?«

»Sie waren angemessen«, erwiderte sie und fummelte beiläufig an ihm herum.

»Mehr nicht, nur angemessen?«

»Sie haben mich nicht zum Schreien gebracht«, erinnerte sie ihn.

»Aber Sie hätten es doch fast getan, ich habe es gehört.«

Sie zuckte kaum merklich mit den Schultern. Ihm fiel auf, wie sie über ihn hinwegsah, um ihren glatten nackten Körper in dem großen Spiegel in der Nähe des ovalen Bettes zu betrachten.

»Sie sind eine sehr elegante, attraktive und bewundernswerte Frau«, sagte er. »Doch das wissen Sie sicher schon.«

»Ich bewundere mich selbst«, erwiderte sie ruhig.

Nicolas erschlaffter Schaft begann sich aufzurichten.

»Was soll das bedeuten, Sie bewundern sich selbst?«, hakte er nach.

»Wenn ich ein Schlafzimmer wie dieses hier mit so großen Spiegeln hätte, würde ich stundenlang nackt auf dem Bett liegen und mein Spiegelbild betrachten.«

Ihre Hand massierte seinen sich aufrichtenden Schwanz, damit dieser wieder seine volle Länge und Kraft erlangte. Nicolas legte seine Hand locker zwischen ihre Schenkel.

»Wollen Sie damit sagen, dass Sie sich selbst vor dem Spiegel streicheln würden?«, erkundigte er sich mit einem verwegenen Grinsen.

»Das wäre mir zu banal«, erwiderte sie. Die frühere Überheblichkeit war in ihre Stimme zurückgekehrt. »Vielleicht haben ja die verschiedenen Bediensteten, die Sie regelmäßig missbrauchen, die Angewohnheit, das zu tun.«

»Ich bitte vielmals um Entschuldigung«, beeilte sich Nicolas zu bemerken. »Das habe ich nicht gemeint, Sie haben mich missverstanden.«

»Schon wieder eines Ihrer berühmten Missverständnisse?«, neckte sie ihn.

»Sie haben mich so weit verhext, dass ich gar nicht mehr weiß, was ich sage«, bemühte er sich. »Aber was wollten Sie damit sagen? Dass Sie sich nackt aufs Bett legen und sich im Spiegel betrachten würden – mit welchem Ziel, *chérie*?«

»Das Ziel ist Vergnügen, und der Grund ist, dass ich mich bewundere«, erwiderte sie. »Ich muss mich dabei nicht unbedingt selbst berühren. Es würde ausreichen, hier mit gespreizten Beinen zu liegen und mein Spiegelbild zu betrachten. Mehr wäre nicht vonnöten, um mich zum Höhepunkt zu bringen.«

»Das ist faszinierend«, meinte Nicolas und streichelte sie zwischen den Beinen. Er fragte sich, ob sie ihm auch nur annähernd die Wahrheit sagte oder eine merkwürdige sexuelle Fantasie nur erfunden hatte, um ihn zu beeindrucken. »Ich habe noch niemals von jemandem gehört, der das tun konnte.«

»Sie sind aber auch noch niemals jemandem wie mir begegnet«, entgegnete sie.

»Ich würde alles darum geben, um Ihnen dabei zusehen zu dürfen, Claudine.«

»Natürlich würden Sie das. Sie machen mir ein wenig den Eindruck eines Voyeurs. Sie müssen noch viel über mich lernen, mein pervertierter kleiner Freund.«

»Es wäre ein Akt der Bewunderung, Sie zu beobachten«, erwiderte er hoffnungsvoll.

»Das würde sowohl meine Seele als auch meinen Körper verletzen«, gab sie zurück. »Was Sie vorschlagen, ist nichts weniger als die Vergewaltigung meiner Persönlichkeit.«

»Dort, wo Einverständnis besteht, gibt es keine Verletzungen«, erinnerte er sie. »Ich wäre unendlich dankbar, ein so bemerkenswertes Privileg genießen zu dürfen.«

»Wir werden sehen«, entgegnete Claudine. »Wenn wir erst einmal eng befreundet sind, können wir noch einmal darüber sprechen.«

Sein Schaft lag heiß und kräftig in ihrer Hand. Sie setzte sich auf ihn, dann glitt sie auf seinem nackten Körper nach unten und rieb ihre lockige *joujou* an seinem Bauch, bis sie fast über seinen Lenden angekommen war. Sie hielt ihn in ihrer geschlossenen Hand und rieb den dunkelrosa Kopf leicht gegen die feuchten Lippen zwischen ihren Schenkeln.

»Versprechen Sie mir«, begeisterte sich Nicolas, »versprechen Sie mir, dass Sie es sich durch den Kopf gehen lassen, ob

Sie mich dabei zusehen lassen, wenn Sie sich nackt auf dem Bett vor dem Spiegel bewundern.«

Mittlerweile war er überzeugt davon, dass sie diese Geschichte ihrer ungewöhnlichen Fähigkeit ganz einfach nur erfunden hatte. Sicherlich würde sie einfach auf der Seite liegen und eine Viertelstunde lang ihr nacktes Spiegelbild betrachten, während in ihrem Kopf lauter Bilder einer Vereinigung schwirrten. Und das war dann auch schon alles. Denn um den körperlichen Höhepunkt zu erreichen, würde sie vermutlich die Beine spreizen, ihre Hand dazwischen legen und die länglichen weichen Lippen liebkosen müssen.

Das wäre tatsächlich sehenswert, dachte Nicolas erfreut. Die überhebliche Claudine nackt mit ihren Fingern in der *joujou*, wie sie mit sich spielte. Für das Privileg dabei zuzusehen, würde er ihr fast jeden Wunsch erfüllen – ein goldenes Armband mit ein paar Diamanten vielleicht? Nichts, was zu teuer war. Aber etwas in dieser Art, das es ihm gestatten würde, ihr Stöhnen, *oh ja, oh ja*, zu hören, während ihre Finger sich immer schneller zwischen den Beinen bewegten und ihr nackter Bauch erwartungsvoll erbebte …

Jetzt jedoch hatte sie sich auf ihn gesetzt, sein steifes Rohr pulsierte in ihrer Hand, während er darauf wartete, dass sie ihn in sich eindringen ließ. Sie blieb jedoch, wo sie war, und umklammerte ihn mit den Knien. Mit ihrer freien Hand hatte sie sich geöffnet und rieb den geschwollenen Kopf seines teuersten Besitzes gegen den feuchten kleinen rosa Knopf, den sie bloßgelegt hatte.

»Ich möchte in dich eindringen«, keuchte er, denn er spürte, dass er kurz vor dem Höhepunkt war. »Claudine, bitte lassen Sie mich … bitte …«

»Wie bitte?«, rief sie aus. »Noch eine weitere Unverschämtheit? Noch mehr Forderungen? Verwechseln Sie mich denn immer noch mit einer Bediensteten, die Sie zu Zwecken Ihrer eigenen Lust missbrauchen können?«

»Gleich wird es zu spät sein …«, keuchte er, und sein Körper zitterte im Zangengriff ihrer Knie.

»Nicht für mich«, erwiderte sie. »Für mich wird es genau der richtige Zeitpunkt sein.«

Nicolas schwieg. In dem großen Spiegel sah er Claudines eleganten Körper über sich gebeugt. Er war noch niemals auf diese Art und Weise benutzt worden, und der Anblick war besonders erregend. Er keuchte und wand sich, er brabbelte und stöhnte, und dann fühlte er das altbekannte Sprudeln in seinem Bauch.

»Claudine, jetzt«, keuchte er. »Ich kann es nicht länger zurückhalten …«

»Dann tun Sie es«, kreischte sie. »Tun Sie es …«

Sie schrie lauthals, als sie seinen warmen Erguss auf ihrem bloßgelegten Knopf spürte. Mittlerweile war sie überzeugt davon, ihn zähmen und aus ihm einen nützlichen Liebhaber machen zu können. Ihre Erzählung von ihrem kleinen Trick mit dem Spiegelbild hatte seine Fantasie beflügelt. Sie hatte damit eine Vorstellung in seinen Kopf gepflanzt, die er nicht würde vergessen können. Davon würde er heute Nacht träumen.

Jetzt ist er abhängig, sagte sich Claudine. Jetzt wird er alles tun, um mich, nackt auf dem Bett liegend, zu sehen, wo ich mich, ohne mich zu berühren, zum Höhepunkt bringe. Natürlich werde ich ihm das verweigern, zumindest eine Woche lang, vielleicht auch zwei. Wenn ich schließlich nachgebe und ihn zuschauen lasse, wird er auf immer und ewig von meinem guten Willen abhängig sein. Zumindest aber für so lange, wie ich ihn behalten möchte.

9
Zwei kleine Pelzmäntel

Als Sylvie die Neuigkeit vernommen hatte, dass die blonde Jaqueline mit Marc zusammengezogen war – *quelle horreur* –, verabredete sie sich mit Arlette, um ihre weitere Vorgehensweise abzusprechen. Die beiden waren überzeugt davon, mit ihrer abweisenden Haltung Marc gegenüber dessen Lebensfreude stark zugesetzt zu haben. Bei einem Mann wie Marc würden Vorwürfe nichts erreichen können, so viel war beiden klar. Doch wann immer er eine der beiden aufsuchte – mit der Aussicht auf Sex und einer Beule in seiner Hose –, wurde er mit unverhohlener Gleichgültigkeit empfangen. Das wiederum besorgte ihn.

Marcs männliche Eingebildetheit war so strukturiert, dass er sich der Tatsache versichern musste, dass jede Frau in seinem Bekanntenkreis unsterblich in ihn verliebt war und sich so sehr nach seinen Zärtlichkeiten sehnte, dass sie ihre Höschen heruntergezogen und sich lediglich auf ein Nicken von ihm auf den Rücken gelegt hätte. Weder Sylvie noch Arlette wiesen ihn bei seinen Besuchen ab, doch bereiteten ihm ihre Begegnungen kaum noch Vergnügen. Eine Frau zu lieben, die während des Geschehens leicht gelangweilt zu sein schien, war seinem Ego mehr als abträglich.

Als Marc das letzte Mal bei Sylvie aufgetaucht war, hatte er sie bereits mit Hut vorgefunden, als sie im Begriff war zu gehen. Vor einem oder zwei Monaten, als sie sich nach seiner frühen Rückkehr gesehnt hatte, hätte er sie unter dem entsetzten Blick der Bediensteten ins Schlafzimmer gedrängt und sie auf das Bett geworfen. Sowie sie auf dem Rücken gelegen hätte, hätte er ihre Kleidung nach oben gestreift und sie mitsamt ihres chicen kleinen Glockenhutes geliebt.

Doch die Zeiten hatten sich geändert. Sylvie öffnete ihm die Tür persönlich. Bernadette stand neben ihr und reichte ihr ein paar dünne weiße Handschuhe. »Ach, du bist es«, hatte Sylvie in vollkommen gleichgültigem Tonfall bemerkt. An die Hausangestellte gewandt, sagte sie: »Wie es scheint, werde ich wohl erst in zwanzig Minuten gehen können. Bitte rufen Sie Madame Godard an und sagen Sie ihr, dass ich mich ein wenig verspäte. Sie möge mich doch bitte entschuldigen.«

»Aber ja, Madame«, erwiderte Bernadette. »Zwanzig Minuten.« Dabei warf sie Marc einen bedeutungsvollen Blick zu, sodass dieser fast errötet wäre. Doch damit waren die Demütigungen noch nicht zu Ende. Noch bevor er Sylvie ins Schlafzimmer drängen, sie aufs Bett werfen und ihr zeigen konnte, wer hier der Herr im Hause war, führte sie ihn selbst dorthin. Er spürte den Blick der Hausangestellten in seinem Rücken und wusste, dass sie grinste. Sylvie schloss die Schlafzimmertür und hob den Rock ihres Kleides, um ihre elfenbeinfarbenen Satinhöschen zu zeigen.

»Beeile dich bitte, so gut du kannst, Marc«, sagte sie. »Ich möchte mich bei Henriette nicht allzu sehr verspäten.«

Alles in allem schien die Kampagne, Marcs Selbstbewusstsein zuzusetzen, sehr erfolgreich zu laufen. Sylvie und Arlette hatten allen Grund, sich gegenseitig zu beglückwünschen, so jedenfalls schien es ihnen. Die Neuigkeit, dass Marcs Interesse an der großbrüstigen Jaqueline Peyron offenbar doch ernst war, hatte ihnen beiden einen Schock versetzt. Es war nicht mehr länger eine beiläufige Liebesaffäre, wenn ein Mann eine Frau aufforderte, mit ihm zusammenzuziehen und sein Bett zu teilen. Sylvie und Arlette trafen sich und grübelten darüber nach, was sie gegen diese düstere Entwicklung unternehmen konnten.

Am nächsten Morgen gegen zehn Uhr nahm Arlette die Métro über die Seine und stieg in der Mitte der Avenue de l'Opéra an der Station Pyramides aus. Sie war lediglich fünf Minuten Gehweg von Marcs Appartement entfernt, doch war das gar nicht ihr Ziel. In der hellen Vormittagssonne schlenderte sie den breiten Gehweg entlang, elegant und begehrenswert wie immer. Sie zog lange Blicke der Bewunderung der vorübergehenden Männern auf sich.

In den Gängen der Métro war es ihr unmöglich gewesen, wohlwollende Männer davon abzuhalten, ihr im Vorübergehen in den Hintern zu kneifen. Während der Fahrt hatten Männer sich vergnügt an ihren Schenkeln und ihrem netten kleinen Hintern gerieben, als sie sich an ihnen vorbei durch den Wagon geschlängelt hatte und später dann auf den Bahnsteig hinausgetreten war. Schon lange überraschte es sie nicht mehr, männliche Erregung durch ihre Kleidung hindurch an ihrem Körper zu fühlen. So sehr es sie auch ermüdete, unbekannte männliche Körperpartien an sich gepresst zu fühlen, wusste sie doch, dass das der Preis war, den man für Schönheit zu zahlen hatte.

Während sie in der Sonne daherschlenderte, sah sich Arlette nach der Art von Café um, das Marc am ehesten tagtäglich aufsuchen würde. Es musste relativ nahe an seinem Appartement gelegen und von guter Qualität sein. Es durfte nicht ein Ort sein, von dem sich all die ausländischen Touristen in Paris angezogen fühlten. Das wäre Marc verhasst. Schließlich fand sie es. Und sie wusste augenblicklich, dass sie damit richtig lag, denn Marc saß mit Jaqueline zusammen draußen an einem Tisch. Leere Kaffeetassen standen vor ihnen, auf den Tellern lagen Croissantkrümel und Reste von Pfirsichmarmelade. Vermutlich hatten sie ein spätes Frühstück eingenommen.

Wenn dem so war, so war es amüsant zu spekulieren, was sie an einem so schönen Morgen so lange im Bett gehalten hatte. Marc war immer sehr einfallsreich in seinem Liebesleben gewesen, zumindest bei Arlette. Jaqueline war für Marc eine neue Eroberung, die beeindruckt werden musste. Vermutlich entledigte er sie am Morgen nach dem Aufwachen ihres Nachthemdes und demonstrierte die ganze Bandbreite seiner Möglichkeiten.

Arlette segelte voller Selbstvertrauen auf den Caféhaustisch zu, lächelte und rief Marc »*Bonjour, chérie*« zu. Er sah mit offenem Mund zu ihr auf und schien alles andere als glücklich darüber zu sein, sie zu sehen. Als sie sich das letzte Mal getroffen hatten, war sie scheinbar ganz versessen darauf gewesen, mit ihm ins Bett zu gehen. Doch das Resultat war für Marc derart entmutigend gewesen, dass er sich fest dazu entschlossen hatte, sie niemals wieder zu sehen. Doch hier war sie nun, grinste ihn an und beugte sich herunter, um ihn auf die Wange zu küssen. Er konnte nicht anders, als aufzustehen, ihr die Hand zu küssen und sie Jaqueline vorzustellen.

»Mademoiselle Peyron und ich sind uns bereits begegnet«, meinte Arlette liebenswürdig, als sie sich ohne Aufforderung setzte. »Das war im letzten Sommer bei der Hochzeit der Charbonnets, wie Sie sich sicher erinnern werden.«

Noch bevor Jaqueline sagen konnte, ob sie sich an das Ereignis erinnerte oder nicht, wandte Arlette ihre ganze Aufmerksamkeit Marc zu. Sie streichelte seinen Handrücken auf dem Tisch und machte ihm leichte Vorwürfe dafür, dass er sie nicht angerufen oder bei ihr vorbeigesehen hatte. Dann lächelte sie Jaqueline verschwörerisch an und meinte, sie würde wohl kaum glauben, was Marc getan hatte, nachdem er sie letzte Woche zum Mittagessen ausgeführt hatte. Jaqueline war es neu, dass Marc vor nur einer Woche mit Arlette ausgegangen war. Zu dieser Zeit war sie bereits bei ihm eingezogen gewesen und hatte einen Teil ihrer Sachen bei ihm im Appartement untergebracht gehabt. Sie sah ihn einen Augenblick lang verärgert an und wandte sich dann wieder Arlette zu, denn sie wollte unbedingt hören, welche Idiotie Marc begangen hatte. Marc hingegen glich einem Mann, der barfuß über heiße Kohlen lief. Vor seiner neuen Liebe beiläufig erzählt zu bekommen, dass er untreu war, war schlimm genug. Dazusitzen und zuzuhören, wie Arlette Jaqueline von dem lächerlichen Vorfall während ihres letzten Rendezvous erzählte, war einfach unerträglich.

Tatsache war – doch Marc war viel zu eitel, um auch nur den Verdacht zu hegen –, dass seine Zurückweisung durch Arlette absichtlich von ihr geplant worden war, um ihn zu demütigen. Während ihres Mittagessens im Escargot Montorgueil hatten sie eine sehr gute Flasche Montrachet und danach jeder ein Glas Cognac getrunken. Später hatte Marc Arlette unbedingt nach Hause bringen wollen, sie ausziehen und sie von den Brüsten bis zu den Knien küssen wollen.

Im Taxi umarmte und küsste er sie, er streichelte ihre Brüste, und sie legte ihre Hand über die riesige Ausbeulung seiner Hosen. Der Verkehr war dicht, und die Taxifahrt von der Rue Montorgueil bis zum Boulevard St. Germain auf der anderen Seite des Flusses zog sich hin. Durch Arlettes Streicheln wuchs sich Marcs Ausbeulung in beeindruckendem Maße aus. Er war vollkommen verrückt danach, sie die Treppe nach oben zu bekommen, sie auszuziehen und sie auf das Bett zu legen.

Die Nacht davor hatte er sich in seinem eigenen Bett bis ein Uhr morgens mit Jaqueline geliebt, bevor sie eng umschlungen und befriedigt eingeschlafen waren. Doch das war gestern gewesen – und als selbst ernannter Kenner der Liebe empfand es Marc als seine Pflicht, den Kontrast zwischen den Reizen der erregbaren vollbrüstigen Jaqueline und denen der schlanken und gebildeten Arlette zu erkunden.

Schließlich fuhr das Taxi an den Straßenrand. Marc zahlte und folgte Arlette ins Haus. Kaum hatte er jedoch ein paar

Schritte getan, als er sich mit einer aufgebrachten fünfzigjährigen alten Concierge in einem altmodischen schwarzen Kleid konfrontiert sah.

»Monsieur«, zischte sie ihn an, »gehört es zu Ihren Gepflogenheiten, sich an öffentlichen Plätzen zu exponieren? Verschwinden Sie sofort, oder ich rufe die Polizei, um Sie festnehmen zu lassen.«

Marc blickte entsetzt an sich herab und sah, dass seine Hosen geöffnet waren und sein fünfzehn Zentimeter langer steifer Phallus schamlos und für alle sichtbar hervorstach.

»Marc, was machst du denn da?«, rief Arlette aus. Sie gab Entsetzen vor, obwohl sie es gewesen war, die ihn im Taxi ausgezogen und sein Geschlecht freigelegt hatte.

Zu behaupten, dass Marc von der absurden Zurschaustellung seines höchsten Gutes vernichtend geschlagen worden sei, hieße die Wirkung auf sein Selbstbewusstsein zu verniedlichen. Während er mit zitternden Fingern sein aufsässiges Teil verstaute und sich wieder vollständig anzog, nahm ihn Arlette am Arm und führte ihn an der Concierge vorbei, während sie ihr erklärte, Monsieur Beauvais litte zeitweise unter einer Bewusstseinstrübung und täte dann merkwürdige Dinge. Damit sei jedoch keine Beleidigung beabsichtigt. Sicherlich würde er sich für diesen unbeabsichtigt hervorgerufenen Affront später mit der Gabe einer angemessenen Summe Geldes erkenntlich zeigen.

Oben in Arlettes Schlafzimmer war Marc immer noch so verwirrt, dass sein erschlafftes Teil nicht wieder steif werden wollte. Er lag nackt auf dem Rücken, während Arlette gekonnt mit ihm spielte – es dauerte jedoch eine lange Zeit, bevor es ihr gelang, ihn erneut zu erregen. Doch selbst dann war seine Darbietung an jenem Tag alles andere als befriedigend. Dies war also nicht die Art von Begebenheit, die ein Mann in geradezu traumatischem Detail seiner neuen Freundin zumuten wollte.

»Wir stiegen also aus dem Taxi …«, wandte sich Arlette an Jaqueline.

Marc sprang auf und murmelte, er habe sich gerade daran erinnert, dass er um elf verabredet sei. Er küsste Jaqueline flüchtig auf die Wange und meinte, er würde sie gegen fünf Uhr wieder sehen. Sie warf ihm lediglich einen kühlen Blick zu und schwieg. Arlette bekam weder einen Kuss auf die Wange noch auf die Hand, noch nicht einmal ein gemurmeltes *au revoir*. In großer Eile entfernte sich Marc aus dem Café.

»Das ist gut so«, bemerkte Arlette und lächelte Jaqueline warm an. »Jetzt, wo wir Marc los sind, können wir uns gut miteinander unterhalten.«

»War er letzte Woche tatsächlich bei Ihnen?«, erkundigte sich Jaqueline, wobei sie ihre Stirn in Falten legte. »Ich kann es nicht glauben, und doch hat er es nicht abgestritten. Es muss also stimmen. Sie haben es gesagt, um mich eifersüchtig zu machen und einen Keil zwischen uns zu treiben. Ich weiß, dass Marc vor mir Ihr Liebhaber war – Sie versuchen nun, ihn zurückzuerobern.«

»Oh mein Gott, nein«, entgegnete Arlette fröhlich. »Ich habe nicht mehr viel für Marc übrig. Er gehört jetzt ganz Ihnen, solange er das wünscht.«

»Warum erzählen Sie mir dann, dass er Sie immer noch besucht? Hassen Sie ihn denn?«

»Marc und ich sind seit Jahren befreundet. Eine Zeit lang waren wir Geliebte, doch das ist jetzt vorbei. Wir sind immer noch befreundet, mehr nicht. Doch sollten Sie auch wissen, dass er regelmäßig bei seiner ehemaligen Frau vorbeischaut und mit ihr schläft.«

»Das glaube ich nicht.«

»Fragen Sie ihn, wann er Sylvie zum letzten Mal gesehen hat. Und fragen Sie ihn auch, was er dann getan hat. Er ist so eitel, dass er Ihnen alles erzählen und auch noch erwarten wird, dass Sie es hinnehmen.«

»Das werde ich ihn allerdings fragen«, erwiderte Jaqueline grimmig. »Dass ein Mann mit seiner Frau ins Bett geht, die er verlassen hat – allein schon die Vorstellung ist unmoralisch.«

Da kam ihr ein Gedanke, und sie sah plötzlich die Möglichkeit, sich an Arlette dafür zu rächen, dass sie ihre ohnehin etwas eingetrübte Liebesaffäre mit Marc noch weiter gestört hatte.

»Im letzten Sommer bei den Charbonnets waren Sie mit Ihrem Mann zusammen. Weiß er denn etwas von Ihrer Affäre mit Marc, die ja noch lange nicht beendet ist, was immer Sie auch behaupten mögen. Oder hat Ihr Mann Sie verlassen?«, erkundigte sich Jaqueline.

Arlette lachte.

»Roger und ich sind immer noch verheiratet«, wandte sie sich an Jaqueline. »Und wir sind einander sehr zugetan. Er arbeitet als Direktor der Bank von Frankreich in Indochina und hat sein Büro in Bangkok.«

»Langsam verstehe ich«, bemerkte Jaqueline, während sich ein wissendes Lächeln über ihrem Gesicht ausbreitete.

»Da gibt es mehr zu verstehen, als Sie wissen können. Als Roger und ich geheiratet hatten, bin ich mit ihm zusammen nach Bangkok gegangen. Doch das Klima dort ist sehr bedrückend, und ich wurde krank. Er ist dort zu wichtig für die Bank, als dass sie ihn wieder nach Paris zurücklassen würden. Also haben wir ein Arrangement vereinbart. Er lebt dort, und ich lebe hier. Zwei Mal jährlich nimmt er Urlaub und kommt nach Frankreich, damit wir zusammen sein können.«

»Trauen Sie ihm denn ganz alleine in einer fremden Stadt über den Weg?«, fragte Jaqueline mit erhobenen Augenbrauen. »Sicherlich kann kein Mann für sechs Monate gänzlich alleine leben.«

»Es geht nicht um die Frage, ob ich ihm vertraue – oder er mir«, führte Arlette aus. »Roger ist jeden Tag von jungen siamesischen Mädchen umgeben. Sie haben goldbraune Haut und lange, bis zur Taille reichende schwarze Haare. Da er ein Mann ist, nutzt er diesen glücklichen Umstand in vollen Zügen aus. Darin sind wir uns einig. Es besteht keinerlei Anlass für mich, diese Dinge während unseres gemeinsamen Urlaubs hier zu erwähnen.«

»Tatsächlich ein sehr nützliches Arrangement«, bemerkte Jaqueline. »Keine Fragen stellen und nichts erzählen. Für ihn besteht demnach auch kein Anlass, sich nach Ihren Vergnügungen zu erkundigen, wenn er hier ist. Ist das das Arrangement?«

»Aber natürlich«, erwiderte Arlette lächelnd.

Ein Kellner kam auf sie zu, und Arlette bestellte ein Glas gekühlten Wermuts. Auf ihre Einladung hin bestellte sich Jaqueline das Gleiche. Selbst der Kellner, schlecht gelaunt, wie Kellner normalerweise nun einmal sind, verbeugte sich lächelnd und bot seine Hilfsbereitschaft an – das Mädchen, mit dem er in Clichy zusammenlebte, erschien ihm im Vergleich zu diesen Damen als recht gewöhnlich. Wenn die Welt doch nur so arrangiert werden könnte, dass er eine von diesen beiden Schönheiten auf dem Schoss sitzen haben könnte, während er an ihrem Ohr knabberte und seine Hand ihren Rock hinaufgleiten ließ, um ihre *joujou* zu betasten …

Arlette und Jaqueline musterten sich über den kleinen Bistrotisch hinweg neugierig, jede versuchte, die andere einzuordnen. Arlette sah eine großbrüstige Blondine, die nicht viel älter als zwanzig Jahre alt sein mochte. Sie trug ein jadegrünes Sommerkleid aus Crêpe-de-Chine, und ein mit Diamanten besetztes Armband hing an ihrem Handgelenk. Sicherlich ein Geschenk eines Verehrers – entweder von Marc oder von dem zwielichtigen Nicolas Joslin. Ihre schweren Brüste schienen das teure Kleid beinahe zu sprengen – der Anblick konnte Männer in Ekstase versetzen.

Jaqueline wiederum sah eine schlanke und elegante Frau,

die vier oder fünf Jahre älter als sie selbst sein mochte. Sie hatte sehr dunkle Haare und trug ein aprikosenfarbenes Wickelkleid aus Seide. Das wiederum betonte ihre kleinen, aufgerichteten Brüste und zog die Aufmerksamkeit der Männer auf sie.

»Jetzt, wo Sie Marc verscheucht haben«, sagte Jaqueline, »was wollen Sie mir jetzt sagen?«

»Ich wollte gerne Ihre Bekanntschaft machen«, erwiderte Arlette und lächelte charmant. »Ich weiß nämlich etwas über Sie.«

»Ist das wahr?«

»Wir beide haben eine ganz besondere gemeinsame Freundin«, fuhr Arlette fort. »Ich spreche von Virginie Dorville. Sie lebt jetzt auf Menorca. Haben Sie etwas von ihr gehört?«

»Seit einiger Zeit schon nicht mehr«, erwiderte Jaqueline vorsichtig.

»Sie schreibt mir«, meinte Arlette. »Sie schickt mir Schnappschüsse von sich und ihren Freundinnen. Offenbar amüsiert sie sich gut.«

»Geben Sie mir doch ihre Adresse, dann kann ich ihr ebenfalls schreiben. Es muss fast zwei Jahre her sein, dass ich sie zuletzt gesehen habe.«

»Falls Sie nichts Besseres zu tun haben, begleiten Sie mich doch. Dann kann ich Ihnen die Fotos von Virginie zeigen, die sie mir neulich geschickt hat. Sie sind recht freizügig«, schlug Arlette mit einem flüchtigen Grinsen vor.

»Das glaube ich gern«, meinte Jaqueline, nun ebenfalls grinsend.

Eine halbe Stunde später betraten sie Arlettes Appartement an der Rive Gauche. Im Wohnzimmer setzten sie sich nebeneinander auf das taubenblaue Sofa, während Arlette Jaqueline die Schnappschüsse zeigte, die sie von Virginie aus Menorca erhalten hatte.

»Das ist sie«, meinte Arlette, die aus dem Stapel der Fotos

eines hervorzog. »Jemand anderes muss es von ihr aufgenommen haben.«

Virginie Dorville war eine Frau in den Dreißigern, kräftig gebaut und mit einer dichten, dunklen Haarmähne. Sie stand mit den Füßen an einem sandigen Strand im Meer. Das Meer umspülte ihre Fesseln. Sie trug einen eng anliegenden Badeanzug mit einem schmalen Gürtel um die Taille. Das schwarzweiß gestreifte Kleidungsstück verbarg ihren Körper vom Hals bis zur Mitte ihrer Schenkel.

Vielmehr hätte es ihn verbergen sollen – denn einer der Schulterhalter war heruntergeglitten, sodass Virginies rechte Brust vollkommen freigelegt war. Unter einem breitkrempigen weißen Sonnenhut hervor lächelte sie in die Kamera.

»Ihre Brüste sind ein wenig schlaff«, bemerkte Jaqueline, die das Foto genau betrachtete. »Wie schade.«

Auf dem nächsten Schnappschuss war nicht Virginie zu sehen, sondern eine jüngere Frau von vielleicht siebzehn oder achtzehn Jahren. Sie saß, mit dem Rücken gegen einen großen Felsen gelehnt, mit ausgestreckten Beinen im Sand. Ihre Schuhe und Kleidung lagen um sie verteilt herum – sie war nackt. Ihre Brüste waren rund und schwer, ihre Schenkel leicht gespreizt, sodass man die dunklen Locken sehen konnte. Ihre Augen waren geschlossen, und sie lächelte.

»Virginies neueste Eroberung«, bemerkte Jaqueline.

»Eine von ihnen«, meinte Arlette und drehte das Foto um, um Virginies Handschrift zu lesen. »Offenbar hat sie sich viele neue Freundinnen dort gemacht – diese hier heißt Dolores.«

Jaqueline betrachtete den kleinen Stapel Fotos, während ihr Lächeln immer breiter wurde. Es gab noch mehr von der nackten Dolores, am Strand und auf der Terrasse des Hauses. Zwei weitere Schnappschüsse zeigten eine große dünne Frau von etwa zwanzig Jahren, selbstverständlich ebenfalls nackt. Sie besaß die winzigen, aufgerichteten Brüste eines jungen

Mädchens. Als ob sie diese Tatsache wettmachen wolle, hatte sie den größten und dichtesten schwarzen Pelz zwischen ihren Beinen, den Jaqueline jemals gesehen hatte. Auf der Rückseite beider Schnappschüsse war ihr Name als Isabella vermerkt.

Es gab noch ein weiteres Foto von Isabella, zusammen mit einer dritten nackten Frau. Sie hielten einander umschlungen, und ihre Lippen waren in einem Kuss vereint. Sie standen vor einer weiß getünchten Wand, und wenn man genau hinsah, konnte man Isabellas Hand auf der rechten Hinterbacke ihrer Begleiterin entdecken. Es war ein gut proportionierter Hintern, seine Besitzerin schien Anfang zwanzig zu sein. Auf der Rückseite des Fotos wurde sie als Eleonora bezeichnet.

»*O là là*«, bemerkte Jaqueline, als sie das letzte Foto betrachteten.

Es war innerhalb der Wohnung in einem weißen Zimmer aufgenommen. Virginie saß nackt und mit weit gespreizten Beinen auf dem Bettrand, während Dolores zwischen Virginies Füßen kniete. Dolores nackter, fülliger Hintern zeigte in die Kamera, während ihr Kopf zwischen Virginies Schenkeln vergraben war.

Die große dünne Isabella kniete hinter Virginie auf dem Bett und lächelte breit. Sie umfasste von hinten Virginies Brüste, die auf diesem Foto jedenfalls kein bisschen erschlafft wirkten. Virginie lächelte nicht, doch der Ausdruck des Genusses auf ihrem Gesicht ließ darauf schließen, dass Dolores Zunge zwischen ihren Beinen heftige Gefühle auslöste.

»Wenn diese beiden damit beschäftigt sind, Virginie Vergnügen zu bereiten, darf man davon ausgehen, dass Eleonora dieses Foto aufgenommen hat«, bemerkte Jaqueline und lächelte anerkennend. »Wie wir Virginie kennen, hat sie sich sicher bis zum Höhepunkt bringen lassen – sie hätte dir den Schnappschuss schicken sollen, der in jenem Moment aufgenommen wurde.«

»Vielleicht zitterten Eleonoras Hände da so sehr, dass sie die Kamera nicht mehr stillhalten konnte«, meinte Arlette.

»Mir würden die Hände auch zittern«, stimmte Jaqueline zu. »Vermutlich sind ihre neuen Freundinnen Spanierinnen, diesen Rückschluss jedenfalls kann man von ihren Namen und ihren dunklen Haaren ziehen.«

»Dieses üppige Lockenmeer zwischen Isabellas Beinen ist wirklich faszinierend«, meinte Arlette. »Es wächst ihr fast bis zum Bauchnabel.«

»Es ähnelt einem Persianer, der sie warm hält«, bemerkte Jaqueline kichernd.

»Ich vermute, dass sie ihn gegen Virginies Rücken rieb, während das Foto aufgenommen wurde«, meinte Arlette.

Ihr Lächeln war so charmant, dass Jaqueline ihre Hand in beide Hände nahm und sie drückte.

»Das würde mir sehr gefallen, Isabellas Locken an mir reibend zu fühlen«, meinte sie.

»Aber ja«, erwiderte Arlette. »Wie alt bist du, *chérie*?« Unwillkürlich waren sie zum Du übergegangen.

»Einundzwanzig«, erwiderte Jaqueline, wobei sie automatisch von ihrem eigentlichen Alter zwei Jahre abzog. »Und du?«

»Ich bin fünfundzwanzig«, erwiderte Arlette, wobei sie ein Jahr weniger als ihr eigentliches Alter angab. »Wann bist du Virginie begegnet?«

»Ich war achtzehn Jahre alt und hatte Liebeskummer. Ein Mann, den ich sehr geliebt habe, hatte mich verlassen. Virginie hat mich aus der Verzweiflung geholt und mich gelehrt, mich selbst zu achten. Außerdem hat sie mir beigebracht, dass Männer nur dazu auf der Welt sind, damit Frauen sie zu ihrem Nutzen verwenden und nicht umgekehrt. Von dem, was du über das Arrangement mit deinem Ehemann gesagt hast, scheinst du von Virginie dasselbe gelernt zu haben.«

»Ich war neunzehn, als ich ihr begegnet bin. Ich hatte noch

niemals im eigentlichen Sinne einen Mann besessen.« Arlette lächelte bei der Erinnerung. »Männer hatten mich ausgeführt und mich geküsst und meine Brüste liebkost, gelegentlich auch eine Hand unter meinen Rock wandern lassen, doch weiter habe ich es nie gehen lassen. Virginie hat mir die Freuden der Liebe beigebracht. Und wie man aus Männern das Beste herausholt.«

Während sie Vertraulichkeiten austauschten, wandte sich Arlette auf dem Sofa Jaqueline zu und ließ ihre Hand über deren üppige Brüste gleiten. Sie fühlte ihr Gewicht und ihre Wärme durch das jadegrüne Crêpe-de-Chine-Kleid. Nach einer Weile öffnete sie die kleinen Knöpfe in Jaquelines Nacken, die bis zur Taille reichten. Als sie sie geöffnet hatte, kam ein cremefarbener Büstenhalter auf Jaquelines weicher Haut zum Vorschein.

Einen Augenblick später hatte sie ihn geöffnet und liebkoste Jaquelines nackte Brüste.

»Du wirst mein Kleid zerknittern«, murmelte Jaqueline. »Warte einen Augenblick, ich ziehe es aus.«

Sie stand auf und ließ das Kleid auf den Boden fallen, dann streifte sie den geöffneten Büstenhalter ab und setzte sich wieder, und zwar so dicht neben Arlette, dass sich ihre Beine vom Knie bis zur Hüfte berührten.

»Oh ja, diese berühmten Brüste«, sagte Arlette leise, während sie sie in den Händen hielt. »Perfekt wie Alabaster, und doch weich, wenn man sie berührt. Trotz ihrer prächtigen Größe sind sie straff und aufrecht. Wie schaffst du das nur, Jaqueline? Du musst mir das Geheimnis deiner Schönheit verraten, Jaqueline.«

»Ich habe kein Geheimnis. Um ganz ehrlich zu sein, sie werden so oft von den Männern gedrückt und betastet, dass es mich selbst wundert, wie gut sie ihre Form behalten.«

»Ein schönes Paar Brüste nimmt Männer vollkommen gefangen«, stimmte Arlette zu. »Und erst recht, wenn sie deine

Größe haben. Manche Männer würden sich lieber zwischen ihnen hingeben, als sich auf dich zu legen und es richtig zu machen.«

»Marc macht es manchmal so«, gestand Jaqueline. »Gewöhnlich legt er sich dabei auf den Rücken. Ich muss mich über ihn legen, während er es tut. Es kann recht langweilig sein.«

Arlette streichelte die berühmten Brüste und kitzelte deren rosa Knospen. Dann ließ sie ihre Zungenspitze darübergleiten.

»Im Schlafzimmer wäre es bequemer für uns«, schlug sie vor.

Sie legte einen Arm um Jaquelines Taille und führte sie in das in Weiß und Gold gehaltene Schlafzimmer. Jaqueline setzte sich auf die Bettkante, zog ihre Strumpfhalter aus und rollte die Seidenstrümpfe herunter. Arlette sank auf dem dichten weißen Teppich auf die Knie und strich Jaquelines spitzenverzierte Höschen die Beine herunter.

»Oh«, bemerkte sie, als sie sah, dass Jaqueline zwischen den Beinen glatt rasiert war. Das hatte sie nicht erwartet.

Sie wippte zurück auf die Füße, während eine Hand auf Jaquelines Schenkel ruhte und die andere das Höschen hielt. Sie betrachtete die länglichen rosa Lippen zwischen Jaquelines Schenkeln, die leicht geöffnet waren, als ob sie ein paar Finger oder eine Zunge zum Streicheln einladen wollten.

»Das erstaunt dich«, bemerkte Jaqueline lächelnd.

»Es fasziniert mich auch, hast du das schon immer getan?«

»Erst seit ich mit Marc zusammen bin, er hat es so gewollt.«

»Das überrascht mich nicht.« Arlette schüttelte den Kopf. »Er versucht ständig Frauen zu dominieren. Es gibt ihm ein Gefühl der Macht, über deinen Körper und deinen Verstand zu regieren. Sicherlich hat es ihn jedes Mal sehr erregt, wenn er gesehen hat, was er von dir verlangt hat.«

»Findest du, es macht mich weniger anziehend, so nackt wie ein kleines Mädchen zu sein? Bitte sage mir die Wahrheit.«

»Man sagt, die Tänzerinnen in den Folies Bergères rasieren sich, damit sie die knappen Kostümchen tragen können«, meinte Arlette. »Und die Männer finden sie sehr begehrenswert, wie alle Welt weiß. Was mich betrifft, finde ich dich einfach hinreißend.«

Diese Worte ermutigten Jaqueline, ihre Beine weiter zu spreizen und ihre rasierte *joujou* etwas mehr zur Schau zu stellen. Die länglichen weichen Lippen waren leicht geöffnet. Arlette berührte den freigelegten Lustknopf mit der Fingerspitze; er war feucht. Jaqueline seufzte zufrieden und schloss die Augen. Ihre Hände liebkosten ihre schweren Brüste.

»Du liebst das Gefühl dieser vielgerühmten Brüste«, meinte Arlette lächelnd. »Gib es zu, du spielst mit ihnen, wenn du alleine bist.«

»Ich spiele mit meinem ganzen Körper, wenn ich alleine bin«, stöhnte Jaqueline.

Arlette beschleunigte ihr Streicheln und benutzte dazu zwei Finger. Jaqueline fiel rückwärts auf das Bett zurück, wobei sie die Beine so weit es nur ging spreizte. Sie bot sich vollkommen dar. Arlette beugte sich über sie, um mit der Zungenspitze den kleinen rosa Knopf zu berühren. Jaqueline stieß einen kleinen Schrei aus, während ihr Bauch sich hob und senkte und Lustgefühle sie überschwemmten. Es schien ihr, als seien Arlettes Hände überall auf ihrem Körper, sie griffen in ihre Backen und rieben ihren Bauch und drückten ihre Brüste und saugten an deren Knospen.

Während Jaqueline stöhnte und keuchte und zitterte, bemühte sich Arlette, deren Lust so lange wie möglich hinauszuzögern. Wenn sie spürte, dass Jaqueline kurz vor dem Höhepunkt stand, verlangsamte sie die Bewegungen ihrer Zunge und ihrer Hände, manchmal hielt sie vollkommen inne und wartete, bis Jaquelines Erregung etwas nachgelassen hatte. Doch schließlich gönnte sie ihr die Erfüllung, und es waren lange und lautstarke Lustzuckungen, die das Bett zum Wackeln brachten.

Als es vorüber war und Jaqueline zufrieden und ruhig auf dem Bett lag, glitt Arlette vom Bett, um sich auszuziehen. Sie zog ihr aprikosenfarbenes Seidenkleid aus und hängte es sorgfältig über die Stuhllehne. Es war von einem aberwitzig teuren Couturier von Hand gefertigt worden. Dann streifte sie den cremefarbenen Büstenhalter aus Satin ab, der ihre kleinen, aufgerichteten Brüste beherbergt hatte. Sie ließ das Höschen fallen und beugte sich vor, um ihre Strümpfe die langen schlanken Beine hinunterzurollen. Dabei zeigte sie auf elegante Weise ihre perfekten Backen. Jaqueline lag ruhig, und mit den Händen unter dem Kopf verschränkt, und bewunderte Arlettes Körper, als die Kleider ihn freigaben.

Sowie Arlette sich auf das Bett gelegt hatte, rollte Jaqueline auf die Seite, stützte sich auf einem Ellenbogen auf und streichelte ihren Bauch. Arlette hatte ihre dünne goldene Kette nicht abgelegt. Es war ein flaches kleines Kreuz, das zwischen ihren perfekten Brüsten lag.

»So chic, so schlank«, murmelte Jaqueline. Sie küsste Arlette und legte ihre Hand über den hübschen schwarzen Lockenteppich zwischen ihren Schenkeln.

»Das ist ein Persianer, wie bei den Mädchen auf Virginies Foto.«

»Aber längst nicht so unkultiviert«, entgegnete Arlette. »Meiner gleicht einem chicen kleinen Fellmuff und nicht einem Bärenfell.«

Jaquelines kundige Finger öffneten sie und legten den kleinen Knopf bloß.

»Nicht so schnell, *chérie*«, meinte Arlette leise. »Erzähle mir ein bisschen über die Liebe, liebst du jemanden? Erzähle mir, wen du liebst.«

»Du gleichst mir«, erwiderte Jaqueline. »Du verstehst, wie schwer es für mich ist, jemanden zu lieben.«

»Ich weiß, dass du Marc nicht liebst.«

»Anfangs glaubte ich, dass ich ihn würde lieben können. Innerhalb gewisser Grenzen natürlich. Doch er ist viel zu sehr darauf aus zu dominieren. Gelegentlich ist er sogar richtig brutal.«

»Zieht er dich nackt aus und schlägt deine nackten Brüste?«, erkundigte sich Arlette. »Jetzt, wo er dich dazu gebracht hat, deine *joujou* zu rasieren, schlägt und misshandelt er sie?«

»Manchmal bringt er mich dazu, um Gnade zu winseln«, erwiderte Jaqueline. »Er hält mich mit dem Kopf nach unten über einen Tisch oder über eine Stuhllehne und spielt so lange mit mir, bis ich winsele und ihn um Erlösung bitte – doch er verschafft sie mir nicht.«

»Das hat er mit mir auch einmal versucht«, sagte Arlette. »Einmal hat er mich so lange kurz vor dem Orgasmus gehalten, dass ich in Ohnmacht gefallen bin. Dann hat er mich wiederbelebt, indem er mir kaltes Wasser ins Gesicht spritzte und Cognac einflößte.«

»Mon Dieu«, rief Jaqueline aus.

»Später ist mir klar geworden, dass er damit lediglich die Macht demonstrieren wollte, mich zu kontrollieren«, fuhr Arlette fort. »Mit Vergnügen hatte das nichts zu tun, weder mit seinem noch mit meinem. Das war im Grunde genommen das Ende unserer Affäre – es blieb nur noch, wann ich es ihm sagen würde.«

»Nicolas war ein sehr viel liebevollerer Liebhaber als Marc«, bemerkte Jaqueline. »Er hat mich angehimmelt. Wir haben stundenlang im Bett gelegen, und er hat mich geküsst und gestreichelt. Doch all das wurde allmählich langweilig. Ich habe ihn Marcs wegen aufgegeben. Jetzt erst sehe ich, was für ein schrecklicher Fehler das gewesen ist.«

»Meine arme Jaqueline, aber mit deinem blonden Haar und diesen prächtigen Brüsten wirst du schon bald einen neuen Liebhaber finden.«

»Aber ja«, stimmte ihr Jaqueline zu. »Und bis dahin habe ich dich.«

»Genau wie ich bist du eine von Virginies Mädchen. Wir verstehen einander. Dies ist es, was wir eigentlich vorziehen, nicht wahr?«

»Ich könnte mich in dich verlieben«, meinte Jaqueline und betrachtete den wunderschönen nackten Körper, der sich ihrem Blick und ihrer Hand offenbarte.

Sie streichelte Arlettes aufgerichtete Brüste und liebkoste deren rosa Knospen. Seufzend beugte sie den Kopf und setzte Küsse auf den weichen runden Bauch. Als Jaquelines Hände sie streichelten, schloss Arlette die Augen. Schon bald waren diese kundigen Finger zwischen ihren Beinen und streichelten und neckten sie. Sie berührten die Lippen ihrer *joujou* und öffneten sie. Ein kurzer Aufschrei der Erregung drang aus ihrem Mund, als Jaqueline ihren Kopf herunterbeugte und sie mit ihrer nassen Zunge berührte.

»Oh, *chérie*, die Berührung deiner Zunge«, murmelte Arlette ganz außer Atem.

10
Prinzen können sich in Frösche verwandeln

Zwei Tage nachdem Jaqueline die Bekanntschaft von Arlette gemacht hatte, verließ sie Marc. Sie gab ihm keine Erklärung, sondern hinterließ ihm eine kurze Nachricht, die er auf dem Kopfkissen finden würde. Darauf stand lediglich: »Marc, ich verlasse dich.«

Marc saß mit dem Zettel in der Hand auf dem Bettrand und versuchte, sich einen Reim daraus zu machen. Als er vor zwei Stunden das Haus verlassen hatte, hatte er keinerlei Vorahnungen gehabt. Jaqueline hatte nichts bemerkt, was ihn hätte schließen lassen, dass sie unglücklich oder unzufrieden war. Als er an jenem Morgen kurz nach neun aufgewacht war, hatte sie noch schlafend im Bett gelegen. Natürlich war sie von ihren Spielen am vorhergehenden Abend noch nackt.

Die Morgensonne drang durch das Fenster ins Zimmer und ließ ihr blondes Haar auf dem weißen Kissen glänzen. Marc näherte sich ihr vorsichtig, um sie nicht zu wecken, dann legte er seine Hände auf ihre großen, wunderschönen Brüste. Sie lagen so üppig, so warm und so schwer in seinen Händen. Als sie spürte, wie ihre Brüste gestreichelt wurden, bewegte sich Jaqueline leicht und stöhnte.

Marc zog das Laken zurück und küsste die ihm am nächsten liegende rosa Knospe. Obwohl Jaqueline noch im Halbschlaf war, reagierte sie bewundernswert. Ihre Beine fielen ein wenig auseinander, sodass er seine Hand dazwischen legen und das zarte Fleisch streicheln konnte, das auf seine Anweisung hin glatt rasiert worden war.

Eine halbe Stunde später standen sie auf, um zu frühstücken. Nach dem peinlichen Treffen mit Arlette im Café hatte Marc entschieden, dass sie von nun an ihren Café au lait und die Croissants bei sich in der Wohnung einnehmen würden. Er wollte sich nicht noch einmal so demütigen lassen. Er hatte Jaqueline danach ausgefragt, was Arlette über ihn gesagt hatte. Jaqueline hatte ihm erzählt, Arlette habe ihr anvertraut, er würde immer noch mit seiner getrennt lebenden Ehefrau schlafen.

»Das ist alles aus und vorbei«, behauptete er und zuckte mit den Schultern. »Ich habe sie aus alter Freundschaft dann und wann einmal besucht – und gelegentlich hat sie mich gebeten, mit ihr ins Bett zu gehen.«

»Aus alter Freundschaft, aber natürlich«, hatte Jaqueline trocken bemerkt.

»Genau. Aber jetzt nicht mehr. *C'est fini.*«

Er glaubte selbst, was er sagte. Sein letzter Besuch bei Sylvie war alles andere als zufrieden stellend gewesen. Seine Fähigkeit, sie zu dominieren, hatte sich offenbar in Luft aufgelöst. Wenn sie sich seinen Annäherungen gegenüber gleichgültig zeigte, hatte es gar keinen Sinn, dorthin zurückzukehren. Jaqueline schien seine Erklärung zu akzeptieren, denn sie ließ das Thema fallen. Doch nun, wo sie seine Wohnung mit nur drei Worten auf einem Blatt Papier verlassen hatte, musste er sich fragen, ob sie das tatsächlich getan hatte.

Er knüllte das Blatt zusammen und warf es gegen die Schlafzimmerwand. Es fiel zu Boden. Er ging aus der Wohnung, um eine Bar aufzusuchen. Er wollte jedoch in keines der von ihm bevorzugten Restaurants gehen, wo er möglicherweise auf Freunde stoßen würde. Er ging bis zum Boulevard de Sebastopol. Dort fand er eine große, anonyme Bar, wo er sich in eine Ecke setzen und alleine sein konnte.

Nach einer Stunde war seine Stimmung noch verzweifelter und verlorener. Das Resultat seines Nachdenkens war das, dass er eine wunderschöne und ihn liebende junge Frau verlassen hatte und nun gar nicht mehr hätte sagen können weshalb.

Keine der fünf oder sechs Frauen, mit denen er nach der Trennung von Sylvie geschlafen hatte, hatte irgendeine Bedeutung für ihn gehabt. Eine Ausnahme jedoch bildete Arlette Lamartine. Doch sie hatte er ebenfalls benutzt und betrogen und ihre Liebe verloren – und wiederum hätte er nicht sagen können, weshalb er das getan hatte. Seine Affäre mit Jaqueline Peyron schien viel versprechend, doch hatte sich ihre Liebschaft auf nicht mehr reduziert, als in ein paar seltsamen Positionen Geschlechtsverkehr auszuüben. Und jetzt war sie gegangen.

Marc hatte nie zu jenen Menschen gehört, die sich sinnlos betranken, um ihre Stimmung zu heben. Er brauchte jetzt Menschen um sich herum. Erst dachte er daran, in das Haus auf der Rue des Innocents zu gehen, wohin er Pierre ausgeführt hatte, um mit ihm über seine Seelenqualen zu sprechen. Doch die großbrüstigen und dämlich dreinschauenden Yvonnes und Kikis, die er dort vorfinden würde, reizten ihn in seinem jetzigen verzweifelten Zustand nicht.

Dort konnte man mit einer Flasche Champagner eine halbe Stunde lang am Tisch sitzen und einen Schenkel streicheln, während man über das Leben philosophierte. Doch diese Art von Mädchen machten nicht mehr, als zu gähnen und einem ihre nackten Brüste unter die Nase zu halten, damit man endlich zahlte und nach oben ging. Sie waren alle gleich, dachte Marc, ob sie nun Yvonne oder Kiki oder Marianne hießen. Sie konnten lediglich auf dem Rücken liegen, die Beine spreizen und sich auf den dicken Bauch klopfen, um einen dazu zu ermuntern, sich auf sie zu legen und mit ihnen zu schlafen.

Marc ließ sein letztes Glas halb voll zurück und machte

sich auf den Weg zu einem Etablissement, das er in der Rue de la Victoire kannte. Dort war er schon öfter gewesen. Es war eines jener Häuser, das Männern mit recht ungewöhnlichen Gelüsten – und mit Geld – zur Verfügung stand. Je ungewöhnlicher die Gelüste, desto teurer wurde das Vergnügen, was ja nur recht und billig war. Doch was bedeutete schon Geld, wenn die eigene Seele wie über einem schwarzen Abgrund hing.

In diesem Haus war er bereits bekannt. Der Türsteher tippte mit dem Finger gegen den Hut, grüßte mit *Bonjour Monsieur*, ließ ihn eintreten und führte ihn die Treppe nach oben. Marc betrat einen großen Raum mit weißen, mit Spiegeln versehenen Wänden und geschmackvollem Mobiliar. Die Gastgeberin, Madame de Folligny, wie sie sich nannte, erhob sich von einem mit rosa Damast bezogenen Sessel und streckte ihre Hand zum Kuss aus.

Es war gerade erst sechs Uhr abends, doch trug sie bereits ein glänzendes, schwarzes Schlauchkleid aus Satin. Um die Taille hatte sie eine orangefarbene Schärpe gebunden, die so lang war, dass die Enden bis zu den Knien herabfielen. Ihre dunkelbraunen Haare waren kurz geschnitten, und sie trug tränenförmige Jadeohrringe, die bei jeder Bewegung mitschwangen und beinahe ihre nackten Schultern berührten.

Sie zog Marc zu einem Stuhl neben sich und rief einen Kellner, ihm ein Glas Champagner zu servieren.

»Sie machen mir einen recht besorgten Eindruck, *mon cher*«, wandte sie sich an Marc. »Sagen Sie mir, was ich tun kann, um Ihre Sorgen zu verscheuchen und Ihr Gemüt zu beruhigen.«

»Wenn ich das nur wüsste, Madame«, erwiderte er.

»Ist es wirklich so schlimm? Dann müssen wir uns für Sie etwas ganz Besonderes ausdenken. Ich weiß: Würden Sie sich gerne an ein Bett fesseln lassen, auf dem Rücken, mit ausgestreckten Armen und Beinen, natürlich nackt, und sich von zwei jungen Mädchen, die eine Französin, die andere Afrikanerin, auspeitschen lassen? Reizt sie das? Die beiden wären natürlich nackt, sodass Sie ihre geschmeidigen jungen Körper bewundern können, während sie Sie schlagen.«

»Würde ich unter Schuldgefühlen leiden, wäre das sicher genau das Richtige«, erwiderte Marc. »Es ist jedoch nicht ein Schuldgefühl, das mich bedrückt. Zumindest gehe ich nicht davon aus.«

»Fühlen Sie sich vielleicht frustriert? Wenn dem so sein sollte, können wir das leicht beheben. Die Mädchen könnten nackt an Händen und Füßen gefesselt werden, damit Sie sie auspeitschen können. Entspricht das eher Ihrer Gefühlslage, würde Ihnen das zuträglich sein? Nachdem Sie sie ausgepeitscht haben, können sie alles mit ihnen machen, was Ihnen einfällt.«

»Nein, Ihr Vorschlag ist sehr freundlich, doch scheint er meine Verzweiflung nicht vertreiben zu können«, erwiderte Marc. »Lassen Sie mich ein wenig ausholen ...«

»Aber natürlich«, erwiderte Madame de Folligny lächelnd. »Sehen Sie mich als gute Freundin, als Ihre Vertraute, der Sie alles erzählen können.«

Sie ließ sich in den Sessel zurückfallen, verschränkte die Beine, wobei das schwarze Satin ihres Kleides einen Augenblick lang das Licht reflektierte. Sie trug hochhackige Schuhe, ihre seidenen Strümpfe waren schwarz und sehr filigran. Während Marc die Umrisse ihrer Schenkel unter dem Satin beobachtete, konnte er nicht anders, als darüber nachzugrübeln, ob sie unter ihrem eleganten Abendkleid ein Höschen trug oder nicht. Sie hatte keinen Büstenhalter an, denn dazu war der Rücken viel zu tief ausgeschnitten.

Doch dann missfiel ihm sein eigener Gedanke. Sie leitet ein exklusives Bordell, dachte er, und war früher einmal selbst eine teure Hure gewesen. Wenn ich sie von ihrem langen schwarzen Kleid befreien würde, was würde ich vorfinden?

Nichts allzu Geheimnisvolles, einen langen, glatten Körper, den Geruch von Parfüm und weiblichem Fleisch, ein paar sackende Brüste und ein Dreieck braunen Kraushaares zwischen ihren dünnen Schenkeln.

Falls sie ihre Beine öffnen und ich mich dazwischen legen würde, was dann? Sie würde mir das Vergnügen mit einem Körperteil gestatten, den während der letzten zwanzig Jahre viele andere Männer so häufig genutzt hatten, dass er keinerlei Anziehung mehr besaß. Sich auf sie draufzulegen, hätte nichts mit einem Liebesakt gemein. Es wäre lediglich eine mechanische Geste.

Gott sei Dank hatte Madame de Folligny keinerlei Ahnung von dem, was in Marcs Kopf vor sich ging. Sie hätte sich zutiefst beleidigt gefühlt. So jedoch tätschelte sie seinen Arm, lächelte in sein düster dreinblickendes Gesicht und schlug eine Reihe anderer Vergnügungen vor, die das Haus zur Verfügung stellen konnte.

»Und wenn wir Sie in Frauenkleider stecken würden, *mon cher*?«, schlug sie vor. »Wir könnten etwas ganz Außergewöhnliches für Sie finden, und natürlich eine charmante Zofe, die Ihnen beim Ankleiden behilflich ist. Sie heißt Lisette und trägt eine weiße Rüschenschürze und sonst gar nichts. Ihr aufreizender kleiner Hintern ist nackt, sodass Sie ihn streicheln können, während sie Sie nackt auszieht. Und dann stellen Sie sich bitte vor, Sie tragen elegante Seidenschlüpfer, und die Zofe hilft Ihnen, ein paar Seidenstrümpfe überzuziehen. Sicherlich würde das Ihre Sorgen vertreiben.«

Marc starrte sie an und dachte darüber nach, was sie gerade gesagt hatte.

»Wenn Ihre Strümpfe über den Knien befestigt worden sind«, fuhr Madame freundlich fort, »wird Lisette Sie bitten, aufzustehen, während sie Ihnen in ein hübsches Sommerkleid hineinhilft – oder auch in ein schwarzes Abendkleid wie meines, falls Sie das vorziehen. Vielleicht wird dann bereits etwas Unerwartetes und sehr Angenehmes in Ihrem Seidenhöschen geschehen sein. Wenn das der Fall sein sollte, wird Lisette es Ihnen ausziehen, Sie trocken tupfen und Ihnen ein neues Höschen überstreifen.«

»Danke«, erwiderte Marc. »Das ist ein sehr interessanter Vorschlag, doch nein.«

»Lassen Sie mich sehen, was ich sonst noch vorschlagen kann ...«

»Mein Leben ist für mich so verwirrend geworden, dass ich jeglichen Bezug zu menschlichen Gefühlen und Wünschen verloren habe«, bemerkte Marc in einem seltenen Augenblick der Selbstkritik. »Ich habe die Frauen in meinem Bekanntenkreis benutzt, als ob sie Taxis wären, die mich von einem Ort zum anderen fahren sollen. Die Fahrt ist angenehm, doch ich komme nirgendwo an.«

»Ich kann nachvollziehen, dass Sie offenbar eine sehr beunruhigende Zeit hinter sich haben«, sagte Madame de Folligny. »Sie erleiden einen seelischen Zusammenbruch.«

»Ich muss zur Unschuld zurückkehren«, meinte Marc. »Doch dafür bin ich wohl an den falschen Ort geraten.«

»Aber nicht doch«, widersprach die Gastgeberin. »Sie dürfen natürlich davon ausgehen, dass Unschuld ebenso wie alles andere in unserem Angebot enthalten ist. Trinken Sie noch ein Glas, während ich die Vorbereitungen treffe – länger als fünf Minuten werde ich dafür nicht brauchen.«

Tatsächlich hielt sie fast ihr Versprechen. Zehn Minuten später war sie zurück, setzte sich neben ihn und lächelte ihn mit ihren grellrot geschminkten Lippen an.

»Unschuld ist ein sehr teures Gut«, bemerkte sie. »Nur wenige unserer Gäste verlangen es – oder wissen überhaupt, worum es sich dabei handelt.«

Marc glaubte, dass sie ihm gleich ein scheues sechzehnjähriges Mädchen anbieten würde, die sich als Jungfrau ausgeben würde – und die den letzten zwanzig Männern, die für sie bezahlt hatten, genau dasselbe erzählt hatte. Doch entsprach es nicht seinem Stil, sich betrügen zu lassen und mit einem so billigen Trick lächerlich gemacht zu wissen. Gerade als er das Madame mitteilen und gehen wollte, legte sie ihre Hand auf sein Handgelenk.

»Die Unschuld der ersten Liebe«, murmelte sie. »Zwei junge Leute, beide ausgesprochen attraktiv, entdecken die Tiefe ihrer Gefühle füreinander. Wenn Sie dem zusehen, werden Sie sich an Ihre eigene Jugend erinnert fühlen, an die goldenen Jahre, als Sie sich zum ersten Mal verliebt haben und als alles noch neu und aufregend war.«

»Wenn das doch nur möglich wäre«, seufzte Marc.

»Kommen Sie mit«, befahl ihm Madame.

Sie führte ihn aus dem Zimmer zum hinteren Teil des Hauses und dort in einen kleinen Raum am Ende eines Flures. Das Zimmer war dunkel, ein Stuhl stand dicht an der Wand. Marc setzte sich, wobei seine Augen auf derselben Höhe wie eine diskrete Öffnung in der Wand waren, durch die hindurch man in das nächste Zimmer sehen konnte. Es war ein großes Schlafzimmer mit zugezogenen Gardinen und einem angemessen breiten Bett.

»Voilà«, flüsterte Madame, stellte sich hinter ihn und legte eine Hand auf seine Schulter. »Was sehen Sie?«

Er sah einen Jungen und ein Mädchen auf dem Bett zusammen liegen. Sie waren beide nackt, und in der schummerigen Beleuchtung machten sie den Eindruck, nicht älter als sechzehn Jahre alt zu sein. Das Mädchen hatte sehr helles braunes, beinahe schon blondes Haar und aufgerichtete kleine Brüste. Ihr Begleiter hatte dunkelbraunes Haar und war kaum kräftiger als das Mädchen gebaut. Die beiden lagen auf dem Rücken und seitlich zu Marc. Sie hielten sich an den Händen und flüsterten miteinander. Er starrte auf ihre schlanken Körper, dann auf die kleinen hübschen Brüste des Mädchens mit den rosa Knospen.

»Nun?«, drängte ihn Madame und ergriff seine Schulter.

»Eine ausgesprochen charmante Szene«, erwiderte Marc.

Wie die anderen Männer auch, ob nun Pariser oder ausländische Touristen, hatte er den Eintritt bezahlt, um ein oder zwei Auftritte im Montmartre zu sehen. Dabei ging es nicht um die großen Bühnenspektakel der Moulin Rouge, vielmehr handelte es sich um sehr viel intimere Zurschaustellungen, wo der Liebesakt auf einer kleinen, tief liegenden Bühne gezeigt wurde, umgeben von einer schwer atmenden Menge. Die »Mädchen« in diesen Akten waren oft dieselben, häufig benutzten Frauen, die man an Straßenecken stehen sehen konnte, wo sie nach Kunden Ausschau hielten.

Die Männer, die auf der Bühne ihre männliche Virilität demonstrierten, waren für gewöhnlich dunkel und behaart. Viele von ihnen glichen ganz gewöhnlichen Gangstern aus Korsika. Ihr einziger Pluspunkt war die enorme Größe ihres steifen Rohrs, und offensichtlich waren sie von den Bühnendirektoren einzig aus diesem Grunde angeheuert worden. Diese dunkelhaarigen jungen Schlägertypen wollten lediglich ihre animalischen Kräfte zeigen und sonst gar nichts. Sie besprangen die Frauen und rammelten wie wilde Tiere.

Madame de Follignys Angebot spielte sich jedoch in einer anderen Atmosphäre ab. Marc spürte, wie er in seiner Hose steif und groß wurde, als er den kleinen Bauchnabel des Mädchens und die wenigen weichen Locken zwischen ihren schlanken Schenkeln betrachtete. Er stellte sich vor, welch unschuldiges Entzücken zwischen diesen Locken verborgen lag.

»Möchten Sie gerne bleiben?«, erkundigte sich Madame de Folligny.

Marc nickte, ohne auch nur einen Augenblick seinen Blick von dem Schlitz in der Wand zu nehmen. Sie nannte ihm den Preis, und wieder nickte er. Als Madame aus dem Zimmer ging, bemerkte er es kaum. Zwischen ihm und den nackten jungen Liebenden befand sich eine Wand, doch Marc konnte sich fast vorstellen, er könne die Hand ausstrecken und die kleinen rosa Knospen des Mädchens streicheln. Ohne sich dessen bewusst zu sein, drückte er seine Hand über die längliche Ausbuchtung seiner Hosen, um seinem pulsierenden Schaft Erleichterung zu verschaffen.

»Oh, mein Gott, oh, mein Gott«, murmelte er, denn die kleine Komödie, die zu seinem Vergnügen auf dem Bett inszeniert wurde, gefiel ihm. Madame musste irgendein Zeichen gegeben haben, denn die Liebenden umarmten sich jetzt, sie küssten einander und lachten, wobei sich ihre schlanken Körper leicht berührten. Sie legten sich zärtlich gegeneinander, verschränkten die Schenkel, und ihre Bäuche berührten sich leicht. Marc stöhnte ohne Unterlass, als er den Jungen dabei beobachtete, wie er die weichen Innenseiten der Schenkel des Mädchens bis zu ihren kleinen Schamlocken küsste.

So jung er auch sein mochte, spielte der Junge doch sehr geschickt mit seiner schönen Freundin. Es war alles sehr poetisch und unschuldig. Sie erbebte und wandte sich ihm zu, um sein Gesicht zu küssen und ihm etwas ins Ohr zu flüstern. Marc hatte sich einen Finger zwischen die Zähne gelegt, um sein Keuchen zu unterdrücken. Er sah, wie der Junge seine Knie zwischen die offenen Beine des Mädchens legte und seinen Körper über ihr mit den Armen abstützte. Gleich würde er seinen steifen Schaft in sie gleiten lassen, und der Traum unschuldiger Jugend würde sich erfüllen.

Marc riss sich die Hosen auf, glitt mit der Hand hinein und berührte seine pulsierende Männlichkeit, als er den Jungen auf dem Bett das Mädchen langsam penetrieren sah – er drang Zentimeter für Zentimeter in sie ein. Seinen Körper hatte er mit ausgestreckten Armen abgestützt, sodass sein Rein und Raus gut sichtbar war. Das Mädchen schlang die Beine locker um ihn, um ihn zu halten. Ihr schlanker junger Körper bot sich dem Betrachter hinter der Mauer dar, ihre jungen Brüste, ihr weicher Bauch und ihre von der steifen Männlichkeit geöffnete *joujou*, in die er hineinstieß.

Es war fast wie ein Ballett, dachte Marc. Doch hier trug keine Ballerina irgendein Rüschenkleidchen und balancierte auf den Zehenspitzen. Ihr Partner trug keine eng anliegenden Strumpfhosen, die seine Ausbuchtung betonten und die Frauen im Publikum zum Stöhnen brachte – dieser hier zeigte sein männliches Teil in voller Länge. Statt seine Partnerin mit einer Hand unter ihrem Schenkel und der anderen auf ihrer Hüfte in die Luft zu heben, stützte er sich grazil ab, während er mit seinem Schaft in sie eindrang, als ob er dabei eine Musik im Kopf habe. Schwanensee, Les Sylphides, Coppelia, die Frage in Marcs Kopf jedenfalls war, wer seine Leidenschaft zuerst erschöpfen würde, der Junge oder er. Nachdem der Junge mit ihr fertig war, würde das Mädchen Marc zur Verfügung stehen – das jedenfalls war in dem Preis mit enthalten, den er Madame bezahlt hatte. Doch bezweifelte er sehr ernsthaft, ob er in der Lage sein würde, sich noch so lange zurückzuhalten, um sie zu genießen. Es schien fast, als ob der Junge Marcs Notlage erkannt hätte, denn er beschleunigte sein Tempo. »Sehr gut«, murmelte Marc. Der Junge drang noch etwa zehn Mal in sie ein, dann öffnete sich sein Mund zu einem stummen Schrei und seine Augen starrten ziellos, als er ihr das Opfer seines Höhepunktes darbrachte. Darauf reagierend bäumte sich das Mädchen zu ihm auf, damit er noch tiefer in sie eindrang, während sie sich vor Lust wand.

Das war mehr, als Marc ertragen konnte. Er stürzte vom Stuhl und aus dem kleinen Zimmer hinaus. Sein erregter Schaft schaute aus seinen geöffneten Hosen heraus, und er umfasste ihn mit der Hand, als er in den Flur hinaustrat und zum angrenzenden Zimmer eilte. Das Mädchen lag auf dem Rücken auf dem Bett, genau wie eben im Moment ihrer Ekstase. Ihre Beine waren gespreizt, und auf ihrem Gesicht hatte sich ein Lächeln ausgebreitet. Nun, wo seine Rolle in diesem Schauspiel erfüllt war, war der Junge verschwunden.

Marc eilte auf das Bett zu. Das Mädchen streckte den Arm aus, um ihn zu berühren. Sie lächelte ihm zu und flüsterte »ja, ja …«. Marc konnte gar nicht schnell genug mit seinem pulsierenden Schaft in sie eindringen. Er fühlte, wie feucht sie noch von den von Erfolg gekrönten Bemühungen ihres Begleiters war. Doch die Situation war vollkommen außer Kontrolle geraten – die Anregung, dem Liebesakt beizuwohnen, war mehr, als Marc ertragen konnte. Sein Körper erbebte, seine Knie gaben nach, und er fiel auf die Knie und ergoss sich in die Hand.

»Oh, Monsieur, was haben Sie da getan?«, erkundigte sich das Mädchen kichernd.

Marc betrachtete sie entsetzt, als der Erguss seiner Leidenschaft sich über den Teppich verbreitete. Jetzt, wo er so dicht an ihrem Bett war, sah er, dass sie doch nicht ganz so jung war, wie er es sich vorgestellt hatte. Um die Augen herum hatte sie kleine Fältchen, und ihre kleinen Brüste waren vielleicht ein oder zwei Zentimeter abgesackt. In Madame de Follignys Haus war alles Illusion. Ohne mit dem Mädchen noch ein Wort zu wechseln, stand er auf und verließ das Zimmer, wobei er sich die Hosen zuknöpfte.

Nachdem er das Haus verlassen hatte, lief Marc vollkommen in Gedanken versunken bis zum Boulevard des Italiens. Seine Hände hatte er in den Taschen vergraben, und sein Blick war auf das Trottoir gerichtet. Seine Gedanken waren vollkommen durcheinander. Wieder und wieder führte er sich den beklagenswerten Augenblick vor Augen, als er auf die Knie gefallen war und es nicht mehr bis zum Bett geschafft hatte, wo das bereitwillige Mädchen auf ihn wartete.

Vielleicht war es ja doch nichts weiter als eine Illusion, doch die Unschuld, nach der ich gesucht hatte, war fast zu spüren gewesen – und doch konnte ich sie nicht festhalten, sagte er zu sich selbst, während er ziellos weiter geradeaus lief. *Warum nur verlaufen all meine Bemühungen derart erfolglos?*, fragte er sich bedrückt.

Schlussendlich ging er natürlich zu Sylvies Appartement, das nur eine kurze Taxifahrt am anderen Ufer der Seine lag und mit dem Taxi in wenigen Minuten zu erreichen war. Sein Gefühl sagte ihm, wie er von dieser unerklärlichen Traurigkeit befreit werden konnte: Würde es ihm auch nur ein einziges Mal gelingen, sich in dieser Unschuld, wie er sie gerade beobachtet hatte, mit Sylvie zu lieben, würde er wieder glücklich mit ihr zusammenleben können. Völlig unerheblich dabei war, dass er für die gebotene Vorstellung bezahlt hatte.

Während das Taxi über die Pont Neuf und den Boulevard St. Germain hinunterfuhr, malte er sich dies in Gedanken aus. Er wollte ihr die Hand küssen und nicht einfach nach ihr grabschen und sie ins Schlafzimmer zerren. Er würde ihr die Wange küssen, dann ihre Lippen, er würde sich neben sie setzen und ihr liebevolle Dinge zuflüstern. Wenn dann der richtige Augenblick gekommen war, würde er sie zärtlich an der Hand nehmen, sie zum Bett führen und das nachahmen, was er in der Rue de la Victoire gesehen hatte.

Leider hatte er während seiner letzten Besuche bei Sylvie eine gewisse Gleichgültigkeit ihm gegenüber feststellen müssen. Dennoch war er davon überzeugt, Sylvie ganz und gar zu besitzen – sowohl ihre Seele als auch ihren Körper. Mit etwas Respekt und Zärtlichkeit würde sie schon bald in seinen Armen erbeben und ihm zuflüstern, wie sehr sie ihn vergötterte.

Doch das Komische am Leben ist, dass die Dinge sich nur selten so entwickeln, wie man es sich wünscht. Die Bedienstete öffnete Marc die Tür und informierte ihn darüber, dass Sylvie ausgegangen sei. Danach betrat er die Wohnung und warf seinen Hut im Vorbeigehen auf den Hutständer – traf aber daneben. Im Wohnzimmer warf er sich schlecht gelaunt auf einen Sessel und bat Bernadette, ihm ein Glas Cognac zu bringen, und zwar ein großes.

»Ich muss Sie etwas fragen«, sagte er, als sie ihm das Glas reichte. »Es ist allerdings vertraulich, verstehen Sie, und darf niemandem weitererzählt werden. Es geht um meine Frau und meinen Cousin Pierre Ronsard. Ich möchte von Ihnen gerne wissen, ob er hier sehr häufig zu Besuch kommt.«

»Nicht sehr häufig, Monsieur«, erwiderte Bernadette, wobei sie ihn neugierig anblickte.

»Wie oft? Seien Sie doch etwas genauer.«

»Vielleicht ein Mal die Woche.«

Die Eifersucht, die Marc so sehr gequält hatte, überfiel ihn mit der gewohnten Heftigkeit. Der Liebesakt, den er sich heute Abend angesehen hatte, ob nun bezahlt oder nicht, hatte seine Gedanken auf Sylvie und ihren möglichen Liebhaber gelenkt. Er stellte sich lebhaft ein nacktes Paar im Bett vor – und es war nicht jener anonyme Junge und jenes anonyme Mädchen, es war seine wunderschöne Frau Sylvie und sein Cousin. Pierre küsste die rosa Knospen von Sylvies Brüsten, er legte eine Hand zwischen ihre Beine, um dort ihre *belle chose* zu streicheln.

Sylvie und Pierre nackt zusammen. Sylvie auf dem Rücken, mit angewinkelten Knien, sodass Pierre auf ihrem Bauch liegen konnte. Sylvie stöhnend und bebend, während Pierre in sie eindrang. Nein, das war einfach unerträglich.

»Ist er denn nie die Nacht über geblieben?«, fragte er Bernadette.

»Aber Monsieur, was für ein schrecklicher Gedanke! Natürlich nicht.«

»Besucht sie ihn ebenfalls?«

Bernadette zuckte mit den Schultern, um zu zeigen, dass sie keine Ahnung hatte, wohin Madame Beauvais ging, wenn sie das Appartement verließ.

»Diese Verdächtigungen Madame gegenüber sind unwürdig«, wandte sie sich an Marc und hoffte so, seine Fragen auf ein weniger gefährliches Terrain zu lenken.

Doch obwohl sie nichts gesehen und nichts gehört hatte, war sich Bernadette sicher, dass Sylvie mit Marcs Cousin Pierre ein Verhältnis hatte. Sie fand jedoch die Umstände, unter denen Marc Sylvie verlassen hatte, und seine Possen mit anderen Frauen als ausreichend dafür, dass Sylvie jedes Recht zum Glück hatte, das sie finden konnte.

»Mir fällt gerade ein«, sagte sie, »dass jemand hier war und nach Ihnen gefragt hat. Es handelte sich um einen gewissen Monsieur Joslin. Er wollte Sie unbedingt sprechen, und er war sehr wütend. Madame war gerade außer Haus, also habe ich ihm gesagt, dass wir Ihre neue Adresse nicht kennen. Doch während er hier war, kam Ihre Schwester vorbei, und die beiden sind dann gemeinsam gegangen. Ich habe gehört, wie er sie zum Mittagessen eingeladen hat. Vielleicht hat sie ihm erzählt, wo Sie wohnen.«

»Ach du lieber Himmel, dieser Idiot Nicolas Joslin!«, rief Marc. »Was für eine Ironie des Schicksals – das ist ja vollkommen absurd!«

In seiner gänzlich unbrüderlichen Haltung in dieser Angelegenheit fand er, dass Joslin Claudine gerne haben konnte, wenn er sie denn wollte. Es bestand kein Anlass mehr für Joslin, ihn in ganz Paris zu suchen, um ihn zusammenzuschlagen – und um Jaqueline wieder mitzunehmen. Sie war bereits gegangen – wohin sie gegangen war, wusste nur sie selbst.

»Hat meine Frau gesagt, wohin sie heute Abend ausgegangen ist?«, fragte er, denn sein Argwohn gegenüber Pierre war erneut entflammt.

»Das hat sie«, erwiderte Bernadette und lächelte breit. »Sie ist mit Madame Lamartine ins Theater gegangen.«

Sylvie und Arlette zusammen – allein die Vorstellung ließ Marc aufstöhnen. Arlette hatte ihn vor Jaqueline im Café gedemütigt. Zweifellos hatte sie Sylvie in der Zwischenzeit ebenfalls von dieser Begegnung berichtet, und nun lachten sie beide über ihn.

»Mein Leben ist eine Katastrophe«, bemerkte er stumpf. »Ich fühle mich so schlecht, dass ich am liebsten tot wäre.«

»Aber nicht doch, das dürfen Sie nicht sagen«, versuchte ihn Bernadette zu trösten. »Das bringt Unglück. Nichts ist so schlimm, dass man es nicht wieder ins Lot bringen könnte.«

»Wenn Sie wüssten«, erwiderte er mit hohler Stimme. »Aber keiner versteht mich. Alles, was ich mache, endet in einer Enttäuschung. Alle, die ich liebe, betrügen und demütigen mich.«

Unwillkürlich streckte er die Hand nach Bernadette aus, die neben seinem Stuhl stand. Er legte seine Arme um ihre kräftigen Hüften und verbarg sein Gesicht in ihrer weißen Rüschenschürze. Sie dachte, er würde jeden Augenblick in Tränen ausbrechen, und streichelte beruhigend sein Haar.

»Nun, nun«, sagte sie. »So schlimm kann es doch gar nicht sein. Sie sind jung, sehen gut aus und haben noch dazu Geld.«

»Mein Herz ist wieder und wieder gebrochen worden«, erwiderte er und drückte sein Gesicht gegen Bernadettes Bauch. »Ich besitze gar nichts mehr.«

Er zog sie auf seinen Schoß herunter und fuhr fort, ihr sein Leid zu klagen. Selbstverständlich sind körperliche Berührungen dieses Ausmaßes zwischen einem Arbeitgeber und seiner Bediensteten nicht angemessen. Zu Marcs Verteidigung mag angeführt werden, dass er so sehr in Selbstmitleid aufgelöst war, dass er einfach nach der nächstbesten Frau griff, ohne darüber nachzudenken, um wen es sich dabei handelte.

»Ich bin hierher gekommen, um mich mit meiner Frau zu versöhnen«, fuhr er fort, »und nun ist sie nicht da. Sie ist mit einer Frau zusammen, die mich hasst und mich zu demütigen versucht.«

»Sie hätten vorher anrufen sollen, dass Sie vorbeikommen

wollen«, bemerkte Bernadette pragmatisch. »Dann hätte Madame sicher auf Sie gewartet.«

»Hätte sie das? Bei unserem letzten Treffen hier war sie überhaupt nicht nett und hat mir das Gefühl gegeben, vollkommen lachhaft zu sein.«

»Aber wenn Sie ihr gesagt hätten, dass Sie sich wieder mit ihr versöhnen wollten, wäre sie sicherlich hier geblieben.«

»Ich kann es nur schlecht erklären. Ich habe selbst nicht gewusst, dass ich das wollte – nein, dass ich das unbedingt brauchte –, ich weiß erst seit zwanzig Minuten, dass ich mich mit ihr wieder versöhnen möchte. Denn davor, verstehen Sie, hatte ich eine ganz außergewöhnliche Erfahrung. Sie hat mich dazu gebracht, dass ich mein ganzes Leben mit neuen Augen sehe. Das schließlich hat mich wieder hierher gebracht.«

»Diese Erfahrung, von der Sie sprechen, was war das?«, erkundigte sich Bernadette. »War es eine Art Vision? Haben Sie Stimmen gehört?«

»Man hat mir ein Bild der Unschuld gezeigt«, erwiderte Marc ohne Umschweife.

Er hatte die Arme um Bernadettes Taille geschlungen, während sein Kinn auf ihren üppigen Brüsten ruhte. Etwas Steifes presste gegen ihren Schenkel, vielleicht ein Schlüssel in seiner Tasche. Bernadette ließ ihre Hand zwischen sich und Marc gleiten, um zu fühlen, was es war, und stieß auf die längliche Ausbeulung seiner Hosen.

»Da läuft der Hase also, sehe ich das richtig?«, erkundigte sie sich mit hochgezogenen Augenbrauen. »Diese Unschuld, der Sie beigewohnt haben, hat offensichtlich eine höchst eigenartige Wirkung auf Sie.«

»Erklärungen sind vollkommen sinnlos«, seufzte Marc. »Es gibt Gefühle, die man nicht adäquat in Worten ausdrücken kann. Das zu versuchen hieße noch weniger in diese Dinge einzudringen.«

»Sie sollten mit mir nicht über das Eindringen sprechen.« Bernadette grinste ihn an. »Wenn Madame das herausfände, würde sie von Ihrer Unschuld nicht mehr allzu viel halten. Das wäre das Ende jeder Versöhnung.«

»So habe ich es nicht gemeint«, sagte Marc und verfiel plötzlich in Schweigen. Bernadette rieb langsam mit den Fingerspitzen über die Ausbuchtung seiner Hose, und das Gefühl war ausgesprochen angenehm.

»Sie müssen etwas sehr Erfreuliches erleben«, meinte sie. »Etwas, das Sie aus Ihrer düsteren Stimmung und Ihren Sorgen herausreißt.«

»Da haben Sie ganz Recht«, erwiderte er und rieb seine Wange an ihren großen runden Brüsten. »Ich hatte geglaubt, dass mir etwas ganz Wunderbares widerfahren sei, bevor ich hierher gekommen bin. Aber ich habe mich geirrt, und nun ist alles nur noch schlimmer.«

Bernadette verlagerte ihr Gewicht auf seinem Schoß. Die weichen Backen ihres Hinterns ruhten nun bequem auf seinen Schenkeln. Sie öffnete seine Hose und schlüpfte mit der Hand unter sein Hemd. Er senkte den Blick und sah, wie ihre Hand ihn vollkommen umfasst hielt. Sein Schaft hatte sich von dem Fiasko in Madame de Follignys Etablissement vollkommen erholt und war wieder beeindruckend lang und kräftig.

»Was haben wir denn hier?«, erkundigte sie sich, während sie durch die Auf- und Abbewegung ihrer Hand ein angenehmes Zittern in seinem Bauch hervorrief. »Bevor Sie hierher gekommen sind, waren Sie da mit einer Frau zusammen? Ist es das, was Sie mit einer außergewöhnlichen Erfahrung meinen?«

Marc hatte keinerlei Erklärungen parat. Mit zitternden Händen öffnete er die kleinen schwarzen Knöpfe von Bernadettes Kleid, schob seine Hand hinein und befühlte ihre fleischigen Brüste. Er war so erregt, dass sein leidenschaftliches

Beben ihn vom Stuhl gerissen hätte, würde Bernadettes Gewicht auf seinen Schenkeln ihn nicht zurückhalten. Er blickte auf seine weit geöffneten Hosen und den daraus aufsteigenden Schaft. »Oh, oh, oh«, stöhnte er, während Bernadettes Hand ihr Tempo mit ihm steigerte.

»Gleich schon werden Sie sich viel besser fühlen«, meinte sie.

»Ja«, schrie Marc auf. »Ja, das glaube ich auch, Bernadette.«

Als alles vorbei war und sich das klebrige Resultat seiner Leidenschaft über ihre weiße Rüschenschürze ergossen hatte, holte sie ihm ein weiteres Glas Cognac. Es war unsinnig, auf Sylvies Rückkehr zu warten. Er ließ sich in einen Sessel fallen und fragte sich, ob er sich jetzt tatsächlich besser fühlte oder nicht.

Ich hätte nie und nimmer zustimmen sollen, die Szene des jungen Paares zu beobachten, dachte er, wobei er die Fakten verzerrte. Doch Madame de Folligny hat mich davon überzeugt, dass das meine Sorgen erleichtern würde. Als sie mich in das Zimmer mit der Öffnung in der Wand geführt hatte, hätte ich Madame selbst auf den Boden werfen und ihr das schwarze Kleid vom Leib reißen sollen. Genau diesen Gedanken hatte ich gehabt, als ich mit ihr zusammen den Champagner getrunken habe. Ich war ein Dummkopf, dass ich das nicht getan habe.

Es ist nicht schwer zu erraten, was ich gesehen hätte, wenn ich ihr die Kleidung ausgezogen hätte – einen glatten, weißen Körper und ein paar braune Locken zwischen den dünnen Schenkeln. All meine Instinkte haben mich gedrängt, sie zu besitzen, doch ich habe mich ablenken lassen, weil sie schon so oft für den Liebesakt benutzt worden war, dass er bedeutungslos geworden war. Ich habe mir gesagt, dass es lediglich ein mechanischer Akt sein würde. Doch warum zerbreche ich mir den Kopf über solche Dinge?

Die Wahrheit ist doch die, dass ein mechanischer Akt mir sehr gut getan hätte. Madame de Folligny wäre zwar anfangs recht schockiert gewesen, sie hätte sich gewehrt, während ich ihr das Kleid vom Leib gerissen hätte. Ich hoffe jedenfalls, dass sie sich gewehrt hätte. Es hätte mein Vergnügen ruiniert, hätte sie es nicht getan. Sie trug kein Höschen, dessen bin ich mir sicher. Sowie ich ihr das Kleid ausgezogen hätte, hätte ich mich auf sie legen und tief in sie eindringen können, während sie mich immer noch davon abzuhalten versucht hätte. Sie hätte ihre Fingernägel in mein Gesicht gegraben und an meinen Haaren gezerrt. Ich hätte vor Vergnügen geschrien, wenn ich mich in ihr ergossen hätte – es wäre ein solcher Triumph gewesen, ein solcher Triumph!

11

Auf die Liebe ist kein Verlass

Die drohende Auseinandersetzung zwischen Nicolas Joslin und Marc Beauvais Jaquelines wegen fand tatsächlich statt. Nicolas hatte versucht, über Claudine Marcs Adresse herauszufinden, doch sie behauptete weiterhin, die Anschrift ihres Bruders nicht zu kennen.

Ihre Verweigerung entsprang nicht dem Wunsch, Marc zu beschützen. Wenn Nicolas ihm zwei blaue Augen geschlagen hätte, so hätte sie das nicht weiter gestört. Doch hatte sie nicht das Bedürfnis, Nicolas dabei zu helfen, Jaqueline zu finden. Es ist ganz natürlich, die eigenen Interessen zu schützen – und Claudine hatte mittlerweile durchaus ein Interesse an Nicolas. Als Liebhaber war er ausgesprochen aufmerksam – zugegebenermaßen war er nicht sonderlich einfallsreich, doch war er gründlich.

Ihre Besuche in seinem luxuriösen Appartement in der Nähe des Bois de Boulogne wurden immer häufiger. Nicolas verbrachte so viel Zeit, wie sie es wünschte, mit dem Küssen der Innenseiten ihrer Schenkel. Diese Schenkel, auf die sie so stolz war und auf die sie teures Parfüm tupfte, bevor sie sich mit ihm traf. Nach einer Orgie der Bewunderung gestattete sie ihm, seinen schweren Körper auf sie zu legen, sodass sein Gewicht sie auf das Bett zurückdrückte. Er drang mit seiner kraftvollen Männlichkeit in sie ein, und von diesem Augenblick an verwandelte er sich in eine menschliche Maschine, die, ohne zu ermüden, ihr einen Höhepunkt nach dem nächsten verschaffte.

Mit Geld war Nicolas ebenfalls sehr großzügig. Er kaufte ihr Geschenke, kleine, teure und sehr elegante Geschenke, auf die ihr langweiliger Ehemann gar nicht erst gekommen wäre. Alles in allem war Claudine mit der Entwicklung ihrer Liebesaffäre ausgesprochen zufrieden. Sie wollte alles in ihrer Macht Stehende versuchen, um nicht wieder von Jaqueline ersetzt zu werden, falls Nicolas sie fand und sie erneut seine Zuneigung suchte.

Doch auch ohne Claudines Hilfe fand Nicolas schließlich Marcs Adresse in der Rue des Petit Champs heraus und eilte dorthin. Er hämmerte mit den Fäusten gegen die Tür. Marc öffnete, und die beiden Männer standen sich fixierend gegenüber.

»Sie wissen, weshalb ich gekommen bin«, stieß Nicolas wütend hervor.

Die Gewalt, die von Sylvies Hausangestellter bei diesem Treffen vorhergesagt worden war, schloss eine tätliche Auseinandersetzung und Blut auf dem Teppich mit ein. Dieses Melodram sollte jedoch nicht stattfinden.

»Dafür sind Sie zu spät gekommen«, erwiderte Marc ebenso echauffiert. »Viel zu spät sogar – Jaqueline ist fort.«

Nicolas wollte ihm nicht glauben. Er hielt es für eine schwache Lüge, die Marc aus einer unmöglichen Situation retten sollte. Marc bemerkte das Misstrauen auf seinem Gesicht und riss die Tür weit auf – mit einer verächtlichen Geste bat er ihn herein, um das Appartement zu durchsuchen. Nicolas drängte sich sofort an ihm vorbei und durchschritt alle Räume, knallte mit den Türen und öffnete sogar einige Schränke. Fünf Minuten später standen sich die beiden Männer im Wohnzimmer wie zwei Hunde auf der Straße gegenüber, die jeden Augenblick übereinander herzufallen drohten.

»Wo ist sie?«, verlangte Nicolas zu wissen.

»Ich weiß es nicht«, erwiderte Marc. »Sie ist eines Tages

gegangen, während ich nicht im Haus war. Sie hat eine Nachricht hinterlassen. Sie können sie selbst lesen.«

Er hatte das Stückchen Papier aufbewahrt, auf das Jaqueline den Satz *Marc, ich verlasse dich* geschrieben hatte. Damals hatte er es, blind vor Wut, zusammengeknüllt und gegen die Schlafzimmerwand geworfen. Doch eine Stunde später hatte er das Blatt wieder aufgehoben und geglättet. Ob er diese Erinnerung an eine verlorene Liebe aus sentimentalen Gründen oder aber deswegen behielt, weil er gedemütigt worden war, vermochte niemand zu sagen, noch nicht einmal er selbst. Nicolas nahm den Zettel, las ihn und reichte ihn Marc zurück.

»Sie hat uns beide zum Narren gehalten«, sagte er.

Marc nickte, denn mehr war dazu nicht zu sagen. Nicolas verabschiedete sich mit knappem Gruß. Es gab keinerlei Grund, Marc zu sagen, dass er eine sehr interessante – wenngleich auch sehr anstrengende – Liebesaffäre mit seiner Schwester, der hochmütigen Claudine, unterhielt.

Nicolas war kein Mann, der schnell aufgab. Er setzte seine Suche nach Jaqueline weiter fort, obwohl er eigentlich nicht mehr genau wusste, was er ihr bei einem eventuellen Treffen sagen wollte. Wenn er mit Claudine zusammen war, dachte er niemals an Jaqueline. Der schlanke Körper dieser hochmütigen Person hatte ihn vollkommen gefangen genommen, und er war glücklich darüber, mit ihr so lange zu spielen, wie sie bei ihm blieb. Doch wenn er alleine war, schweiften seine Gedanken zu der üppigen Jaqueline und ihren großen, schweren Brüsten – die zwölf Monate lang sein liebstes Spielzeug gewesen waren, bis sie ihn mit Marc Beauvais betrogen hatte.

Was also wollte er ihr sagen, falls er sie fand? Vielleicht gar nichts. Oder aber sie mit Beschimpfungen überhäufen. Oder sie von Herzen bitten, zu ihm zurückzukehren. Erst wenn er sie von Angesicht zu Angesicht sehen würde, würde ihm einfallen, was er sagen wollte.

Es kam der Tag, als er bei Arlette vorsprach. Dank seiner Ausdauer hatte er Jaquelines bisherige Route verfolgen können. An jenem Morgen trug er einen hellblauen Anzug, seinen grauen Homburg und einen dunkelblauen Seidenschlips – und in seiner Hand hielt er den in Gold gefassten Spazierstock.

Seine Augen leuchteten erfreut auf, als Arlette die Tür persönlich öffnete. Sie trug einen gewagt eleganten Hausanzug. Er war aus cremefarbener Organdyseide. Sowohl die Hose als auch die Jacke lagen eng am Körper an und betonten ihre schmale Figur. Der Kragen und die Ärmel der Jacke waren mit Rüschen verziert, doch die Gesamtwirkung war derart überwältigend, dass Nicolas diese Details überhaupt nicht wahrnahm. Arlette lächelte und streckte ihm ihre Hand entgegen.

»Monsieur Joslin, Sie sind es«, begrüßte sie ihn. »Was führt Sie zu mir?«

Sie kannten sich seit einigen Jahren oberflächlich, denn sie besaßen gemeinsame Freunde. Nicolas nahm den Hut ab und küsste ihre Hand.

»Man hat mir gesagt, Mademoiselle Jaqueline Peyron wohnt bei Ihnen«, erwiderte er höflich. »Ich würde sie gerne einen Augenblick lang sprechen, wenn sie mich sehen möchte.«

Arlette warf in beide Richtungen des Hausflurs einen Blick, um zu sehen, ob irgendwelche Nachbarn ihre elegante Kleidung bewunderten. Doch um elf Uhr vormittag war kein Mensch zu sehen – lediglich Nicolas mit seinem eleganten Hut und Stock.

»Treten Sie ein«, sagte sie und führte ihn ins Wohnzimmer.

Sie deutete auf einen Stuhl und setzte sich selbst auf eine mit Brokat bezogene Chaiselongue, wenn man es denn als Sitzen bezeichnen konnte. Es war eigentlich mehr ein graziles Zurücklehnen, wobei sie ihre Beine unter ihren Körper schob und die Füsse verschränkte. Nicolas setzte sich auf den ihm zugewiesenen Platz. Sein Stock stand aufrecht zwischen den Knien, seinen Hut hatte er auf den goldenen Knauf gelegt.

»Jaqueline ist zur Zeit nicht hier«, wandte sich Arlette an ihn.

»Ach, schon wieder die alte Geschichte«, erwiderte er, ganz offensichtlich skeptisch.

»Ich habe keinerlei Grund, Sie zu belügen, Monsieur Joslin«, entgegnete Arlette kühl. »Und Sie haben keinen Grund, mir das zu unterstellen. Jaqueline wohnt zur Zeit zwar hier, ist im Augenblick jedoch nicht da. Kann ich ihr eine Nachricht hinterlassen?«

»Bitte verzeihen Sie mir«, erwiderte Nicolas. »Ich habe mich unhöflich benommen. Aber ich bin seit dem Tag unserer Trennung vollkommen verwirrt wegen Jaqueline.«

»Trennung, wollen Sie es so bezeichnen? Sie ihrerseits hat mir erzählt, Sie hätten sie angeschrien und ihr gesagt, sie solle gehen.«

»Doch das war überhaupt nicht meine Absicht«, protestierte Nicolas schwach und hob resigniert beide Hände. »Sie traf sich ständig mit diesem Beauvais und ließ sich von ihm lieben, die ganze Welt wusste davon. Hinter meinem Rücken lachten die Leute über mich, was sollte ich denn anderes tun, als sie hinauszuwerfen?«

Arlette zuckte mit den Schultern.

»Jaqueline ist jung und sehr schön und empfindsam«, meinte sie. »Sie haben sich ihr gegenüber sehr schroff verhalten. Ein wenig mehr Verständnis hätte ihr Problem sicherlich auf etwas befriedigendere Art und Weise lösen können.«

»Und wann wird sie zurück sein?«, erkundigte sich Nicolas.

»Nicht vor morgen. Sie ist ihre Schwester in Poissy besuchen gefahren; ihre ältere Schwester, die vor kurzem geheiratet hat und nun mit ihrem Mann dort lebt.«

»Ich wusste gar nicht, dass Jaqueline eine Schwester hat«, gestand Nicolas.

»Es gibt sehr viele Dinge, die Sie über Jaqueline nicht wissen«, bemerkte Arlette ernst. »Beispielsweise wissen Sie nicht, dass sie etwa eine Woche, nachdem Sie sie hinausgeworfen hatten, noch einmal zu Ihrer Wohnung zurückgekehrt ist. Sie hat das Vorgefallene bitter bereut und wollte sehen, ob sich die Sache vielleicht wieder einrenken ließe.«

»Wie bitte?«, rief Nicolas aus. »Wann war das denn?«

»Eines Nachmittags. Sie hatte immer noch den Schlüssel, und sie war zurückgekehrt, um Sie um Vergebung zu bitten und Sie zu umarmen, wenn Sie es ihr gestatten würden. Sie sagte mir, dass Sie nicht im Wohnzimmer waren, als sie dort ankam. Doch hörte sie gewisse Geräusche aus Ihrem Schlafzimmer.«

»Oh, mein Gott«, sagte Nicolas voller Reue, denn er ahnte, was nun kommen würde.

»Die Geräusche ließen darauf schließen, dass Sie nicht alleine waren«, fuhr Arlette fort und beobachtete Nicolas' Unbehagen mit heimlicher Befriedigung. »Sie war schockiert, dass Sie schon so bald nach der unglücklichen Trennung mit einer anderen Frau zusammen sein konnten. Natürlich hat sie daraus geschlossen, dass Sie sie lediglich deswegen aus der Wohnung geworfen hatten, damit diese andere Frau dort einziehen konnte.«

»Nicht doch«, protestierte Nicolas. »So ist es nicht gewesen.«

»Tatsächlich nicht? Das ist leicht für Sie zu behaupten. Doch Tatsache ist, dass Jaqueline bei Ihnen gewesen ist, um Sie um Vergebung zu bitten – und was hat sie dort vorgefunden? Nicht etwa einen Liebhaber, der über das Scheitern einer Liebesbeziehung trauerte. Nein, ganz im Gegenteil: Sie fand den Mann, der noch vor wenigen Tagen ihr Liebhaber gewesen war, dabei vor, wie er sich mit einer fremden Frau amüsierte. Was sollte sie davon halten? In ihrer Verwirrung zog sie die Schuhe aus und lief auf Strümpfen bis zu Ihrer Schlafzimmertür.«

Nicolas schwieg betreten.

»Wie es scheint, haben Sie in Ihrer Eile, Ihre neue Freundin in Ihr Bett zu bekommen, die Tür ein klein wenig offen gelassen«, fuhr sie fort. »Jaqueline legte ihr Ohr an den Spalt und hörte, wie zwei Menschen miteinander flüsterten. Sie konnte jedoch nicht hören, was gesagt wurde. Sie warf einen Blick durch den Spalt und sah Sie und eine dunkelhaarige Frau auf dem Bett.«

Arlette hatte keine Ahnung, dass es sich bei der dunkelhaarigen Frau um Claudine handelte, denn Jaqueline kannte Marcs Schwester nicht.

»Ich bitte Sie, hören Sie auf«, rief Nicolas betroffen. »Sie beschämen und demütigen mich mit Ihren Worten.«

»Warum sollen Sie die Wirkung Ihrer Taten nicht zu spüren bekommen, wenn die arme Jaqueline der Demütigung ausgesetzt gewesen ist, den Mann, den sie so sehr geliebt hat, mit einer anderen Frau im Bett zu sehen? Hören Sie mir zu und versuchen Sie zu verstehen, welchen Schmerz Sie ihr zugefügt haben. Sie hat gesehen, wie Sie die Brüste der Frau geküsst haben und sie zwischen ihren Beinen gestreichelt haben. Nach Jaquelines Beschreibung war es eine dünne Frau.«

»Oh mein Gott, mein Gott«, murmelte Nicolas.

Wie tief er auch getroffen sein mochte, konnte Nicolas doch nicht umhin, beim Anblick Arlettes deren außergewöhnliche Attraktivität zu bemerken. Ihre schwarze Ponyfrisur reichte bis zu ihren Ohren. Wenn sie gestikulierend ihre Worte unterstrich, fielen die Rüschenärmel ihrer Jacke über die feinen Handgelenke und die langgliedrigen Hände. An den Füßen trug sie goldene Haremsslipper, die vorne offen waren und ihre dunkelrot lackierten Zehennägel zeigten.

Beim Anblick Arlettes stellte Nicolas sich vor, dass lediglich die dünne Organdyseide zwischen ihm und Arlettes parfümiertem Körper lag. Es drängte ihn danach, sie zu berühren, doch der Anstand verbot es – also zog er sie mit den Augen so diskret wie nur möglich aus. Er stellte sie sich ohne ihre Jacke vor, wie sie ihm ihre kleinen aufgerichteten Brüste darbot – und dann ohne die Hosen, sodass die schlanken Schenkel und ihr Lockendreieck zu sehen sein würden. Diese Vorstellungen beflügelten die eigene Erregung in seiner Unterhose.

»Ich möchte nicht weiter ins Detail gehen«, fuhr Arlette ernst fort. »Das wäre zu ungehörig, obwohl mir Jaqueline alles erzählt hat. Sie war Ihretwegen vollkommen aufgelöst. Sie hat Sie auf der dunkelhaarigen Frau liegen sehen. Das war der Augenblick, in dem Jaqueline einen Schlussstrich gezogen hat. Sie hat sich von der Tür abgewandt und ihr Appartement für immer verlassen.«

»Was kann ich dazu sagen?«, murmelte Nicolas betreten. »Ich hatte nicht geglaubt, Jaqueline jemals wieder zu sehen. Ich habe jemand anderen kennen gelernt. Solche Dinge passieren, so ist die Welt.«

»So ist die Welt für Männer«, entgegnete Arlette mit offenkundigem Missfallen in der Stimme. Jetzt war es an Nicolas, mit den Schultern zu zucken – und dann zu lächeln. Arlette überkreuzte auf der Chaiselongue ihre Fesseln in der anderen Richtung, wobei ihre Brüste unter der dünnen Jacke wippten. Dies bestätigte Nicolas Annahme, dass sie keinen Büstenhalter trug. Jetzt, wo er etwas genauer hinsah – natürlich vollkommen unauffällig –, konnte er die Knospen ihrer Brüste gegen den cremefarbenen Stoff gepresst sehen.

»Nicht, dass es wichtig wäre«, fuhr Arlette fort. »Aber sagen Sie mir, hatte Jaqueline Recht? Waren Sie bereits der Liebhaber dieser anderen Frau und haben den Streit mit Jaqueline wegen Marc lediglich vorgeschoben, um sich ihrer zu entledigen, damit die Neue bei Ihnen einziehen kann?«

»Natürlich nicht. Ich habe sie kennen gelernt, nachdem Jaqueline gegangen war. Außerdem steht es überhaupt nicht zur Debatte, dass sie bei mir einzieht. Ich verrate Ihnen, um wen es sich handelt: Claudine Dumont. Nun, was sagen Sie dazu?«

»Marcs Schwester? Ist das Ihre Rache für Jaquelines Fehltritt mit ihm?«

»Ein Fehltritt – wollen Sie es so nennen?«, rief Nicolas aus. »Sie glauben doch wohl nicht wirklich, dass der Beischlaf mit einem anderen Mann, während sie bei mir wohnte, lediglich ein bedeutungsloses gesellschaftliches Fehlverhalten war?«

»Sie müssen ihr gegenüber ein paar Zugeständnisse machen«, entgegnete Arlette. »Sie ist jung und sehr begehrenswert. Marc sieht gut aus und ist ein interessanter Mann. Sie haben selbst gesagt, dass solche Dinge passieren. So ist die Welt nun einmal.«

»Das ist nun alles Vergangenheit, und wir sollten es dabei bewenden lassen«, meinte Nicolas. »Ich weiß auch nicht, warum ich Jaqueline so unbedingt wieder finden möchte, wo ich ihr eigentlich gar nichts zu sagen habe. Ich bin froh, dass sie Marc Beauvais bereits nach einer so kurzen Zeit wieder verlassen hat. Ich mochte ihn noch nie – irgendetwas an ihm ist nicht ganz normal. Nein, das hätte ich lieber nicht sagen sollen. Bitte verzeihen Sie mir. Wie ich annehme, waren sie beide einmal sehr eng befreundet. Das jedenfalls erzählt man sich.«

»Da erzählt man sich ausnahmsweise die Wahrheit – und Sie haben Recht mit Ihrer Äußerung, dass irgendetwas mit Marc nicht ganz stimmt.«

Sie hatte sich mit einem Ellbogen auf der Lehne der Chaiselongue abgestützt. In dieser Haltung dehnte sich die eng anliegende Jacke über ihren Brüsten und ließ sie noch deutlicher hervortreten. Durch den dünnen Stoff hindurch konnte er ihre Knospen sehen. Sie streckte ihre Beine auf dem goldenen Brokat aus, wobei ihr einer ihrer Slipper vom Fuß fiel.

Nicolas ließ Hut und Stock fallen und fiel schwerfällig auf die Knie, um den Schuh zu suchen und ihn ihr wieder an den nackten Fuß zu stecken.

Daraufhin setzte er sich nicht wieder auf seinen Sessel, sondern blieb mit einer Hand an Arlettes Fessel vor ihr auf den Knien. Ihr schien seine etwas zu intime Geste nicht weiter aufzufallen.

»Ich versuche gerade, mir Sie und Claudine als Liebespaar vorzustellen«, bemerkte sie amüsiert. »Wissen Sie, ich habe sie niemals als eine liebenswürdige Person kennen gelernt. Sicherlich haben Sie Qualitäten an ihr entdecken können, die dem Rest der Welt entgangen sind.«

»Sie hat eine wirkliche Gabe für das Liebesspiel«, erwiderte Nicolas unumwunden.

»Ist das so? Das hätte ich niemals gedacht. Wie ich annehme, machen sie beide davon in vollen Zügen Gebrauch?«

»Wir treffen uns erst zum Mittagessen, danach gehen wir zu mir. An den meisten Tagen ist ihr Mann im Büro oder im Gericht oder wo auch immer Rechtsanwälte ihr Geld verdienen. Zwischen drei und fünf Uhr schweben Claudine und ich im Paradies. Dafür gibt es keine Worte – es ist einfach nicht möglich, das Vergnügen zu schildern, das wir einander bereiten.«

Arlette musste angesichts der Ernsthaftigkeit seiner Erzählung über Claudine lachen. Ihrem Urteil nach besaß er keinen sonderlich feinen Geschmack in der Kunst der Liebe, ganz gleich auf welch großem Fuße er leben konnte. Vermutlich betrachtete er alle Frauen als austauschbar, wenn sie einmal vor ihm lagen – obwohl der Unterschied zwischen Claudine und Jaqueline nicht hätte größer sein können. Es war nur zu offensichtlich, dass die blonde, großbrüstige Jaqueline genau der Typ Frau war, dem Nicolas auf den ersten Blick verfallen würde. Claudine dagegen, dunkelhaarig und schlank, intelligent, sarkastisch und ihre gesamte Umgebung fast ausnahmslos verachtend, war ein ganz anderer Fall. Es war schwer, sich vorzustellen, was Nicolas an ihr fand.

Nur wenige würden seiner Behauptung Glauben schenken, dass Claudine Dumont Talent in der Liebe besaß. Ihre überhebliche Art ließ eher vermuten, dass sie mit erhobenen Beinen auf dem Rücken zu liegen als eine zu demütigende Position empfand, um sie auch nur in Erwägung zu ziehen. Doch Arlette wusste, dass die unterschiedlichsten sexuellen Gelüste ganz gewöhnliche Menschen zu Exzessen trieben, die man sich gar nicht vorstellen konnte. Wenn Nicolas behauptete, Claudine sei für ihn die aufregendste Frau der Welt, dann war sie es für ihn auch.

Arlette hielt Nicolas' Differenzierungsvermögen für nicht besonders ausgeprägt. Für sie war er ein durchschnittlicher Mann, dessen sexuelle Vorlieben dem Wort durchschnittlich durchaus gerecht wurden. Sie war sich sicher, dass er Jaquelines Qualitäten während ihrer gemeinsamen Monate gegenüber völlig blind gewesen war. Sicher hatte er sie als eine üppige Blondine betrachtet, mit der man sich im Bett vergnügen konnte. Es bedurfte der Feinfühligkeit einer Frau, um Jaquelines wahre Natur aufzudecken.

Eines von Arlettes Hosenbeinen war hochgerutscht, sodass Nicolas' Hand jetzt auf ihrer bloßen Fessel lag. Noch immer kniete er neben der Chaiselongue. Das ungezügelte Teil in seinen Hosen hatte mittlerweile ein enormes Ausmaß angenommen. Lediglich das Gefühl ihrer zarten Haut unter seinen Fingerspitzen hatte diese Erregung hervorgerufen. Oder war es der elegante Hausanzug aus Organdyseide, der ihren schlanken Körper umhüllte und dabei so wenig verbarg?

Nicolas' Finger bewegten sich ganz leicht ein paar Zentimeter über ihrer rechten Fessel, während er in seiner Vorstellung eine Szene auslebte, die in ihrer Intensität schon fast als fetischistisch zu bezeichnen war. Er stellte sich vor, wie er mit Arlette zusammen auf der brokatbezogenen Chaiselongue lag. Eigentlich lag er sogar schon auf ihr, während jedoch nicht ihr Körper, sondern ihr Anzug ihn vollkommen verrückt machte. In seiner Vorstellung hatte sie die cremefarbene Jacke aufgeknöpft, sodass ihre aufgerichteten kleinen Brüste nackt in seinen Händen lagen. Sie hatte die Augen geschlossen und stöhnte lustvoll mit geöffnetem Mund.

Ihre goldbeschuhten Füße hielt sie verschränkt, die Knie jedoch hatte sie weit auseinander gespreizt. Nicolas stellte sich vor, wie er mit offenen Hosen auf ihr lag und seine Lenden und den harten Schaft an dem weichen Stoff rieb, der ihre *joujou* und ihren Bauch bedeckte. Trotz seiner Eleganz und seinem subtilen Charme erschien ihm der Anzug keusch und jungfräulich – es war eine ganz außergewöhnliche Fantasie, die von ihm Besitz ergriffen hatte.

Während er Arlettes Fessel streichelte, sah er mit errötetem Gesicht zu ihr auf und wagte kaum zu atmen. Wenn er tatsächlich zwischen ihren Schenkeln liegen würde, würde er schon bald dem Höhepunkt entgegenzittern. Er stellte sich vor, wie er sich über dem feinen Stoff ergoss – und diesen augenblicklich durchnässen würde. Arlette würde zitternd und keuchend unter ihm liegen und die warme Nässe auf ihren Bauch sickern fühlen.

»Wir kennen uns noch nicht sehr gut, Arlette«, bemerkte er mit Nachdruck. »Doch ich habe Sie vom ersten Augenblick an bewundert.«

»Auch ich habe immer ein kleines Faible für Sie gehabt, Nicolas«, erwiderte sie vorsichtig. »Allerdings nur aus der Distanz.«

Das war nicht ganz richtig, denn sie hatte sich niemals über ihn Gedanken gemacht, ob nun freundliche oder unfreundliche. Sie stimmte der allgemein unter ihren Freunden verbreiteten Meinung zu, dass er etwas Durchtriebenes an sich hatte.

»Ja, dann …«, meinte er hoffnungsvoll, während er sich immer noch vorstellte, zwischen ihren Beinen zu liegen und den teuren Hausanzug mit seiner Leidenschaft zu durchtränken. Sogar ihm selbst erschien das als ein bizarres Anliegen, doch warum nicht?

»Sicherlich empfinden Sie es ebenfalls als etwas absurd, hier unangemeldet aufzutauchen und dann zu verkünden, dass Sie mich bewundern«, meinte Arlette. »Hören Sie mir gut zu. Wir werden weiterhin Bekannte bleiben, mehr nicht. Ich bin nicht so einfältig, um mich von solchen Worten beeindrucken zu lassen.«

»Ich versichere Ihnen, ich meine es ernst«, protestierte Nicolas. »Wenn ich behaupte, dass ich Sie bewundere, dann ist das ganz einfach die Wahrheit.«

»Selbstverständlich.« Sie lächelte ihm zustimmend zu. »Doch was Sie wirklich meinen ist, dass Sie mich begehren, dass Sie mich lieben und meinen Körper zu Ihrem Vergnügen benutzen wollen.«

»Ich habe Sie verärgert«, entgegnete er in verletztem Tonfall. Er war immer noch auf den Knien und hatte seine Finger um ihre schlanken Fesseln gelegt. »Und noch einmal muss ich Sie um Verzeihung bitten, zum dritten Mal heute.«

»Ich bin nicht im Geringsten verärgert«, versicherte sie ihm. »Ich sage Ihnen lediglich, dass Sie Ihre Hoffnungen nicht zu hoch ansetzen sollten. Vielleicht werden wir irgendwann zu Freunden werden, doch ich bezweifle sehr, dass es jemals mehr sein könnte. Sie müssen schon Claudine aufsuchen, wenn es darum geht.«

»Wie ich sehe, haben Sie mir bereits vergeben.« Er lächelte zu ihr auf. Während seine Hand locker um ihre Fessel lag, wünschte er sich, er hätte den Mut, ihr Bein hinaufzustreicheln. »Sonst würden Sie mir sagen, dass ich gehen müsse.«

»Ich werde Sie zum Gehen auffordern, sobald Sie mich nicht länger amüsieren«, bestätigte Arlette. »Doch erzählen Sie mir etwas über Claudine. Es ist für mich nur schwer vorstellbar, dass sie in der Liebe irgendein Talent besitzt.«

»Aber das tut sie«, widersprach Nicolas ernst.

»Waren Sie gestern mit ihr im Bett?«, erkundigte sich Arlette. Als Nicolas glücklich nickte, meinte sie: »Gut, dann erzählen Sie mir davon. Was haben Sie mit ihr angestellt? Und was sie mit Ihnen?«

»Nicht doch, das wäre zu intim«, entgegnete er.

»Sie sagten doch, Sie würden mich bewundern. Wie kann da irgendetwas zu intim sein, um es mir anzuvertrauen?«

Nicolas betrachtete sie nachdenklich.

»Lassen Sie uns ganz vernünftig sein, *mon cher*«, meinte Arlette. »Es gibt nur eine begrenzte Anzahl von Möglichkeiten, in denen man sich lieben kann, selbst was Claudine betrifft.«

»Es geht ja nicht darum, sechsunddreißig Positionen durchzuprobieren«, erwiderte Nicolas. »Ich bin zu schwer, um im Bett sportliche Leistungen zu erbringen. Unser Vergnügen wurzelt in der mentalen Herangehensweise.«

»Das könnte interessant sein, erklären Sie es mir.«

Nicolas überlegte, ob er Arlette möglicherweise dadurch erregen konnte, dass er ihr im Detail von seinem Nachmittag mit Claudine erzählte. Sie hatte gesagt, es klänge *interessant*. Könnte er es vielleicht interessant genug für sie gestalten, um sie so weit zu bringen, dass sie sich ihm gegenüber gefällig zeigte? Vielleicht würde sie ihm gestatten, ihr Bein zu streicheln – und über den weichen Stoff zu streicheln, der ihre *joujou* bedeckte. Seine Finger umklammerten ihre Fessel.

»Gestern, nach dem Mittagessen«, begann er in ehrfürchtigem Tonfall, »hat sich Claudine in meinem Wohnzimmer ausgezogen. Sie setzte sich nackt auf einen mit goldenem Stoff bezogenen Stuhl in der Nähe des Fensters, wo die Sonne auf sie fiel. Sie war nicht vollkommen nackt, sondern behielt ihr winziges schwarzes Spitzenhöschen an. Sie saß mit geradem Rücken und geschlossenen Knien da, ihre Arme ruhten auf den Stuhllehnen. Sie ähnelte einer ägyptischen

Königin auf ihrem Thron, die Ehrerbietung und Loyalität erwartete. Sie war einfach hinreißend.«

»Sicherlich war sie so hinreißend, dass Sie vor ihr auf die Knie gefallen sind und sie angehimmelt haben«, schlug Arlette leise lächelnd vor. »Schwarze Spitzenhöschen, das klingt wirklich sehr chic.«

»Sie hat mir ihre Hand entgegengestreckt«, fuhr Nicolas leutselig fort. »Ich habe sie tausend Mal geküsst, dann habe ich mich zu ihren Füßen gebeugt, um diese zu küssen. Was für ein wunderbarer Anblick sie doch war. Ihr nackter schlanker Körper und ihre Brüste waren meiner Bewunderung offenbart.«

»Eine Königin auf ihrem Thron«, murmelte Arlette. »Und ein Sklave zu ihren Knien, der sie bewundert. Ich gebe zu, dass klingt aufregend, Nicolas. Waren Sie ebenfalls nackt?«

»Ich war immer noch vollständig angezogen. Wir kamen gerade vom Restaurant zurück. Als ich ihre Füße geküsst habe, war ich vor Bewunderung vollkommen sprachlos. Sie besitzt lange, gerade Zehen mit dunkelrot lackierten Nägeln. Sie öffnete langsam ihre Beine, wobei sie mich ernst anblickte. Ihr Blick war mir Befehl. Ich wusste sofort, was sie wollte. Sie liebt es, wenn man die Innenseiten ihrer Schenkel küsst.«

»Und so hat denn der gehorsame Sklave Ihrer Königlichen Hoheit die Schenkel geküsst«, bemerkte Arlette amüsiert. »Wann haben Sie sie denn ihres schwarzen Spitzenhöschens entledigt?«

»Ich habe ihre Schenkel mindestens zwanzig Minuten lang geküsst, bevor sie es ausgezogen hat und mir mit herrschaftlicher Geste signalisiert hat, ich solle sie weiter küssen. Ohne ein Wort zu sagen, habe ich sie sofort verstanden.«

»Aber natürlich haben Sie das«, murmelte Arlette, die sich die intime Szene vorstellte. Für einen so sachlichen Typ Mann beschrieb er es sehr lebhaft – ganz offensichtlich war er vollkommen bei der Sache.

»Die Locken zwischen ihren Schenkeln sind dunkelbraun«, sagte er. »Sie duftete nach einem teuren Parfüm.«

Das haben Sie ihr sicherlich gekauft, überlegte Arlette amüsiert.

Es war ihr nicht entgangen, dass Nicolas eine freie Hand zwischen seine eigenen Beine gelegt hatte, um seinen pulsierenden Schaft zu beruhigen. Aus seinem starren Blick auf ihre Schenkel und dem geröteten Gesicht konnte sie leicht schließen, was ihm durch den Kopf ging. Um ihn noch etwas weiter zu quälen, veränderte sie ihre Position auf der Chaiselongue ein wenig, hob ein Knie an und öffnete so ihre Schenkel.

»Sie haben also Claudines *belle chose* geküsst, nicht wahr?«, erkundigte sie sich.

»Sie hat mir gestattet, sie zu öffnen und sie mit meiner Zunge zu liebkosen, bis sie den Höhepunkt erreichte«, murmelte Nicolas. »Es war einfach atemberaubend zu fühlen, wie das Zittern durch ihren Körper ging. Ach, Arlette, lassen Sie mich doch Sie auf dieselbe Art und Weise küssen und Ihre Wonnen mit Ihnen teilen.«

Arlette entzog ihm ihre Fessel und setzte ihre Füße auf den Boden. Dann sah sie ihn kurz an.

»Offenbar besitzt Claudine tatsächlich mehr Talent für die Liebe, als ich dachte«, sagte sie. »Sind Sie heute mit ihr verabredet?«

Nicolas nickte, während sein Blick sie anflehte, ihre Beine zu öffnen und seine Berührung zuzulassen. Seine Hand presste immer noch auf seine in den Hosen pulsierende Männlichkeit. Arlette warf einen Blick auf ihre winzige goldene Armbanduhr und lächelte.

»Dann müssen Sie sich jetzt auf den Weg machen, es ist schon fast zwölf.«

»Wir haben noch Zeit«, wandte er erhitzt ein. »Wir treffen uns erst um eins, Sie können doch nicht so grausam sein und mich jetzt in diesem Zustand auf die Straße hinausschicken.«

Er spreizte die Knie auf dem Teppich und riss sich die Hose auf, woraufhin seine steifen fünfzehn Zentimeter heraussprangen. Arlette erhob sich lachend.

»*Au revoir*, Nicolas«, sagte sie und ging an ihm vorbei. »Es hat mir Spaß gemacht, Ihnen zuzuhören. Doch wenn Sie wieder einmal hier vorbeikommen wollen, rufen Sie bitte vorher an und sagen mir Bescheid. Es ist nicht immer passend.«

Er legte seine Hände auf ihre Hüften, um sie zurückzuhalten. Durch den cremefarbenen Stoff ihres eleganten Anzugs hindurch konnte er ihren warmen Körper spüren. Er drückte seine Wange gegen ihren Bauch und streichelte mit einer Hand eine Backe ihres Hinterns. Sie wand sich aus seiner Umarmung, trat zur Wohnzimmertür und hielt sie auf.

»*Au revoir*, Nicolas«, wiederholte sie, wobei ein unterdrücktes Lachen in ihrer Stimme mitschwang.

Er stand mit krebsrotem Gesicht auf und machte sich die Hose zu. Dann nahm er den Hut und den Stock und bewegte sich ungeschickt, da der steife Schaft in seinen Unterhosen ihn beim Laufen zu behindern schien, in Richtung Tür.

»*Au revoir*, Arlette«, verabschiedete er sich heiser. »Ich werde Sie anrufen.«

Sie begleitete ihn zur Tür. Beim Gehen hielt er seinen Homburg-Hut über die Ausbuchtung seiner Hosen, um diese zu verbergen.

Nachdem er gegangen war, kehrte Arlette zu der Chaiselongue in ihrem Wohnzimmer zurück. Sie legte die Füße hoch und streckte die Beine, um es sich bequem zu machen. Nicolas' Geschichte seines Liebesspiels mit Claudine hatte sie tiefer berührt, als er hätte ahnen können. Sie knöpfte ihre cremefarbene Jacke auf und entblößte ihre schönen Brüste, dann streichelte sie zärtlich die rosafarbenen Knospen, bis sie sich aufrichteten.

Nach einer Weile ließ sie ihre Hose fallen und öffnete die Knie, um sich selbst zu bewundern. Sie streichelte die Innenseiten ihrer Schenkel, danach den hübschen kleinen Pelz ihrer schwarzen Locken.

»Ich wünschte, du wärst hier, um mit mir zu spielen, Jaqueline«, murmelte sie, während sie die länglichen rosa Lippen zwischen ihren Beinen streichelte. »Dein ehemaliger Liebhaber war hier, um nach dir zu sehen.«

Doch Jaqueline war in Poissy und würde heute nicht mehr zurückkommen.

»Er hat mir seine Männlichkeit gezeigt«, erzählte Arlette der abwesenden Jaqueline. »Das überrascht dich, nicht wahr? Doch er hat es tatsächlich getan, er hat seine Hosen geöffnet, und es ist herausgesprungen. Ich habe es mir genau betrachtet. Nicht, dass ich selbst daran irgendein Interesse gehabt hätte – ich wollte es deinetwegen sehen. Es war lang und dick und machte einen ausgesprochen kräftigen Eindruck. Ich konnte mir gut vorstellen, wie du mit gespreizten Beinen auf dem Rücken liegst, ihm deine rasierte *joujou* entgegenstreckst und er in dich eindringt. Dieser ehemalige Liebhaber von dir ist ein kräftig gebauter Mann, und wenn er auf deinem Bauch lag und du sein Gewicht gespürt hast, war das wahrlich ein Akt echter Unterwerfung.«

Arlette hatte nun die weichen Lippen ihrer *joujou* geöffnet und presste zwei schlanke Finger hinein, um ihren nassen kleinen Knopf zu necken.

»Ich habe mir Nicolas Schaft lediglich angeguckt, ich habe ihn nicht berührt«, stöhnte sie. »Er wollte natürlich in mich eindringen, doch ich habe es ihm nicht gestattet. Schwere und zur Glatze neigende Männer sind überhaupt nicht mein Typ – ich hätte Angst, unter ihnen in der Matratze zu versinken. Mir gefallen schlanke Männer mit leuchtenden Augen und kundigen Händen. Dein ehemaliger Liebhaber Marc war da schon eher mein Typ, *chérie*. Jedenfalls dann, wenn es denn ein Mann sein musste. Mit Marc zusammen habe ich einige wunderbare Augenblicke auf dieser Chaiselongue verbracht – dort, wo du jetzt mit mir zusammen sein solltest – und viele Stunden der Ekstase mit ihm im Bett.«

Arlette war vor Erwartung und Lust ganz feucht geworden, sie bog ihre Beine auseinander, während ihre Finger sich fieberhaft bewegten.

»Jaqueline, warum bist du nicht hier und streichelst mich? Oh, mein Gott, ich komme gleich ...« keuchte sie, während ihr Rücken sich aufbäumte und die festen nackten Backen sich von dem Brokat abhoben.

12
Wenn Cousins und Cousinen sich küssen

Unter all den merkwürdigen Dingen, die Marc Beauvais unternahm – und davon gab es viele –, war das Verrückteste seine so genannte »Beichtparty«. Als er seine engen Freunde einlud, hatte er natürlich nicht dieses Wort benutzt, sonst wären sie der Einladung wohl kaum gefolgt. Die Beichte mag dem Gewissen und der Seele zuträglich sein, doch ist sie oft in höchstem Maße peinlich.

An jenem Abend standen oder saßen ein Dutzend Menschen in seinem elegant eingerichteten Wohnzimmer. Sie tranken seinen Champagner und unterhielten sich, waren sich jedoch über den Anlass der Einladung nicht im Klaren. Bei den Gästen handelte es sich fast ausschließlich um verheiratete Paare, mit denen Sylvie und Marc befreundet waren, als sie noch zusammenlebten. Die Leblancs waren da, die Hermitages, die Hivers, die Vilmorins und die Messagers – ausnahmslos elegant gekleidet und die Frauen teuer parfümiert. Lediglich Bertrand und Odette Delacrois waren nicht gekommen, denn sie waren nach Südamerika gereist.

Marcs Schwester Claudine und ihr Ehemann waren ebenfalls eingeladen, doch Armand hatte an jenem Abend ein wichtiges Abendessen mit Kollegen, sodass Claudine alleine kam. Marcs Cousin Pierre war ebenfalls ohne Begleitung, da er unverheiratet war.

Einige Wochen waren verstrichen, seit Pierre Claudine zum letzten Mal gesehen hatte. Ihre Verwandlung überraschte ihn – sie war immer noch grundlos überheblich, doch verströmte sie nun einen sexuellen Charme, der zuvor nicht offenkundig gewesen war. Ihre Herablassung war nicht länger eine Warnung, ihr nicht zu nahe zu kommen oder anderenfalls mit einer eisigen Bemerkung zurechtgewiesen zu werden. Ganz im Gegenteil schien sie nun zu sagen, *versuch es nur, wenn du glaubst, es mit mir aufnehmen zu können.* So jedenfalls interpretierte Pierre ihr Verhalten, als sie als Letzte ins Zimmer schwebte. In ihrem Wickelkleid in orchideenrosa Seide sah sie sehr chic aus. Das Oberteil kreuzte sich über den schmalen Brüsten und war mit einer Schleife auf ihrer linken Hüfte fixiert. Das Kleid war ärmellos und rückenfrei und sollte offenbar zu der Vorstellung einladen, dass ein Mann Claudines Kleid wie einen Mantel öffnen und ihre Brüste küssen konnte, sollte er den Mut dazu besitzen. Die anwesenden Männer betrachteten sie mit einem Interesse, das sie bisher in ihrer Anwesenheit noch niemals empfunden hatten.

Sylvie war ausdrücklich von Marc eingeladen worden – der ganze Zweck der Party war es, sie zu beeindrucken und seine Person in ihrer Wertschätzung zu steigern. Es war sogar so, dass er sie über mehrere Tage hinweg immer wieder eingeladen hatte. Doch das erste Mal hatte sie rundweg abgelehnt und sich danach am Telefon verleugnen lassen. Ihre bewusst gewählte Abwesenheit beraubte die Party jeglichen Ziels, wie absurd dieses auch sein mochte. Marc war mittlerweile so verzweifelt, dass er sich vor Sylvie selbst demütigen wollte, wobei ihre Freunde als Zeugen dabei sein sollten. Er wollte seine Untreue eingestehen und sie bitten ihm zu vergeben und ihn wieder bei sich aufzunehmen.

Von diesem Vorhaben hatten die eleganten und parfümierten Damen in Marcs Wohnzimmer noch keine Ahnung. Michelle Leblanc, eine Schönheit mit haselnussbraunem Haar und Grübchen im Kinn, unterhielt sich mit Sabine Hermitage, einer sehr attraktiven Blondine in blassgrünem Satin. Giselle Hiver, eine große und kräftig gebaute Frau mit dunkelbraunem, gewelltem Haar, stand in der Nähe des Fensters und unterhielt sich mit Denise Vilmorins und deren Ehemann Jean-Claude. Denise war etwas fülliger, als es die Mode derzeit vorschrieb – doch war sie sehr lebhaft und lächelte häufig, um ihre kleinen weißen Zähne zu zeigen.

Marie-Jeanne Messager hatte sich eben noch mit Marc unterhalten und ging nun durch das Zimmer hindurch auf Claudine zu. Marie-Jeanne besaß üppige Brüste, und ihr pfirsichfarbenes Satinkleid war so tief ausgeschnitten, dass es sie kaum noch bedeckte. Gerüchten zufolge waren ihre Knospen rot wie Erdbeeren – und etwa von derselben Größe. Marc würde ihm die Wahrheit dieser Vermutungen bestätigen können, dachte Pierre. Er wollte ihn später bei Gelegenheit danach fragen.

Gegen halb neun war genügend Champagner getrunken worden, um die Lautstärke der Gespräche ansteigen zu lassen. Um diese Zeit war es selbst Marc klar, dass Sylvie nicht mehr erscheinen würde. Ein letztes Mal rief er sie verzweifelt an, doch die Hausangestellte Bernadette informierte ihn, Madame sei mit einem Freund im Maxim's zum Abendessen und wolle danach in einem Nachtclub tanzen gehen. Jeder vernünftige Mann hätte nach dieser Nachricht das Vorhaben, seine Sünden zu beichten, fallen gelassen. Nicht so Marc. Sein Gesichtsausdruck war angemessen betreten, als er um Ruhe bat und eine Ansprache hielt.

»Meine lieben Freunde«, begann er. »Ich wollte unbedingt, dass Sylvie hier anwesend ist, um zu hören, was ich zu sagen habe. Es liegt mir sehr am Herzen. Obwohl ich sie darum gebeten habe, ist sie nicht gekommen – doch werde ich dennoch aussprechen, was eigentlich sie hätte hören sollen.«

Im Zimmer wurde es unruhig. Allgemein hielt man Marcs Trennung von Sylvie für sein ganz privates Problem, man mochte es bedauern und seine Entscheidung als Dummheit werten, doch keiner wünschte im häuslichen Drama eines anderen eine Rolle zu spielen.

Giselle Hiver stand neben Marc und hatte während ihres Gesprächs lächelnd eine Hand auf seinen Arm gelegt. Als er sich an die Gesellschaft wandte, trat sie ein paar Schritte zurück.

»Von heute an möchte ich all meine Gedanken und meine Gefühle und Taten klarstellen und offen legen«, fuhr Marc fort und schien sich der Unruhe nicht bewusst zu sein, die sich im Zimmer weiter ausbreitete. »Ich muss es aussprechen, und ihr müsst es mir glauben, dass ich Sylvie liebe und immer geliebt habe, doch vor ein paar Monaten war es für mich notwendig geworden, sie zu verlassen. Natürlich nur für eine gewisse Zeit und nicht für immer. Sinn der Sache war, mich selbst zu entdecken. Es ist für euch kein Geheimnis, dass bei meinen Versuchen der Selbsterfahrung eine ganze Reihe von Frauen beteiligt waren.«

Marc hielt einen Augenblick inne, um seine Gedanken zu sammeln. Im Zimmer war es inzwischen vollkommen still – kein Scharren, kein Flüstern, kein Klirren eines Champagnerglases, kein Rauschen eines Seidenkleides. Nachdem Marc Sylvie verlassen und sich auf seine Reise der Selbstfindung begeben hatte – was immer damit auch gemeint sein sollte –, hatte er von den Frauen in seinem Bekanntenkreis, den Ehefrauen von Freunden also, ausgiebig Gebrauch gemacht. Schließlich war dies das Bequemste, und keine von ihnen hatte seinem Charme allzu lange widerstehen können.

Das jedoch war eine private Angelegenheit und kein Thema für eine öffentliche Diskussion. Keine der anwesenden Damen wollte, dass ihre Ehemänner Marcs Eingeständnis seiner Untreue mit ihnen zuhören mussten. Die Ehemänner wiederum, die vielleicht die eine oder andere Ahnung gehabt haben mochten, hatten ihrerseits keinerlei Ambitionen zu erfahren, wie ihre Ehefrauen sie zum Narren gehalten hatten.

»Eines habe ich ganz sicher gelernt«, fuhr Marc fort. »Und das ist, dass ein Mann seine Seele nicht im Bett mit einer Frau finden kann, die er nicht liebt. Er erfährt lediglich die Banalität des Liebesaktes ohne zärtliche Gefühle – und er begreift, dass das vollkommen bedeutungslos ist. Eine Frau legt sich für ihn auf den Rücken, er legt sich auf ihren Bauch, und *fric-à-fric* ist alles vorüber.«

»So geht das nicht«, meinte Pierre an Claudine gewandt, auf deren Sessellehne er sich gesetzt hatte. »Marc ist vollkommen verrückt geworden. Jeden Augenblick wird er Namen erwähnen – *quelle catastrophe*!«

»Mit dieser Einschätzung liegst du meiner Ansicht nach richtig«, erwiderte Claudine mit einem boshaften Grinsen. »Wenn du dich einmal im Zimmer umsiehst, wirst du sehen, dass er jede der anwesenden Frauen nennen könnte. Abgesehen von mir, natürlich. Keiner von uns hatte jemals ein Faible für eine inzestuöse Beziehung.«

Claudine machte es nichts aus, dass sich ihr Bruder zum Narren machte und jeden der Anwesenden tief verletzte – doch Pierre, Marc grundsätzlich sehr zugetan, erhob sich aus dem Sessel und legte seine Hand beschwichtigend auf Marcs Schulter.

»Wir verstehen dich, Marc«, sagte er und versuchte mitfühlend zu klingen. »Du hast gelitten, und du hast aus deinem Leiden gelernt. Mehr muss dazu nicht mehr gesagt werden.«

»Ich möchte, dass alle hier hören, wie unsäglich ich mich benommen habe«, sagte Marc. »Und bei dir möchte ich mich ganz besonders dafür entschuldigen, dass ich dich verdächtigt habe, der Liebhaber meiner Frau zu sein. Ich habe mich geirrt: Sie tanzt in einem Nachtclub, während du hier bist. Doch ich möchte, dass all meine lieben Freunde keinerlei Zweifel mehr daran haben, dass ich mich ihnen gegenüber falsch verhalten habe – erst dann können Sie mir vergeben.«

»Wir vergeben dir, Marc«, rief Giselle schnell. Ihr Anliegen war ebenso drängend wie das aller anderen, nämlich dass er zu reden aufhörte. Sie hatte viele lange Stunden mit ihm im Bett verbracht, wo sie ihn unter ihren schweren Körper drückte und ihn wie eine Orange auspresste – und das zu seinem allergrößten Vergnügen.

»Ja, ja, Marc«, ertönte der Chor der Anwesenden, die diesen peinlichen Enthüllungen ein Ende bereiten wollten.

»Siehst du, deine Freunde verstehen dich und vergeben dir«, versicherte Pierre seinem Cousin. »Und ich verzeihe dir deinen Argwohn wegen Sylvie und mir.«

Die anderen Männer unterstützten Pierre und umringten Marc wie eine Mauer, um ihn zum Schweigen zu bringen. Zwei oder drei von ihnen schlugen ihm auf den Rücken, jemand besorgte ihm ein Glas Champagner und animierte ihn zum Trinken – Jean-Claude steckte ihm eine Zigarre in den Mund und gab ihm mit einem goldenen Feuerzeug Feuer. Die Krise war abgewendet, für den Augenblick jedenfalls. Noch bevor Marc seinem eigenen Drängen hatte nachgeben und alles hätte offen legen können, holten die Frauen ihre Umhänge und Pelze, und das Zimmer begann sich zu leeren.

Die Gäste bedankten sich zum Abschied und riefen Marc auf ihrer eiligen Flucht ein *au revoir* über die Schulter hinweg zu. Marc sah sich verständnislos um, bevor er das letzte Paar zurückhielt. Es waren Marie-Jeanne Messager und ihr Ehemann. Pierre beobachtete das Schauspiel, während er Claudine aus dem Appartement begleitete. Er fragte sich, ob Marc Marie-Jeannes Ehemann in die Tatsache einweihen wollte, dass er ihre Erdbeeren gekostet hatte – und ihn dann um Verzeihung bitten wollte.

»Das war ja witziger als alles, was ich seit Jahren auf der Bühne gesehen habe«, meinte Claudine zu Pierre, als sie die Rue des Petit Champs entlanggingen, um ein Taxi zu suchen. »Glaubst du, Marc war betrunken?«

»Es hätte sich eine echte Katastrophe daraus entwickeln können«, erwiderte Pierre und schüttelte den Kopf.

»Was glaubst du, was mit ihm los war?«, fragte sie. »Mal abgesehen davon, dass er verrückt ist.«

»Er hat Gewissensbisse«, entgegnete Pierre. »Es ist nichts weiter als die ganz altmodische Reue dafür, dass er seine Frau schlecht behandelt hat. Für Marc ist das ein neues und vollkommen fremdes Gefühl, und er weiß nicht, wie er damit umgehen soll. Also hat er uns zu dieser Komödie eines öffentlichen Geständnisses geladen. Was hältst du davon, wenn wir noch etwas zusammen trinken, bevor ich dich zu Hause absetze? Ich würde zu gern wissen, weshalb du plötzlich so glücklich bist. Ich würde gern dein Geheimnis teilen. Die Bar des Ritz ist nur fünf Minuten zu Fuß von hier entfernt.«

»Da habe ich eine bessere Idee. Lass uns doch zu dir gehen und dort etwas trinken«, schlug Claudine vor. »Es gibt noch alles Mögliche, worüber wir sprechen müssen – und du hast offenbar auch ein Geheimnis, von dem du mir erzählen möchtest.«

»Habe ich das?«

Sie schwiegen, bis sie im Taxi saßen. Sie fuhren über den Place de la Concorde, bogen nach Westen in Richtung Trocadero ab und schließlich in die Rue Chardin ein. Claudine nahm Pierres Hand zwischen ihre und legte ihren Kopf freundschaftlich auf seine Schulter, ein wahrlich seltenes Gefühl bei ihr.

»Ich musste so lachen, als Marc meinte, er beschuldige dich nicht länger einer Affäre mit Sylvie«, sagte sie. »Er muss wohl der Einzige sein, der nichts von euch beiden weiß.«

»Oh, bestimmt nicht«, erwiderte Pierre und versuchte beiläufig zu klingen.

»Außer für Marc ist es für jeden nur zu offensichtlich, dass du Sylvie liebst und sie vom ersten Tag eurer Begegnung an geliebt hast«, meinte Claudine. »Du hast es zugelassen, dass

Marc sie heiratet – und was für ein Desaster das war –, statt ihre Gefühle auf dich zu lenken.«

»Es wäre da noch die Kleinigkeit zu beachten, dass unsere teure Sylvie Marc liebt«, korrigierte Pierre. »Oder möchtest du das unter den Tisch fallen lassen, *chérie*?«

»Aber sie liebt ihn doch gar nicht mehr«, meinte Claudine und drückte Pierres Hand. »Der Beweis dafür ist, dass sie dich zum Liebhaber genommen hat. Mein dummer Bruder hat die einzige Frau verloren, die ihn wirklich geliebt hat.«

»Redet man denn über uns, über Sylvie und mich?«, erkundigte sich Pierre beunruhigt.

»Nur unter deinen Freunden.«

»Es ist schon sehr merkwürdig, dass Marc mich nicht länger verdächtigt. Und komisch ist es außerdem. Vielleicht hat er wirklich den Verstand verloren.«

»Marc war schon immer ein Idiot, und du musst ihn deshalb nicht bemitleiden«, entgegnete Claudine kühl.

Als sie in Pierres Appartement angekommen waren, nahm er ihr das kleine Abendjäckchen ab – es war aus leuchtend roter Seide und mit silbernem Pelz abgesetzt – und ließ sie mit einem Glas feinen Cognacs auf dem Sofa im Wohnzimmer Platz nehmen.

»Und jetzt bist du an der Reihe, dein Geheimnis zu offenbaren«, sagte er und setzte sich galant neben sie. »Alle Welt erzählt sich, du hättest eine *affaire de cœur* mit Nicolas Joslin. Kann das wahr sein, *ma chère*? Er scheint mir eigentlich niemand zu sein, der dich jemals interessieren könnte. Schließlich gehört er nicht zu unseren Kreisen.«

»Nicolas hat mich befreit«, entgegnete sie. »Nicht, dass das seine Absicht gewesen wäre – er würde noch nicht einmal begreifen, wovon ich spreche. Doch mit ihm zu schlafen hat mir die Komplexität meiner eigenen Natur klar gemacht.«

Dies war nicht mehr seine kühle und ständig maßregelnde Cousine Claudine von früher, dachte Pierre. Die frühere

Claudine hätte niemals etwas von sich selbst preisgegeben, doch jetzt sprach sie ganz offen. Sie hatte zwar ein oder zwei Gläser Champagner bei Marc getrunken und den Cognac bereits vollständig geleert, was ihre Zunge sicherlich ein wenig gelöst hatte. Doch war diese Erklärung nicht ausreichend. Was immer Nicolas Joslin auch mit ihr machte, er hatte sie ganz offenkundig aus dem Gefängnis ihrer Gefühle befreit.

»Nun, *chérie*, für mich ist es völlig klar, dass diese Liebesaffäre dein Leben vollkommen verändert hat. Hat denn Armand deine Veränderung nicht bemerkt? Hat er nicht nach einer Erklärung für deine plötzliche *joie de vivre* gefragt?«

»Armand bemerkt ohnehin nie etwas«, erwiderte sie und nippte an ihrem Cognac. »Er müsste mich auf dem Rücken liegend, mit dem Rock zur Taille hochgeschoben und einem Mann auf mir auf dem Wohnzimmerteppich vorfinden, bevor ihm überhaupt etwas auffiele.«

»Dann kannst du dich ja glücklich schätzen«, meinte Pierre grinsend. »Es ist mir ohnehin ein Rätsel, wie all diese Frauen heute Abend bei Marc es ihren Ehemännern verheimlichen konnten, dass sie sich von Marc die Höschen haben ausziehen lassen.«

»Ehemänner!«, rief Claudine aus und zuckte überheblich mit den Schultern. »Sie sind einzig gut genug dazu, die Rechnungen zu begleichen. Ich bin froh, dass ich mit dir über mein neues Leben sprechen kann, Pierre. Du bist der einzige Mann, dem ich vertraue.«

»Es freut mich, dass du mit mir reden kannst«, erwiderte er. »Erzähle mir doch, weshalb Nicolas Joslin so etwas Besonderes für dich ist.«

»Er vergöttert mich – und das ist auch schon alles. Er tut alles für mich, und er gestattet es mir, meine innersten Gefühle auszudrücken. Die grundlegende Veränderung entsteht einfach aus dem Gefühl der Freiheit, das ich dabei empfinde.«

Pierre hatte seinen Kopf zur Seite gelegt und musterte

Claudine nachdenklich. Die Brüste unter ihrem Seidenkleid waren klein und elegant. Aus dem tief ausgeschnittenen Kleid strömte der Geruch des berauschenden Parfüms, mit dem sie sich betupft hatte. Sie war zweiunddreißig Jahre alt und ausgesprochen gepflegt. Doch selbst als sie noch jünger gewesen war, war Pierre nie versucht gewesen, mit ihr zu schlafen. Er fragte sich, was Joslin in ihr sah.

»Er gestattet dir, deine Gefühle auszudrücken? Wie das?«, erkundigte er sich.

»Da muss ich dich ein wenig schockieren – ich spiele das Spiel der Königin und ihres Sklaven mit ihm.«

»Das schockiert mich tatsächlich.« Pierre grinste sie an. »Es hört sich sehr dekadent an. Und während ihr beiden so offen miteinander umgeht, wie spielt ihr dieses Spiel?«

»Kannst du das nicht erraten? Ich setze mich nackt und mit gespreizten Knien auf einen Sessel und benehme mich wie eine Königin. Nicolas kniet wie ein Sklave vor mir nieder und zollt mir mit seiner Zunge Tribut.«

»Das scheint mir für einen Mann wie ihn doch sehr gewagt«, bemerkte Pierre. »Ich kenne ihn zwar nicht sehr gut, aber ich habe ihn immer für recht einfallslos gehalten. Ich hatte eigentlich erwartet, er sei der Typ Mann, der dich auf den Rücken werfen, sich auf dich legen und wie eine Dampfmaschine loslegen würde.«

»Bevor wir uns kannten, hat er das vermutlich auch getan. Doch ich habe ihn eines Besseren belehrt. Er ist es jetzt gewohnt, mein Sklave zu sein. Gelegentlich ändere ich die Spielregeln und lasse ihn nackt auf dem Stuhl sitzen, während ich mich auf ihn setze.«

»Du bist wirklich sehr offen mit mir«, meinte Pierre und leerte sein Glas. »Wir beide haben uns noch niemals über unsere Liebesabenteuer unterhalten. Gibt es irgendeinen Grund, weswegen du mir das erzählst? Oder ahmst du Marc nach – gibt es irgendetwas, wofür du für Vergebung suchst?«

»Du bist zynisch, Pierre.«

»Nein, lediglich realistisch. Aber um zu deinem dir treu ergebenen Sklaven Nicolas zurückzukehren, da muss es doch auch Zeiten geben, wo er dich flachlegen will. Das wollen Männer immer, um zu beweisen, dass sie die Dominanten sind, ob das nun der Wahrheit entspricht oder nicht.«

»Dieser Tatsache ist sich jede Frau bewusst.« Claudine rümpfte die Nase. »Aber bedenke bitte, wenn ich Nicolas jedes Mal beim Liebesspiel gestatten würde, mich auf den Rücken zu legen, wäre ich für ihn ganz schnell nur noch ein weibliches Objekt, das er je nach Bedarf benutzen kann. So wie die Männer strukturiert sind, wäre das der Beginn der Langeweile. Mit der Zeit würde er mir gegenüber vollkommen gleichgültig werden.«

»Und wer ist jetzt hier zynisch?«

Claudine lächelte ihn an und tätschelte sein Knie.

»Gelegentlich lasse ich ihn gewähren, um ihn glauben zu lassen, er sei der dominante Partner. Ich spreize die Beine, und er legt sich auf mich, als wäre ich eine ganz gewöhnliche Frau. Selbstverständlich lasse ich ihn spüren, dass ich ihm damit einen großen Gefallen erweise.«

»Selbstverständlich«, stimmte Pierre zu. »Sicherlich ist er dir für das Privileg ausgesprochen dankbar.«

»Um die Wahrheit zu sagen«, fuhr sie kichernd fort, »ich bin ihm dankbar, wenn ich es ihm gestatte. Denn wenn er einmal loslegt, ist er wie eine Maschine. Bis er aufhört, habe ich zwei Mal, und wenn er etwas langsamer ist, gelegentlich auch drei Mal den Höhepunkt erreicht. Dann bin ich vollkommen erschöpft. Er wiederum wertet das als riesiges Kompliment für seine Ausdauer und Männlichkeit.«

»Das ist sicherlich ganz anders, als mit Armand ins Bett zu gehen«, meinte Pierre.

»Der arme Armand. Ich habe ihn dafür gehasst, dass er mich nicht hat entflammen könnten. Jetzt jedoch bemitleide ich ihn beinahe, denn ich weiß, was ihm in seinem Leben entgeht.«

Sie reichte Pierre ihr Glas, damit er ihr etwas Cognac nachschenkte. Ihre Augen leuchteten, ihre Wangen waren gerötet.

»Es gibt da noch etwas, wovon ich noch niemandem etwas erzählt habe.« Sie lächelte gewinnend. »Noch nicht einmal meinen engsten Freunden.«

Pierre blickte sie mit einer erhobenen Augenbraue an.

»Aber du wirst es mir gleich anvertrauen«, drängte er.

»Seit Nicolas durch seine Bewunderung meine Gefühle befreit hat und ich mich von einer unbefriedigten Ehefrau in eine zufriedene Mätresse verwandelt habe, habe ich ständig das Verlangen nach Sex«, sagte Claudine. »Kannst du das verstehen, *chéri*?«

»Das verstehe ich nur zu gut«, murmelte Pierre.

Ob er ihr nun glaubte oder nicht, er verstand ihre Andeutung. Es war keine Einladung, die man zurückweisen durfte. Er legte einen Arm um ihre nackten Schultern und berührte mit der warmen Zungenspitze ihr Ohr. Sie fummelte in seinem Schoß und knöpfte seine Hose auf, dann griff sie hinein und holte sein noch schlaffes Geschlecht heraus.

»Stell dich bitte mal einen Augenblick hin, *chérie*«, sagte er und küsste ihre Wange.

Sie stand auf und er mit ihr. Er zog an der großen Schleife auf ihrer Hüfte, doch sie ließ sich nicht öffnen, also lenkte sie seine Finger zum eigentlichen Verschluss des Kleides. Einen Augenblick später fiel die orchideenrosa Seide auf den Boden, und sie stand mit einem transparenten Büstenhalter und hellrosa, mit dunklerem Rot bestickten Höschen in seinen Armen. Pierre dachte, dass ihr Ehemann ihre teure Unterwäsche wohl kaum gutheißen würde – vermutlich handelte es sich um ein Geschenk von Nicolas Joslin.

Sie streckte sich und küsste Pierres Lippen, während er ihren Büstenhalter öffnete und ihre kleinen Brüste liebkoste. Ihre Hand glitt zwischen ihre Körper in seine offene Hose. Was sie dort vorfand, war mittlerweile groß und steif geworden. Sie hielt es ganz in der Hand und strich daran auf und ab, während er sie küsste und die Backen ihres Hinterns liebkoste.

»Und du hast ständig Lust auf Sex?«, fragte er sie leise. »Meinst du damit einmal täglich? Oder zweimal?«

»Jeden Tag, von morgens bis abends«, murmelte sie und blickte auf das, was sie in der Hand hielt. »Ich habe so viel Zeit vergeudet, die ich jetzt aufholen muss, dass ein Mann alleine mir niemals ausreichen wird. Was soll ich nur tun, Pierre?«

Sie wartete seine Antwort nicht ab, sondern ließ ihn los und legte die Hände an die Taille, um ihr Höschen bis zu dem Ansatz der Strümpfe und dem dunkelroten Strumpfhalter herunterzuziehen. Pierre glitt mit einer Hand zwischen ihre Schenkel und streichelte ihre dunkel behaarte *joujou.* Die Lippen fühlten sich warm und fest an. Ihre Hand umklammerte seinen aufrechten Schaft, als ob er ihr gehöre. Er fragte sich, ob ihr regelmäßiges Liebesspiel mit Nicolas sie süchtig nach einer dominanten Rolle gemacht hatte.

»Gefällt dir das?«, stöhnte sie dicht an seiner Wange. »Möchtest du mein Sklave sein, Pierre?«

Seine Finger drängten sich zwischen die Lippen ihrer *joujou* und glitten zärtlich über ihren Knopf. Sie stöhnte auf und erbebte. Es überraschte ihn, wie erregt sie bereits war. Die Erzählung ihrer eigenen Abenteuer hatte sie offensichtlich erregt – sie war bereits fast so weit.

»Ich werde dein Sklave sein, Claudine, und du wirst mein Sklave sein«, sagte er.

»Ich bin niemandes Sklave«, keuchte sie. »Ich bin eine Königin.«

Sie erbebte in seinen Armen und hätte fast geweint, als eine

Welle der Lust von ihrem feuchten Knopf bis zu den Knospen ihrer Brüste und dann wieder durch ihren Bauch zurück bis zu den Schenkeln sie überflutete. Sie krallte sich an Pierre fest, während er ihren feuchten Knopf mit der Fingerspitze seines mittleren Fingers rieb. Schließlich stieß sie sich mit einem letzten Beben von ihm ab und starrte ihm ins Gesicht.

»Du hast mich dazu bekommen«, sagte sie. »Wie ist dir das gelungen?«

»Ich bin nur überrascht darüber, dass du und ich es nicht früher schon einmal miteinander getrieben haben«, antwortete er und beeilte sich, sie zu küssen.

Er führte sie in sein Schlafzimmer und schlug die blassgrüne Satindecke zurück, sodass sie sich auf das breite Bett legen konnte. Sie legte sich auf den Rücken und überkreuzte die Fesseln, während sie ihn dabei beobachtete, wie er seine Kleidung auszog.

»Du hast einen schönen Körper«, meinte sie anerkennend. »Breit in den Schultern und schlank in der Taille. Das gefällt mir, Pierre. Ich wünschte, ich hätte dich schon vor Jahren nackt gesehen.«

Er erriet, dass sie ihn insgeheim mit dem plumpen Nicolas Joslin verglich, der dicke Beine und einen runden Bauch hatte. Der Vergleich fiel zu Pierres Gunsten aus, so viel war ihm bewusst. Gleichzeitig war ihm klar, dass das Liebesspiel nicht allein eine Frage der körperlichen Erscheinung war. Wenn es darauf ankam, eine Frau vor Lust verrückt zu machen und ihr einen solch unglaublichen Orgasmus zu verschaffen, dass sie schrie und ihren Rücken aufbäumte, bis ihr Körper lediglich zwischen Kopf und Füßen balancierte, nun, da gab es spargeldünne Männer und runde Tonnen, die es genauso gut bewerkstelligten wie ein Mann mit dem Aussehen eines Filmstars.

Er lächelte sie an und ließ seinen Blick kritisch über den

schlanken nackten Körper wandern, der auf seine liebevollen Aufmerksamkeiten wartete. Sie trug nichts außer den Seidenstrümpfen und den roten Strumpfhaltern und betrachtete interessiert die fünfzehn Zentimeter, die steif zwischen seinen Schenkeln aufstrebten.

»Vergiss bitte nicht, dass ich nicht deine Sklavin bin, Pierre«, meinte sie lächelnd und spreizte ein wenig die Beine. »Glaube nur ja nicht, dass du einfach auf mich springen und mich nach Lust und Laune benutzen kannst. Männer sind jetzt meine Sklaven, und das schließt dich mit ein, *chéri*. Wenn du mir das nicht glaubst, wirst du es schon bald besser wissen.«

»Du bist einfach wunderbar«, sagte er. »Ich bete dich an, Claudine. Und ich werde dich anbeten und immer weiter anbeten, bis du vollkommen ausgepresst bist und wimmerst, ich möge doch aufhören.«

Sie starrte ihn mit weit aufgerissenen Augen an, als er nackt zu ihr ins Bett stieg und ihre Beine weit spreizte. Er kniete sich zwischen sie und küsste ihren Bauch, dann ihre dunkel behaarte *joujou*.

»Du glaubst jetzt schon mich zu besitzen«, sagte sie.

»Nein, du bist die Königin, Claudine, und ich bin dein dir ergebener Diener.« Er knetete ihre kleinen Brüste mit beiden Händen.

»Ja«, keuchte sie mit aufgerissenen Augen. »Du bist dazu da, mich zu befriedigen, Sklave.«

Er war über ihr und hielt sein glühend erregtes männliches Glied in der Hand, während er sich darauf vorbereitete, in sie einzudringen. Sie richtete sich schnell auf und rollte ihn auf den Rücken, dann setzte sie sich auf seine Schenkel. Sein steifes Rohr hielt sie jetzt fest mit den Händen umfasst.

»Nahe dran, aber doch nicht nah genug, *mon cher*«, spottete sie. »Du möchtest meinen Körper gerne für dein Vergnügen haben und erwartest, dass ich dir gestatte, mit diesem

Monster in mich einzudringen. Aber es ist an mir, zu entscheiden, was du tun wirst.«

Lust flackerte in Pierres Augen auf, als er ihr amüsiertes Gesicht ansah. Sie kniete über seinen Hüften. Ihre Knie waren geöffnet, um ihm ihre geschwollene *joujou* zu zeigen. Sein Schaft war in ihrer Hand gefangen, und sie rieb den dunkelrosa Kopf langsam an der Innenseite eines ihrer Schenkel. Die ganze Zeit über beobachtete sie aufmerksam sein Gesicht.

»Was auch immer ich dir als Nächstes gestatte«, fuhr sie fort, »sollten wir uns doch darüber einig sein, dass die Ereignisse an diesem Abend überhaupt nie stattgefunden haben. Einen Geliebten zu haben ist eine Sache. Als unbefriedigte Ehefrau wird es geradezu von mir erwartet. Doch mit seinem Cousin ins Bett zu gehen ist eine gänzlich andere Angelegenheit – es ist fast schon Inzest. Was wir gerade tun, ist also niemals passiert, nicht wahr?«

»Aber natürlich nicht«, stimmte Pierre zu. »Nachdem wir zusammen Marcs Appartement verlassen haben, sind wir noch auf einen Drink ins Ritz gegangen, um uns dort über ihn und seine Probleme zu unterhalten. Danach habe ich dich nach Hause begleitet.«

»Was wir hier tun, ist pervers«, sagte sie, während sich ihre Lippen zu einem Lächeln kräuselten. »Das Problem ist, dass ich es unglaublich erregend finde. Wenn du mich jetzt zwischen den Beinen berühren würdest, würde ich augenblicklich einen Höhepunkt erreichen.«

»Ist das wahr?«, murmelte Pierre und wollte ihre *joujou* streicheln, ob sie auch die Wahrheit sagte. Sie bedeckte sie mit ihrer freien Hand, um seine Finger abzuwehren.

»Nicht so ungeduldig«, wies sie ihn zurück.

Ihre lackierten Fingernägel sanken in sein muskulöses Fleisch, und Pierre wand sich keuchend.

»Beherrsche dich«, rief sie aus. »Das sollst du erst dann tun, wenn ich dir dazu die Erlaubnis gebe.«

»Oh, Claudine, *chérie*«, stöhnte er.

»Und noch etwas, was diesen Abend betrifft«, sagte sie und betrachtete ihn mit vor Begehren leuchtenden Augen. »Nicht nur hat er niemals stattgefunden, er darf sich auch niemals, niemals wiederholen.«

»Ich weiß«, keuchte er. »Es wäre wirklich zu dumm, wenn Nicolas herausfinden würde, dass du für mich die Beine breit machst. Und was für eine Katastrophe wäre es erst, falls Armand es jemals herausfinden sollte. Ich will mir gar nicht vorstellen, was er dazu sagen würde.«

»Armand würde sich ganz einfach weigern, es zu glauben«, erwiderte sie. »Er schätzt dich sehr, ich weiß nur nicht, warum.«

Die ganze Zeit über hatte sie den Kopf seines teuersten Besitzes zärtlich an dem weichen Fleisch ihrer Schenkelinnenseite gerieben. Es war nur eine kleine Bewegung von wenigen Zentimetern, doch eine, die ihn vollkommen verrückt machte. Sie beobachtete, wie seine Augen sich im kritischen Moment weiteten – und mit dem Finger öffnete sie ihre feuchten Lippen zwischen den Beinen und führte ihn in sich ein. Sie spürte das Spritzen seiner Leidenschaft und warf sich vor, um sich auf seinem fleischigen Rohr aufzuspießen. Er ergriff ihre Hüften und zog sie heftig auf sich herunter, während er vor Lust erbebte.

»Pierre, Pierre …«, keuchte sie, während sie sich wie wild auf ihm hob und senkte, um ihren eigenen süßen Höhepunkt zu erlangen.

Als sie sich wieder so weit beruhigt hatten, um einander loszulassen und auf die vergoldete Metalluhr auf dem Nachttisch zu sehen, war es bereits nach elf Uhr. Ihre nackten erhitzten Körper eng umschlungen, küssten sie sich und wiederholten, dass an diesem Abend gar nichts passiert sei und niemals wieder passieren würde. Dann glitten sie aus dem Bett und kleideten sich an.

Claudine lebte in der Nähe des Parc Monceau. Pierre hielt es für ratsam, sie nach Hause zu begleiten, falls ihr Ehemann von dem Rechtsanwaltdinner vor ihr nach Hause zurückgekehrt war und ein paar erklärende Worte angebracht wären. Mit dem Taxi fuhren sie über die Avenue Kléber bis zum Arc de Triomphe und dann über die Avenue Hoche bis zu ihrem Ziel. Der Verkehr war ebenso dicht wie mitten am Tage.

Im Taxi hielten sie Händchen und unterhielten sich nur wenig, doch genossen sie gegenseitig ihre Gesellschaft. Der Taxifahrer sank in seinem Sitz zusammen, denn er war sich ihres Tuns durchaus bewusst und murmelte etwas über die Ungerechtigkeit eines Systems, in dem manche für ihren Lebensunterhalt arbeiten mussten, während es andere glückliche Männer gab, die ihre Abende damit verbringen durften, sich mit parfümierten Frauen zu vergnügen.

Das Appartement befand sich im zweiten Stockwerk. Pierre zahlte das Taxi und begleitete Claudine nach oben. Er hoffte, er würde Armand nicht allzu große Lügen auftischen müssen. Seine Befürchtungen erwiesen sich jedoch als gänzlich unbegründet – das Appartement war vollkommen dunkel. Claudine überzeugte sich davon, dass Armand noch nicht wieder zurückgekehrt war, die Kinder schlafend in ihren Betten lagen und die Hausangestellte in ihrem eigenen Zimmer schlief.

»Dann also *au revoir, chérie*«, sagte Pierre. »Bis Armand nach Hause kommt, wirst du im Bett liegen und schlafen.«

Sie standen in der Eingangshalle, und er wollte wieder weg sein, bevor Armand auf der Bildfläche erschien. Vermutlich würde er etwas angetrunken sein. Claudine überraschte ihn, indem sie sich in seinen Armen umdrehte und ihm den Rücken zuwandte. Dann beugte sie sich vor und drückte ihren Hintern gegen seinen Bauch. Sie hatte ihren Abendumhang abgenommen und ihn auf das Ehebett gelegt, als sie das Appartement abgesucht hatte.

»*O là là*«, murmelte Pierre und rieb sich durch die dünne Seide ihres Kleides an den Backen ihres Hinterns.

Ohne ein Wort zu sagen, sank sie auf Hände und Knie. Pierre folgte ihrer Bewegung und zog das rosa Kleid hoch. Sie strich sich das Höschen über ihren Hintern die Schenkel herunter, um die blassen runden Backen freizulegen. Mit der linken Hand streichelte er sie heftig, während er seine Hosen aufriss.

Er musste sie gar nicht erst mit seinen Fingern zwischen ihren Schenkeln streicheln, denn sie war bereits nass und offen. Er rutschte auf den Knien auf sie zu und lenkte seinen steifen Schaft dorthin, wo er ohnehin hinwollte. Er berührte mit dem Kopf die Lippen und stieß kräftig zu – und schon war er in sie eingedrungen.

Da waren sie nun, auf Händen und Füßen auf dem Teppich der Eingangshalle gleich neben der abgeschlossenen Eingangstür und hatten für nichts anderes mehr einen Sinn als für die wilde Leidenschaft dieses Augenblicks. Pierre hielt Claudine an den Hüften umfasst, während er in sie stieß – sie war ebenso erregt wie er und streckte ihm ihren nackten Hintern entgegen, damit er noch tiefer in sie eindringen konnte.

»Oh ja«, keuchte sie. »Schneller …«

Pierre dachte kurz daran, wenn Armand jetzt nach Hause käme, seinen Schlüssel ins Schloss steckte und die Tür aufdrückte – *ah, quelle horreur!* –, so würde er etwas zu sehen bekommen, das er sich noch nicht einmal in seinen wildesten Träumen hätte ausmalen können: Seine elegante Frau auf den Knien im Flur, während ihr Cousin ihr Vergnügen bereitete.

Ob nun Armand Pierre schätzte oder nicht, so würde er doch seinen eigenen Augen trauen müssen: Wie Pierre wie verrückt in sie hineinpumpte und Claudines nackter Hintern der wilden Attacke standhielt. Der keuchende Atem und das bebende Stöhnen wies darauf hin, dass die beiden Liebenden gleich den Gipfel der Lust erreichen würden. Doch selbst der

Gedanke daran, dass er mitten im Akt überrascht werden könnte, konnte Pierre nicht mehr verlangsamen. Er war bereits dabei, nur noch kurz zuzustoßen.

»Ja, ja, ja, Pierre«, stöhnte Claudine, während sie sich unter ihm aufbäumte, als die Welle der Ekstase von ihr Besitz ergriff.

Dann war alles vorbei, und sie erhoben sich zitternd. Grinsend suchten sie ihre Kleidung zusammen.

»*Au revoir*, Pierre«, sagte Claudine zärtlich. »Diesen Abend werde ich nie vergessen.«

Er küsste sie flüchtig auf die Lippen.

»Doch es ist nichts passiert, *ma chère cousine*«, sagte er. »So haben wir es vereinbart. Glaubst du, dieses Nichts könnte sich vielleicht morgen noch einmal wiederholen, wenn du mich in meinem Appartement besuchst?«

13

Drei sind einer mehr als zwei

Marc hatte keine Ahnung, wohin Jaqueline gegangen war, nachdem sie ihn verlassen hatte. Auf dem Zettel, den sie auf seinem Kopfkissen zurückgelassen hatte, stand nichts. Er ging davon aus, dass sie zu Nicolas in die Bequemlichkeit der Avenue du Roule zurückgekehrt war. Aus diesem Grund war er auch so überrascht gewesen, als Nicolas nach ihr gesucht hatte. Wenn sie noch bei ihm gewesen wäre, wer hätte sagen können, welch blutrünstiger Racheakt sich dann ereignet hätte? Nicolas war kräftig gebaut und voller Groll. Doch löste sich die Sache dann im Nichts auf.

Nachdem Jaqueline Marc verlassen hatte, zog sie bei Arlette Lamartine an der Rive Gauche ein. Seit ihrer ersten Begegnung an jenem Tag, als Marc wütend aus dem Café gestürmt war, empfanden sie eine tiefe Zuneigung füreinander.

»Ich könnte mich in dich verlieben«, hatte Jaqueline zu Arlette gesagt, als sie damals nackt im Bett gelegen hatten. Genau das war dann auch geschehen. Für Arlette jedenfalls reichte es aus, Jaqueline einzuladen, den temperamentvollen Marc für immer zu verlassen und bei ihr einzuziehen. Jaqueline zögerte nicht – sie ging in die Rue des Petits Champs zurück, warf ihre Sachen in ein paar passende Koffer und hinterließ Marc eine Nachricht.

Arlettes Appartement verfügte über zwei Schlafzimmer, von denen jedoch nur eines genutzt wurde. Jaqueline teilte sich das in Weiß und Gold gehaltene Schlafzimmer und natürlich auch das große, bequeme Bett mit Arlette. Die ersten zehn Tage hatten die beiden Frauen mehr Zeit in diesem Bett als im Wohnzimmer oder sonst irgendwo verbracht.

Sie schliefen eng umschlungen und nackt ein und standen morgens erst spät auf, nachdem sie sich stundenlang geküsst und gestreichelt hatten. Sie zogen sich an und gingen in ein kleines Restaurant um die Ecke zum Mittagessen, dann kehrten sie in das Appartement zurück, zogen sich aus und legten sich wieder ins Bett, um sich erneut zärtlich zu lieben. Sie lachten miteinander und erzählten sich gegenseitig über ihr Leben und ihre Lieben, sie sprachen über Virginie Dorville und darüber, was sie ihnen beigebracht und welche Spiele sie mit ihnen gespielt hatte.

Arlette küsste Jaquelines üppige Brüste unzählige Male. Sie erregten sie ebenso sehr, als wäre sie ein Mann. Jaqueline legte sich über sie, sodass ihre Brüste auf Arlettes Lippen herabhingen und die dunkelrosa Knospen geleckt und geneckt werden konnten. Arlette bat Jaqueline darum, ihre hübsche *joujou* so kahl rasiert zu belassen, wie Marc es von ihr verlangt hatte. Diese Gunst zahlte sie ihr tausend Mal zurück, indem sie sich der Länge nach zwischen ihre Beine legte, ihre weichen Lippen küsste und mit ihrer nassen Zunge in sie eindrang, bis Jaqueline vor Lust weinte.

Zum Abendessen gingen sie in eines der großen Restaurants, wo sie ausgiebig aßen und tranken. Dann gingen sie mit den abendlichen Spaziergängern, wobei sie sich an den Händen hielten, wie es für Liebende üblich ist. Um elf lagen sie erneut in glühender Umarmung im Bett. Jaqueline rollte Arlette auf den Rücken und küsste ihre aufgerichteten Brüste und ihren weichen runden Bauch. Dann glitten ihre Hände über Arlettes Hüften, streichelten sie zärtlich, dann weiter bis zu den weichen Lippen ihrer *joujou*, um diese zu öffnen.

Jaqueline besaß kein Geld, doch Arlette hatte mehr als genug und zahlte für alles – der abwesende Ehemann im fernen Osten war großzügig.

»Ich lebe wie im Traum«, bemerkte Jaqueline eines nachmittags, als sie mit Arlette im Bett lag. »Ich liebe dich mehr als irgendjemanden zuvor, wir verbringen gerade so etwas wie Flitterwochen.«

Sie lagen einander zugewandt, ihre Brüste berührten sich. Arlettes linker Schenkel ruhte zwischen Jaquelines Schenkeln, und beide Frauen hatten soeben gerade einen gewaltigen Höhepunkt erlebt.

»Es war wunderbar«, stimmte Arlette zu. »Und ich möchte, dass es genauso wunderbar für uns weitergeht. Es gibt da etwas, das ich dir sagen muss, *chérie*.«

»Was denn?«

»Mein Mann Roger wird nächste Woche die Sommerferien über nach Hause zurückkehren. Ich habe heute Morgen einen Brief von ihm erhalten.«

»Oh, nein«, seufzte Jaqueline. »Jetzt möchtest du, dass ich gehe.«

»Aber nicht doch, ich möchte, dass du bleibst. Roger wird dich genauso gerne mögen wie ich. Unsere Flitterwochen werden sich fortsetzen, das verspreche ich dir, nur dass wir beide noch einen Bewunderer mehr haben werden.«

»Wie bitte?« Jaqueline schien erstaunt. »Willst du damit sagen, dass wir alle drei Geliebte werden sollen?«

»Wenn du Roger erst einmal gesehen hast, wird er dir gefallen. Er ist ein viel besserer Liebhaber, als Marc es jemals war. Das kannst du mir glauben, denn ich habe mit beiden geschlafen und kann das mit Sicherheit sagen.«

»Aber was wird dein Roger sagen, wenn er erfährt, dass du und ich ein Liebespaar sind? Er wird eifersüchtig und wütend sein.«

»Nicht im Geringsten. Wie ich schon sagte, haben Roger und ich eine Vereinbarung. Wir mögen einander sehr und tun alles, um einander Vergnügen zu bereiten.«

»Und wie ist das mit dir?«, erkundigte sich Jaqueline mit

erhobenen Augenbrauen. »Du hast mir tausend Mal versichert, dass du mich liebst. Wirst du denn nicht eifersüchtig sein, mich im Bett mit einem Mann zu sehen, selbst wenn es dein eigener Ehemann ist?«

Sie rückte etwas von Arlette ab, gerade weit genug, um deren Schenkel freizugeben.

»Warum sollte ich eifersüchtig sein – ich werde doch hier bei dir sein«, erwiderte Arlette lächelnd. »Glaube mir, nach dem ersten Augenblick wirst du so erregt sein, dass du gar nicht mehr weißt, ob Roger oder ich es bin, die dich liebkosen. Und meistens werden wir es beide sein.«

Sie drückte sich dicht an Jaqueline, bis ihre Brüste sich berührten, und begann ihren Hintern zu streicheln.

»Schließlich ist es ja nicht so, *chérie*, dass du einen Mann als Liebhaber ablehnen würdest.« Sie zuckte leicht mit den Schultern. »Du hast sowohl mit Nicolas als auch mit Marc zusammengelebt. Und vor ihnen sicherlich auch mit anderen Männern.«

»Irgendjemand muss mich ja aushalten«, erwiderte Jaqueline ohne Umschweife.

»Natürlich muss das jemand tun – und Männer besitzen das Geld dazu. Wer würde das besser verstehen können als ich? Aber es wird dir viel besser gefallen, wenn Roger dich aushält, als der zurückgebliebene Marc oder der fette Nicolas.«

»Er ist nicht eigentlich fett«, protestierte Jaqueline. »Er ist nur kräftig gebaut.«

»Das ganze Gewicht auf dir drauf«, fuhr Arlette fort, »war das denn nicht unbequem?«

Fünf Tage später kam Roger Lamartine wie geplant zu Besuch. Er war ein Mann um die vierzig, schlank und geschmeidig. Seine dichten schwarzen Locken zeigten etwas Grau, seine Haut war von der tropischen Sonne gebräunt. Er trug einen schicken weißen Anzug und war eine äußerst elegante

Erscheinung. Damit entsprach er so gar nicht dem unschmeichelhaften Bild, das sich Jaqueline von einem Banker gemacht hatte.

Es war ungefähr fünf Uhr nachmittags, als Roger das Appartement in der Nähe des Boulevard St.Germain erreichte. Er umarmte Arlette, die ihn Jaqueline vorstellte. Er küsste Jaqueline die Hand und lud sie später am Abend zum Abendessen ein – dann nahm er Arlette an der Hand, führte sie in das in Weiß und Gold gehaltene Schlafzimmer und schloss die Tür hinter sich.

Alleine im Wohnzimmer zurückgelassen, ließ Jaqueline ihre Eindrücke über Arlettes Ehemann Revue passieren. Sie fand ihn charmant und attraktiv. Wenn er sich als so interessant im Bett erweisen sollte, wie Arlette behauptete, wäre die angestrebte *ménage à trois* tatsächlich eine Möglichkeit. Einen Versuch zumindest war es wert. Jaqueline hatte weder die Absicht, zu Marc noch zu Nicolas zurückzukehren. Der eine war ihr zu seltsam, der andere zu langweilig.

Alles in allem erschien Jaqueline ein nächtlicher Versuch mit Roger und seiner Frau recht viel versprechend, und mit der Zeit mochte sich daraus ein interessantes Arrangement entwickeln. Doch da Roger Arlette sofort nach seiner Ankunft ins Schlafzimmer gedrängt hatte, und das, nachdem er Tausende von Kilometern geflogen war, schien es recht unwahrscheinlich, dass er noch am selben Tage die Kraft aufbringen würde, zu dritt im Bett zu spielen.

Roger behielt Arlette zwei Stunden lang im Schlafzimmer. Jaqueline lächelte, als sie ab und an die hohen Schreie hinter der geschlossenen Tür vernahm. Dieses Geräusch hatte sie die letzten zwei Wochen über gut kennen gelernt, als sie Arlettes Bett geteilt hatte. Um genau zu sein, hatte sie Arlettes ekstatisches Stöhnen noch an diesem Morgen vernommen. Ganz wie es ihnen zur Gewohnheit geworden war, hatten sie fast bis zum Mittag sich miteinander vergnügt, ehe sie aufgestanden waren. Und das trotz der Tatsache, dass Arlette wusste, dass ihr Mann noch vor dem Abend bei ihnen eintreffen würde.

Arlette hatte offenbar ebenso angenommen, dass Rogers erste Tat nach seiner Rückkehr die sein würde, mit ihr ins Bett zu gehen, um sie wie ein Ehemann zu begrüßen. Dieses Wissen jedoch hatte sie nicht davon abgehalten, mit Jaqueline ihre Liebesspiele zu treiben. *Sie ist unersättlich*, dachte Jaqueline, *und ich liebe sie dafür. Falls dieser Roger heute Abend zu erschöpft ist, um mit einer von uns zu schlafen, dann werden Arlette und ich miteinander spielen, während er zusieht – oder schläft.*

Kurz nach sieben Uhr hörte Jaqueline das Plantschen von Wasser im Badezimmer. Arlette wusch sich die Spuren ihres heftigen Liebesspiels mit warmem, parfümiertem Wasser vom Körper. Roger sang im Badezimmer. Die zwei Stunden mit Arlette im Bett hatten ihn in allerbeste Laune versetzt. Jaqueline hatte großen Appetit und hoffte, dass Roger sich nicht zu Arlette mit ins Bad setzen und erneut mit ihr spielen würde.

Diese Sorge jedoch war vollkommen unbegründet, denn Roger war nach seinen Vergnügen ebenfalls sehr hungrig. Um halb neun führte ein blasierter Kellner ihn, Arlette und Jaqueline an einen Tisch im Restaurant Drouant.

»Um meinen ersten Abend in der Gesellschaft zweier wunderschöner Frauen in Paris zu feiern, wollen wir nur das Beste«, erläuterte Roger die Wahl des sehr teuren Restaurants.

In seinem dunkelblauen Anzug mit dem weißen Seidenhemd sah er wohlhabend und gut situiert aus. Arlette trug ihr schwarzes silberbesticktes Samtkleid, und Jaqueline war ganz in dunkelrotem Satin gekleidet, was die Reinheit ihrer Haut und ihre hellblonden Haare unterstrich. Doch obwohl sie wunderschön und begehrenswert aussah, war Jaqueline nervös. Sie bemühte sich, es zu verbergen. Vom Restaurant bis zu Marcs Appartement waren es nur fünf Minuten zu Fuß.

Wenn er nun heute Abend hier speisen würde, welch eine Szene, *quelle catastrophe*!

Roger bestellte für sie alle. Sie hatten gerade den Hummer mit einer Flasche Champagner beendet und warteten auf das *filet de boeuf*, als Arlette Jaquelines Arm berührte und lächelnd bemerkte: »Einer unserer Bekannten ist gerade hereingekommen.«

Jaqueline drehte sich um – und sah am anderen Ende des Restaurants Marc in Begleitung einer Frau, die soeben von einem Kellner platziert wurden.

»Wer ist das denn, *ma chère*?«, erkundigte sich Roger.

»Marc Beauvais. Erinnerst du dich an ihn?«, erwiderte Arlette. »Du bist ihm bereits begegnet, doch ist das schon eine Weile her.«

»Aber natürlich«, war alles, was Roger an Interesse für Marc aufbrachte. Arlette und Jaqueline blickten sich an und zuckten mit den Schultern. Marc war beider Liebhaber gewesen. Er starrte sie über den Raum hinweg an.

»Wer ist denn das in seiner Begleitung?«, erkundigte sich Jaqueline. »Kennst du sie?«

»Das ist Marie-Jeanne Messager«, erwiderte Arlette.

Roger wandte sich um, um Marie-Jeanne zu betrachten. Er musterte die Größe ihrer Brüste, dann betrachtete er Jaqueline über den Tisch hinweg.

»Roger, du machst das allzu offensichtlich«, bemerkte Arlette. »Wir wissen genau, was dir durch den Kopf geht. Du fragst dich, wer von beiden den größeren Busen hat, Marie-Jeanne dort drüben oder Jaqueline. Da kann ich dir nicht helfen, *chérie*, denn Marie-Jeannes habe ich niemals zu Gesicht bekommen. Aber ich habe Jaquelines Brüste gesehen und mit ihnen gespielt und kann dir versichern, dass sie einfach großartig sind.«

»Daran habe ich keine Sekunde lang gezweifelt.« Roger ergriff Jaquelines Hand, hob sie an seine Lippen und küsste sie.

»Man munkelt, Marie-Jeanne habe Knospen wie Erdbeeren«, fuhr Arlette lächelnd fort. »Ich kann nicht sagen, ob das wahr ist oder nicht. Jaquelines jedenfalls haben eine hübsche rosa Farbe.«

»Arlette, das ist mir peinlich«, meinte Jaqueline, obgleich sie keineswegs peinlich berührt schien. Sie lächelte Roger an, während dieser ihre Hand galant küsste. Sein Blick war auf ihre Brüste gerichtet, die ihr tief ausgeschnittenes Seidenkleid knapp bedeckte.

»Marc ist ganz rot im Gesicht«, fuhr Arlette ruhig fort. »Gerade eben hatte er sich halb von seinem Stuhl erhoben, als ob er herkommen und mit uns sprechen wollte. Ich habe kurz abgewinkt, daraufhin hat er den Blick abgewandt und sich wieder gesetzt. Ihm ist wohl klar, dass er im Falle irgendwelcher Unannehmlichkeiten damit rechnen muss, dass Lucien Messager herausfinden wird, dass Marie-Jeanne für Marc die Beine breit macht.«

»Auf dem Rücken liegend würde sie eine sehr gute Figur machen«, bemerkte Roger. »Frauen mit großen, runden Brüsten haben für gewöhnlich auch breite Becken. Bisher hat mich das niemals sonderlich interessiert, doch nachdem ich im Fernen Osten wohne, wo die Frauen eher dünn und schmalhüftig sind, fühle ich mich neuerdings zu gut gebauten Frauen seltsam hingezogen.«

»Nun hör dir das an!«, wandte sich Arlette an Jaqueline. »Die Wahrheit ist, dass er sich zu Frauen jeder Form und Größe seltsam hingezogen fühlt. Er behauptet, er wolle eine gut gebaute Frau haben. Doch als er heute nach Hause zurückgekehrt ist, hat er stundenlang auf meinem Bauch gelegen – und ich bin wahrlich schlank genug. Heute Abend jedoch soll sich sein Wunsch erfüllen, und er kann sich mit eben demselben Enthusiasmus mit dir befassen.«

»Wir werden sehen«, erwiderte Jaqueline ein klein wenig spröde.

Der Abend verlief ohne weiteren Zwischenfall. Als Roger seine beiden Damen zur Tür begleitete, die schwarzhaarige Arlette an einem Arm und die blonde Jaqueline an dem anderen, hatten Marc und Marie-Jeanne das Lokal bereits verlassen. »Ach«, bemerkte Roger, als sie an dem leeren Tisch vorbeigingen, »dein Freund hat sich wohl aufgemacht, um Erdbeeren zu pflücken.«

In Arlettes Appartement setzten sich die drei mit einer Flasche Cognac ins Wohnzimmer. Jaqueline saß mit Roger zusammen auf dem taubenblauen Sofa, während Arlette ihnen gegenüber in einem Sessel Platz nahm.

»Erzähl mir von Fernost«, forderte Jaqueline ihn auf. »Arlette kennt es ja, doch für mich ist es nur schwer vorstellbar.«

»Ja, erzähl ihr von dem Kitykara-Haus«, drängte ihn Arlette mit einem viel sagenden Lächeln. »Das wird sie sicher amüsieren.«

»Was für ein Ort ist das denn?«, erkundigte sich Jaqueline.

»Ein Freudenhaus«, erklärte Roger. »In Bangkok sind sie ohnehin sehr zahlreich, doch dieses eine ist unter Europäern sehr beliebt.«

»Warum? Was wird dort gemacht, was so besonders ist?«

»Die Mädchen sind recht jung«, fuhr Roger fort. Er grinste, als er eine Hand auf Jaquelines Schenkel legte und ihn ganz beiläufig, eher an der Hüfte als am Knie, streichelte. »Sie tragen glänzend schwarze Kleider«, fuhr er fort. »Das ist dort eine Art Arbeitskleidung. Sie sitzen in einem großen kühlen Zimmer und reden miteinander, während sie darauf warten, ausgewählt zu werden.«

»Von dem, was man mir erzählt hat, scheinen mir die Häuser in Paris ganz ähnlich«, bemerkte Jaqueline und betrachtete nachdenklich seine Hand auf ihrem Schenkel.

»Die Mädchen in den Häusern hier sind für gewöhnlich nackt, damit der Kunde das Angebot prüfen kann«, erläuterte er ihr. »Ein ganzes Zimmer voller nackter Brüste und Bäuche – ein Meer von rosa Fleisch – es besitzt keinerlei Finesse.«

»Wie viel Finesse ist denn schon an einem Ort vonnöten, an dem Männer Frauen dafür bezahlen, sich auf den Rücken zu legen?«, fragte Jaqueline.

»Ich wusste gleich, dass du es verstehen würdest«, erwiderte Roger. »In dem Haus in Bangkok, von dem ich spreche, sind die Frauen sehr schön, und ihre schlanken orientalischen Körper werden von schwarzen Kleidern diskret verhüllt. Sie besitzen langes, glänzend schwarzes Haar und haben eine Hautfarbe wie dunkler Honig.«

»Als ich mit Roger in Bangkok war, hat er mich in dieses Haus mitgenommen«, fiel Arlette ein. Jaqueline überraschte dieses Geständnis. »Es ist ganz wie er sagt, du gehst hinein und befindest dich in einem Zimmer voller schöner junger Mädchen in schwarzem Satin.«

»Du bist dort mit ihm zusammen hingegangen?«, erkundigte sich Jaqueline. »Hatten sie denn nichts dagegen, dass eine europäische Frau sie anstarrt?«

»Nicht wenn diese gekommen ist, um für sich selbst auch ein Mädchen auszuwählen«, erwiderte Arlette kichernd. »Hör Roger zu, dann wirst du verstehen, weshalb es so anziehend ist.«

Roger streichelte durch das Satinkleid hindurch zärtlich Jaquelines Schenkel. Seine Hand lag jetzt bereits zwischen ihren Beinen.

»Im Kitykara-Haus wird alles sehr feinfühlig arrangiert«, fuhr er fort. »Du siehst dir die Mädchen an, und deine Männlichkeit beginnt heftig zu pulsieren. Dann triffst du deine Wahl – eine fast unmögliche Aufgabe – und zahlst der Besitzerin des Etablissements den Gegenwert von ein paar Franc. Dein Mädchen führt dich in ein privates Zimmer mit vergitterten Jalousien vor den Fenstern, um gegen die Sonne zu schützen.«

»Arlette hat mir erzählt, die Hitze in Bangkok sei erdrückend«, meinte Jaqueline. »Sie hat sie so krank gemacht, dass sie nach Frankreich zurückkehren musste.«

»Erzähl ihr etwas über die Massage, Roger«, unterbrach Arlette ungeduldig.

»Die Massage – das ist es, was dieses Haus zu etwas Besonderem macht«, meinte Roger. »Dein Mädchen zieht dich aus, und du legst dich nackt auf ein Bett. Sie streift ihr Kleid ab – diese orientalischen Mädchen tragen nichts darunter.«

»Sie besitzen winzige Brüste und haben weder Hüften noch einen richtigen Hintern«, wandte sich Arlette grinsend an Roger. »Doch ich habe dich niemals darüber klagen hören, als ich mit dir dort war.«

»Sicherlich wird es dich interessieren, dass das Mädchen, das ich am Abend meiner Abreise dort hatte, längliche Brüste besaß«, erwiderte er. »Sie waren sehr spitz und hatten auffällige, bräunliche Knospen. Zwischen ihren Beinen hatte sie einen dichten Teppich schwarzer Locken. Er war so groß, dass er ihr bis zum Bauchnabel reichte.«

Arlette und Jaqueline warfen einander einen Blick zu und grinsten. Die Beschreibung erinnerte sie an eine der Frauen auf den Fotos, die Virginie aus Menorca geschickt hatte. Isabella war der Name, der auf die Rückseite des Fotos gekritzelt stand. Sie war dünn, mit kleinen Brüsten und einem dichten schwarzen Haarschopf zwischen den Beinen. Dieser Teppich war so ungewöhnlich üppig, dass Arlette und Jaqueline es sogar erwogen hatten, Menorca einen kurzen Besuch abzustatten, um Virginies Freundin zu treffen und persönlich den Charme ihrer schwarzen Haare zu erkunden.

»Irgendetwas amüsiert euch«, bemerkte Roger und blickte von einer zur anderen. »Habe ich etwas Komisches gesagt?«

»Nein, nein, *chéri*«, versicherte Arlette. »Du hast uns an jemanden erinnert. Ich erzähle dir später von ihr. Bitte fahr fort – du bist gerade da, wo das Mädchen ihr Kleid ausgezogen hat und du ihren honigfarbenen Körper bewunderst.«

Roger blickte von Arlette zu Jaqueline und wieder zurück. Er fragte sich, was sie wussten und er nicht. Jaqueline legte freundlich ihre Hand auf seine, die auf ihrem Schenkel lag.

»Hör jetzt nicht auf«, meinte sie. »Ich möchte alles erfahren, was du mit diesem Mädchen mit dem schwarzen Teppich gemacht hast.«

»Es ist eher eine Frage, was sie mit mir gemacht hat«, erwiderte Roger grinsend.

Er ließ seine Hand unter Jaquelines dunkelrotes Kleid gleiten, dann ihren Seidenstrumpf entlang den Schenkel nach oben bis zu ihrem Strumpfhalter, um das nackte Fleisch darüber zu streicheln. Sie spreizte ein wenig die Beine, und er berührte durch die dünnen Höschen ihre *belle chose*.

»Als ich das erste Mal das Kitykara-Haus besuchte, war ich neu im Land und an europäisches Verhalten gewöhnt. Sowie mein Mädchen ihr Kleid abgestreift hatte, umfasste ich ihre Taille, legte sie auf den Rücken und versuchte, mich auf sie zu legen. Das hat sie mir aber schon bald abgewöhnt. Sie drückte mich mit dem Rücken auf das Bett und befahl mir, ruhig liegen zu bleiben. Sie sprechen alle ein wenig französisch.«

»Als Roger mich dorthin mitgenommen hat, habe ich nicht versucht, auf das von mir ausgewählte Mädchen zu steigen«, erläuterte Arlette Jaqueline. »Ich habe mich auf den Rücken auf das Bett gelegt, damit sie ihr Können zeigen konnte. Diese Mädchen verteilen ein süßliches Öl über deinen ganzen Körper, und es ist sehr aufregend, ihre kleinen Hände vom Nacken bis zu den Knien zu fühlen.«

»Sehr aufregend«, bestätigte Roger. »Nachdem das Mädchen dich eingeölt hat, legt sie sich flach auf dich und massiert dich mit ihrem ganzen Körper, nicht mit den Händen.«

Er hielt inne, damit Jaqueline sich die Szene vorstellen konnte, während seine Hand ihr Kleid hinaufkroch und unter ihrem Höschen das weiche nackte Fleisch berührte.

»Oh«, rief er überrascht aus. »Ich hatte hier blonde Locken erwartet, *chérie*, doch stattdessen fühle ich warme nackte Haut.«

Jaqueline lächelte ihn an und spreizte ihre Beine ein wenig mehr, damit er sie besser berühren konnte.

»Fahr mit deiner Geschichte fort«, ermunterte sie ihn. »Sie ist sehr aufregend.«

»Das nackte Mädchen legt sich auf dich und reibt ihre Brüste, ihren Bauch und ihre Schamlocken über deinen ganzen Körper«, sagte Roger. »Anfangs sind ihre Bewegungen nur kurz und langsam, doch allmählich werden sie schneller und großflächiger. Nach einer Weile gleitet sie an deinem Körper so weit nach oben, dass ihre Brüste dein Gesicht berühren und du sie kurz lecken kannst, bevor sie wieder verschwunden sind.«

»Oh ja«, murmelte Jaqueline, während seine Finger sich zwischen die weichen Lippen ihrer *joujou* pressten.

Arlette beobachtete aufmerksam die Bewegungen von Rogers Hand unter dem Kleid ihrer Freundin. Sie hätte Jaqueline gerne selbst liebkost und wünschte sich, dass es ihre Hand wäre, die zwischen Jaquelines Schenkeln unter dem dünnen Höschen ihre kahl rasierte *joujou* streichelte. Doch ehe sie das im Beisein von Roger tun wollte, hielt sie es für angebracht, dass er Jaqueline zuerst besaß – als ob das in gewisser Weise ihre eigenen Gelüste legitimieren würde.

»Wenn du an den Brüsten der Mädchen saugst«, stöhnte Jaqueline, »schmeckst du dann das süßliche Öl?«

»Es schmeckt ganz zart nach Mandeln und Vanille«, erwiderte Roger. »Auf mich hat es eine aphrodisierende Wirkung. Das Mädchen gleitet immer höher und tiefer in einer langen rhythmischen Bewegung auf deinem Körper entlang, bis ihr

Bauch über dein Gesicht gleitet – und ihr schwarzer Teppich über deine Lippen reibt.«

»*Oh là là*«, seufzte Jaqueline. »Jetzt verstehe ich, warum Arlette ebenfalls eine solche Massage haben wollte.«

»Wenn das Mädchen sich wieder nach unten bewegt«, fuhr Roger fort, »gleiten ihr Bauch und ihre Brüste über den aufgerichteten Schaft des Mannes. Das ist so erregend, dass ich mich beim fünften oder sechsten Mal fast zwischen ihren schlüpfrigen Brüsten ergieße. Doch in diesem Augenblick beiße ich immer die Zähne aufeinander und fahre fort. Ihr Gesicht gleitet über meine Brust und meinen Bauch, dann lässt sie mein Rohr in ihren Mund gleiten, und ich glaube, jetzt zum Höhepunkt zu kommen.«

»Du kommst in ihrem Mund?«, keuchte Jaqueline. Ihre Beine zitterten, als seine Finger sie in Wellen der Lust versetzten.

»Nein, die Mädchen sind sehr clever«, sagte er. »Sie entlassen dich wieder aus ihren feuchten Lippen und gleiten erneut deinen Körper hinauf, bevor du so weit bist.«

»Mein Gott, wie lange kannst du das denn aushalten?«, fragte Jaqueline leise, und Arlette lächelte.

»Ich weiß es nicht«, erwiderte Roger. »Jetzt hat das Mädchen die längstmögliche Gleitbewegung erreicht, und ich schwimme in einem Traum der Lüste. Jede Faser meines Körpers bebt, und ich kann nicht mehr darüber nachdenken, wie lange ich die Massage des nackten Mädchenkörpers auf meinem noch ertrage. Dann plötzlich ist es mehr, als ich ertragen kann – und ich spritze meine Leidenschaft auf ihren Bauch und zwischen ihre Brüste. Dann höre ich, wie sie kichert.«

»Und du hast diese Massage ebenfalls probiert, *chérie*«, wandte sich Jaqueline an Arlette.

»Viele Male. Ich habe mir nur die außergewöhnlich schönen Mädchen ausgesucht, und die waren sehr geschickt. Es war ein solches Vergnügen!«

»Oh ja«, seufzte Jaqueline und starrte auf die längliche Ausbeulung in Rogers Hosen.

»Doch es ist ein wenig wie das Verspeisen einer chinesischen Mahlzeit«, fuhr Arlette lächelnd fort. »Es war sehr lecker und vollkommen befriedigend – doch eine Viertelstunde später war ich schon wieder bereit. Also hat das Mädchen es mir erneut besorgt.«

»Einmal ist nie genug«, pflichtete Roger ihr bei. »Wenn die Mädchen dich erst einmal als regelmäßigen Gast kennen gelernt haben, behandeln sie dich wie einen geschätzten Freund. Inzwischen bitte ich das Mädchen nach der Massage, sich auf den Rücken zu legen und mich in sie eindringen zu lassen. Diese Mädchen mögen schmal und schlank sein, doch kann man sie leicht penetrieren, denn sie sind immer feucht und schlüpfrig – ich glaube, sie reiben sich ein wenig mit diesem Öl ein.«

»Offensichtlich ist es dir doch gelungen, ihnen unsere Gepflogenheiten aufzudrängen, wenn sie sich auf den Rücken legen und ihre Beine für dich spreizen«, meinte Jaqueline.

»Dieser Illusion habe ich mich anfangs auch hingegeben. Doch selbst wenn ich ein Mädchen, das ich gut kenne, dazu überreden kann, stellt sie doch sicher, dass sie es mir besorgt und nicht umgekehrt.«

»Warum das?«, erkundigte sich Jaqueline äußerst interessiert.

»Stell dir vor, ich liege auf dem Bauch eines Mädchens und bin in ihr. Ich stoße langsam zu, doch sie windet sich unter mir und macht sich frei. Irgendwie befinde ich mich dann auf der Seite, unsere Gesichter sind einander zugewandt. Sie legt ein Bein über meine Hüfte, ich bin immer noch tief in ihrer *joujou*, doch jetzt ist sie es, die den Ton angibt. Sie lässt ihren Bauch gegen meinen rotieren – Europäern erscheint das unmöglich athletisch –, und dann fährt sie damit fort, bis ich mich in ihr ergieße.«

Jaqueline presste ihre Schenkel zusammen, um die Bewegungen seiner Finger zu unterdrücken. Ihr Gesicht war gerötet, und sie atmete schnell – wenn er weiter mit ihr spielen würde, würde sie schon sehr bald ihren Höhepunkt erreichen. Arlette stand von ihrem Sessel auf und legte ihre Hand auf Rogers Schulter.

»Es ist Zeit, dass wir alle zusammen ins Schlafzimmer gehen und uns ausziehen, Roger«, meinte sie.

»Aber ja «, stimmte er ihr zu, stand auf und zog Jaqueline hoch. »Meine erste Nacht zurück in Paris wird wohl eine der erinnerungswürdigsten meines Lebens werden.«

In Arlettes in Gold und Weiß gehaltenem Schlafzimmer waren schon bald alle drei nackt. Jaqueline sah, dass Roger kräftig gebaut und mittelgroß war. Er hatte dunkle Locken auf der Brust, und sein Schaft stand steif wie der Griff einer Kaffeekanne hervor. Er starrte mit leuchtenden Augen auf ihre üppigen Brüste, und sie war sich sicher, dass er sie als Erste haben wollte. Sie erwartete, dass er sie auf den Rücken rollen und ihre Brüste küssen und kneten und saugen würde, bis er so weit war, mit seinen fünfzehn Zentimetern in sie einzudringen.

Er tat jedoch nichts dergleichen, sondern setzte sich mit überkreuzten Beinen auf die Bettkante und hielt sein pulsierendes Geschlecht in der Hand – und mit einem aufmunternden Lächeln bat er Arlette ihm zu zeigen, wie sie und Jaqueline einander liebten. Arlette musste sich nicht zwei Mal bitten lassen. Sie umschlang Jaqueline mit den Armen, drückte sie der Länge nach auf das Bett und legte sich neben sie.

»Du möchtest mir Vergnügen bereiten, nicht wahr?«, fragte Jaqueline. »Doch ist es zu meinem oder zu Rogers Vergnügen?«

Arlettes Hände glitten über Jaquelines Körper und streichelten sie von den einen Lippen bis hinunter zu den anderen. »*Je t'adore, chérie*«, murmelte sie. »Ich mache dies für dich und mich – wenn es Roger gefällt zuzusehen, wie ich dich liebe, umso besser für ihn.« Mit einem kehligen Laut warf sie sich über Jaquelines Beine und drängte ihre nasse Zunge in die glatte *joujou* dazwischen.

Als Jaqueline von den zarten Fingern geöffnet wurde, stöhnte sie. Und sie stöhnte erneut auf, als sie die warme Zunge in sich eindringen fühlte.

»Hast du dir immer deine *belle chose* rasiert?«, hörte sie Roger von der Bettkante aus fragen. Sie wandte ihren Kopf, um zu ihm aufzublicken, während ihr Körper von den wunderbaren Gefühlen erbebte, die Arlettes Zunge hervorrief.

»Ich habe damit angefangen, weil mich ein ehemaliger Liebhaber gebeten hatte«, murmelte sie. »Jetzt mache ich es, weil es Arlette so sehr gefällt.«

»Mir gefällt es ebenfalls«, seufzte Roger. »Es passt sehr gut zu dir, *chérie*.«

»Arlette, ich komme«, keuchte Jaqueline plötzlich.

Die schlanken Finger in ihr waren fest und stark – und unnachgiebig. Die Zunge auf ihrem feuchten kleinen Knopf ließ ihren Bauch vor Lust so sehr erbeben, dass ihre Beine zuckten. Einen Augenblick später erreichte sie in lang gedehnten Kontraktionen den Höhepunkt. Arlette stöhnte, ihre Zunge schnellte schneller, während ihre Finger Jaquelines *joujou* bis zum Äußersten weiteten.

»Oh ja, ja …« keuchte Jaqueline und wand sich lustvoll auf dem Bett. »*Je t'aime*, Arlette …«

Es dauerte eine Weile, bevor sie sich beruhigt hatte. Als sie wieder normal atmete, hob sie ihren Kopf vom Kissen, um zu sehen, ob Roger die Vorstellung gefallen hatte. Er starrte sie mit großen Augen an, seine Hand bewegte sich heftig an seinem steifen Schaft auf und ab. Arlette rollte von Jaqueline herunter und legte sich seufzend auf den Rücken. Sie umfasste ihre eigenen eleganten und aufgerichteten Brüste mit ihren langgliedrigen Fingern und liebkoste und drückte sie.

Doch noch bevor Jaqueline eine Hand auf ihre Brüste legen oder sie zwischen den Beinen streicheln konnte, um sie zum Höhepunkt zu bringen, lag Roger neben ihr im Bett und streichelte ihre fleischigen Brüste enthusiastisch.

»Du bist sehr schön, Jaqueline«, sagte er. »Es fällt nicht schwer zu sehen, weswegen Arlette dich vergöttert.«

Er beugte sich über sie und küsste die festen Knospen ihrer Brüste. Ebenso wie Arlette versicherte er ihr, wie sehr er sie bewunderte – und dann fügte er noch hinzu, dass sie ihn gleich ebenfalls bewundern würde. Seine Hände glitten kundig über sie, als ob er eine neue, noch unbekannte Landschaft der Liebe erkundete. Seine Fingerspitzen streichelten ihr Schlüsselbein, unter ihren Brüsten und ihre weichen Armbeugen, dann strichen sie über ihren breiten Bauch und in den Bauchnabel und wanderten zu ihren Schenkeln und drängten sich dazwischen.

Jaqueline lag bequem da und ließ sich verführen. Sie spürte, wie sich eine heftige Erregung in ihr aufbaute. Plötzlich überraschte Roger sie und rollte sich auf sie. Er hatte sie bestiegen, sein Bauch presste gegen ihren und seine Beine lagen zwischen ihren gespreizten Beinen. Mit einem Lustschrei hob Jaqueline die Knie und spreizte sie weit auseinander, während Roger in sie eindrang. Seine Penetration war leicht und tief, weil sie von dem Vergnügen, das ihr Arlette vor wenigen Augenblicken noch bereitet hatte, offen und schlüpfrig war. Er blickte auf ihr Gesicht herunter, seine dunkelbraunen Augen leuchteten erwartungsvoll.

»Was ziehst du vor, Roger?«, stöhnte sie, »sag es mir, bevor du mich ganz besitzt. Magst du lieber braunhäutige oder weißhäutige Frauen? Empfindest du die schlanken orientalischen Frauen als erregender als uns arme Pariserinnen?«

»Ich ziehe die Art von Frau vor, auf deren Bauch ich gerade liege, wo immer ich auch bin, ob im Osten oder im Westen«, erwiderte er lächelnd.

»Du bist taktvoll und sehr kräftig«, keuchte sie, während sie sich seinen kräftigen Stößen hingab. »Ich hatte schon befürchtet, dass du dich diesen Nachmittag mit Arlette verausgabt hättest.«

Arlette lag nah genug, um den Kopf Jaqueline auf dem Kopfkissen zuzuwenden und ihre Wange zu küssen, während Roger sie meisterhaft ritt.

»Es ist mehr vonnöten, damit er sich vollkommen verausgabt«, seufzte Arlette. »Heute Nachmittag hat er mich drei Mal genau dort genommen, wo du jetzt liegst.«

»Und es hätten vier Mal sein sollen«, fügte Roger mit vor Erregung zitternder Stimme hinzu. »Ich wollte es noch einmal tun, doch du meintest, wir hätten Jaqueline bereits lange genug allein gelassen.«

»Und dann hast du versucht, mich im Bad zu nehmen«, beschuldigte ihn Arlette. »Ich dachte schon, du wolltest mich in dem parfümierten Wasser ertränken, ehe du zufrieden sein würdest.«

»Ich verspreche euch, wenn wir morgen Früh aufstehen, werde ich euch beide im Badezimmer vernaschen«, meinte Roger. »Es wird erst die eine, dann die andere sein müssen, denn die Wanne ist nicht groß genug für uns alle drei.«

»Ungeheuer«, keuchte Arlette, der die Aussicht zu gefallen schien. Jaqueline erriet, dass die Finger ihrer Freundin zwischen ihren eigenen Schenkeln am Werk waren, wo die weichen schwarzen Locken wuchsen. Sie erriet, dass Arlette ihre Lippen geöffnet hatte, um ihren feuchten kleinen Knopf zu streicheln.

»Oh, Jaqueline«, rief Arlette. »Wir werden unzählige Stunden des Vergnügens miteinander haben, du und ich und Roger, alle zusammen. Er wird seinen dicken harten Schaft dazu benutzen, uns abwechselnd zu beherrschen. Ich werde mit deinen großen, wunderschönen Brüsten und deiner kahlen *joujou* spielen. Und du und Roger werdet einander abwechseln, meinen eleganten Körper zu verwöhnen, bis ich vor Lust in Ohnmacht falle.«

Einen Augenblick später stieß Arlette den hohen Schrei aus, der den Beginn ihres Höhepunkts anzeigte. Sie erbebte so stark, dass Jaqueline es auf der weichen Matratze fühlen konnte, während Roger sie mit kräftigen, harten Stößen bearbeitete. Dann kam ihr Höhepunkt und sie schlang ihre Beine um Rogers Hintern und hielt ihn an sich gepresst, während die heftigen Gefühle in ihr explodierten. Roger stieß schnell zu und ergoss sich mit einem lustvollen Stöhnen in ihr.

14
Die Wahrheit hat meist einen schlechten Ruf

Jeder hätte Marc sagen können, dass sein absurder Versuch, die Zuneigung seiner Frau Sylvie dadurch wieder zu erlangen, indem er seine Untreue ihr und ihren gemeinsamen Freunden publik machte, ein Fiasko sein würde. Sylvie war noch nicht einmal während dieser lächerlichen Versammlung anwesend gewesen – und seine Freunde hatten sich zusammengetan und ihn verstummen lassen, bevor er sie bloßstellen konnte.

Doch das war noch nicht alles. Marc war gut aussehend, wohlhabend und charmant – doch intelligent war er nicht. Er sagte sich, wenn Sylvie nicht zu ihm kommen, seiner Beichte zuhören und ihm vergeben wollte, würde er sich eben zu ihr begeben und sie zum Zuhören zwingen. Er würde seine Schuld bekennen und sie mit heißen Tränen der Reue in den Augen auf Knien bitten, ihm zu verzeihen. Es war ein Jammer, dass keiner seiner Freunde anwesend sein würde, um der Angelegenheit noch mehr Gewicht zu verleihen, doch damit musste er sich abfinden.

Um elf Uhr früh erschien er unangekündigt in Sylvies Appartement. Um sich Mut zu machen, hatte er sich zuvor einen Drink gegönnt. Bernadette öffnete die Tür und musterte ihn nachdenklich – oder zumindest so viel von ihm, wie sie über den Massen von roten und gelben Blüten und grünen Blumenstängeln erkennen konnte, die er in den Armen hielt.

»Monsieur Marc, sind Sie es?«, fragte sie, wohl wissend, um wen es sich handelte.

»Aber natürlich bin ich es«, sagte er. »Lassen Sie mich herein.«

Bernadette sah in ihrem einfachen schwarzen Kleid mit der weißen Schürze sehr adrett aus. Grinsend trat sie zur Seite, damit Marc an ihr vorbei eintreten konnte. Errötend wich er ihrem Blick aus. Er erinnerte sich nur zu gut an den Abend, als er von Madame de Follignys Etablissement gekommen war, um Sylvie aufzusuchen – sie war ausgegangen, und er hatte sich der Bediensteten äußerst unschicklich genähert.

Er erklärte es sich folgendermaßen: Er war an jenem Abend sehr durcheinander gewesen und hatte deshalb bestimmte Grenzen überschritten. Das jedenfalls klang besser, als sich einzugestehen, dass er Bernadette auf den Schoß gezogen und seine Wange an ihren großen runden Brüsten gerieben hatte. Nichts von alledem hatte irgendeine Bedeutung – dieser Vorfall war ganz und gar Bernadettes Schuld.

Jetzt, nachdem es passiert war, war ihm klar geworden, dass er sie daran hätte hindern sollen, seine Hose zu öffnen und ihre Hand hineinzustecken. Um es ganz offen zu sagen, es war schamlos und unentschuldbar von ihr, dass sie mit ihm in dermaßen enger Tuchfühlung auf dem Sessel gespielt hatte – wie konnte er ihr das nur gestatten? Sie hatte sich unsittlich benommen, anders konnte man es nicht ausdrücken. Was sie ihm angetan hatte, war verabscheuungswürdig.

Er blickte auf ihre weiße Rüschenschürze, während er an ihr vorbei die Wohnung betrat. War es dieselbe Schürze, die sie auch an jenem Abend getragen hatte? War sie jetzt gewaschen und gebügelt und zeigte keinerlei Zeichen mehr von der klebrigen Leidenschaft, die er darauf verspritzt hatte? Bernadette, die seinem Blick folgte, erriet sofort, was in seinem Kopf vorging, und kicherte unverschämt.

Marc versuchte, ruhig und gelassen zu bleiben. Diese Dinge waren Vergangenheit. Es war eine wilde Vergangenheit, von der er sich jetzt befreit hatte. Während der Monate nach seiner Trennung von Sylvie hatte er viele Dinge mit vielen Frauen getan, die er jetzt bereute – zumindest machte er sich selbst glauben, dass er sie bereute. Er war ein neuer Mann – er liebte Sylvie und würde sie nie wieder betrügen.

Wenn sie wieder zusammenleben würden, wollte er sie jede Nacht verführen, sodass ihr klar wurde, wie unendlich er sie liebte. Damit wollte er heute beginnen. Sylvie, und niemand anderen als Sylvie – auf dem Rücken, auf dem Bett, das sie früher geteilt hatten, ihr dünnes Nachthemd auf den Boden geworfen, ihre Arme um seinen Hals und ihre Beine weit für ihn gespreizt. In einer Woche begann der August und damit die Ferienzeit. Es war die Zeit, in der alle Paris verlassen und es den ausländischen Touristen überlassen würden. Marc hatte im vornehmsten Hotel von Biarritz eine Suite reservieren lassen, um dort mit seinem Liebling Sylvie die zweiten Flitterwochen zu verbringen.

Plötzlich sah er Bernadettes zu einer losen Faust geballte Hand schnell über ihren Bauch gleiten. Marc blieb stehen und starrte gebannt auf ihre sich auf und ab bewegende Faust. Er fühlte, wie er in seiner Hose steif wurde. Ohne an die Konsequenzen zu denken, trat er einen Schritt auf sie zu, um seinen Steifen gegen ihre Rüschenschürze zu pressen.

Doch seine Hände umfassten noch immer die Blumen, die er für Sylvie mitgebracht hatte. Der riesige Strauß wurde zwischen ihm und Bernadettes großen runden Brüsten gedrückt. Sie grinste ihn über die Blumen hinweg an. Marc kam wieder zu sich und lief dunkelrot an – er drehte sich um und rannte fast bis ins Wohnzimmer, um vor Bernadette zu fliehen. Hinter sich hörte er sie kichern.

Wegen dieses kleinen Zwischenfalls an der Tür hatte er Bernadette nicht gefragt, ob seine Frau im Hause war. Wie sich herausstellte, war sie es, doch war sie nicht allein. Sie trank Kaffee mit seiner Schwester Claudine, die Marc noch nie gemocht hatte. Diese Abneigung beruhte auf Gegenseitigkeit. Claudine hatte Sylvie aufgesucht, um sie mit ihrer brühwarmen Erzählung von Marcs komischem Desaster zu amüsieren, als er die Namen der Ehefrauen ihrer Freunde hatte aufdecken wollen, die er flachgelegt hatte, und wie alle vor ihm geflohen waren.

Natürlich hatte Claudine nicht die Absicht, Sylvie zu erzählen, dass sie an jenem Abend mit Pierre nach Hause gegangen war und ihm aus Sympathie von ihrem heimlichen Liebhaber Nicolas erzählt hatte. Heimlich zumindest für ihren Ehemann. Claudine war nur selten offen und ehrlich, doch wäre sie es in diesem Moment gewesen, hätte sie zugeben müssen, dass sie Pierre so unwiderstehlich fand, dass sie sich von ihm hatte ausziehen und verwöhnen lassen. Sie war in sein Schlafzimmer gegangen, um den Eiffelturm über den Fluss hinweg zu betrachten – doch auch um einen näheren Blick auf Pierres beachtlichen männlichen Charme zu genießen.

Das erwähnte sie mit keinem Wort, denn Claudine wusste, dass Pierre und Sylvie ein Liebespaar waren – das waren sie praktisch von jenem Tag an gewesen, an dem Marc gegangen war. Plötzlich ging die Tür auf und Marc trat ein, in den Armen einen halben Blumenmarkt. Durch die Blüten hinweg starrte er Sylvie leicht dümmlich an, dann fiel sein kühler Blick auf seine Schwester.

»Es gibt vieles, was ich dir sagen muss, Sylvie«, eröffnete er seine Ansprache.

»Ich lasse euch beide besser alleine«, meinte Claudine.

»Nein, geh nicht«, warf Sylvie schnell ein. »Nichts von dem, was Marc sagen könnte, möchte ich hören. Es ist sehr unhöflich von ihm, hier einfach so hereinzuschneien.«

»Ja, Claudine, bitte bleibe«, bat nun auch Marc – was beide

Frauen überraschte. »Ich brauche Zeugen für die Beichte meiner Missetaten.«

»Ich möchte keinerlei Beichte von dir hören«, entgegnete Sylvie. »Ich möchte, dass du gehst.«

»Meiner Ansicht nach solltest du ihn dir anhören«, meinte Claudine mit verschmitztem Lächeln. »Es war ja nicht seine Schuld, dass man ihn daran gehindert hat, jedem von seinen Sünden zu erzählen.«

Marc blickte von der einen zur anderen, während sein Mund sich wie der eines Goldfischs in einer Wasserkugel öffnete und wieder schloss. In ihren Gesichtern war deutlich zu erkennen, dass sowohl seine Frau als auch seine Schwester ihn verachteten.

»Leg doch diese albernen Blumen ab«, meinte Claudine. »Warum glauben Männer nur, dass Frauen sich Blumen wünschen, wo sie viel lieber ein paar Ohrringe aus Diamanten hätten?«

Marcs Vorhaben schien erneut schief zu gehen. Statt einer kleinen Gruppe Freunde, die seine Reue bezeugten und hörten, wie er um Sylvies Verzeihung bat, hatte er nun seine skeptische Schwester zur Unterstützung. Schlimmer noch, sie schien die Situation in die Hand zu nehmen.

»Sylvie hat dich geliebt«, informierte Claudine ihn mit glühendem Blick. »Sie war am Boden zerstört, als du sie verlassen hast. Du hast ihr das Herz gebrochen, doch sie hat gehofft, du würdest nach einiger Zeit zur Besinnung kommen und zu ihr zurückkehren.«

»Genau«, stimmte er ihr freudig zu, »deswegen bin ich ja hier.«

»Dazu ist es zu spät, Marc«, fuhr Claudine fort. Sylvie hörte wortlos zu. »Viel zu spät, denn du hast bewiesen, dass man dir nicht vertrauen, sondern dich lediglich verachten kann.«

Claudine fixierte ihn mit der Entrüstung einer tugendhaften Frau, die niemals vom schmalen Pfad ehelicher Pflichten abwich. Glücklicherweise hatte Marc nicht die leiseste Ahnung von ihrer Affäre mit Nicolas. Oder von ihrer gemeinsamen Stunde mit ihrem Cousin Pierre – wo *nichts* passiert war –, ein Nichts, was sich seitdem zweimal wiederholt hatte.

»Sag doch so etwas nicht«, bettelte er, noch immer mit dem Blumenstrauß in der Hand. »Es kann doch niemals zu spät sein, sich für die Vergangenheit zu entschuldigen.«

»Ha!«, rief Claudine aus.

»Sylvie, ich liebe dich. Um Gottes Willen, so sprich doch mit mir«, bettelte Marc.

Sylvie schwieg mit unnachgiebigem Gesichtsausdruck. Offenbar war es ihr recht, dass Claudine ihrem Zorn und ihrer Abneigung freien Lauf ließ.

»Ich frage mich, was der Grund für all diesen Betrug und dieses Unglück ist«, meinte Claudine verächtlich. »Die Antwort ist einfach grotesk – es sind ein paar Zentimeter Fleisch, die zwischen deinen Beinen hängen.«

»Nein, nein«, murmelte Marc, als ob eine standhafte Verneinung die Vergangenheit für ihn günstiger aussehen lassen würde. »Das war es nicht, weswegen ich wieder nach Hause gekommen bin.«

»Er besitzt keinerlei Selbstbeherrschung«, wandte sich Claudine an Sylvie. »Wenn ihn eine fremde Frau auf der Straße ansieht, ist er augenblicklich über alle Maßen erregt.«

»So war er immer schon«, erwiderte Sylvie ruhig aber kühl. »Seitdem wir uns das erste Mal geküsst haben, noch bevor wir verheiratet waren. Sobald er seine Arme um mich gelegt hatte, konnte ich etwas Hartes in seinen Hosen an mich gepresst fühlen. Einem jungen Mädchen ist das ausgesprochen peinlich.«

»Das reicht jetzt«, flüsterte Marc. »Du versuchst, mich zu demütigen. Ich weiß, dass ich dich schlecht behandelt habe,

Sylvie. Doch sicherlich wirst du mir dafür verzeihen können. Schließlich liebst du mich immer noch genauso, wie ich dich liebe.«

»Seine Frechheit kann einem wirklich den Atem rauben«, bemerkte Claudine. »Er gesteht, dass er dich schlecht behandelt hat. Und nun möchte er, dass du es vergisst – bis zum nächsten Mal, nehme ich an.«

»Ich wollte dir niemals wehtun, Sylvie«, sagte Marc. »Alles ist irgendwie außer Kontrolle geraten. Ich wusste überhaupt nicht mehr, was ich tat.«

Zum ersten Mal wandte sich Sylvie direkt an ihn. Ihr Tonfall war sehr vorwurfsvoll.

»Du hast mich verlassen«, sagte sie. »Und eine Woche später höre ich, dass du mit Denise Vilmorins zusammen bist. Das hat mich sehr verletzt, schließlich sind Denise und ihr Mann seit Jahren mit uns befreundet. Und dann hast du die Sache noch schlimmer gemacht, indem du eines Tages vorbeigekommen bist und mir erzählt hast, du würdest mich immer noch lieben – während du gleichzeitig mit ihr eine Affäre hattest.«

»Es war nicht ich, der diese Affäre mit Denise haben wollte«, wich Marc aus. »Sie hat aus ihrem Begehren für mich niemals ein Geheimnis gemacht. Sie hat jedes Mal ihren Körper an mich gepresst, wenn ich ihr in den Mantel half, wenn Jean-Claude hierher gekommen ist oder wir in einem Restaurant waren. Einmal in einem Nachtclub hat sie unter dem Tisch ihre Hand in meine Hosentasche gesteckt.«

»Oh ja, jetzt verstehe ich«, erwiderte Sylvie. »Es war einzig und allein Denises Schuld, dass du mich verlassen hast und mit ihr ins Bett gegangen bist. Dann erkläre mir einmal, wie das passiert ist. Hat sie dich in ihr Appartement eingeladen, als Jean-Claude nicht da war, und dich dann ans Bett gefesselt und sich auf dich gestürzt?«

Marc wusste keine Antwort. In Wahrheit war er bereits

Denise Vilmorins Geliebter gewesen, bevor er Sylvie verlassen hatte. Er pflegte am Nachmittag in ihr Appartement in der Rue Lafayette zu gehen, wenn sie dort alleine war. Denise besaß perfekte kleine weiße Zähnchen und lächelte häufig, um sie zu zeigen. Diese milde Form der Eitelkeit faszinierte Marc, und er konnte sie dazu überreden, seinen steifen Schaft in den Mund zu nehmen. Es erregte ihn, wenn sie ihn zärtlich biss, gerade fest genug, um einen Ring kleiner roter Spuren ihrer Zähne um den Schaft herum zu hinterlassen.

»Ein Souvenir der Liebe«, seufzte sie jedes Mal, wenn sie das tat und er sich leidenschaftlich in ihren Mund ergoss. »Aber es ist ein Souvenir, das sehr schnell verblasst, *mon amour.*« Denise hatte eine üppige Figur und liebte es, wenn man ihre plumpen Brüste bewunderte und mit ihnen spielte. Marc entkleidete sie am liebsten bis zur Taille und war ihr zu Diensten. Sie presste ihr warmes weiches Fleisch um sein hartes Rohr und ermutigte ihn, es an ihr auf und ab gleiten zu lassen, bis seine Leidenschaft sich gegen ihre Kehle ergoss.

Marc und Denise benutzten einander, um ihre kleinen Launen auszuleben. Als ihre Affäre ohne viel Aufregung zu Ende ging, wurde Marc klar, dass er sie während der ganzen Zeit lediglich fünf- oder sechsmal auf dem Rücken gehabt und die Umklammerung ihrer *joujou* auf ganz traditionellem Wege genossen hatte.

»Welcher deiner lieben Freunde hat dich denn dazu gezwungen, mit ihr ins Bett zu gehen, Marc?«, erkundigte sich Claudine, um sein Gedächtnis ein wenig aufzufrischen. »Nenne uns doch ein paar Namen. Aber bitte nicht alle – wir können nicht den ganzen Tag hier sitzen und deinen Possen lauschen.«

»Michelle Leblanc«, erwiderte er. Sogar er selbst spürte, dass er sich verteidigte, was keineswegs dem Eindruck entsprach, den er hinterlassen wollte. »Das ist noch so eine, die ihre Hände nicht von mir lassen kann.«

Inzwischen hatte er das Gefühl, dass es ihm vielleicht doch gestattet würde, seine Geschichte zu erzählen und damit sein Gewissen zu erleichtern. Dieser Gedanke gab ihm den Mut, trotz der offenkundigen Feindseligkeit weiter fortzufahren.

»Eines Tages habe ich Michelle in einem Café getroffen«, sagte er und bemühte sich, angemessen reuevoll zu klingen. »Wir plauderten, dann fing es an zu regnen, und ich begleitete sie im Taxi nach Hause. Es war mitten am Nachmittag. Doch wir waren kaum zweihundert Meter gefahren, als sie auf dem Rücksitz des Taxis meine Hose öffnete und ihre Hand hineinsteckte. Sie hätte mich gezwungen, es in Unterhosen zu tun, wenn ich sie nicht zurückgehalten hätte.«

»Michelle Leblanc, noch jemand, mit dem wir seit Jahren befreundet sind«, meinte Sylvie. »Nun, was soll ich sagen? Ich vermute, du bist mit ihr ins Haus gegangen, und sie hat dich gezwungen, dich auf sie zu legen. War es so?«

»Mehr oder weniger«, erwiderte Marc. »Sie ist sehr schnell erregbar, und im kritischen Augenblick schreit sie und fällt beinahe in Ohnmacht. Guy hat bereits seit Jahren aufgegeben, sie zu befriedigen. Er hat nichts dagegen, wenn sie andere Männer hat. Ich glaube sogar, es erleichtert ihn.«

»Das hat mir Michelle selbst erzählt«, bemerkte Claudine. »Sie braucht zweimal am Tag einen Mann, sonst bekommt sie Kopfschmerzen. Marc würde uns gerne Glauben machen, er habe einen Gnadenakt begangen, als er mit ihr zusammen war. Fast wie ein Arzt.«

»Oder ein Klempner«, warf Sylvie ein. »Ich finde das ungeheuerlich.«

»Wer hat denn in letzter Zeit deine Unschuld beschmutzt?«, mokierte sich Claudine.

»Du glaubst, alles über mich zu wissen«, meinte Marc. »Doch du begreifst noch nicht einmal ansatzweise die Komplexität meiner Gefühle. Ich weiß, dass ich mich falsch benommen habe. Doch es besteht kein Anlass für dich, mich zu demütigen, selbst dann nicht, wenn ich es verdient habe.«

»Zwei der elegantesten Frauen in ganz Paris lauschen der Beichte deiner unglaublichen Untreue, und du empfindest das als Demütigung?«, bemerkte Claudine mit eisigem Lächeln.

»Mit wem warst du denn noch zusammen, Marc?«, verlangte Sylvie zu wissen. »Ich bin mir sicher, dass es mehr als drei waren.«

»Von Arlette weißt du natürlich«, sagte er.

»Selbstverständlich, sie hat es mir selbst erzählt. Wer noch?«

»So weit ich mich erinnere, waren auf seiner Party außer meiner Wenigkeit noch fünf andere Frauen«, wandte sich Claudine an Sylvie. »Bisher hat er lediglich Michelle und Denise erwähnt. Sabine und Giselle waren da – und Marie-Jeanne. Sie sagte mir, Odette sei eingeladen gewesen, doch sie und ihr Mann seien verreist. Arlette war nicht da – warum nicht, Marc? Soweit ich weiß, hast du sie oft genug besessen, dass sie sich qualifizieren dürfte. Ist es vielleicht deshalb, weil sie dich wegen deiner idiotischen Beichte ausgelacht hätte?«

»Sie hat meine Einladung abgelehnt«, murmelte Marc beschämt.

»Das habe ich auch getan«, erinnerte ihn Sylvie eisig.

»Und was ist mit der blonden Frau mit den großen Brüsten wie Wassermelonen?«, hakte Claudine nach. »Wie heißt sie noch? Sie war jedenfalls auch nicht da.«

»Jaqueline Peyron«, sagte Marc. »Ich konnte sie nicht fragen, weil sie ebenfalls verschwunden war. Ich glaube, ich weiß, wo sie jetzt ist.«

»Weil du sie gestern mit Arlette und Roger beim Abendessen gesehen hast«, sagte Sylvie. »Sie wohnt bei ihnen. Arlette hat mich heute Morgen angerufen und mir erzählt, dass du mit Marie-Jeanne zu Abend gegessen hast.«

»Marie-Jeanne – noch ein paar Brüste wie Melonen«, bemerkte Claudine nicht allzu freundlich. »Sagt dir eine solche Größe mehr zu als Eleganz, Marc?«

»Aus dir spricht der Neid, meine liebe Schwester«, erwiderte Marc boshaft. Er spürte, dass er ihr Selbstbewusstsein getroffen hatte, und lächelte dünn. Jetzt endlich setzte er sich und ließ den Strauß Blumen auf den Boden neben seine Füße fallen.

»Einer der sinnlichsten Anblicke, die ich jemals genossen habe, ist Marie-Jeanne in schwarzen Seidenstrümpfen«, reizte er Claudine. »Stell es dir einmal vor, *ma chère*, Marie-Jeanne nackt auf einer Chaiselongue, ihr voller, weißer Körper und ihre großen runden Brüste. Wenn sie sich bewegt, wippen sie auf und ab. Sie trägt schwarze Seidenstrümpfe, das glatte, blasse Fleisch ihrer Schenkel ist oberhalb ihrer Strümpfe sichtbar …«

»Das reicht«, fuhr Sylvie scharf dazwischen. »Ich möchte nichts mehr hören. Ich werde dir niemals verzeihen, Marc, niemals.«

»Er ist leicht zu durchschauen«, bemerkte Claudine und blickte auf ihre eigenen bescheidenen Brüste herunter. »Er versucht, mich zu ärgern. Vermutlich hat er sich das alles nur ausgedacht. Ich glaube keinen einzigen Augenblick daran, dass Marie-Jeanne sich nackt auf einer Chaiselongue räkelt und ihn dabei zusehen lässt. Sie war Lucien immer schon vollkommen ergeben. Sie spricht dauernd darüber, wie gut er zu ihr ist.«

»Da irrst du dich«, sagte Marc. »Vollkommen falsch. Ich habe mit all den Frauen geschlafen, die an jenem Abend anwesend waren. Außer mit dir, natürlich.«

»Dann muss ja Sabine Hermitage auch mit von der Partie gewesen sein«, bemerkte Claudine. »Das überrascht mich. Dich ebenfalls, Sylvie?«

Sylvie nickte mit geschürzten Lippen.

»Warum?«, fragte Marc. »Sabine mag ein paar Jahre älter als ich sein, doch sie war hinter mir her.«

»War sie das wirklich?«, erkundigte sich Sylvie mit hochgezogenen Augenbrauen. »Die, die sie wirklich gut kennen, kennen auch ihr kleines Geheimnis. Sie gabelt sehr junge Männer in billigen Bars auf und bezahlt sie für ihre Dienste. Für sie macht es alles viel einfacher. Sie braucht keine längeren Affären zu vertuschen, es ist nur das Vergnügen und dann, *adieu chéri*. Waren deine Dienste umsonst, Marc, oder hat Sabine dir im Nachhinein Geld dafür gegeben?«

»Ich kann nicht glauben, dass sie dafür bezahlt«, rief Marc wutentbrannt. »Ich bin benutzt worden – ich! Das ist entsetzlich.«

Sylvie lächelte, und Claudine lachte laut auf.

»Wie lange hat denn deine Affäre mit ihr gedauert?«, erkundigte sich Claudine. »Normalerweise nimmt sich Sabine denselben Mann nie zweimal vor.«

»Sie hat mich benutzt«, flüsterte Marc entsetzt. »Ich kann es nicht glauben. Ich habe es mit ihr getrieben, und nach dem ersten Mal hat sie mich nicht mehr in Ruhe gelassen. Sie wartete vor meinem Appartement, bis ich nach Hause kam.«

»Und was dann?«, fragte Claudine grinsend. »Wenn sie in deinem Appartement war und sich ausgezogen hatte, was hat sie dann von dir erwartet? Sie ist eine sehr erfahrene Frau. War es nur das Übliche, oder waren ihre Forderungen ein klein wenig exotischer?«

»Du lachst mich aus«, sagte Marc, das Gesicht gerötet vor Scham und Wut. »Ich weigere mich zu antworten.«

»Ich denke, du hast genug gesagt«, erwiderte sie. »Du solltest jetzt gehen. Wie ich weiß, denkt Sylvie ebenso.«

»Ich werde nicht eher gehen, bis ich alles gesagt habe, weswegen ich hierher gekommen bin«, entgegnete Marc. »In meinem Leben gibt es keinen Platz mehr für Lügen und Heuchelei.«

Vor nicht allzu langer Zeit hatte er etwas sehr Ähnliches im Haus in der Rue St. Denis zu Kiki gesagt. Sie hatte ihm ebenso wenig Glauben geschenkt, wie Claudine und Sylvie es jetzt taten.

»Sprich weiter«, drängte ihn Claudine. Sie wollte eigentlich nicht, dass er ging. Sie war viel zu interessiert daran, von seinen Amüsements mit ihren Freundinnen zu erfahren.

»Während des Liebesaktes behält Sabine die ganze Zeit über ihre Augen fest geschlossen, denn sie möchte glauben, dass jeder Mann in der Welt es mit ihr treibt, und nicht nur einer«, erzählte Marc. »Das jedenfalls hat sie mir gesagt.«

»Wie ausgesprochen poetisch«, bemerkte Claudine. »Sie wird sie zwar nicht alle auf einmal bekommen können, doch hat sie viele der Männer in Paris bereits ausprobiert – jedenfalls die unter fünfundzwanzig. Und was noch, Marc?«

»Ich habe genug gehört«, meinte Sylvie und stand auf. »Mach, dass du hier rauskommst, Marc. Ich möchte dich niemals wieder sehen.«

»Ich habe dir noch nicht von Giselle erzählt«, protestierte er. »Und von Odette. Sicherlich möchtest du auch etwas über deine Freundin Arlette erfahren.«

»Und wie ist das mit den Melonen von Jaqueline?«, erkundigte sich Claudine ernst. »Sie ist uns allen ein Rätsel.«

Doch Sylvie hörte nicht mehr zu. Sie rannte aus dem Zimmer und schlug die Tür hinter sich zu.

»Warum will sie mir nicht zuhören?«, fragte Marc Claudine. »Ich möchte, dass sie alles weiß, sodass sie mir vollkommen vergeben kann.«

»Ich glaube nicht, dass sie das jemals tun wird«, sagte sie. »Ich bin mir sogar sicher, dass sie es nicht tun wird. Mit deiner Idiotie hast du sie für immer verloren. Doch immerhin bin ich daran interessiert, von deinen kleinen Vergehen zu hören, du hast also immer noch ein Publikum.«

Marc fixierte seine Schwester, während er sich erhob.

»Ich bin nicht hierher gekommen, um mich von dir verspotten zu lassen«, sagte er. »Du weißt nichts über die Liebe und das Verlangen und die tiefen Geheimnisse des Herzens. Wie solltest du das auch wissen, wo du mit diesem öden und trübsinnigen Rechtsanwalt verheiratet bist?«

Er ging hinaus und ließ die Blumen auf dem Boden neben seinem Stuhl liegen. Claudine kicherte und dachte darüber nach, was sie über die tiefen Geheimnisse bei ihren Abenteuern mit Nicolas Joslin und ihrem Cousin Pierre erfahren hatte. Da gab es diese unvergessliche Szene, nachdem Pierre sie nach Hause gebracht hatte und sie sich im Eingang auf Hände und Füße gekniet hatte, er ebenfalls auf die Knie gefallen war und sie von hinten genommen hatte.

Die Augenblicke, in denen Pierre sie an den Hüften gehalten und in sie hineingestoßen hatte und sie ihm ihren nackten Hintern entgegengereckt hatte, damit er sie tiefer penetrierte, waren reiner Wahnsinn gewesen. Ein Wahnsinn fürwahr – doch welch ein süßer Wahnsinn! Diese Augenblicke würde sie für immer im Gedächtnis behalten.

Marc jedoch wusste nichts von den Abenteuern seiner Schwester und eilte den Boulevard St. Germain in Richtung Rue du Bac entlang. Er war zutiefst verstört darüber, dass sein Vorhaben gescheitert war. Seine jetzige Situation war schlimmer als die, bevor er Sylvie zu sprechen versucht hatte. Er hatte erneut versagt – und er war nicht in der Lage, sich dieses Versagen gegenüber Frauen einzugestehen. Ein einziges Mal wäre schon schlimm genug gewesen – doch jede Frau, die er kannte, hatte ihn zurückgewiesen. Das war einfach nicht möglich.

Es war allgemein bekannt, dass Frauen hauptsächlich zu dem Zweck existierten, dass man sie auszog und sich mit ihnen amüsierte. Wenn ein so charmanter Mann wie Marc die Hand einer schönen Frau küsste, schenkte sie ihm ihr Herz – und ihren Körper, falls er es wünschte. Die vergangenen

Monate allein hatten ihm bestätigt, dass er jede Frau dazu überreden konnte, sich hinzulegen und die Beine für ihn zu spreizen. Die Probleme begannen erst danach.

Jede von ihm begehrte Frau hatte die Berührung ihrer Brüste und seine Küsse auf ihrem Bauch genossen – Sabine und Odette und Giselle und Denise und Michelle und Marie-Jeanne und Odette und Arlette und Jaqueline. Doch früher oder später hatte jede von ihnen die Affäre beendet. Meistens gaben sie vor zu beschäftigt zu sein, wenn er sie besuchen wollte – oder aber sie behaupteten, dass ihre Ehemänner in Kürze zurückkommen würden.

Arlette hatte vorgeschlagen, dass sie nur noch Freunde und nicht länger ein Liebespaar sein sollten. Er argwöhnte, dass sie ihn lächerlich machen wollte. Was Jaqueline betraf, so hatte sie sich ganz einfach aus dem Staub gemacht.

Während er den Boulevard entlangging, entschied er, was zu tun sei: Er musste herausfinden, warum diese Dinge passierten. Und wer anderes könnte ihm das besser sagen als die Frau, die ihn als Liebhaber abgelehnt hatte – so einfach war das. Fünf Minuten später saß er im Taxi auf dem Weg über die Seine über die Pont Royal zu Marie-Jeanne Messager. Unter all den verheirateten Frauen, mit denen er sich vergnügt hatte, war sie diejenige, mit der er immer noch recht gut stand. Sie besaß ein freundliches Wesen – und, um ganz pragmatisch zu sein, wusste er, dass ihr Ehemann um diese Uhrzeit nicht zu Hause sein würde.

Das Appartement der Messagers lag an der Chaussee d'Antin, in der Nähe der Opéra. Marc lief die Treppe ins erste Stockwerk hinauf und klopfte an die Tür. Es war nach Mittag. Überraschung breitete sich auf Marie-Jeannes Gesicht aus, als sie die Tür öffnete und ihren Besucher erkannte.

»Was willst du, Marc?«, fragte sie, ohne ihn hereinzubitten.

»Ich möchte mit dir reden. Ich bin vollkommen verwirrt und brauche deine Hilfe.«

»So, wie du dich neulich im Restaurant benommen hast, bin ich mir nicht mehr sicher, ob ich überhaupt noch etwas mit dir zu tun haben möchte. Ich verstehe dich wirklich nicht, Marc. Doch kann ich dir verraten, dass du viele deiner Freunde verloren hast.«

»Darum geht es ja«, erwiderte er. »Ich verstehe mich selbst nicht – ich bin vollkommen verwirrt. Deshalb bin ich hier. Ich hatte gehofft, dass du mir sagen kannst, warum bei mir alles falsch läuft. Kann ich für fünf Minuten hereinkommen?«

Er sagte es so charmant, dass Marie-Jeanne nachgab und ihn hereinbat.

»Fünf Minuten«, meinte sie. »Und dann bist du wieder draußen. Komm mit in die Küche. Ich mache mir gerade eine Kleinigkeit zum Mittagessen, Schinken, hart gekochte Eier und etwas Roquefort. Möchtest du auch etwas?«

Marc nahm das Angebot dankend an, doch natürlich blieb es nicht dabei. Sie setzten sich gegenüber an den Küchentisch, und Marie-Jeanne öffnete eine Flasche gekühlten weißen Burgunderwein zum Essen. Marc aß und trank und sprach über sich selbst und die verschiedenen Schwierigkeiten seines Lebens. Sie hörte aufmerksam zu, wobei sie dann und wann ein kurzes *ah oui* oder ein *ah non* verlauten ließ.

Marie-Jeanne war neunundzwanzig Jahre alt, eine große blonde Frau mit herausragenden Brüsten und langen Schenkeln. An diesem Morgen war sie sportlich mit einem gestreiften Pullover und weißen Leinenhosen gekleidet. Während Marc aß und trank und redete, beobachtete er über den Tisch hinweg, wie sich der Pullover über ihren Brüsten spannte. Es war ihm klar, dass sie darunter keinen Büstenhalter trug. Wenn sie nach dem Brot oder nach ihrem Glas griff, wippten ihre fleischigen Brüste unter ihrem Pullover.

Marc gefielen derart offensichtliche Pullover. Was ihm jedoch nicht gefiel, waren ihre Hosen. Sie lagen über den Hüften und an den Schenkeln eng an und weiteten sich zu den

Fesseln hin. In Wahrheit mochte er Frauen in Hosen jeglicher Art nicht gern, noch nicht mal am Meer.

Dennoch überlagerte die Frage, was Marie-Jeanne unter der weißen Leinenhose tragen mochte, allmählich die Sorgen und Ärgernisse seines Lebens, über die er sprach. Schließlich konnte er an nichts anderes mehr denken als an Jeannes Unterwäsche, beziehungsweise deren Abwesenheit. Er stellte das Glas ab, ging um den Tisch herum, stellte sich hinter ihren Stuhl und legte die Hände auf ihre Schultern.

»Davon will ich nichts wissen«, meinte sie. »Ich dachte, du wolltest mit mir reden. Hätte ich gewusst, dass dir etwas anderes vorschwebt, hätte ich dich nicht hereingebeten. Nicht nach dem, was du zu mir gesagt hast.«

»Aber ich himmle dich an, Marie-Jeanne«, widersprach er und streichelte ihre schweren Brüste durch den dünnen Pullover hindurch.

»Im Restaurant, als du Arlette und ihren Mann mit dieser Blondine zusammen gesehen hast, hast du dich derart unverschämt benommen«, erinnerte sie ihn. »Damals schon habe ich dir gesagt, dass unser Verhältnis endgültig beendet ist.«

»Das war unverzeihlich von mir«, murmelte er, während seine Hände ihre Brüste stützten. »Ich weiß auch nicht, was mit mir los ist.«

»Ich aber«, entgegnete sie. »Du warst eifersüchtig.«

»Du verstehst mich besser als ich selbst. Es war richtig von mir, mich von dir beraten zu lassen. Mein Leben ist zur Hölle geworden, Marie-Jeanne. Sag du mir, was ich tun soll.«

Seine Hände befanden sich jetzt unter ihrem Pullover, und er liebkoste ihre nackten Brüste.

»Du liebst niemanden«, sagte sie. »Du hast es auch nie getan – das ist dein eigentliches Problem.«

Das war es nicht, was Marc von ihr hören wollte.

»Es gibt etwas, was ich unbedingt wissen muss«, sagte er. »Steh doch für einen Augenblick auf, *chérie*.«

»Was möchtest du denn gerne wissen?«

Statt einer Antwort zog er sie mit den Händen unter ihren Brüsten hoch und drehte sie zu sich um. Er hielt ihre Hüften, und einen Moment später saß sie auf dem Tisch. Er drückte ihre Beine auseinander und stellte sich dazwischen.

»Warum trägst du diese Hosen?« Während er sprach, ließ er seine Handfläche über das weiße Leinen ihres linken Schenkels gleiten und streichelte sie zwischen den Beinen.

»Warum nicht?«

»Hosen schmeicheln der weiblichen Figur nicht«, erwiderte er. »Röcke und Strümpfe sind viel provozierender. Warum möchtest du denn wie ein Mann aussehen, *chérie*?«

»Findest du, ich sehe wie ein Mann aus?«, fragte sie und betrachtete mit einem zufriedenen Lächeln ihre großartigen Brüste. »Dann ist mit dir wirklich etwas nicht in Ordnung, *mon cher.*«

Nachdem er erst eine Weile nestelte, fand er schließlich den seitlichen Verschluss ihrer Hose und öffnete sie so weit wie möglich, um seine Hand hineingleiten zu lassen. Die Frage, die ihn die ganze Zeit beschäftigt hatte, war nun beantwortet: Sie trug ein schwarzes Chiffonhöschen unter ihren Hosen.

»Es ist gut, diese Dinge zu wissen«, sagte er und glitt über das dünne Höschen, um die adretten Locken und die Lippen ihrer *joujou* zu streicheln.

»Oh«, stöhnte Marie-Jeanne. »Ich wusste die ganze Zeit, dass du es versuchen würdest.« Sie schloss für einen Augenblick die Augen.

Marcs Mittelfinger lag zwischen den warmen Lippen zwischen ihren Schenkeln, doch er drang noch nicht in sie ein.

»Wir sollten ins Schlafzimmer gehen«, sagte sie. Sie schien ihren Vorsatz vergessen zu haben, dass sie nichts mehr mit Marc zu tun haben wollte.

»Gleich«, murmelte er, während seine Finger die Lippen

ihrer *joujou* öffneten und den kleinen Knopf berührten. »Ah«, murmelte sie, während er den schlüpfrigen Knopf mit der Fingerspitze massierte.

»Ich vergöttere dich, *chérie*«, murmelte er und umschlang fest ihre Taille, während er mit ihr spielte. »Ich wusste, dass du es nicht ernst gemeint hast, als du sagtest, es wäre alles vorbei. Du himmelst mich ebenfalls an, das ist doch nur natürlich. Du wärst glücklich, wenn ich jeden Tag hierher käme, dich entkleiden und dich lieben würde.«

»Da irrst du dich – ich hasse dich«, keuchte sie.

»Du kannst aber nicht anders«, bemerkte er spöttisch. »Ob du mich nun hasst oder mich vergötterst, du möchtest, dass ich mit dir schlafe.«

Sie schrie auf und bebte in seiner Umarmung. Grinsend drückte er sie auf den Küchentisch hinunter – ihr Kopf lag auf dem Holzteller, auf dem eben noch das längliche Krustenbrot gewesen war. Er riss ihr die Hosen, den kleinen schwarzen Chiffonslip und die weißen Ledersandalen vom Leib und warf alles achtlos zu Boden. Er ergriff ihre nackten Schenkel und spreizte ihre Beine weit auseinander. Die ganze Zeit über beobachtete sie ihn erwartungsvoll.

»Du bist heute hierher gekommen, weil dich sonst niemand mehr haben will«, sagte sie. »Du kannst nicht einen Tag ohne Frau sein, nicht wahr, Marc? Und nach dieser idiotischen Aufführung in deinem Appartement, wo alle Ehemänner zuhörten, schlägt man dir die Tür vor der Nase zu.«

Marc betrachtete ihr brünettes Schamhaar und die länglichen rosa Lippen zwischen ihren Beinen.

»Deine Tür steht mir offen«, meinte er.

Sie lächelte, als sie die längliche Ausbeulung in seinen Hosen pulsieren sah. Ihre Knie waren weit gespreizt, das Heben und Senken ihrer Brüste unter dem Streifenpullover bestätigte ihre Erregung. Marc beugte sich schnell vor und drang mit der Zunge in sie ein. Dies war seine wohl erprobte Methode, sich Frauen gefügig zu machen. Seine gewandte nasse Zunge hatte ihm immer schon gute Dienste geleistet – beispielsweise bei Sylvie, wenn er sich Zugang zu ihrem Appartement verschaffte und sie ins Bett zerrte.

So manche Frau hatte sich seiner Zunge ergeben und ihn danach alles tun lassen, was er wollte. Marie-Jeanne hatte keine Ausnahme gebildet. In diesem Augenblick bewies sie, dass sie immer noch empfänglich für ihn war, denn sie stöhnte und wiederholte wieder und wieder seinen Namen.

»Marie-Jeanne, *chérie*, wir verstehen uns, du und ich«, sagte er, nachdem sie sich wieder beruhigt hatte. »Du glaubst, mich zu hassen, doch spreizt du die Beine, sobald ich dich darum bitte. Und ich himmle dich an. Ich möchte, so oft es nur geht, mit dir schlafen.«

»Was für ein Unsinn«, erwiderte Marie-Jeanne und setzte sich auf.

»Ist es das?« Er drückte sie wieder auf den Tisch zurück und behielt eine Hand auf ihrem Bauch, während er seine Hose aufriss und seinen steifen Schaft herausholte.

»Du liebst mich nicht«, sagte sie, machte jedoch keinerlei Anstalten zu fliehen. »Du willst mich dominieren. Deshalb machst du das hier auch auf dem Tisch und nicht im Bett, um deine Dominanz zu bestätigen. Das ist es, was Liebe für dich bedeutet. Und das ist es auch, warum keine Frau jemals lange mit dir zusammen sein wird, denn du willst sie kontrollieren, ihren Körper und ihre Seele.«

Marc umklammerte sein pulsierendes Glied mit der Hand und hörte ihr nicht zu. Er lenkte den Kopf zu den offenen Lippen ihrer *joujou* und drang fest in sie ein. Ihr nackter Bauch bebte, als er sie mit der vollen Länge seines männlichen Stolzes penetrierte. Er schob ihren Pullover bis zu den Achseln hoch und umklammerte mit den Händen ihre Brüste, während er sich auf ihr bewegte.

»Und ich dominiere dich, Marie-Jeanne«, keuchte er.

»Ja, ja«, stöhnte sie, während ihr Körper unter seinen heftigen, schneller werdenden Stößen erbebte.

»Frauen sind dazu geboren, dominiert zu werden«, keuchte er. »Sie sollen mit gespreizten Beinen auf dem Rücken liegen, das ist ihr Schicksal, Marie-Jeanne. Das weißt du und akzeptierst es auch. Es besteht für mich kein Anlass, dich oder irgendeine andere Frau zu lieben, jedenfalls nicht, solange ich dich dominieren und wieder und wieder derart erregen kann …«

Marie-Jeanne fühlte sein letztes Aufbäumen zwischen ihren Beinen, als sich seine Leidenschaft in ihr ergoss. Zwei Sekunden später erbebte sie und schrie: »Ich hasse dich, Marc.« Ihr Rücken bäumte sich vom Tisch auf, und sie klammerte sich mit den Beinen um seine Taille, trommelte mit den Füßen auf seinen Hintern, als der Höhepunkt sie mitriss.

15
Das Glück und andere notwendige Überlegungen

Sylvie hatte keine Ahnung davon, dass Marc mit ihr einen Urlaub in Biarritz geplant und, ohne sie zu fragen, eine Suite im besten Hotel gebucht hatte. Selbstverständlich hätte sie abgelehnt. Nachdem er sie vor Claudine bloßgestellt und von seinen verachtenswerten Liebesabenteuern erzählt hatte, wollte sie ihn nie wieder sehen. Sie wollte die Ehe nun auch in rechtlicher Hinsicht ein für alle Mal beenden, allerdings nicht sofort, denn jetzt war August, der Monat also, wo alle Menschen Paris verließen, um es den Touristen zu überlassen.

Stattdessen machte sie mit Marcs Cousin Pierre Ferien. Vom Gare de Lyon nahmen sie den Nachtzug nach Cannes, in dem Pierre für sie ein Erste-Klasse-Abteil im Schlafwagen reserviert hatte. Ein Taxi brachte sie zum Bahnhof. Zufrieden schlenderten sie Arm in Arm den Bahnsteig entlang, während sich ein Träger mit dem Gepäck den Weg vor ihnen durch die Menge bahnte.

Sylvie war *très chic* in ihrem mohnroten Kleid mit einem kleinen weißen Kragen und einem farblich passenden Gürtel, den sie tief auf den Hüften trug. Der Gürtel war vorne wie ein Männerschlips gebunden, und der Knoten lag genau dort, wo sich ihre Schenkel trafen. Die Enden hingen fast bis zum Rocksaum herunter. Sie hatte einen kurzen Mantel mit Leopardenmuster über die Schultern gelegt, und ihr kleiner Glockenhut hatte dieselbe leuchtend rote Farbe wie ihr Kleid.

Pierre war sehr leger gekleidet und trug einen einreihigen

grauen Anzug und einen grauen Schlapphut mit einem Band aus schwarzer Moiréseide. Nachdem das Gepäck verstaut war, gab er dem Träger ein großzügiges Trinkgeld. Dann war er mit Sylvie in dem Schlafwagen allein und bestellte eine Flasche Champagner.

Sylvie setzte sich auf das untere Bett. Sie nahm den Hut ab, ließ den Leopardenmantel von den Schultern auf das Bett in ihrem Rücken gleiten. Als sie das Glas hob, lächelte sie Pierre an. Er küsste ihre Hand und beteuerte, wie sehr er sie vergötterte, dann tranken sie auf ihr gemeinsames Glück. Schon bald hörten sie Geräusche auf dem Bahnsteig aufkommen, überall ertönten die Worte *au revoir* und *bon voyage*. Der Zug setzte sich langsam in Bewegung, die Reise hatte begonnen.

Pierre saß neben Sylvie – und er dachte daran, dass das obere Bett in dieser Nacht wohl kaum benutzt werden würde. Er wollte gerade seinen Arm um Sylvies Taille legen und sie küssen, als sie sich ihm mit einem seltsamen Gesichtsausdruck zuwandte.

»Pierre, bitte sage mir eines ganz ehrlich«, bat sie. »Hast du jemals auf der Straße den Hintern einer Frau gekniffen?«

»Was meinst du damit, *chérie*?«, fragte er, um Zeit zu gewinnen.

»Es ist eine ausgesprochen einfache Frage, also antworte mir: Kneifst du Frauen in den Hintern?«

»Es gehört zu den Dingen, die Männer tun«, meinte Pierre und zuckte mit den Schultern. »Es ist eine ganz harmlose Art und Weise, ihre Männlichkeit zu demonstrieren.«

»Und tust du es auch?«, beharrte sie. »Hast du das Bedürfnis, dich Frauen gegenüber durchzusetzen, die du nicht kennst?«

»Selbstverständlich nicht, ich sage das nur ganz allgemein«, beeilte er sich.

Das entspracht nicht der Wahrheit. Es war schon oft vorgekommen, dass er einer fremden Frau in den Hintern gekniffen hatte – doch waren es immer die Hintern sehr schöner junger Frauen gewesen, beruhigte er sich selbst.

»Es ist eine Belästigung«, beharrte Sylvie. »Dafür kann es keine Entschuldigung geben. Als wir auf dem Bahnsteig durch die Menge gegangen sind, hat mich ein Mann ganz absichtlich berührt.«

»Wie bitte?«, erkundigte sich Pierre wutentbrannt. »Aber ich war doch bei dir, warum hast du mir das nicht sofort erzählt? Ich hätte ihn niedergeschlagen.«

»Er hat mich gekniffen«, meinte Sylvie. »Doch als ich mich umgedreht habe, konnte ich ihn in dieser riesigen Menge nicht ausmachen. Ich hielt es für besser, den Vorfall zu ignorieren.«

Pierre nickte schnaubend.

»Das ist weiß Gott nicht das erste Mal«, fuhr sie fort. »Es gehört zu den Gefahren des Lebens in Paris. In der Metro passiert es ständig. Sobald eine Frau einen vollen Waggon besteigt, drängen sich die anwesenden Männer dicht um sie herum. Bei jedem Schwanken des Zuges kann sie die Berührung ihrer Körper fühlen.«

»Du sprichst aus eigener Erfahrung, das spüre ich«, sagte Pierre, legte den Arm um ihre Taille und drückte sie an sich.

»Erst letzte Woche stand ein Mann so dicht hinter mir, dass ich spüren konnte, wie sich etwas Steifes gegen meinen Hintern presste«, sagte sie leise. »Doch damit nicht genug, er fing an, sich an mir zu reiben. Ich hörte seinen schweren Atem und wusste, dass er sich jeden Augenblick in seine Unterwäsche ergießen würde. Glücklicherweise hielt der Zug in diesem Augenblick in der nächsten Station. Ich stieg aus und ging den Rest des Weges zu Fuß.«

»Du Arme!«, bedauerte sie Pierre mitfühlend.

Um die Wahrheit zu sagen, hatte Pierre sich vor nicht allzu langer Zeit selbst sanft an einer jungen Frau gerieben, die vor ihm in der Kinoschlange am Place d'Italie wartete. Sie war alleine, eine hübsche Siebzehnjährige mit roten Haaren unter einer weißen Baskenmütze und einem auffälligen Hintern, der ihr Sommerkleid dehnte. Sie hatte nichts dagegen, dass der elegant gekleidete und gut aussehende Pierre ihre Eintrittskarte bezahlte, sich neben sie setzte und ihre Hand hielt.

Danach lud er sie zu einem Drink in eine teure Bar ein, und sie nannte ihm ihren Namen Adrienne. Sie verabredeten sich für den nächsten Abend, an dem er sie in seine Wohnung einlud. Es braucht wohl nicht erwähnt zu werden, dass er diesmal mehr tat als nur Händchen zu halten. Für einige Wochen war sie mit kurzen Unterbrechungen seine Freundin.

Der Nachtzug hatte an Tempo gewonnen und fuhr nun durch die Vororte von Paris, durch Charenton und am Bois de Vincennes vorbei. Die lange Reise in Richtung Süden bis zum Mittelmeer hatte begonnen.

»Selbst im Bus kann man diesen Händen nicht entgehen«, meinte Sylvie. »Vor einer Woche befand ich mich auf dem Nachhauseweg. Es war die Tageszeit mit dem meisten Gedränge, also nahm ich den Bus, um meinen Hintern nicht in der Metro zu riskieren. Doch der Bus war ebenfalls voll, und ich musste stehen. Ein Mann presste sich dicht hinter mich und streichelte mich – er unternahm noch nicht einmal den Versuch, es als zufällig erscheinen zu lassen.«

»*Zut alors!*«, rief Pierre.

»Ich habe mich nicht umgedreht. Ich habe mit der Hand hinter mich gegriffen und zwischen seinen Beinen so fest zugepackt, dass ihm die Luft wegblieb. Ich habe immer weiter gedrückt, um ihm eine Lektion zu erteilen, bis er quietschte – doch fünf Sekunden später rieb er sich fest an mir und stöhnte. *Quelle horreur* – er hatte sich tatsächlich in seine Hose ergossen. Als der Bus anhielt, drängte ich mich an ihm vorbei hinaus. Ich hätte fast laut losgeprustet, als ich sein erstauntes Gesicht sah.«

»Aber das ist ja schrecklich«, pflichtete ihr Pierre bei. »Ich hätte nicht geglaubt, wie weit manche Männer an öffentlichen Orten gehen.«

Das entsprach selbstverständlich ebenfalls nicht der Wahrheit. Aus eigener Erfahrung wusste er nur zu gut, was alles geschehen konnte. Sein zweites intimes Treffen mit seiner Cousine Claudine hatte nach einem angenehmen Mittagessen in einem diskreten kleinen Restaurant in der Nähe der Börse stattgefunden. Nach einem langweiligen Vormittag in der Börse hatte er sich den Nachmittag frei nehmen und Claudine mit in seine Wohnung nehmen wollen – doch sie meinte, sie müsse spätestens um vier Uhr nachmittags zu Hause sein. Er führte sie an die Seine und dort die Steinstufen bis zu dem gepflasterten Treidelpfad hinunter.

Dort saßen einige Angler und versuchten ihr Glück, ein paar bärtige Penner lagen schlafend in der Sonne und hielten Weinflaschen in den Händen. Einer von ihnen öffnete die Augen, und als er Pierre in seinem adretten dunklen Anzug sah, lächelte er ihm zahnlos zu und streckte ihm bettelnd die Hand entgegen.

Etwas weiter unter einer Brücke, wo niemand sie sehen konnte, drückte Pierre Claudine gegen die Mauer und hob den Rock ihres eleganten schwarzweiß gestreiften Kleides. »Nein, nicht doch, nicht hier, wo jeder uns sehen kann«, stöhnte sie, als er sie durch ihr Seidenhöschen hindurch zwischen den Beinen streichelte.

Dennoch stellte sie die Füße etwas breiter, als Pierre sie heftig küsste und seine Hose aufknöpfte. Lachend legte er die Hände auf ihre Hüften und hob sie hoch. Sie war eine sehr schlanke Frau, die kaum etwas wog. Sie schlang ihre Arme um seinen Hals und klammerte sich mit ihren in Seidenstrümpfen steckenden Beinen um seine Taille. Pierres Hand glitt unter ihren Hintern, um sie zu stützen, während er ihr Höschen beiseite schob und seine steife Länge an ihr rieb.

»Das ist absurd«, keuchte sie.

Sie hielt einen Augenblick inne, als sie fühlte, wie seine steife Männlichkeit sie aufspießte. Sie krallte sich an seine Schultern, während er in sie hineinstieß. Sie rieb ihr Gesicht an Pierres und roch den Zitrusgeruch seines teuren Rasierwassers, womit er sich jeden Morgen nach der Rasur einrieb. Er hatte jetzt beide Hände unter ihrem Hintern, um sie zu stützen – und sie verschränkte ihre Fesseln hinter seinem Rücken, um ihn ganz fest an sich zu pressen.

»Oh ja«, stöhnte sie. »Oh, *chéri.*«

Pierre lachte und knetete die Backen ihres Hinterns noch fester. Sein Lachen verwandelte sich in ein lang ausgedehntes Keuchen, und seine Knie zitterten, als er voller Wucht in sie hineinspritzte.

»Wenn ich gewusst hätte, dass du auf dem Bahnsteig belästigt worden bist, hätte ich es diesem Tier aber gezeigt«, meinte Pierre, an Sylvie gewandt, und unterdrückte die Erinnerung an die kleine Szene in der Öffentlichkeit mit Claudine. »Hat er dir wehgetan, *chérie*? Hast du einen blauen Fleck bekommen?«

Ohne ihre Antwort abzuwarten, hob er sie auf das Bett und legte sie auf die Seite, ihr Gesicht von ihm abgewandt. Mit einer schnellen Handbewegung schob er ihr mohnrotes Kleid bis zur Taille hoch und offenbarte ihr weißes Spitzenhöschen. Er zog es herunter und legte die runden, perfekten Backen ihres Hinterns frei.

»In welche Seite hat er denn gekniffen?«, erkundigte er sich murmelnd und betrachtete fasziniert das makellose Fleisch.

»In die linke«, erwiderte sie. »Er hat mich sehr fest gekniffen, dieser Sexverbrecher.«

Pierre konnte noch nicht einmal die Andeutung eines Fleckes auf Sylvies wunderschönem nackten Hintern erkennen. Er sank in dem schwankenden Waggon auf die Knie und beugte sich vor, um die linke Backe zu küssen.

»Das fühlt sich gut an«, sagte sie. »Hör nicht auf.«

Pierre hatte auch gar nicht die Absicht aufzuhören. Er küsste ihren Hintern hundertmal, erst die linke, dann die rechte Backe, während seine Hand ihren Schenkel nach oben bis zu dem kleinen Dreieck ihrer weichen Locken über ihrer *joujou* wanderte. Der Zug fuhr in vollem Tempo, als Sylvie sich auf den Rücken rollte und ihm dabei behilflich war, ihr Höschen abzustreifen.

In der *ménage à trois* der Lamartines teilte Roger Arlette und Jaqueline seinen Wunsch mit, Paris zu verlassen und seine Ferien auf dem Land in der Dordogne zu verbringen. In der Nähe von Bergerac würde sich sicherlich ein passendes Haus für einen Monat mieten lassen. Mit dieser Gegend verbanden ihn Familienerinnerungen. Beiden Frauen sagte die Idee zu, und sie begannen, ihre Sommersachen zu packen.

Die fünfhundert Kilometer lange Reise von Paris in den Süden war ein wichtiger Bestandteil der Ferien. Roger mietete ein Auto – einen geräumigen, glänzenden Renault Cabriolet in kanariengelb mit schwarzen Ledersitzen. Das Dach konnte man vollständig herunterklappen, und auf der Rückseite befand sich ein Gepäckständer, an dem sie ihre Koffer befestigten. Das Ersatzrad und ein großer roter Benzinkanister waren ebenfalls außen angebracht.

Roger fuhr gerne Auto, doch er hatte es nicht allzu eilig. An ihrem ersten Tag aßen sie lange und ausgiebig zu Mittag. Am frühen Abend waren sie bis Orléans gekommen und wollten dort die Nacht verbringen. Um den Anstand zu wahren, buchte Roger zwei aneinander angrenzende Zimmer in einem Hotel in der Nähe der Kathedrale von Saint-Croix, doch verbrachten die drei die Nacht gemeinsam in einem der Zimmer. Das altmodische Bett war breit und geräumig genug für drei nackte Körper, um sich ineinander zu schlingen und sich auf diese oder jene Weise aneinander zu reiben.

Nachdem sie sich in der Nacht lebhaft verausgabt hatten, begannen sie den nächsten Tag erst spät. Der Weg von Orléans nach Süden führte nicht länger auf einer der großen Landstraßen entlang. Sie nahmen das Mittagessen in einem kleinen ländlichen Restaurant ein, wo der Besitzer gleichzeitig auch als Kellner und seine Frau als Köchin arbeiteten. Um drei Uhr nachmittags fuhren sie, von den Alleebäumen gegen die heiße Sonne geschützt, bester Laune los.

Für die Ferien hatten sie sich leger gekleidet. Roger trug einen weißen Anzug ohne Schlips und ein offenes Seidenhemd. Arlettes jadegrüne Bluse trug sie offen über einem weißen Rock, die kragenlose Bluse hatte lange weite Ärmel und war tief bis fast zur Hälfte ihrer Brüste ausgeschnitten. Bescheidenheit wahrte sie dadurch, dass eine runde goldene Brosche die Bluse am Hals zusammenhielt, doch erlaubte die Öffnung des Schlitzes den Einblick immerhin so weit, dass man die blasse Haut zwischen ihren Brüsten sehen konnte.

Die blonde Jaqueline trug ein ärmelloses weißes Kleid mit großen Kirschen und blauem Blumenmuster. Die dünne Georgetteseide des Kleides schmiegte sich eng an ihre imposanten Brüste und traf voll und ganz Rogers Zustimmung. In der vergangenen Nacht hatte er mit diesen Brüsten im Hotelzimmer gespielt, während Arlette Jaquelines Schenkel gestreichelt hatte. Schließlich hatte er zwischen diesen wunderbaren Brüsten seine Leidenschaft ergossen – Jaqueline hatte sich zur selben Zeit stöhnend gewunden, da Arlettes eifrige Zunge sie in Ekstase versetzt hatte.

Das Auto war breit genug, dass das Trio gemeinsam auf der vorderen Sitzbank sitzen konnte. Doch Jaqueline meinte, der Wein zu Mittag habe sie schläfrig gemacht, also setzte sie sich auf den Rücksitz. Nach einer Weile wollte Arlette sich neben sie setzen. Roger hielt den Wagen an, und sie kletterte nach hinten. Auf der vollkommen verlassenen Straße beschleunigte Roger erneut und blickte über seine Schulter. *»Ah oui, ma* *chère«*, sagte er leise, als er sah, wie Arlette Jaqueline umarmt hielt und sie heftig küsste. Der rechteckige Rückspiegel war auf der Mitte des Armaturenbretts auf einem kurzen Chromsockel befestigt. Roger stellte ihn so ein, dass er die beiden Frauen auf dem Rücksitz beobachten konnte. Er sah, wie Jaqueline Arlettes Kuss erwiderte, dann den Kopf senkte, um Arlettes Hals zu liebkosen, und die blasse weiche Haut durch den offenen Schlitz von Arlettes Bluse küsste. Arlette ließ ihre Hand unter Jaquelines Rock nach oben gleiten. Im Spiegel beobachtete Roger, wie sie Jaquelines Knie spreizte.

Mittlerweile hatte er nur noch eine Hand am Lenkrad, während die andere zwischen den Schenkeln das Pulsieren seiner erregten Männlichkeit zu beherrschen versuchte. Glücklicherweise fuhr er nur langsam, und es war sonst niemand auf der Straße. Jaquelines Rock war bis über die Knie hochgeschoben, und Roger konnte Arlettes Hand dabei beobachten, wie sie sich langsam zwischen Jaquelines Beine über die Seidenstrümpfe nach oben schob. Mehr konnte er nicht sehen, doch er konnte sich vorstellen, wie Arlettes Hand über Jaquelines Strumpfhalter und weiter wanderte, um die weiche nackte Haut darüber zu streicheln.

»*O là là*«, rief er leise aus. Arlettes Arm war bis zu den Ellbogen unter Jaquelines Rock versteckt, ihre Finger mussten nun unmittelbar zwischen ihren Schenkeln sein. Er nahm den Fuß vom Gashebel und schaltete in den Leerlauf, sodass der Wagen nur noch gemächlich weiterfuhr, während er über die Schulter hinweg eine bessere Einsicht zu erhaschen versuchte.

Jaqueline lehnte sich mit geschlossenen Augen gegen das Sitzpolster zurück. Ihr Körper wand sich langsam, während Arlette mit ihr spielte und sie dem Höhepunkt Stückchen für Stückchen näher brachte.

Im Leerlauf war der Wagen nun leise genug, dass Roger das Stöhnen vom Rücksitz vernehmen konnte – *chérie, je t'adore* –, während Jaquelines Becken sich in höchster Ekstase vom Rücksitz aufbäumte.

»Um Himmels willen«, seufzte Roger. »Ich vergöttere sie alle beide.«

Er parkte den Wagen am Straßenrand, wobei zwei Räder auf dem mit Gras bewachsenen Standstreifen unter den Bäumen zu stehen kamen. Weit und breit war niemand zu sehen, lediglich die staubige Straße, die in die Ferne führte. Er stieg aus und gesellte sich auf den Rücksitz neben Arlette. Sie saß halb von ihm abgewandt, damit sie Jaqueline umarmen konnte. Ihr einer Arm war immer noch weit unter deren Rock geschoben. Jaquelines rot geschminkter Mund war geöffnet, sie hatte die Augen geschlossen, und ihr Kopf ruhte erschöpft auf Arlettes Schulter.

»C'est bon«, murmelte Roger Arlette ins Ohr, während er seine Hand unter Jaquelines Rock neben Arlettes Hand die Schenkel hochschob. Sie hatte Jaquelines Satinhöschen heruntergezogen, um ihren Bauch und ihre rasierte *joujou* zu streicheln. Er presste seine Fingerspitzen gegen die geschwollenen Lippen, die Arlette ebenfalls noch berührte, und fühlte das feuchte Nass von Jaquelines Erregung.

»Ich hätte den Wagen fast gegen einen Baum gesetzt«, wandte er sich an sie.

»Ich habe sie besessen«, meinte Arlette über ihre Schulter hinweg. »Findest du nicht, dass sie einem wunderschönen reifen Pfirsich ähnelt? Sie nur zu berühren reicht mir nicht. Ich möchte sie zwischen die Beine beißen und den süßen Saft aus ihr heraussaugen. Würde dir das auch gefallen?«

»Das hast du in der letzten Nacht getan«, erinnerte er sie. »Mehrmals sogar.«

Er zog seine Hand zwischen Jaquelines Schenkeln zurück und schob sie unter Arlettes Rock. Er war angenehm überrascht, dass sie kein Höschen trug. Seine Hand glitt zwischen ihren glatten Schenkeln bis zu dem kleinen Teppich weicher

Locken. Er glaubte sich daran zu erinnern, dass sie am Morgen orchideenrosa Höschen angezogen hatte. Sie musste sie wohl im Restaurant ausgezogen haben, als Jaqueline und sie nach dem Mittagessen für zwanzig Minuten verschwunden waren. Vielleicht war es doch nicht der Wein, der Jaquelines Müdigkeit verursacht hatte, sondern ein kleines Spielchen, dass die beiden miteinander gespielt hatten.

»Einmal ist nie genug«, sagte er und befühlte die feuchten Lippen zwischen Arlettes gespreizten Beinen. »Du musst sie noch einmal nehmen, *chérie*.«

»Jetzt bist du an der Reihe«, murmelte sie. »Leg deine Hand unter ihren Rock und besorg es ihr.«

Doch Roger hatte einen anderen Gedanken – es war Arlette, die er nun begehrte. Sowie ihr das klar wurde, ließ sie von Jaqueline ab und drehte sich auf dem schwarzen Ledersitz ihm zu. Sie zerrte seine Hose auf, und er hielt kurz den Atem an, als sie hineingriff und seinen langen, steifen Schaft herauszerrte.

»Ich habe euch im Rückspiegel beobachtet. Ich wollte sofort zu euch kommen und euch beide vernaschen.«

»Du bist ein wildes Tier«, meinte Arlette. »Ein Tier aus einem orientalischen Dschungel, doch wirst du wohl gezähmt werden.«

Sie schlüpfte aus ihrem weißen Rock und stieg auf ihn, sah ihn an und nahm ihn auf dem Rücksitz zwischen ihre Knie. Während seine Hände unter der losen Bluse ihre eleganten Brüste streichelten, hielt sie seinen steifen und pulsierenden Schaft und führte ihn in sich ein.

»Das ist es, was ich will«, keuchte er. »Ich begehre dich, *chérie*. Deine kleine Freundin muss bis später warten.«

Jaqueline hatte jetzt die Augen geöffnet. Sie lag halb liegend auf dem weichen Leder, die Knie gespreizt und die Beine ausgestreckt, und beobachtete ihre Freundin Arlette, wie diese Roger ritt. Sie lächelte verschmitzt darüber, wie gekonnt Arlette sich auf seinem steifen Stolz auf und absenkte. Ihre Hände krallten sich in seine Schultern. Er belohnte sie damit, jedes Mal ein paar Zentimeter weiter vorzustoßen, wenn sie auf ihn herabsank.

Sie ist einfach wunderbar, dachte Jaqueline glücklich, während ihr Blick auf Arlettes lange bloße Schenkel und den dunklen Teppich schwarzer Locken dazwischen geheftet war. Sie schien sich an dem Anblick von Arlettes länglichen rosa Lippen ihrer *belle chose* zu weiden, die von Rogers langem männlichen Schaft stark geweitet wurden. Einfach wunderbar, wiederholte Jaqueline zu sich selbst. Sie ist wunderbar.

Während Arlette Roger heftig ritt, war es nicht weiter schwierig zu erraten, was gleich passieren würde. Bevor Roger den Wagen angehalten und sich zu ihnen auf den Rücksitz gesellt hatte, hatte Arlette das Spiel mit Jaqueline heftig erregt. Nach den ausgiebigen Vergnügungen der vergangenen Nacht steigerte sich seine Erregung langsamer – es war Arlette, die den Höhepunkt als Erste erreichte.

Jaqueline seufzte bewundernd, als sie Welle auf Welle der Ekstase durch Arlettes schlanken Körper fluten sah, während diese sich heftig zusammenkrampfte. Jaqueline legte ihre Hand auf Arlettes nackten Schenkel und drückte so fest zu, dass ihre Fingerspitzen in dem weichen Fleisch versanken.

»Oh, mein Gott«, keuchte Roger. »Oh, mein Gott …«

Seine Hände lagen unter Arlettes Schenkeln, und er ergriff die nackten Backen ihres Hinterns. Die Heftigkeit ihres Höhepunktes drückte ihn gegen die weichen Sitze und überflutete ihn vollkommen. Er selbst spürte das bebende Zittern, als er seine Leidenschaft in sie spritzte. Beide sagten Unverständliches zueinander, dann sank Roger halb ohnmächtig zusammen.

»Meine wunderschöne Arlette hat dich gezähmt und unterworfen, Roger«, meinte Jaqueline leise. »Doch nicht für lange, wie ich vermute.«

Roger war zu sehr in den Nachbeben seiner Ekstase verloren, als dass er sie gehört hätte. Arlette ihrerseits lächelte.